2015年重庆师范大学学术专著出版基金资助项目

谨以此书献给
小说家莫怀戚先生及所有喜爱莫先生作品的朋友们

莫怀戚小说文化论

张育仁 著

中国社会科学出版社

图书在版编目（CIP）数据

莫怀戚小说文化论／张育仁著.—北京:中国社会科学出版社，
2016.9
ISBN 978 - 7 - 5161 - 8790 - 6

Ⅰ.①莫…　Ⅱ.①张…　Ⅲ.①莫怀戚（1951—2014）- 小说
研究　Ⅳ.①I207.42

中国版本图书馆 CIP 数据核字（2016）第 196848 号

出 版 人　赵剑英
责任编辑　曲弘梅
特约编辑　薛敏珠
责任校对　张依婧
责任印制　戴　宽

出　　版　中国社会科学出版社
社　　址　北京鼓楼西大街甲 158 号
邮　　编　100720
网　　址　http：//www.csspw.cn
发 行 部　010 - 84083685
门 市 部　010 - 84029450
经　　销　新华书店及其他书店

印刷装订　北京君升印刷有限公司
版　　次　2016 年 9 月第 1 版
印　　次　2016 年 9 月第 1 次印刷

开　　本　710×1000　1/16
印　　张　20.25
插　　页　2
字　　数　353 千字
定　　价　75.00 元

代序：重庆性格与风流蝴蝶梦①

　　莫怀戚的小说，让我想到了"原乡意识"——古今中外许多好作家都有自己的"原乡"：福克纳称其家乡为邮票样大小的地方，他终身写之不尽；马尔克斯的马孔多镇虽属虚拟，却与他在哥伦比亚的记忆关系密切；肖洛霍夫的顿河；鲁迅的鲁镇及其未庄；沈从文的湘西；张爱玲的老上海及其老宅子；当今贾平凹的商州；陈忠实的白鹿原；铁凝的平原苯花村；莫言的高密东北乡；王安忆的小鲍庄与上海滩两地，阎连科的耙耧山脉；真是不胜枚举。当然也有很优秀的作家并没有固定的地域和对象，但他未必没有精神的原乡。原乡对作家至关重要。离开了它，有人就不会写东西了，日渐下滑以至没落。我看莫怀戚，以重庆人自豪，对重庆情有独钟；他的笔触能节节深入到这座城市的腠里。

　　这部小说叫《白沙码头》本来顺理成章，莫怀戚却偏要在前面加个大帽子"重庆性格"，可见他是多么重视重庆这个原乡的文化笼罩。我之所以比较喜欢这部书，因为它是有性格、有风骨；既喜其才气逼人，对话机智，冷幽默见机锋，人生经验的吉光片羽时有闪现，更喜其所显示的文化精神和民间价值的独特和另类。它的许多地方，闪现着人生的智慧，不躲避人性的真相。你很难说它究竟是在写什么：是在写白沙码头里一群师兄弟们的"重庆性格"，还是写一个风流才子的浪漫传奇，一个佯狂放达的音乐天才和情种情圣的历险记、博弈记？但不管怎样，你会被它突兀的野性、不羁的人物、匪夷所思的行为所打动，不由沉醉在富于文化底蕴的、浪漫的、传奇的、刺激的、泼辣的种种场面之中。好的小说往往如此，不同的人会品出不同的味。我最后将其主旨定位为：重庆性格与风流蝴蝶梦。在这里，"重庆

---

① 此文系著名文学评论家雷达先生为莫怀戚长篇小说学术研讨会撰写的专题评论，后来收入北京师范大学出版社出版的《重建文学的审美精神》一书当中。

性格"和"风流梦"是这部小说的两个关键词。

小说中的白沙码头是一个奇特的存在,作者借它写某种特殊氛围下的重庆人的生存。重庆的地貌是两江夹一山,白沙码头仿佛其缩影,有种角落感,这里"慢慢地长大了一群孤儿",其构成三教九流无所不包,有水手,木匠,工会主席,哲学家,小提琴手等,其习性、风俗、交往方式等,也都不是一天形成的。白沙码头的众兄弟,以及长辈"老不退火"等人,彼此不问出身,不分尊卑,义字当先,颇有四海之内皆兄弟的气概。他们常常聚会,打猎,吃火锅,大碗喝酒,大块吃肉,哥们义气,好勇斗狠。随着一位似傻如狂的女子"白萝卜"——后来被称为"异人"的流落江边,如一石掀起巨浪,引发了斗殴,大师兄二师兄三师兄相继作为护花使者的经历,令人动容。

据说重庆性格是由古代巴人的基因和袍哥文化合成的,也许不无道理。巴人生活在大江大峡之间,向以勇猛、善战闻名,而袍哥文化却有其积极面与消极面,它的放达,血性,轻生死,重然诺,脑壳掉了碗大个疤的大无畏,值得首肯;它的拉帮结派,哥们义气的无原则,却也需要警惕。问题在于,用小说如何写一个城市的灵魂与个性,写所谓重庆性格?我曾想,作者是不是通过"酒色财气"四字来表达他对重庆性格的理解?金瓶梅开篇不就有四贪词,劝诫人不可陷入此四贪的吗?这部书虽与此陈腐说教并无关系,但它的前半部,大都写喝酒、赌气、打架的事,"白沙码头最凶";它也写发财,写与"白萝卜""公主"们的恩恩怨怨。也就是说,它不是只凭一个曲折的故事,而是凭着日常化的场景与情态来表现的。我也曾想,它写的是否"江湖与美人"?小说推崇民间价值和江湖法则,白沙码头自有它的奇异标准,比如,书中人说,什么是坏?杀人、放火、抢银行,甚至强奸,都不一定是坏,但出卖是坏。可说这是它的道德乌托邦。作者敢于将这种民间价值推向极致,有它的彻底性。

依我看,这部小说的人文价值和现实意义主要表现在:它对于当今诗性的失落,人种的退化,物欲下的精神萎缩,实惠下的平安苟全,以及无想象力,表现出了一种不甘平庸的挑战性反叛和抗争。作者似乎在探索一种新活法,一种不怕死、丢得下的潇洒,一种个性的绝对张扬,对自由的无畏追求。比如,非常突出的是不怕死的观念,敢赌才会赢的心理,这似乎被认为是重庆性格的核心,贯穿了全篇。书中人物不断说,无大悲就无大喜,平平淡淡没啥活头。于是,它的主要人物,含笑看人生,博弈人生,力图表现出一种彻骨的达观。

　　八师兄是全书最重要的人物，作为"命是捡来的孤儿"，作为歌剧院的首席小提琴手，一个音乐天才，强烈地体现了作者的价值观和人生梦想。他是儒家循规蹈矩的叛徒，他要过野性的、浪漫的、狂放的，类似于酒神精神的感性的欲望化生活。他毅然放弃第一琴手的位置，不告而辞，去闯江湖、赌玉石，飘泊于江湖之上。他具有贵族意识，懂得与上苍对话，他的作为是一种寻求意义的过程。那把史特拉姆琴，得之既奇，从不离身，如影随形，如魂如魄，那几乎是他的象征，二而一的东西。小说中，得琴、失琴，险些毁琴、归琴，构成了小说极有张力的悬念。开篇的"文革"与名琴的出现，有一种荒芜与抒情的奇幻感，最后的狱中组建乐队，又成为商品时代铜臭时代的一道风景线。作为一个音乐天才，音乐对塑造其人的作用不可低估，言谈之间，无论语言、乐感，都很高妙。作者精通音乐，或广泛涉猎过；音乐在作品中占有绝对地位。小说对音乐的描绘更是一绝，如小提琴发出一声异响，他拉第一弦，像一道阳光，第二弦像一汪泉水，让人想起云南，小河淌水，第三弦像松涛起伏，第四弦发出大瀑布般的低沉轰鸣，自己把自己拨到了半空。

　　但必须看到，八师兄同时脱不开中国士大夫情结和弱点，其行止终究落在了士大夫蝴蝶梦的传统叙事套路上。这里不能不谈到八师兄的女性观。他的生命似永远与女人缠结。公主、大妈、金花、玉石眼、羊肉串、美人痣，我没统计过他有多少女人，但在作者笔下，男权话语膨胀，这些女性都是八师兄欲望化的对象，是他的心理需要的折射，所谓妇者，伏也。她们都是用才子的眼光和需要来塑造的，都不会带来麻烦，却能满足男人多方面需求。八师兄在边境做"小白脸"，在坟场和大树上与麻疯女金花做爱，以及他在监狱中与诸女性的偷情。作品里的女性，大致是圣母与淫妇、天使与恶魔、贤妇与泼妇的统一。这又与作者奇特的审美观和对监狱的美化和理想化分不开。八师兄的入狱本属构陷，不意却在狱中仿佛受了洗礼。囚衣在作者眼中竟然是遮不住青春、最显身材，应颁发诺贝尔服装奖的最美设计。"女犯是全社会最漂亮的人群。囚衣里裹着的肉体，有生命的火焰呼呼燃烧"；"监狱里的生活有益于健康"。并且说，真正的音乐艺术将由监狱人创造出来。如此等等。八师兄因在狱中组建乐队，找到了"当皇帝的感觉"，他还说只有在监狱，男人才觉得自己是男人，女人才觉得自己是女人，于是他对减刑没有兴趣。总之是，大做起才子佳人梦，依红偎翠，左右逢源，让人看得发笑。八师兄不愿回到社会上去，他再也唤不起狱中才有的冲动，不穿囚衣便无感觉。出来后他给三乐友，也是三情人，各送了一套房子，并代为装修，不时聚首,共同怀念狱中乐团的"幸福时光"。八师兄终生最怀念的是云南的流浪感和狱中的皇帝感。这不是游戏人间、妻妾成群、艳福无边的士大夫梦吗?小说便在喝酒划拳的潇洒中结束了。不过众师兄已由喝白酒变为喝啤酒,透露出时尚的变迁。

莫怀戚小说中的"情趣"也不可不谈。杜鹃的叫声,鲤鱼的公母,"比贵阳"的啼叫,唐诗的谜语,众兄弟的偷酒喝,三师兄的因篡改歌曲而调入工会,因祸得福,还有"偷有偷瘾,跟烟瘾是一样的,也有成就感"的调侃,等等。读来皆忍俊不禁。

在某种意义上,《白沙码头》写了一个梦,一个反抗平庸、恢复血性的梦。但血性的恢复过于安全。庄生梦、南柯梦、黄粱梦、续黄粱梦,中国文化向来有梦传统。作者欣赏八师兄,倾注了全部赞美与同情。每件事情,作者都迁就他,与他合谋,以至使他求财得财,渔色得色,永远有惊无险地取胜,用以展现他的酷姿。作者说,嘉陵江发源于终南山,这虽不能算错,但更高的真正源头却在甘川交界的郎木寺。

雷达

2008 年 9 月 6 日于重庆师范大学

绪论：一个具有"文化地标"属性的优秀小说家

——莫怀戚的文学成就、文化立场及社会影响

在中国当代卓有成就和颇具影响力的中年作家当中，莫怀戚显得非常特别。其特别主要在于：他以大学教授的身份和平民作家的立场和视角，从事自由意义上的文学写作，并且使他的作品在社会各阶层中赢得广泛的赞誉和持久的精神回应。事实上，在四川、重庆，甚至在贵州、云南、广西以及国内许多地方，有许许多多的社会读者十分喜爱他的小说。不仅如此。莫怀戚和他的小说还是重庆的一道独特的文化景观；莫怀戚本人堪称是重庆地域文学谱系中最具审美号召力和感染力的特殊人物之一——是一个具有"文化地标"属性的优秀小说家。

30 多年来，莫怀戚的文学成就随着其创作道路的延伸、作品的不断成熟，同时也随着作品中的思想艺术辐射力、感染力和影响力的扩展，而得到文学界内外的一致肯定和普遍赞赏。他不仅是一个具有区域文化影响力的小说家，而且还是一个对于区域文化建设具有创造性贡献的知识分子，一个牢牢扎根西部大地将小说精心打造为文化软实力的著名文化人。

文学评论界在评价莫怀戚的"特别"时是这样说的："这是一个具有深厚文学素养和本土文化积淀的作家……他生性洒脱，举止放松，擅长文化推理，精于人性透视，说话深刻得让人脸红，行文透彻得让人心惊，为中国文坛最独特的智慧作家之一。"[①] "作者身为大学教授，其小说标新立异，其行事特立独行；作为小说家，其才智不凡，其风格文坛少有。莫怀戚在用小说为我们这个时代的人们做精神上的抚慰时，完全具备了一流作家品质……莫

---

① 《莫怀戚长篇小说〈经典关系〉学术研讨会综述》，《当代文学研究》2002 年第 5 期。

怀戚和北大的曹文轩都是一边教书一边写作——做学问很内行，写小说也很内行。他们通过自己的努力和示范，悄悄地接续和恢复了民国时期学者型作家的优良传统。"① 评论家蓝锡麟评价说："写小说的重庆作家中，我一直看好莫怀戚。假若将重庆小说家组合成一个管弦乐团，莫怀戚决然该是首席小提琴手。"② 莫怀戚长期以来是《当代》文学杂志最看重的重庆小说家。该杂志主编周昌义深有感触地说："我曾经以为，中国文坛有门无派，特立独行的有三大怪才，一是王朔，二是王小波，再就是莫怀戚了。莫怀戚教授的小说，既好读又高雅，还有文化；尤其是人生智慧，天下一绝，放眼文坛，无出其右。"同时他还指出："莫怀戚是一个价值被低估了的重要作家。"③ 他们的这些感慨，引发了文学评论界普遍的共鸣和反省。重庆市民在评价莫怀戚时是这样说的：谁要透彻地了解重庆人和重庆文化的性格，一是必须吃重庆火锅，二是必须上街打望重庆美女；三是必须读莫怀戚的小说。

尤其是在四川、在重庆，很少有人不知道莫怀戚，很少有人不为他的作品所深深打动。这个完全没有知识分子惯有的习性和派头的"重庆崽儿"，常常骑着那辆没有牌照的旧自行车在大街小巷呼啸而过，因为几乎所有的交警都钦佩这个大名鼎鼎的"莫老师"；他在偏街陋巷的鸡毛店吃饭喝酒，不少老板都执意不要其埋单，原因是他们都以"莫老师"能赏光为莫大荣耀；他在茶楼酒肆出现，常常会被许多市民读者所包围，甚至连"棒棒军"都认识他那张著名的蒙古血统的酷脸……在文学低落，特别是休闲文学普遍受人青睐的今天，作为一个严肃意义上的小说家，其人其文能受到社会各界如此广泛的厚爱，可以说，在当代小说家中能享受此番"待遇"的真的还为数不多。

莫怀戚小说最可贵之处在于：他从不直接对文学人物作简单肤浅的价值评判，而是在叙事的天地中给读者提供广阔的想象和思索空间，在人物性格和情感的冲突起落中，隐含着作者对当代人普遍遭遇的社会问题的忧虑和思考，因此非常符合艺术不是说明生活，而是描绘生活、开启心智的审美规律。十多年前，来自北京的评论家们认为："像莫怀戚这样具有深厚学养和本土文化积淀的中年作家，没有在文坛前沿唱大戏，实在是中国文学界和评

---

①　《西部文坛黑马，重庆实力派作家》，《文艺报》2000 年 8 月 1 日。

②　蓝锡麟：《后袍哥时代的袍哥咏叹调》，《红岩》2008 年第 6 期。

③　《莫怀戚长篇小说〈经典关系〉学术研讨会综述》。

论界的悲哀。"① 他们还说："读莫怀戚的小说，有相见恨晚的强烈感觉。莫怀戚的叙述风格非常特殊，其策略十分老到自然，语言艺术更是自成一格，不会与任何一个作家混淆，其创作成就此前未得到应有的肯定和重视，这是很不应该的。莫怀戚完全称得上是一个颇具潜力的实力派作家，同时他还是一个非常热爱生活，个性非常特殊和精彩的作家。"②

　　莫怀戚 30 多年来的努力是卓有成效的。他通过小说故事所展现的当代重庆生活画卷，对"重庆"的历史表现和现实进行了生动幽默并且深刻有力的揭示和评判。值得注意的是，这种揭示和评判同时从两个方面锲入：一是对"重庆"（他小说中的"重庆"明显具有超逾地域文化囿限的意义）的历史和文化进行多维的透视和扬弃；二是对"重庆人"（他小说中的"重庆人"也明显具有经验和超验的意义）的历史表现和现实存在进行了人性化的、超逾善恶美丑的多维思索。这样，在"中国高度"的逼视和追问之下，"重庆文化"和"重庆人"人性的丰富性和复杂性，全都以新奇而撼人心魄的面貌得以凸显和展露无遗。这正是莫怀戚能够在喧嚣鼓噪的世俗声浪和文学泡沫中脱颖而出，并在文学界内外赢得广泛赞誉和持久影响的根本原因。

　　莫怀戚的语言天赋、他的叙述才能、他的营造动人情节、洞悉社会人性和世道人心的本领等，确是他能始终抓住读者并深深感动他们的长项，但他并不满足于这些。因为这些并不是文学的灵魂。他更醉心于揭开世界的物质层面而向精神的层面逼进。他曾经对我说：简单浮浅地描摹和图解"重庆生活"或"重庆文化"并不难办，难的是要能真正冲破"重庆生活"或"重庆文化"的物质层面而深入抵达其精神内核。

　　20 世纪 80 年代末开始，莫怀戚花了近 10 年的时间，写了几十部"新样式"的中篇小说，奠定了他在中国"侦探小说"叙事领域中的特殊地位。1991 年，人民出版社推出了《大律师现实录》，文学评论家胡德培特地为莫怀戚的这本小说集作序。他以喜出望外的口气赞叹道："这是中国推理小说的新品种。在这里我十分高兴地向大家推荐这样一位新作家——重庆的莫怀戚先生。"③ 其实，在当时，对巴蜀以及西部地区的读者来说，莫怀戚早已为他们所熟悉和喜爱，谈不上是什么"新作家"。胡德培之所以兴高采烈地宣称他发现了一个"新作家"，主要是对全国读者而言。

---

① 参见《西部文坛黑马，重庆实力派作家》。

② 同上。

③ 胡德培：《推理小说的新品种》，《大律师现实录》，人民文学出版社 1992 年版，第 1 页。

　　2000 年是莫怀戚的文学创作生涯中的一个重要年份。这一年的 6 月 26 日，"莫怀戚作品学术研讨会"在重庆召开。研讨会对莫怀戚 20 年来的创作道路进行了回顾和总结，并集中对他的乡土小说、侦探推理小说、都市言情小说以及侠义小说的创作经验和得失等方面展开了热烈的讨论。与会专家学者高度评价了他在中短篇小说创作上所取得的显著成就，充分肯定了他在小说题材、结构、语言和叙述手法上所作的积极有益的探索，同时还对"莫怀戚现象"作了正面的评估。评论家们认为："莫怀戚是个性风格非常鲜明的作家，其创作的'渝味小说'，不仅有非常深厚的巴渝文化底蕴，而且还具有非常精彩的现代文明特征。他的小说里含纳着丰富的西部文化智慧，有温暖感、有巴人的悟性；尤其是在幽默机趣、耿介质朴方面非常突出，有感染人打动人的艺术魅力和智慧力量。"因此，他们最欣赏的是这个作家的率真、机智、幽默和深刻。他们一致认为："莫怀戚在用小说为这个时代的人们作精神上的抚慰时，完全具备了一流作家的品质。但奇怪的是：为什么其影响却是'二流'的？可以说，这是当代文学中的一种'莫怀戚现象'。"①　就是在这次研讨会上，莫怀戚小说及"莫怀戚现象"的文化内涵和社会意义引起了与会专家学者的普遍兴趣和讨论。

　　同年 8 月 1 日，中国作家协会机关报《文艺报》用一个整版，以"西部文坛'黑马'，重庆实力派作家"为题，对莫怀戚作了高度的评价，同时集中刊登了莫怀戚小说的系列评论文章。在对他的创作历程进行回顾和检视的同时，对其文学成就，特别是文化立场、作品的美学追求和价值取向等都给予了实事求是的评估和肯定。评论界一致认为，莫怀戚的小说、散文随笔不仅在艺术上有积极的探索和可喜的贡献，而且在思想价值和文化追求方面也是值得肯定的。他的创作蕴含着一种大气，这就是鲜明的人文关怀：关注社会现实、体察透视人生、鞭挞假丑恶、讴歌真善美。这正是他的作品能被老百姓所喜爱的根本原因之一，同时也是他能悦人性情、启人心智的重要原因之一。针对当时莫怀戚在创作中所表现出的"纯加俗"即"用纯文学的心态和俗文学的手法"探索一条小说叙事的新路子这一取向，评论家们认为："对文学的理解需要新的观念，用过去那种纯而又纯的象牙塔模式，是无法理解和准确评价莫怀戚这种全新的作家的。莫怀戚的写作特点是：积极勇敢地跟着市场走，而且一点没使自己的作品降低水准。这是一个奇迹。"②

---

　　①　《西部文坛黑马，重庆实力派作家》。

　　②　同上。

2002 年 5 月，莫怀戚的首部长篇小说的《经典关系》由人民文学出版社隆重推出，迅即在文学界内外引起轰动，从而在读者中引发新一轮"莫怀戚热"。同年 8 月 7 日，《经典关系》学术研讨会在北京召开。这次研讨会是由中国作家协会、人民文学出版社和重庆作协、重庆文艺评论家协会共同发起的。这也是重庆直辖后首次在京举办的最高规格的长篇小说研讨会。来自首都文学界和重庆文学界的数十名评论家和作家对《经典关系》及莫怀戚的创作作了极高评价。他们认为长篇小说《经典关系》不仅是一部充分体现重庆地域文化精神的扛鼎之作，而且也集中体现了重庆作家深厚的创作实力和咄咄逼人的崛起势头。著名评论家雷达欣喜地说："令人称奇的是，这部小说，无论从哪一页看都是非常有趣的，非常精彩的。这使人想到了钱钟书的小说《围城》。"① 来自中国社会科学院文学研究所的著名评论家白烨的评价最具有代表性。他说："《经典关系》是一部集大成之作，是重庆地域文化与莫怀戚创作风格精彩融合的一部感人至深、发人深省的力作。该作品将民俗风情、地域文化、现代精神、历史思考和文学追求有机地融为一体。在当今文学界，像莫怀戚这样具有深度和厚度的作家并不多见。《经典关系》最撼人心魄的是，作家以率真达观的人生态度和人生视角，逼真而深刻地反映了普通人丰富多彩的生活画卷，并且不带有丝毫的贵族和精英意识。"② 与此同时，《重庆师范大学学报（哲学社会科学版）》在显要位置刊载了文学评论家陈晓明的《解体的爱欲辩证法》和评论家周晓风的《文学中的区域文化及其表现》等多篇评论文章，在围绕《经典关系》进行分析和评价时，将批评的视角广泛扩展到莫怀戚的所有重要作品，并且作了全方位、多角度和深层次的探询与总结。中国文学批评界对《经典关系》的一致评价是："中国高度、重庆特色、深刻作家、智慧人生。"③ ——这个评语，可以说对莫怀戚的艺术成就和文化品格作了客观的评估和总结。

所谓"中国高度"，主要是指莫怀戚一以贯之所持守的独立的人性立场和审美意志。具体而言，就正如白烨指认的那样："莫怀戚是个自出机杼、自成一格的作家，是锲而不舍的探索者。他数十年来的创作追求，最有特色的是用小说的形式，为这个时代的人们作精神上的把脉和心理上的透视。他以极大的热情和关注的态度，集中探求种种社会心理现象，看取生活深刻、观察

① 《莫怀戚长篇小说〈经典关系〉学术研讨会综述》。

② 同上。

③ 同上。

人性独到，在对各色人等的行动及心理因素的挖掘上客观、准确，具有由里及表、由深及浅的人性深度。他的作品，由广泛的社会心理探索走向对具有普遍意义的社会心理的个案剖析；由人物行状及心理因素的或然性，进而挖掘人性的多面性和复杂性，表现了深具个性化的不凡潜力。"① 莫怀戚作品中的所谓"重庆特色"，主要是指他的生活及创作所依仗的地域文化背景。重庆特色与重庆人、重庆文化的丰富性和复杂性、奇异性最终与他的小说世界共生交融在了一起。他的小说叙事凸显的这种地域文化个性，特别是那种强悍、豪爽、幽默和达观的精神气质，那种以自强不息、冒死犯难为地域文化特征的侠义精神，在他的小说世界中得到淋漓尽致的发挥和妙趣横生的延展。

2008年9月6日，莫怀戚的长篇小说《白沙码头》学术研讨会在重庆召开。这是继《经典关系》之后，围绕同一作家的小说所举办的又一次专题研讨会。这次研讨会是由中国作家协会创研部、重庆作家协会、重庆师范大学和《红岩》杂志社共同举办。首都文学界和重庆文学界的数十名评论家对这部作品及莫怀戚的创作又一次给予了高度的评价。他们一致认为，《白沙码头》不仅是一部充分体现重庆性格和重庆文化精神的厚重之作，而且充分展示了重庆性格撼人心魄的狂放和精彩。与会专家学者还一致评价道："《白沙码头》不是一般意义上的传奇小说，其内涵深厚，信息量极大。它所展示的民间生存智慧和作家的民间审美立场相当鲜明而感人。特别是对我们反省现实、反省历史、反省我们自己，具有不可替代的价值意义。这部小说不仅是莫怀戚创作生涯中的上乘之作，而且也堪称中国目前小说中的上乘之作。"②

"白沙码头"在莫怀戚的小说营构中，是一个非常神异的文化场域。其于重庆的人文精神特质而言，这个氤氲着侠义文化气质的"码头"毫无疑问是重庆文化和重庆人的一个非常精妙的缩影——"总之，这是一部作家直露内心世界、表现自我，包括性本能的小说。它冲破了诸多外相和假相，也剥落了覆盖在世俗人性之上的陈规戒律；它将身与脑的写作抛在一边，直入人人的内心：让一颗心灵坦荡无欺，进行自由的言说。更为重要的是，这颗袒露的心灵不是低级趣味的，也非庸俗的，而是没受污染，饱含着真诚、自由、仁爱和暖意的。"③ 经过这次研讨，评论界的共识是：莫怀戚文学创作

---

① 白烨：《社会心理的探索者》，《涪陵师范学院学报》2000年第4期。

② 《重庆性格和码头文化精神的扛鼎之作》，《重庆师范大学学报》2008年第6期。

③ 王兆胜：《裸心逸笔涂抹潇洒人生》，《重庆师范大学学报》2008年第6期。

实践表明：他还是重庆少有的，与庸俗社会学和美学规训之下的写作彻底划清界限的作家，同时也是新时期以来，重庆文学界最早清醒地认识和规避那种来自“公共意志”和庸俗美学影响的作家之一；莫怀戚对所谓的“集体经验”和“豪迈写作”等，始终保持着足够的警惕和批判意志。尤其是近20年来，他所有的写作努力和叙事策略，都是为了能有效地摆脱庸俗社会学和美学的控制，摆脱陈旧叙事逻辑的干扰——这就是他所谓的“人和小说究竟应该怎么个活法才更像人和小说”的真切含义。

莫怀戚在谈到他自己对重庆的特殊意义时，是这样说的：“我生长在重庆，半个世纪了。我很热爱这块粗糙的地方，我知道它有许多不同于京津沪蓉的生动而又深刻的东西。重庆有独特而撼人心魂的历史，有足以产生文学巨著的人文厚度。我相信我能找到文学的突破口，这种预感已经来到。”①本土评论家蓝锡麟先生特别指出：重庆性格之于莫怀戚的特殊意义：“文如其人，从来不是每个作家都能够做到的，但莫怀戚真正做到了——他对现实社会主流状态仿佛意兴冷漠，甚至表现得有些玩世不恭，但骨子里却相当关注当世人们的生存趋向，刻意追求人生的自由自在。特别是这种追求还烙印着小说家本人的个性特征：追求怡情、通脱放任”；当然，这样一种独特的地域文化品格“并非作家莫怀戚一人所特有和专享。重庆这座码头城市的男男女女从来都在追求和享受个人生活的自由自在。无论世事如何嬗变，都不容许这种自由天性随风逝去”②。因此可以看出，莫怀戚为人为文的特异文化品格，始终是与重庆地域文化品格的奇异性形成了一种同构互生、相得益彰的关系。

莫怀戚30多年来的文学追寻都是为了求证：“人和小说究竟应该怎么个活法才更像人和小说？”因此，他不仅在庸俗社会学和美学面前保持了一个自由写作者应有的尊严和叙事立场，而且在大众面前同样保持了一个知识分子和现代公民应有的尊严和叙事品格。这在市声喧嚣、物欲横流的当下，是非常难得的文学品质和人文风度。

毫无疑问，当代优秀的小说家莫怀戚先生，他不仅属于文化和审美意义上的重庆，而且也属于文化和审美意义上的中国。

---

① 莫怀戚：《写作让我愉快》，《文艺报》2000 年 8 月 1 日。

② 蓝锡麟：《后袍哥时代的袍哥咏叹调》。

目　　录

第一章　莫怀戚小说叙事的地域文化特征

第一节　"莫怀戚现象"与重庆地域文化性格

一　在精神内质上他无疑是一个乡土作家

在莫怀戚的文学世界中，特别是小说营构中，重庆是一个非常神异的文化场域。事实上，作家正是凭借这样一个十分特殊的场域，将重庆故事和重庆经验、重庆文化和重庆精神有情有义、有声有色地描述和托举了起来。莫怀戚是一个擅于讲"重庆故事"的高手。他能紧紧抓住读者并深深打动他们内心的奥秘，主要是通过他的语言魅力，他的叙事策略，以及他的审美旨趣，特别是他的勘验社会人性和人心的独到老辣等，来达到这样的"攻心"效果的。但是，假如我们将他所具有的这些本领统统抽离重庆这样一个特殊的地域文化场域，显然莫怀戚和他的小说就成为了无源之水、无本之木！当然，地域文化场域并不等同于文学场域。因为小说家必须立足地域文化场域，从而将其创造提升为文学场域。所以，在小说写作中，他更醉心于楔入重庆地域文化场域的物质层面，进而向文学品格这一精神层面推进。他很早就认识到，简单、浮浅地描摹和图解重庆生活或重庆文化并不难办，难的是能真正突破重庆生活或重庆文化的物质层面而真正抵达其精神内核。归根结底，对莫怀戚小说叙事而言，"重庆"是作为一个文化空间，一个文学场域，一种美学风范，以及一种艺术风尚和艺术格调——这样丰富而深厚的精神意蕴凸显出来的。莫怀戚在《经典关系》中是这样概括重庆的文化品格和艺术气质的：

> 重庆是长江流域最具有艺术气质的地方。她的舞蹈和雕塑全国一流。别指望重庆能出什么大学生或者大思想家，这里的人不习惯那种状

态，更没有那种欲望，而且耐性也成问题。但这里出艺术家。如果说，雕塑是来自山，那么，舞蹈则来自水……

就重庆这个特殊的地理和历史时空而言，其最显著的地域文化特点无疑是它的乡土气质和乡土情韵。社会学家费孝通过去有个说法：传统的中国社会实质上就是一个超大型的乡土社会。有一次，在沙坪坝陈家湾的一个小饭馆里，莫怀戚和我聊到这个话题。他说："这个费孝通估计没来过重庆，其实重庆才是一个充满乡土气息和乡土乐趣的大都市！"他还特别解释说："我听人调皮地说，重庆不过就是一个农村直辖市罢了。有的人听了不舒服，认为是在挖苦贬低重庆，我的看法恰恰相反。我认为这是在高度地赞美重庆。乡土或者村社的重庆难道不是更精彩吗？我只要一看到棒棒军三三两两、成群结队在解放碑、在沙坪坝、在观音桥……在重庆的大街小巷野性十足地走来走去，我就喜欢得不得了。"在中国的小说家当中，莫怀戚是一个异类。他住在城市的水泥房子里，但从本质意义上讲，他却是一个乡野之人。他具有浓厚的乡土习性、粗豪的乡土做派和浪漫的乡土气息。因此，说他在精神内质上是一个乡土作家，应该是实情。我觉得这不是对他的贬低，而是褒扬，是对他的准确定位。乡土，在莫怀戚那里一直是作为一个文学场域和一个精神文化空间——因为，唯有在这样的场域里面，他的叙事个性和美学风范才有可能得以凸显张扬。

莫怀戚有一篇不足千字的短文名气很大，叫《写作让我愉快》。他在里面说："我生长在重庆，半个世纪了；我很热爱这块粗糙的地方，也很熟悉她的一切。"然后他故意卖了一个关子说，"我不知道她有什么不同于京津沪蓉的地方……重庆有自己的独特的历史，但她的现实独特性又在哪里？"其实，他十分明白：重庆的独特性就在于她那浓厚得化不开的乡土情韵和粗朴性格。当然必须承认，这种乡土文化的独特性是由重庆独特的历史气韵长久地滋养而成的。关于"现实的独特性"，这正是他要在他的小说叙事中苦苦寻找的尤物。

"粗糙"，是莫怀戚状写和品味乡土重庆时用得最频繁、最深情、最大气的一个语词。"粗糙"，主要是指重庆地域文化品格中的那种原始质朴，豪勇奔放，同时也蕴含着重庆人重感情而轻理性的个性特色。用"粗糙"来赞美乡土重庆，特别是重庆人的文化性格是莫怀戚最热衷的一件事。除了"粗糙"之外，莫怀戚描写和概括乡土重庆性格时还喜欢用"糊涂"这个语词。所谓"糊涂"就是说重庆人自来重感情而少理性。在《山水回旋曲》

中他是这样概括的：

> 重庆就是这点不好，太阳很大，能见度却不高，看什么都像刷了一层米汤。让人无端想起"糊涂"这两个字；重庆人不以精明清醒见长，恐怕就是这个原因。

他在《经典关系》中还非常有意思地刻画了重庆"开春"的这种"粗糙"和"糊涂"的经验感受：

> 又开春了。重庆是一个暴冷暴热的山地，所以她的开春也是爆炸式的，有如黄继光堵枪眼，或者董存瑞炸碉堡。什么"春风又绿江南岸"之类，在此最好免开尊口，以免贻笑大方。

"粗糙"和"糊涂"的乡土化的重庆与南北许多城市还有一个最显著的不同点就是：它一直顽强地保留着浓厚的码头习性和江湖气息。本来，中国传统的"江湖"在一个多世纪的"现代化"疾风暴雨的击打之下已迹近灭绝。但十分奇怪，在重庆，码头性格和江湖气息却十分顽强地延续下来。其实，重庆人的"粗糙"和"糊涂"还可以合并起来，叫作"撇脱"。在《重庆文友》中莫怀戚是这样解释的："成都人爱说我们重庆人撇脱。撇脱就是洒脱，没有心计。重庆人的洒脱，是全国共识。重庆文友的洒脱在于，不想刻意成为大作家。心不重，将写作视为一种生活，自己感觉良好就行……重庆人粗糙。但这种粗糙在有文化素养的人身上，刚好成就了文中的大气。男写手也罢，女写手也罢，文章天然阳刚，不故弄玄虚，有话就说有屁就放。这种大气的另一种表现就是：传统的文人相轻在我们这里根本不存在；要换一个字叫作文人相亲。全国主要大城市文人圈的情况我都了解，很少有我们重庆文人这样相亲相爱的。"具体到他本人："我到成都去开笔会，我的重庆德性在那里吓死个人。我一说话，就有人踩我的脚背、打手势叫我别说这个别说那个。在重庆，我说什么，重庆文友都哈哈大笑，之后把我灌醉，缴了我的自行车，将我塞进的士送回家去。"① 谈到重庆女孩与成都女孩的"文化性格"差异时，莫怀戚还有一个"菠萝与水蜜桃"的著名比喻。

----

① 莫怀戚：《重庆文友》，《文学报》1997 年 2 月 29 日。

他说：重庆女孩很像菠萝，外面长满骇人的刺。但是，你如果把这带刺的表皮小心削去，就可以放心享用，一直吃到甜美柔软的菠萝心。成都女孩很像水蜜桃，表面粉嫩诱人，令人难以设防。如果你放心大胆地一口咬下去，冷不防中间那颗硬核儿很可能把你娃的门牙嗑掉。通常，成都人很不以为然，认为是在贬低成都女孩。其实他是用幽默夸张的笔法描述川渝两地的文化性格差异。是说，成都人骨子里重理性，重庆人骨子里重感情；成都人文化性格中现代理性的成分比较突出，而重庆人文化性格中非理性成分，即原始情感成分比较明显。

我曾经和莫怀戚在重庆黄泥塝的一家小茶馆一本正经地讨论过这个问题。我们一致认为，移民城市、码头文化、游民习气和不死的侠义精神，既是重庆风土民情中的江湖气息绵延不绝的重要原因，同时也是重庆的叙事文学和抒情文学始终暗藏着独立意志的重要原因。说到码头文化，其实就是游民文化，是江湖文化的主流，其观念内核是绵延千年的侠义精神。因此自古以来，游民文化一般是作为与庙堂文化相对立的一种文化形态存在于底层社会，特别是像重庆这样地势险峻、气候恶劣、生存困难、普遍贫穷、移民成分复杂的地域之中。天高皇帝远，所以，这里的人们往往不惧王法，性情古野刚猛而任侠。莫怀戚在《误伤的渡者》中，有一段简洁的文字写出了码头文化的任性好斗的气质特征：

> 在重庆这种码头气息很浓的地方，人们也很有点唯恐天下不乱似的，总要暗中较劲、怂恿，两边挑拨的也大有人在。有人兴致勃勃的估计了一下，如果两边要斗，那么可能有一场百人甚至几百人规模的大战。

这就是莫怀戚赖以生长的文化乡土，一个自古以来在骨子里始终与庙堂文化、主流意志疏离乃至暗中对抗的地方。游民文化对国家管理和政府意志贯彻来说，不是一件好事。但是，对一个小说家而言却是妙不可言的一件大好事；可以说，正是由于莫怀戚身上一直流着游民文化的任性之血，才使他的小说始终充满生命的活力，而没有令人不安乃至厌恶的庙堂文化气息。

雷达先生颇有见地指出："莫怀戚的创作，让人想到了'原乡意识'。古往今来许多好作家都有自己的'原乡'。"为此，他列举了福克纳笔下那个"邮票大小的"写作天地；马尔克斯笔下的"马孔多"小镇；肖洛霍夫笔下的顿河流域；沈从文笔下的湘西；贾平凹笔下的商州和王安忆笔下的小鲍庄等。这些与莫怀戚的写作场域相映照，我们不难发现其中那些独特的东西。雷达先生还进一步指出：优秀的作家都有自己的精神原乡。因为，"离开了它，有人就不会写东西了，日渐下滑以至没落。我看莫怀戚，以重庆人自豪，对重庆情有独钟；他的笔触能节节深入到这座城市的腠里。"①　那么，重庆"这座城市的肌体"到底是怎样的一种"肌体"呢？我认为，就是具有浓烈淳厚的那种乡土化的肌体。表面上看，重庆和中国许多的大城市一样洋溢着五光十色、灯红酒绿的"现代化"气息和商品化物欲气息，然而，这座城市在骨子里却积淀着浓厚"前现代"的底蕴，在其物质生活和世俗面目的背后活跃着素朴的乡土文化的精魂。

　　莫怀戚之所以对重庆情有独钟，更多的是来自对这种乡土和江湖"场域"的情感依恋和感怀。他小说叙事中的许多细节，特别是他的基本的思想情感和人性立场的建构，都与这种乡土感知和依恋有着深刻的联系。因此，他在重庆的小说家当中是最具有乡土气息的一位；他的乡土习性和江湖做派不仅鲜明地体现在他的小说叙事中，而且他的游民秉性和码头气息还充分体现在他的日常生活，尤其是他的言行举止当中。由于重庆本质上是一个超大型的乡土社会，因此，重庆的城市"现代化"不管在表面上如何喧嚣，莫怀戚始终认为，重庆在其底蕴和精神底色方面终究还是乡土意味、江湖习性十足的。在这个乡土和江湖文化场域中的三教九流"彼此不问出身，不分尊卑，义字当先，颇有四海之内皆兄弟的气概。他们常常聚会、打猎、吃火锅，大碗喝酒、大块吃肉，哥们儿义气，好勇斗狠。"这种奇异而狂放的"重庆性格"的升华就是"一种不怕死，丢得下的潇洒，一种个性的绝对张扬，对自由的无畏追求"；"要爱就爱得不管不顾，要活就活得精彩不俗，即使是死，都是眼都不眨一下"。②　在莫怀戚的小说系列中，那个曾经碎片化的江湖和底色黯淡的乡土，逐渐连缀得较为完整，同时逐渐清晰明亮起来。他还认为，真正的民间社会应该是让万物自由生长的乡土社会，应该是能让英雄豪杰和布衣百姓自由行走的江湖；那里的行事风范和经验体系，那里的乡土伦理和江湖法则更加具有真实动人的人文内涵和审美力量。

　　在莫怀戚看来，"现代化"的城市再怎么热闹喧嚣，再怎么诱人，然而，它始终缺乏乡土社会和江湖人生具有的那种真实动人的人文内涵和审美力量。说实话，莫怀戚写了那么多发生在城市里的扑朔迷离、奇形怪状的故

---

① 雷达：《重庆性格与风流蝴蝶梦》。

② 以上引文参见莫怀戚小说《白沙码头》。

事，让他自己的身体和小说人物的身体一道，在城市这个"欲望的渊薮"中折腾来折腾去，但是，归根结底他的内心始终是落实在乡土这一乌托邦世界中的。《皈依》是莫怀戚后期小说叙事的重要篇章。在那里面他深情地剖白说："我怀念那荒凉的异乡，是怀念自己留在那里的青春。"生活在那个乌托邦世界里面的"夏长江"，其实就是莫怀戚自己。这个与"宁静的乡间倒也相宜"的乌托邦人物，终日劳作在乡野中的他，像"中阮的声音浸润而温和"；终日行走在乡野中的他，"心脏像块点心，酸酸的、甜甜的"，令人生出无限的遐思，无限的眷恋。

因此，具有乌托邦精神属性的乡土重庆，在莫怀戚的小说世界中，既是一个"入世"欲念极为强烈的地方，同时又是一个"出世"意念极为急切的所在。也就是说，这是一个将道家精神和儒家精神生动有机地糅合到日常经验和世俗性格中——"出入"自如、进退潇洒的所在。雷达先生用"风流蝴蝶梦"来概括和状说重庆性格的这种亦儒亦道文化韵味，是相当准确，相当有眼力的。所谓"风流"，是说重庆人有一种积极"入世"的任性和放达；所谓"蝴蝶梦"是说重庆人同时还具有一种"出世"的潇洒和通脱。在莫怀戚笔下，甚至连重庆的山水也赋予了这种亦儒亦道的文化品格。《白沙码头》就描述了这种特异的经验和体验：

> 真正的气魄不是靠体积，是靠大的动作，靠的是一种内在的力量——有一次七师兄突然说了一句话：重庆的气魄在水不在山。当时众兄弟懒洋洋地在江边的巨大木排上晒太阳，没有人对这句话做出反应。但是八师兄顺着这话遥望四野，承认长江比她两岸的群山动人心魄。宽阔的水面快速地然而静静地流着，没有什么波澜。这就是气魄。大江东去比铁马金戈更有气魄。

在他看来，重庆的山更具有儒家文化的峻刻和原则性，而重庆的水更具有道家文化的机变和灵动性，也就是"风流蝴蝶梦"之文化审美特性。事实上，在《白沙码头》当中，山川也好，人事也好，林林总总无不具有这样的亦儒亦道文化性格特征；尽管它涂抹上了鲜明的乌托邦色彩，但正是这种乡土伦理和江湖法则才强有力地支撑着他的小说叙事伦理的建构。在这块游民生息出入的"神奇诡异的土地上"，其原始野性和乡土人伦也因此显得格外的不同——"这里的人认为，偷窃并不坏，抢劫也不坏，杀人放火都不一定坏，但是说话不认账，坏；出卖，坏；和朋友的老婆勾搭上了，尤其坏。"不仅如此。在这个充满侠义精神的乌托邦世界中，人们对生死的理解也显得非常的特殊。他们认为，自己的命是"捡来的"，因而"不惜命"；"命同钱一样，都是身外之物"。码头上游走的人把钱和命都看得轻了，就进入了自由放达，无拘无束的天地；就敢于拿自己的命来博取豪放任性的人生。"一个人只要不敢随意地放弃生命，他就不可能有真正的自由"；"真正自由的人，他想活就活，想死就死"。在生命与自由的关系上他们看得相当的透彻，甚至相当的"极端"。自由远远高于生命。由此他们上升到哲学的高度、审美的高度来认识这个问题："我们因为贪生，所以我们衰老、丑陋、狼狈"；这种关于生死与自由关系的哲学认知，内中蕴含着特异的文化理念和伦理意志："有了毒药，人就可以放心地活了"；"有了毒药，人就自由了。"这样的侠义文化性格真是让人望而生畏，但又不得不心生敬意。尤其使人惊骇不已的是，就连小说中那条重庆乡野的土狗"杠炭"似乎也深谙这样的生死哲学理念。它为了追寻自己的所爱，竟然不顾生死，冒险狂奔而去，与它所倾心的另一条母狗缠绵，结果悲壮地殉情于狗主人的棍棒之下。这个"杠炭"其实是一个了不起的人物，一个富含着重庆乡土侠义精神的狂狷人物。莫怀戚深情赞美道："爱得惊心动魄，活得荡气回肠，死得肆无忌惮"——可以说，这是对乡土重庆、码头男女的人生观、价值观和审美观的高度概括和生动写照。那些在小说世界中生龙活虎般行走的男男女女，他们以"入世"的姿态"干预生活"，同时又以"出世"的情怀背离"生活"，甚至了断"生活"。

《经典关系》中写茅草根潜意识里面深藏着的那种人伦法则同样是乡土性的："他想干不该干的事，但他不愿意因此害了别人。他有点野心，也有点良心"等等，这样的人伦法则相当具有代表性。然而，莫怀戚还告诉我们：重庆人的文化性格与"现代化"城市文明秩序潜隐的最大冲突是"讲义气，轻原则"。他在小说中还特别跳出叙事格局评点说："这些人可以轻而易举地违反游戏规则：交友易，共事难——一言不合即可拔刀相向，或者拂袖而去。说得好，衣服裤儿脱了给你穿，说得毛了，不惜和你娃同归于尽。现代社会，尤其是经济领域，讲究双赢。这种德性怎么可能？"但是话音未落，他又忙不迭地为重庆人的这种德性开脱并赞美道："这是成都盆地文化缺少的一种东西，就是质朴。"《假手神明》写了一个与"然诺"有关的故事。其实他所揭示的就是这种"讲义气，轻原则"的江湖人伦的质朴和诡异。小说男一号华总有个特别重情义的"兄弟"，他为兑现一个"承诺"竟然精心布下一个骗局。他通过这样一个履行承诺的故事，颂扬了重然诺者，同时让那个食言者瞎了眼睛。由此可见，作者在经验逻辑和审美理念方面受这种江湖文化浸润之深。

通观莫怀戚的大多数叙事文本，这些小说的生命情状注定与这种乡土社会的人生、人性情状，特别是与人的精神世界的种种情状纠缠不清。因此，他小说中的乡土和江湖的千姿百态、活色生香，也注定是在这种特异的乡土伦理和江湖法则的基调之上绽放开来的。这样我们就完全明白了：莫怀戚小说世界中的那种生活和生命的质感来自哪里？其实，说到底就是来自于重庆这样一个特殊的乡土文化"场域"。也就是说，莫怀戚所创造的这个特殊的文学"场域"与这个特殊的地域文化"场域"之间存在着一种紧密的逻辑关系。

二 "莫怀戚现象"与重庆地域文化性格

2000 年 6 月，在第一次"莫怀戚作品学术研讨会"上，与会专家学者高度评价了他在中短篇小说创作上所取得的成就，充分肯定了他在小说题材、结构、语言和叙述手法上所进行的积极有益的探索；值得注意的是，他们在对"莫怀戚现象"进行正面的评估的同时，一致认为，莫怀戚小说创作的成功，与这个小说家自始至终立足于、植根于重庆这样一个特殊的地域文化"场域"，并将其创造成为了特殊的文学叙事"场域"有极大的关系。

他们指出：莫怀戚的个性风格具有非常鲜明的重庆乡土文化韵味，其创作的"渝味小说"，不仅有非常深厚的巴渝传统文化底蕴，而且还具有非常精彩的现代重庆人文特征。他的小说里含纳着丰富的巴渝乡土文化智慧，既有古代巴人质朴耿介的感人情怀，又有现代重庆人生龙活虎的行事风范。尤其是在幽默机趣、豪爽嚣张方面非常突出，因此，他的小说叙事中辐射出那种特别能感染人打动人的审美光芒和智慧力量。

正是扑朔迷离于重庆这样一个特殊的地域文化"场域"和文学叙事"场域"，他的小说故事才讲述得如此精彩和神异。评论家白烨在评价莫怀戚的《经典关系》时深有感慨地说："这是一部集大成之作，是重庆地域文化与莫怀戚创作风格精彩融合的一部感人至深、发人深省的力作。该作品将民俗风情、地域文化、现代精神、历史思考和文学追求有机地融为一体。"① 应该说，这是非常有眼力，而且非常精准，同时也是非常符合实际的一个评

---

① 《莫怀戚长篇小说〈经典关系〉学术研讨会综述》。

价。其实，何止《经典关系》，莫怀戚相当多的小说佳作，可以说几乎都具有这样的地域文化品格和艺术审美特性。

2008 年 9 月，莫怀戚的长篇小说《白沙码头》学术研讨会在重庆召开。来自首都文学界和重庆文学界的数十名评论家和作家对《白沙码头》及莫怀戚的创作个性又一次给予了高度评价。他们一致认为，《白沙码头》不仅是一部充分体现重庆地域文化性格和作家文化精神品格的扛鼎之作，而且更集中显示了莫怀戚深厚的创作实力和重庆作家咄咄逼人的崛起势头；这部小说还充分展示了重庆性格撼人心魄的狂放和精彩。与会专家学者一致评价道："《白沙码头》不是一般意义上的传奇小说，其内涵相当深厚，而且信息量极大。它所展示的民间生存智慧、作家的民间道义和审美立场同样相当鲜明而感人。特别是对我们反省现实、反省历史、反省我们自己具有不可替代的价值意义。这部小说不仅是莫怀戚创作生涯中的上乘之作，而且也堪称中国目前小说中的上乘之作。"①

显然，专家学者们所说的"莫怀戚现象"，不仅仅是指莫怀戚本人作为小说写作领域中突然奔跑而来的一匹"黑马"，让他们大吃一惊，更重要的是他们从莫怀戚的小说文本当中发现了"重庆性格撼人心魄的狂放和精彩"；另一个大吃一惊是指：这样一个在民间具有广泛阅读影响——特别是能够同时引起雅俗两界读者浓厚阅读兴趣——的小说家，竟然没有得到文学批评界足够的重视！这个"具有一流品质的作家，奇怪的是，其影响却是'二流'的?"所谓影响"二流"，主要是指只有区域性影响而没有全国性广泛的影响。这也可以称之为"莫怀戚之问"。②当然，"莫怀戚现象"主要是指这个具有独异精神品格和叙事风格的小说家，他之所以产生的根基和成长的路径的特殊性；他之所以能够引起读者的喜爱和能够产生持久的社会影响的奥秘等。其实，要破解"莫怀戚现象"背后的奥秘并不复杂。只要我们把这个小说家和他的小说摆放到重庆特异的地域文化语境当中，就会找到答案。可以说，"莫怀戚现象"的答案都隐藏在他的每一部作品当中。

当我们打开莫怀戚的小说时首先会发现，重庆的人文地理特征，尤其是它的山水形貌、乡土特性无不被他刻画得形神具备、生动精彩而又耐人寻味。比如关于重庆人文地理的特殊性，他是用一种具有鲜明的风土化语言来描述的。且看《白沙码头》里的一段描述——

---

① 《重庆性格和码头文化精神的扛鼎之作》，《重庆师范大学学报》2008 年第 6 期。

② 《西部文坛黑马，重庆实力派作家》。

地理，高考里面的地理——只是一道大菜中的辅料，川菜称之为"翘头"，比如回锅肉里的蒜苗——也可用青海椒、胡萝卜之类代替。但地理对重庆就不一样了。可以说没有地理就没有重庆。比如说蒋介石当年选重庆来当陪都。他为什么不选成都呢？成都又肥沃又凉快！重庆虽然土地贫瘠，又热又潮湿，但它山高，又多雾，日本飞机不好炸。这不是地理又是什么？

真正立足于乡土经验和感受的小说，即使这种随兴所至的地理描写，朴实中也带有十足的风土意味和山川形胜的特殊品质，也自然而然地流泻出作家独异的个体经验、人文感受。《白沙码头》一开篇，莫怀戚是这样描画的："重庆是两江夹一个大山包。这两江还不是无名之辈。长江不说了吧，嘉陵江发源于终南山，出生已是高贵，而它的流域，正是号称天府之国的四川盆地的腹地，一切可想而知。"重庆地理的特殊性还不光在此。莫怀戚指出，关键的是它的"不可仿制性"——"两江夹一城的，多去了。武汉、南京、上海，是大块头；两江夹一山的，就更数不清了；但两江夹一座大山，山是一座大城的，委实不多。从这点来说重庆是难以仿制的。"其实，这哪里仅仅是在说重庆山川形胜的特殊品质，他在含蓄地揭示重庆地域文化，尤其是民风民性的特殊人文品质。的确，重庆这个"现代大都市"与自然的和谐相生，与乡土的天然匹配不仅体现在战略意义上，更重要的是体现其在他的乡土情韵和人文性格以及艺术气息诸方面。接下来继续说莫怀戚小说中重庆山川形胜的"不可仿制性"：

重庆最多的就是石头。南京算什么石头城？世间的事就是如此有趣：只有寥寥几块石头的，居然就敢叫作石头城，整座城都建筑在石头上面的，反而不这么叫。由此可见什么叫文化的修饰。长江和嘉陵江呢，在重庆人看来，只不过是这块大石头上勒出来的两道巨大的槽痕。

重庆是"三根油条夹两块烧饼"。三根油条是三个山系，由东往西依次是铜锣山、中梁山和缙云山……两块烧饼，简单说吧，市中区算一块，沙坪坝算一块。重庆的两江：长江从市中区穿过，嘉陵江从沙坪坝穿过，在市中区，半岛的尽头，在一个叫作朝天门的地方汇合。

以上这两段关于地域形胜的描述，其语言的民俗色彩和乡土格调令人叫绝。再看莫怀戚对最有乡土特色的重庆码头的形象化描述："重庆有很多码头，这有什么？"别的地方不也有好多码头吗？他斩钉截铁地回答说："不一样！"重庆码头有何奥妙？他又回答道："那些地方的码头同市区的联系极为畅通。假如码头是嘴巴，那么，那些中规中矩的公路就是食道，食物可以顺利抵达肠胃。"因此，"在嘴巴这一点上，重庆与别的地方并无两样。问题出在食道。重庆的码头，背后是山，是山坡还好一点，有的根本就是石壁。所以重庆的多数码头，不通公路，只有石梯坎。随便说两个地名，诸君也就明白了：石板坡、十八梯、三百梯。怎么样？请注意，其中两个地方都在市中区"——最让人产生荡气回肠之感的是民谣的描述："好耍不过重庆城，山高路不平，口吃两江水，可怜多少下力人。过去就是不方便，但是现在已经方便了。"

的确是"不可仿制"——"因为重庆的码头大多规模很小。货物来了，肩挑背扛……因此，码头的分工分类也就很细了。木货街、棉花街、小米市、磁器口，甚至还有筷子街。怎么样？"更加不可仿制的是："小码头可以处于人居之中，大码头则不行。"具体到小说中的白沙码头："那就是一个胳肢窝，缩在长江的一个尖尖的急湾里，同时也在一个深深的山之皱褶里。屈原说'若有人兮山之阿'，说的就是这种地方。不过可不是什么'若有人'，那是真有人。"的确有些诡异莫测：这样的所在既像桃花源，又像神秘岛，是个出传奇故事的地方。

再看他怎样状写码头江边的礁石："礁石有多大？可以踢足球。出了三峡，就看不到这么大的礁石了。礁石从江里一直逶迤到岸上。涨大水时，礁石被淹掉，退水时又露了出来。这就好，礁石上生出许多名堂来。有灌木、有花草，有毛毯一样的青苔，有大大小小的水塘。有些水塘里还有小鱼。孩子们年年春天来水塘捞蝌蚪。甚至，有一次，起个大早的二师兄还在一个像脚板印一样的石头窝里，看见了一只熟睡了的野兔。"可谓神奇素朴清爽得不可思议。

事实上，重庆地域文化性格真正的"不可仿制性"，不仅仅体现在山川形胜的异质品格上，更重要的是体现在民风和民性的异质趣味上。《经典关系》特别指点道："这个水码头上的人们以血性自豪，而且以此作为与其他城市的区别。不过，文明是强大的，码头上的人们终于一代一代地文明下来，只是文明得还有些生涩。"此中所谓的"文明"，指的就是"城市化"或者"现代化"。这种"文明"在这块土地上搞了一百多年，但是，这里的人们还不太习惯，所以导致这里的"文明"始终显得比较生涩。虽是小说家言，但却是实情。莫怀戚写磁器口，写黄桷垭，写海棠溪，写那些重庆著名的码头、街衢和乡镇，他发现"城市化"和"现代化"在这里遭到人们的冷落和嘲笑：

> 麻石板铺着窄窄的老街，明清老式穿斗建筑比比皆是；从古井中汲水的大有人在。现代得有些腻味的人们开始复古，津津有味地品尝着从前；被时尚一度遗忘的角落如今成了人们竞相追逐的最新时尚。石级两侧是老式的吊脚楼。爬坡的人晒不住了，就躲到吊脚楼下面乘凉。因此，吊脚楼下最常见的东西是烟屁股。房主天天开门打扫，也少有怨言，这就是山民的厚道。
>
> 那是真正的典型的山垭口。风从北方来。一进去就换了季节。所以陪都时期各国的领事馆都争相建在这里。以躲避重庆的酷热。从黄桷垭往北，经明月镇、长生镇，这些都是川东的古镇，有石拱桥，有小河和古树，还有永远不会被时尚同化的民风民俗；一直朝前走，就走到那个著名的广阳坝。

《透支时代》里面还有这样的描述："我们这个城市高山大河，结构粗糙，气候恶劣，民风野蛮，然而盛产美女。以至于我们的男人每每去了外地都很不习惯，精神不能振作，意志慢慢消沉。"莫怀戚的意思似乎是：只有待在这样的地理环境和文化风习中，重庆男人们的精神才不会萎靡，意志才不会颓废。重庆美女的"不可仿制性"同样是莫怀戚乐此不疲的描画主题之一。《白沙码头》是这样描述的："重庆女孩白皙水灵而且丰满——重庆式的丰满并不是指块头，重庆话叫'堆头'；不是说'堆头'有好大，而是捏摸着有那种说不出的美妙感觉，用当地话说：看起消瘦，摸起有肉。深入一点的说法是，重庆女娃的骨头是篾条做的。"这不仅是重庆经验中的异质趣味，而且也是一种特殊的审美感受。

三　乡土经验乡土人伦与小说叙事的关系

传统小说叙事习惯运用"闲笔"来营造舒缓优雅的故事气质，从而使叙事风格显得张弛有度，从容不迫，意蕴绵长，莫怀戚对传统有明显的师承和较为娴熟的运用。"闲笔"不仅体现出小说叙事的耐心，而且还极大地扩展了经验的空间和叙事的情趣领地。他写码头江边的礁石，大到可以踢足球的豪迈视角，小到礁石缝里的小花小草小蝌蚪，甚至"一只熟睡了的野兔"

等等。这种对乡土细小物象的柔情关注与语言捕捉，使重庆这座城市始终在经验细节当中给人以乡土的真实可信的感动和力量。至此，我们完全可以说，重庆山川形胜、地域文化的"不可仿制性"与莫怀戚及莫怀戚小说叙事风格的"不可仿制性"形成了一种内在的逻辑关系。这是无疑的。

在许多"现代"小说当中，与城市文明相比，乡村文明是僵化保守、落后颓败的，是一种被大踏步行进的城市文明远远甩在身后的"历史主义的低洼地"；小说家们常常站在历史理性的制高点，以一种救世主或者启蒙者的悲悯眼光俯瞰着乡村。莫怀戚对这样的小说家非常反感。因此，这就决定了莫怀戚小说叙事的主题意蕴与同时代的许多小说家不太相同：一方面，尽管他也表现在革命与现代化冲击之下，社会生活所发生的人性和人伦关系的异化，但是，他坚持认为这种异化主要发生在现代化、商品化程度较高的城市里，而对于乡土世界来说，仍然保留着传统的乌托邦式的人伦关系和素朴人性。另一方面，他与那些具有乡土情怀和乡土经验的小说家一样非常认同这种观点：乡村或者乡野才具有熟人社会的人伦属性，而"现代化"的城市呈现的则是一个陌生化的社会。以乡土经验和乡土人伦的视角来审视，城市经验具有高度的同质化属性，而乡土经验却具有极为丰富的差异性和生动性。不仅如此。在他看来，乡土经验与城市经验最本质的区别在于：传统社会是质朴、自然和淡化功利的，而现代社会则是机巧、争斗和鼓励功利的。他在《白沙码头》中以不屑的口气说，"现代都市人太理性、太聪明、太小气，仿佛一台精密计算的仪器而存在，没有了血性，甚至都缺少男人气。"而在《大动作的小动机》的后记中他注解道，之所以写这篇小说，是想提示："这是一个现代机制和古典情怀错位的悲剧故事。现代机制依靠的是人脑，而古典情怀是靠人心。"显然，"古典情怀"属于乡土，"现代机制"属于城市；"人心"与"人脑"不仅在伦理价值上是对立的，而且在审美评判上也是不可调和的。他因而强调，道德心灵的复活，伦理秩序的重建，审美价值的确立等，必须以乡土而不是城市为唯一的、理想的坐标与尺度。最典型的是茅草根基于这种价值审美立场爆发出的愤怒：

> 他厌恶都市的喧嚣和肮脏，最受不了汽车尾气和卡拉 OK。他认为南京大屠杀远不如卡拉 OK 的发明使他仇恨日本人；他爱大自然的一切，无论毒蛇猛兽还是枯枝败叶。

同样，在《经典关系》中他特别谈到了"忠诚"这一伦理观念的传统乡土意蕴。他认为现代社会已经全然丧失了"忠诚"生长繁盛的乡土人伦背景："忠诚既为男耕女织而设，那么在工业、信息社会的现在，当然失去了实用价值……恐怕只作为一个人类习惯而部分地存在着，作为有些人的审美需求而保持着，作为社会的稳定因素而被社会的掌握者强调着。"

正是因为这两种经验的极大差异，才使莫怀戚个性化的叙事和阐释获得了想象和虚构的自由空间。他多次讲到：乡土经验对小说叙事的意义极为重要，它不仅能有效地刺激小说家的感官，同时能极大地释放小说家的自由心性："倾听山之深处那正午的宁静。下过雨，湿漉漉的泥土的味儿从厚厚的松针里透出来。远处传来布谷、布谷的声声啼叫。布谷鸟一边飞着一边叫，像在寻找什么。"这是《白沙码头》中信手拈来的一段乡土景物描述。能说这动情的诗画中就没有作者的伦理审美评价和文化倾向吗？在莫怀戚的小说中，我们可以充分领略到来自乡土的千姿百态、活色生香，充分感受到小说世界的种种梦幻和隐秘，美妙和生猛等，显然，离开了乡土社会和乡土经验，他的叙事不仅会显得苍白无力，而且他的人伦法则和叙事秩序也会陷入困境。《无主导驱动》中有一个细节：男一号工布和女一号覃筱萱在一起回忆乡野生活。覃筱萱说：

> 有一天翻红苕藤，不小心翻出一条蛇。是一条半大的菜花蛇，两尺多长，盘成一团。我差点叫起来，但又不敢叫，是怕别人过来用镰刀打死它。那小蛇把脑袋伏着，一双黑亮的眼睛可怜巴巴盯着我。我走也不是，不走也不是，又不敢伸手。我说，小龙，小龙，我不害你，你也莫吓我。那边的苕藤已经翻过了，别人不会去，你到那边去吧！你猜怎么样？它像是听懂了人话，一声不响就梭过去了……

这一段绘声绘色的描写极具乡土经验气息和乡野生活质感。但是更重要的是，我们从中真切地感受和触摸到那种古老的乡土人伦精神。覃筱萱面对突然翻出的小蛇，始则又惊又怕，继而产生怜悯之情。在叙事中，"小龙"顺理成章地被覃筱萱视为乡土人伦关系中的人格化对象。事实上，在莫怀戚小说大量的乡土叙事情景当中，这种深切体现乡土人伦关系的例子是非常多的。更加令人不解的是，在这片奇异的乡土上还有一种人，他既挖空心思算计你，同时又非常真诚地款待你。《车仗》里的那个骑自行车在乡间野游的"我"，就遇到了这样的"不可理喻"之人。那个农民大哥卖东西时要了"我"的秤，之后"我"鬼使神差骑到了他的农舍，居然受到他的热情款待。酒足饭饱之后，他还依依不舍地送"我"上路。于是，"我"不禁感慨道：

> 他让我骑上转了两圈，才挥挥手让我上了路。我心知我不能再来做客。更不能再去买菜。世上有一些人你只能交往一次，但一次也就足够了。宁静的夜色，和谐优美的田园夜景，这真是都市旁的另一处桃花源。景美人更美。要我的秤却又不收我的伙食费的家伙，一家人的热情款待，足以让我铭记一生——仅此一次，却是一生的记忆。

并且，这种古老的乡土人伦精神还表现在莫怀戚对"活在"日常生活中的历史和历史人物的品尝和评价当中。《美人泉华》中有一节关于虞美人花的景物描写就具有这样感人的乡土人伦力量：

> 今年虞美人花开得倒早。很美，平展开的胭脂红花瓣，还镶了一道乳白的边儿。那红色，据说是虞姬的鲜血。虞姬为霸王唱啊跳啊，然后一刀抹了自己的脖子。老师说是虞姬不想拖累霸王，要他下决心突围。但有一天她突然想到，虞姬其实是被霸王逼死的。霸王不愿她落在刘邦的手里，心想，不行，你得死掉！当然霸王不会明说——他是个政治家嘛！他暗示。虞姬当然懂得起那是暗示。所以……

这个细节的文化内涵非常丰富也非常吊诡。但内中含纳的那种坚硬不屈的民间伦理感受和评价，一点也没有被宏大的历史进程和社会演变所磨损。莫怀戚借小说叙述者的口吻，由对虞美人花的生物情状的描写，进而联想到"霸王别姬"的历史悲剧。关键是，它从真正的民间的立场和乡土视角，将两千多年来被官方"道统"定位为"悲剧英雄"的项羽彻底颠覆了。"他是个政治家嘛！"许多人竟然忘记了项羽的基本身份；而虞姬的基本身份是"政治家的情人"——只有站在民间的立场，用乡土人伦的视角才能看清这一悲剧的实质。

当然，莫怀戚同样擅长于写城市。但即使是写重庆的城市生活，我们也会发现处处流溢出浓烈的乡土质感。《经典关系》里面，写茅草根与南月一的一段对话就是如此。在城市的郊野观赏时南月一感叹说，"我喜欢这个立体的城市。"茅草根说，"这是乡村。"南月一说，"不，这是城市。是城市的线条，是城市本身的造型。你总不能认为胳膊不是身体吧？"茅草根借题发挥，语义双关地说"让我们的身体合二为一。"男女身体的合二为一与城乡结构的合二为一，巧妙地道出了重庆地域文化的复杂性，以及无处不在的生动幽默等，这样的乡土特色。

对城市人性的复杂和"现代"灵魂之幽邃的执着探询，他同样也是站在这种朴素的乡土人伦立场上进行审视的。在莫怀戚那里，往往是通过重庆特殊的地域文化品格——具体而言，又往往是立足于乡土经验，通过对日用人伦的描述和道义叙写而得以呈现的。他十分清楚，真正的小说在对人生、人性乃至人情进行创造性写实的同时，还必须将小说的复杂性和生命的复杂性不露痕迹地融入他的这种乡土经验和独异的道义审美当中，否则将是劳而无功。我们不妨品尝《隐身代理》这一段别有一番意味的文字——

> 不能以社会地位定人格，老板不一定就是心黑，雇员不一定就是心善，说不定人性中的毛病，在下层人中还厉害一些，因为生存企图加上缺乏理性……他虽也是下层一员，并不避讳下层的邪恶。一个人，对遭遇的不公本已绝望，却由法律给予了公正，而且得到了足够的物质性赔偿——金钱！这在下层民众心中引起的震撼是要被放大的。这样，对于法律，无疑从今以后将会异常敏感。

这篇小说对"底层弱势群体"中某些人的痞子无赖做派的揭示和批判是相当深刻而尖锐的。必须看到，这是居于古老的乡土伦理和江湖道义的民间审判，并不完全是依循所谓的"现代法理"或者由官方主导的"公民道德纲要"来评析——"简直让人心灰意冷，不知该对人这种东西说什么好。尤其不知该对所谓的'弱势人群'说什么是好——谢代斌这一跑，的确让人产生怀疑和动摇。同情、悲悯、道义、公理，一切的崇高都被一个弱者亵渎了。说政府不讲法治，也不尽公平吧？说民众呼唤法治？有时候简直是扯蛋：没钱的时候希望法治，拿到钱了立刻担心法治……"因此，以为"底层"的人性就一定质朴通透而与卑劣狡诈无关，这种看法不仅幼稚，而且显得非常可笑。在《经典关系》里面，他对"底层人性"，特别是曾经被"阶级伦理"长期着意拔高美化这种"底层人性"进行了实事求是的揭露和批判。比如海棠公司下班离厂要搜身，就像夏衍的《包身工》诟病的那样。但是"不搜行吗？那不偷得你成本高上天，公司垮下来才怪"；在一些极不打眼的地方，"连一个小小的售货员也需要打点"；"不少电视剧把老板写得很坏，把工人写成受害者"，其实是因为这种僵化肤浅的"阶级伦理"在作怪，创作者根本就没有洞悉"底层人性"的复杂性和诡秘性。他认为，各种层级的人性都有其不可告人的奥妙，刻意拔高美化任何一个层级，对文学而言都是灾难性的笑话。

仍然以他小说当中叙写的重庆码头为例。因为码头不仅是连接城乡的特殊场域，而且还是使这个城市呈现立体化"合二为一"的重要语境。他写竹木街下面的那个"连趸船都可以不需要的"码头：

> 这么说，码头就不靠船啰？只有不生崽的婆娘，哪有不靠船的码头？不但靠，而且是靠大船。

"只有不生崽的婆娘，哪有不靠船的码头？"重庆码头的气魄和襟怀，特别是日用人伦属性，它的母性柔情等，就在这种乡土语调的描述中显露了出来。他还写到重庆码头的那种"地方经验主义"的"热"——"那是一个大热天。码头尤其热。一般人以为长江边上凉快，那是颠倒逻辑。山水这么一夹，码头是被捂着的热……可是巴颜喀拉山的雪水还是冰凉的。"但是，重庆人对重庆码头的偏爱无以复加："南京城好耍南京走，北京城好耍北京游；南北二京都去过，好耍不过贵码头。试想，去北京怎么可以驾船？"自傲与自豪之情溢于言表，简直是招惹不起！

他写重庆的夜景与香港夜景的"本质"区别也是如此的有意思："山城夜景，伸手可触。人有如端坐于全世界的珠宝之中……"这是作者借小说人物关西发出的由衷赞叹：

> 重庆的夜景，其实胜过香港。香港的灯光过于密集。由于很规范的住宅又高又多，所以大片大片的清一色格子式的白色灯光霸住了人的视野。总之香港的夜景很呆板，不像重庆这样的错落有致，非常生动。

《假手神明》写华总和昔日的恋人、而今的情人伊人于乡土重庆近郊的山上欣赏夜景，异趣悠然："他们站在南山之巅遥望山城夜景。他赞叹，这一切多像阿里巴巴山洞里的珠宝。末了，他说的一句话，大大地投合了她对家乡的热爱——他说'这块地方天然阳刚，山水都是天工杰作'。"可谓别开生面，令人陶醉不已。但是对重庆的"雾"却颇有微词，而且明显是立足于乡土伦理和乡土审美的立场上所生发的："重庆的夜雾起来了，使得一切有点像伦敦。茅草根是去过伦敦的，觉得伦敦雾同重庆雾差逑不多。但伦敦的雾将伦敦人弄得阴沉沉的，重庆的雾却让重庆人过分明快。好像伦敦的雾是雾，重庆的雾却是遮羞布……现在有一点已成共识：重庆可远看不能近看，可夜里看不可白天看，可雨天看不可晴天看……"

不仅如此，莫怀戚始终感觉到这座城市一直沉浸在川江号子的乡土情韵之中。茅草根说：

> 我们中国，有两类民歌可以成就大型舞蹈：一种是信天游，一种是川江号子。信天游我不熟悉，川江号子我是熟透了……小时候听父亲哼唱：船儿靠了乌江渡，拿根杉杆搭上路，大哥摸黑爬梯坎，去找幺嫂补衣服。我年少不懂事，说，大哥应该找大嫂啊，怎么找幺嫂呢？父亲大笑，说，大哥找大嫂还有什么唱头？

不仅如此。"川江号子具有信天游不具有的功效：那是一种指挥集体的劳作，有时简直是在战斗。因此指挥吼唱川江号子必须要有很高的舞蹈素养。"由此可知重庆的生动和特异，究其本质不在它的"现代化"表象，而在它的传统乡土肌理，在它的"前现代"的生活情趣、生存情况以及它那与山水相依相融的底层伦常当中。

所以说，地缘文化意义上的重庆与文学审美意义上的重庆——这两个相互交织融汇难解难分的"场域"，对莫怀戚来说，既是他赖以存身和成长的故乡，同时，其更为特殊的意义在于，这是他精神的滋养地和具有审美意义是文学家园；还是他的经验和忆念的矿藏。地理意义上的重庆于他和他的小说而言当然是重要的，但是，对一个真正的小说家而言，精神意义和经验意义，尤其是乡土人伦和乡土审美意义上的重庆，无疑是莫怀戚小说重要的人伦底色和叙事基础。并且，这种乡土人伦和乡土审美意义上的重庆竟然还可以跨越时空，随着小说人物的游走而出现在许多地方。你可以在北京找到重庆的感觉，也可以在深圳找到重庆的感觉。

随便举个例子。《花样年月》里面写到东北大汉关西在北京街头第一次见到"栀子酒家"招牌时，还误以为是日本娘们儿开的。及至远远望到亭亭玉立、体态优雅的重庆美女栀子，竟然脱口叫道：不可能是日本人！为什么"不可能是日本人"呢？因为他嗅到了这个女子身上那种特殊的重庆味道。于是，莫怀戚写道：

> 关西这一声将众人都吓了一跳。栀子后来说，都以为是什么人雇的

杀手，来找日本人算账的。当时栀子过来，说这是川菜馆，重庆人办
的。小姐您是重庆人？是。那您讲句重庆话我听听。讲就讲嘛！听到：
重庆城，十八梯，有个大嫂笑嘻嘻。别个问她笑啥子，路上捡到老母
鸡。嘣个可能白滋八滋捡到老母鸡呢？关西也用重庆话问。白滋八滋即
平白无故。母鸡从堡坎上飞下来，钻进吊脚楼下就看不到了嘛！大家都
笑起来。这个男人带来了一团生气，栀子立刻有感觉。她请他坐下。故
意在北京说重庆话的关西，是给勾起了在重庆生活的回忆，尤其是那未
遂的爱情。

看见了吧，即使小说叙事的背景到了北京，地缘文化意义的重庆和文学
审美意义的重庆，却如影相随、挥之难去。栀子不经意地把精神意义和经验
意义的重庆品格和质感带到了京城。同样，《南下奏鸣曲》里面的那个纺织
女工"7号"也把浑身上下洋溢着的重庆气息和性格带到了深圳。而在
《银环蛇之谜》里面，这种特殊的重庆气息和性格又随着人物的活动洋溢在
海边。《白沙码头》当中，重庆经验和重庆脾性又被小说中的那帮乌托邦男
女带到了云南边地的荒野和市井空间。如是等等，不一而足。令人慨然称
奇，赞叹不已。

由此可见即使貌似写景叙事的闲笔，也处处透析出浓郁而醉人的文化意
义和经验意义，让人真切体会到重庆品格和质感的那份"爽"劲儿。这充
分反映了重庆地域文化的强大：不仅体现在它的"扩张性"方面，而且还
体现在它的同化和改造能力方面。比如，外地甚至外国的故事题材到了重庆
人的艺术掌控当中，立马就具有了浓郁地道的重庆文化气息。有一次是在西
郊的华岩寺，莫怀戚给我举了个例子。他说："你晓不晓得'文革'时期重
庆川剧团的'革命群众'集体改编了一台川剧，叫作《伊里奇三打冬宫》？
那个故事是取材于苏联的十月革命。列宁、斯大林、捷尔任斯基这帮兄弟伙
像梁山好汉一样去打天下。你想不想得到？那个故事被弄到川剧里这么一
唱，苏联那帮兄弟伙全部都整成了重庆味道！你看安不安逸？"说着，他就
立马扯开喉咙唱了起来，而且还是川剧高腔。他先是模仿列宁的语气唱道：

> 苏维埃的主席真不好干，
> 老沙皇的势力实在凶顽；
> 反革命的武装盘踞冬宫，
> 怎不让伊里奇我额头直冒汗。

然后意犹未尽，便乘兴又唱了列宁老婆克鲁普斯卡娅的段子：

> 伊里奇我的夫身在火线，
> 为妻我心中急，忙赶到两军前；
> 托洛斯基他为人实在，实在太阴险，
> 怕只怕，怕只怕，怕只怕夫君他难防暗箭。

我当然只能点头称是。后来，我在阅读莫怀戚小说时才发现：他经常按这个套路把一些老外的东西搞成重庆味道。最典型的就是在"大律师系列"里，不少老外的"思想理论"被他一通捣鼓，竟然具有了重庆的地域文化气息和个性色彩。简直可以说是神奇。

四　重庆乡土品格的经验意义和精神意义

重庆品格的经验意义和精神意义的素朴和古旧，还表现在莫怀戚小说的许多叙事细节。比如《白沙码头》里面，他写"现代"重庆人在他们最钟情的旧式茶馆里听说书先生"讲评书"，这种风土意味浓厚的场面就非常有意思：

> 讲评书的还是那个沙喉咙面带菜色的山羊胡子老头，讲的还是"秦琼卖马"，或者"武松醉打蒋门神"之类。上面在不断拍着惊堂木，声嘶力竭，下面一派肃然，眼睛耳朵都在上面，谁也不注意谁。

《南下奏鸣曲》赞叹巴渝民谣的地域文化品格，其经验意义和精神意义可谓精彩绝伦，叹为观止："民谣所述也是一种人生，野蛮而质朴，真实而自然，痛快淋漓，死而无憾。"尤为称奇的是，甚至在莫怀戚的罪案叙事中，也鬼斧神工般地写出这种经验和情韵的文化意义。《被误伤的渡者》里面，莫怀戚竟然将"魔芋烧鸭子"这样的乡土菜肴与人物的犯罪策略融为一体而且不留痕迹："这是道正宗的川菜，是好菜；其规模，也可成为主菜。但这是'冬天的菜'，在四月中旬已有暑气的重庆，并不合适。这个菜，一定要老鸭子，而四月，是最不好找老鸭子的季节。嫩鸭子又腥，又不好拔毛。大律师接着说，做这道菜并不是为了吃，而是为了拖时间，让余南凯'脱不开身'。烧这菜本就费工序费时间，若要自己拔毛，就更是脱不开身了——后来了解到，余商凯果然是自己杀的鸭子。而一般年轻人都习惯在市场上请人宰杀。"嫌疑人的犯罪的处心积虑和烹调乡土菜肴的讲究，读起来竟然是那么的妙趣横生，一点也没有叙事的恐怖感，而只有世俗生活的情趣质感。

莫怀戚擅长于写江河的重庆性格，他的小说"场域"中经常出现的嘉陵江，就具有这样的乡土文化特性和人格化特性。这就是所谓的"地方经验主义"特性。《南下奏鸣曲》叙事展开的许多现实场域是在深圳，然而，小说通篇却笼罩在重庆"地方经验主义"的文化性格的氤氲当中。其中写嘉陵江边澄江镇的风土人情，这样的阅读感受就非常令人神往：

> 当地民谣"北碚豆花土沱酒，好耍不过下溪口"，一说下溪口就是澄江镇，而所谓好耍，并非歌舞游戏，而是那种事情。山水使然，这一带的女人姿色可人，风流性感，精力旺盛，所以又说"两巴掌打了二岩有，二岩找钱带不走。"被撵出的败家子尚可去二岩挖矿找钱，钱好找，但有豆花、美酒、女人，谁也扛不住那诱惑，所以离开之时依然囊空如洗。

"地方经验主义"的重庆乡土性格和精神气象被栩栩如生地勾勒了出来。"豆花、美酒、女人，谁也扛不住那诱惑，所以离开之时依然囊空如洗。"显然，作家在这里并不是在进行一种伦理的评判和追问，不是要否定身体在乡土情欲诱惑下的放纵，恰恰相反，这是在颂扬乡土生命的自由与奔放；在回味乡土精神的奇异和舒张——享受肉体之乐趣与实现精神的超越。"前现代"的重庆乡土文化与江湖快意就是在这样的乌托邦境域中得到了美学的升华。再看，晚景中的嘉陵江，世俗生活处处洋溢着这种乌托邦世界的无穷乐趣：

> 船上的灯亮起来，被江水拉成锡箔，远去了。有大功率的小轮船，突突突地飞快上行，像顽皮的孩童在且跑且叫，又归于平静……突然有很高亢的声音在喊："快点哟！水桶水桶！"好像是夜渔者有了收获。立刻就有一阵骚动。一阵风来，那一边也平静了。飘来炒菜的香味。

《叫化烤鸡图》描写隋清明和他的一帮"兄弟伙"在乡土气息十分淳厚的嘉陵江游玩的情景也具有这种"地方主义经验"的特异体验和感受：

从北泉公园横渡嘉陵江，在河滩上点火野炊。其时春日高照，春江微澜，满山嫩绿；有樵夫的斧子在"梆梆"地响着，紫色的翠鸟落在江心，又飘飘地飞到对岸，斑鸠在竹林里咕咕地叫……一阵阵花香雾一般地罩过来，有人叫"栀子、栀子"，其实那是西山坪的广柑花香味飘然而来。

《帽上蓝鹰》描写仲夏的薄暮时分，崔伟和秦月两个恋人俯瞰汛期的嘉陵江，心事重重，但是民风民俗气息完全盖过了他们的惆怅与伤感：

古城墙蜿蜒数里。嘉陵江如飘逸的黄绸绕城而过，从天边来，往天边去。美丽的沙洲之上是彩色的泳者，而今已无船帆，但小巧的渔船们在往返，孜孜不倦地下网，向自然作沉默的索取。夕阳西下，雾气渐消，重庆的酷暑已是强弩之末。崔伟和秦月坐在城墙边，俯瞰四野，凉风习习，雀鸟归林，城墙下有农人唱着上一辈的歌："青石板，石板青，千年踩来无脚印"，一缕沧桑爬上心头，秦月眼角挂上清泪。

他写南温泉自然景色、风物和地理的特殊性同样很有意思——既有重庆世俗山水的质感，又有"非重庆的感觉"：

天如织锦，大自然自己的歌在自由地飘。路没尽头，水没尽头。要说温泉，日本没法比，日本全是火山。而重庆真正的植物全都在这里，重庆真正的水也在这里。因此，这里的人一个也不像重庆人。

他是说，市场化以后，来这里泡温泉的人大多不是底层民众，平头百姓；非官即款。这些人来这里主要不是泡温泉，而是吃喝嫖赌一条龙，并且大多是公款消费。在莫怀戚的感觉中这些人已经没有了重庆人的"本原"味道和质朴气息。最令人难忘的是《假手神明》中的恋情抒写。这种"地方主义经验"的特异体验和感受，通过对不起眼的"微观景物"的闲适化的描写，竟然是那样的浪漫和令人动心：

石板之间生绿苔，隔冬的竹叶掉在路上好像小船，在不能察觉的风中摇动。杜鹃已经开放，迎春还没凋零，紫红和金黄在夕阳下交相辉映，很是惹眼。两只斑鸠相随着，缓缓飞进竹林，那种从容让安明倍感欣慰。

"两只斑鸠相随着,缓缓飞进竹林",幽寂而自由的乡土生命,美妙得令人安详而又心生妒忌。同样是在《假手神明》中,人物的心绪、故事的走势与嘉陵江的流水汇聚到一起,情景交融,难分难解:

> 在重庆那湿漉漉的五月里,在初汛的嘉陵江边,伊人和华总凝重地相聚。一个想结束,一个想开始,一切乱得如江中水流。

"一个想结束,一个想开始",貌合神离,取舍两难。真可谓有声有色,有触有感,有江水的灵动,有人心的潜流。此时此刻,真的让人莫衷一是。而他小说"场域"中经常出现的长江,其乡土特性又是怎样的一番情景呢?请看如下风物民俗的一幅素描画图:

> 那是四月下旬,重庆开始了最美丽的季节,所有的山头都披上了鹅黄和翠绿。长江正是一年中最为枯细的时候,但江水也最为清凉;在四月的太阳下待上一阵子,就有些想趴在木排上就着大江喝水。白萝卜身着水红色的衬衫,黑色的裤子,衣袖和裤腿都挽起的,露出菜市上白萝卜一样的肌肤。她一身的颜色来到这里,使四面八方都活跃起来。

仍然是写重庆的"四月"——"最美丽的季节",写四月的长江风物。但因人物的心绪和文化气质、审美趣味的不同,而呈现不同的面貌与感触。即使如此,这座城市的乡土品格,以及其所具有的经验意义和精神意义却如底色一般无法更改:"仲春的夜风在阳台上撩过,虽说过早的掺了一点暑热,毕竟也有淡淡的芬芳。夜泊的船火被江流拉成美丽而不明底细的抽象派油画。汽笛消歇之后,芦苇的'沙沙'声便清涛一般传来。"《陪都就事》有一段写初夏重庆临江一带的乡土风情也具有十分诱人的魅力:

> 荷叶已长得肥大,有水珠在叶中如珍珠,风吹过,荷叶摇曳,翻起翠绿与银灰的波浪。梯田里的稻秧就像绒毯。茂盛的竹林掩映着农舍。鸭子嘎嘎嘎地一阵叫,牛也"哞——"地来一声,无可无不可似的。偶有蝉鸣"吱——"地一响,又停住,似羞涩,又似试探,很有趣。一切都让人快活。两个年轻人叽里哇喇说得很兴奋。上到高处,四望,

自然就看见了长江，原来这里离江边很近。尚未进入汛期，江面较为宁静。有两三只小船在沱内懒懒地动作，渔网撒开，在阳光下一闪一闪。戴维说："我并不认为河流看起来像公路有什么好。这里才真正称得上河流。河流就是河流。"河滩宽阔，卵石漫及遥远。

尤其是"卵石漫及遥远"一句特别给人以诗化哲学般的审美憧憬和叙事期待。最叹为观止和激动人心的，是长江上这样一幅野性壮美的民俗图景：

> 那时候，长江边上总是泊着一长溜一长溜的木筏子。木筏子用粗大的原木编排而成。在初春的阳光下散发着诱人的清香，让人直想趴在上面啃。众兄弟将鞋搁在岸上，赤脚在木筏上踩过去踩过来，舒服地呻吟着。大师兄哎了一声，长声悠悠，像船上的汽笛。

莫怀戚小说中经常描述到最具有地域文化气质和精神气象的"俗人俗事"，是船工和纤夫齐声吼唱川江号子。其实，活跃在重庆城乡的石匠和搬运工也是这种地域文化精神的象征与"实体"。《母亲的心思》写心绪惆怅的母亲，突然听到远处江边传来的"抬工号子"时，心情陡然一变：

> 要说那曲调，也单纯，一点跌宕也没有，但经这些力士们齐唱起来，却烘出来舒展的旋律，蹦出动地的气势，江涛般地阵阵过去，久听不厌，甚至使得母亲脚拍着地板，像踩动一架充气的机械，要助人一臂之力似的……

同样是写长江，写长江风物景色，却因为小说中人物命运的难测和心境的变化，而呈现不同的景致和面貌。《花样年月》中，关西的死缠烂打、奋不顾身令栀子笼罩在"巨大的幸福"之中："她扭头看下面，下面是长江在奔流。水退了，河滩上的茅草得见天日，照样生机勃勃，在小阳春胭脂一般的阳光下像美丽的绒毯……女人哪，栀子想，每一个女人都希望有男人能为自己拼出去。"长江执着地奔流如同爱情般的舍生忘死；河滩上茅草得见天日之后"照样生机勃勃"如同经历种种磨难后的爱情有着永不衰竭的生命动力。

第二节　小说叙事中浓重的乌托邦乡土气息

一　小说叙事的"及物性"品格与实证精神

莫怀戚深知，现代小说叙事是一种强调实证精神的"及物"性质的写作活动。现代小说就其精神品格而言是"出世"的，亦即具有内在的乌托邦品格。但是，其叙事和语言又要求它必须在世俗和物质的层面上行走。因此它又是"人世"的。它必须描画出一个"逼真"的物质世界和一种经得起勘验和"坐实"的俗世生活。从这种意义上讲，一个小说家的精神造假，是从他对物质世界的造假开始的；是从对实证精神的蔑视，以及对"及物"性质的写作活动的一无所知开始的。莫怀戚曾经多次和我谈论过这个问题。记得有一次是在北碚街边的一间小茶馆里，他意味深长地说："现在有一些写小说的人，完全不懂什么是小说的实证精神；他们往往忽视对生活的物质层面的关注和'考证'，特别是对世俗生活中的俗物和俗事，表现出一种愚蠢浅薄的轻视态度，不顾一切地挟着某种理念朝着叙事的路上狂奔。其结果往往是劳而无功。不仅缺乏小说应有人间烟火气息和人文暖意，关键是由于缺乏实证精神，往往在涉及俗物和俗事的常识、常理时破绽百出，导致整个叙事逻辑混乱，人事和世相的描摹处处可疑，无法在读者那里得到起码的信任。"我当即回应他说："写小说实际上是在履行一种写作契约。这种契约，一是对小说的内在纪律而言；二是对外在的世俗边界而言。"他马上补充说："另外还必须考虑到对读者的信任方面。一个小说家不能只顾天马行空而忘记坚实的大地。毛泽东诗词里面写到鲲鹏展翅九万里，你看那只神奇的大鸟，它'背负青天'还念念不忘要'朝下看'呢！我觉得小说家就应该是这样的大鸟，它一边高飞一边还必须深情地朝下看。"

很多人不太清楚，写作为什么能够使莫怀戚感到愉快？其实，他是在认真地履行这种契约时，充分享受那种他所熟悉和热爱的生活，他所追寻的那种奔放和自由。在《三七开之幸福观》中，他写道："个人终归是软弱的。所以我只能过自己的生活，只能用我自己的方式去寻找和发现世俗生活的乐趣。"但是，又因为是在"实证"当中去寻找和发现世俗生活的乐趣，所以通过小说叙事他竟然使自己"变得强大起来"。他还写道，"原谅我用了这样一个生造的语词：物质成本。比如对美的敏感，比如制造乐趣的热情和技巧等。没有立足于物质层面的'实证'，舍不得这样的成本投入，精神方面的升华就无从谈起。"① 他还特别举例说:"人类追逐幸福,不错! 但幸福其实只是一种感觉的劳什子,只存在于情感之中,尤其是对世俗之爱当中。许多人不明白这一点。他们寻找幸福的努力,有些像从大理石里面抽取蚕丝。由于这种人很多,所以有一些错误的说法得以流传,如'人非草木,孰能无情'之类。其实草木也是有情的。岂止草木,所有的物件都是有情的。所以罗素说,'万物皆有灵性'。"② 所谓"万物皆有灵性",实际上说的就是美的敏感和制造乐趣的天性、热情和技巧等,必须建立在对世俗生活的热爱和尊重的基点之上,否则小说家是无法寻找和发现到世俗生活的乐趣的;小说叙事的"及物性"脉搏也是无法触摸到的。即使是《白沙码头》中那个天马行空般的八师兄,也必须刻画出他的世俗情感和"及物性"的人间柔情:

　　八师兄大大地睁圆儿童般晶莹的眼睛,半晌,说,他们拉出的声音,没有你拉出的干净。停了停,又补了一句,你拉出的声音,一颗一颗的,像浸在江水中的鹅卵石。小提琴声可以美成这样,就是在那一瞬间明白过来,顿悟一般:金色的梧桐叶在微风下飘动,像绸缎一般闪闪发光,合于那音乐的韵律。这声音又像水,慢慢地从什么地方淌出来,又慢慢地淌向四方。八师兄的脚边也给这流水打湿了。他无声地叹息起来。

　　"寻找幸福的努力",就如同小提琴"拉出的声音"——寻找小说叙事的生命活力也是如此,不要指望能"从大理石里面抽取蚕丝",而应当像"浸在江水中的鹅卵石"——"顿悟一般"。小说当然也强调它自身的精神境界和思想品格,就如同琴声"慢慢地从什么地方淌出来"。当然,小说的精神境界和超越世俗人生的思想品格常常是通过"及物性",也就是通过思想的可视性和精神的具象性,从而让人们感知和感动的——"八师兄的脚边也给这流水打湿了"。这里面有一种超越世俗的精神力量将我们引领到"纯粹的美"的境域。《银环蛇之谜》(最初发表时叫《银环蛇的性美学效应》——作者注)写与杀人现场一模一样的那个卫生间就极为细致而绝妙——堪称"及物"写作特别在意细节的一个范例:

────────────

① 莫怀戚:《我的三七开之幸福观》,《文学报》1998 年 4 月 12 日。

② 同上。

　　这是港台式卫生间。大约二十五平方米，抽水马桶、盥洗盆及浴缸所占不过四分之一面积。其余用着什么？理论上是用做起居室；实际上用意非常暧昧。这么说吧。比如你将布幔一拉，隔开了那四分之一，这里就成了一个华丽的包间，可以跳舞，也可以摆上桌子形成至少两个牌局……说白了，这种卫生间是可以长情绪的。

　　这是在写一个神秘恐怖的卫生间的"及物性"品格，以及它那幽闭隐秘的多种用途。《南下奏鸣曲》写那面诡秘莫测的镜子也非常有意思："在发廊里坐下，对着墙壁那样大的一面镜子，看着自己逐渐面目全非，桑彦感到自己像个三百年前的非洲黑人，刚给卖到法国马赛。"桑彦追逐爱情不顾一切去了深圳，谁知在商品大潮中淹了个半死。金钱和爱情全都付之东流。所以镜子里面的他，连他自己几乎都不认识了。《诗礼人家》写"大哥"的"及物性"世俗相貌和特异的世俗心境也颇见功力：

　　大哥在暗淡的灯光下很年轻。但有时候他就像四十的人，让人看了心酸。他眼皮下那道皱纹又深又长，老硬硬的，好像生来就有。看见这道皱纹就想起他的肋骨，肋骨被水牛打断过。但大哥最后离开农村时偏同那水牛合了影。那水牛将头偏着，又像还想打人又像不好意思。母亲初见这照片时惊呼一声，说天哪，你哥哥倒像这头水牛！而哥哥的确也属牛。

　　在莫怀戚笔下，小说人物的这种"及物性"描写，有时还以典型的重庆人幽默调侃的方式简洁生动地勾勒出来。《认定同一》对市井人物的"漫画"式勾勒就是极好的一例：

　　一样的短眉毛，一样的单眼皮，一样的厚嘴唇，一样的凄苦无肉半透明耳朵；一样的方指甲，一样的大手板，一样的翘屁股，一样的外八字，神气更像；打喷嚏更像：狗皱鼻梁，鲢鱼瘪嘴，不打则已，一打三个不多不少。

　　《电话有无录音装置》中，写蔺于飞与易金环这一对昔日的知青情人时隔多年的不期而遇之后旧情复萌，在一次郊游突遇险情，其"及物性"描写也相当有特色：

　　那情景很像一枚鱼雷欲给敌舰拦腰一击，激起女人的惊叫。然而就在即将撞上的那一瞬间蔺于飞同易金环打了照面。她那种惊讶与自惭的复合表情同当年一样，倏然之间瓦解了他的斗志也同当年一样。而且——说时迟那时快——他突然意识到最有可能淹死的只是易萌。所以他猛地一打舵，想避开。

　　小说描写世俗人心的突变和"应急反应"，以及日用器物的物理属性和直观感受并不难，难的是能进一步写出器物摆放和场景设置背后的人心和人性——比如，"非常暧昧的用意"和"可以长情绪"的卫生间；比如，"那情景很像一枚鱼雷欲给敌舰拦腰一击"，等等，诸如此类的"及物性"描写就不是那么容易做到的了。莫怀戚小说叙事中的"及物性"往往又是通过对乡土性的世俗生活，特别是对风习器物的描写得以凸显出来的。正是这种与实证精神密切相关的乡土"及物性"特征，才使得莫怀戚小说叙事中的人物、风物、器物以及历史经验、思想情感有了深深打动人的可信性力量。比如，在《母亲的心思》里面，有一段"及物性"的抒情散文式的景色描写：

　　　视野所及，本是一片菜地。在这温暖的南方，一年四季交替着绿色的苗和黄色的花。风总是从右边的长江上吹过来，公路上的汽油味呀什么的一点儿也闻不到。有时候，牛从土埂上走过，"哞"地懒叫一声，鸡就在坡上的茅屋边"喔喔喔"地大唱一气，形成鲜明的对比……就是下雨呢，也好看，田野上什么都是亮晶晶的……人类领受着这一切，就会想到生命、新鲜、平和、协调，还有诗，还有歌……

　　如今，这样传神诱人的风物描写并不多见。一方面与一些作家失去写作耐心有很大的关系，另一方面也与一些作家压根不知道"及物"写作的重要性大有关系。再看莫怀戚笔下乡土"及物性"审美体验中的重庆的春天：

　　　认真说来，重庆只有一个春天。太阳道歉似的紧随阴冷的人们。终年灰糊糊的行道树，只有这一段才干净。嘿，嫩芽儿是不上灰的。这是一个迷惘的问题：嫩芽儿不上灰！如果用美学而不是生物学，那么可以说：青春不上灰。只因为青春。杨维智拍打肩头和膀子。天上飘着白云，白到诱人去吸溜，白到露出命根儿。树叶不停闪动，春风吹进肚脐。世界舒服到麻痹，舒服到错乱。

在重庆这一特定的地理人文空间中，与春天有关的这些物事，它们奇异的生命形态唤醒了小说家的这种特异的感受。而这些感受是充满着浓郁的乡土气息的。乡土语境中的太阳、行道树、嫩芽儿，以及天上飘着白云、吹进肚脐的春风，还有"舒服到麻痹，舒服到错乱"的世界，等等。这是一种非常特殊的乡土审美经验，它意味着：倘若离开了这种特异的经验环境和感知空间，这样的感受和体验是完全不可能获得的。同样，《美人泉华》中的那一轮重庆乡土的太阳："天空有个太阳，永远不能当顶的冬天的太阳：薄薄的如半透明的纸，靠人间的热气来暖和自己，冬眠着默数时日盼望春天早日来临。"显然，这些与小说家成长经验、乡土体验相关的事物，统统成了小说"及物性"叙事及小说家个人精神自传的重要材料。

小说《国骑》写城里的干部李国骑在这种特异的经验环境和审美空间里面感知和感受，那种诱人的诗情画意和民风民俗扑面而来，令人醉倒——

> 他在屋檐下坐下来，天麻麻黑了。那隐约的月亮这下真的亮了。月亮椭圆，像长江边半透明的鹅卵石。此刻美丽的大鹅卵石在夜空中由人打量，随时就要扑面而来。月亮升高了，更亮了，李国骑都能看见自己的影子。晚风吹过，竹林摇曳，有几支竹梢划到了月亮里面。月上中天了。他站起来。月亮下面有一溜紫色的云彩，像人围了条薄薄的纱巾；这样，那一排竹林就像人穿了一件大大的衫子，风吹着衫子飘。嘿，他快乐地叫起来，龟儿子满天的星星一颗都没有！

这段浸润着朴素乡土情感的风物人情描写，可谓绘声绘色，精妙绝伦。这里面既有一种对经验与感受的特异表达方式，同时也是检验经验与感受是否具有真实力量的方式。"龟儿子满天的星星一颗都没有"，"龟儿子"在此语境中并不是骂人，而是表达一种极致的赞叹。这种粗俗快意的重庆经验和个性化表达，既是乡土的又是"及物"的。假如失去了这样的地域经验环境，就不可能获得这样的真实感受，也就不可能描绘出这种独特的"事物秩序"和个性化的经验情态。在莫怀戚笔下，即使是描写城市风情的寻常事物也浸润着素朴动人的乡土情韵：

> 在郊外石桥铺的旷野上，有一爿砖舍带围墙，遥望以为乡镇企业，

其实是管新潮的仓库。载重卡车往来不息，生机勃勃。

俯瞰是沙坪公园，绿树如云，但绿得仿佛塑料，有风也不会摇动。公园一隅，视线不及之处，是林立的墓碑，块块高峨。

过了花溪，顺小路往里走。花溪清澈，河底的巨石：斑痕累累。路窄人稀，恰到好处。青翠了一冬的竹林此时反而开始苍黄。

需要说明的是，莫怀戚一生写作的边界十分明确，就是始终立足于和围绕着地理、民俗和经验意义上的重庆，充分伸展开他那具有实证和考据意义的审美触角，又充分伸展开他那具有经验场域和精神家园意义的虚构的翅膀。他的绝大多数小说叙事几乎都是在以"川东"地缘文化，特别是在这一地区的民俗文化风情的背景上，展开他的重庆叙事的。因此，莫怀戚小说的重庆叙事，就其本质意义而言，是关于重庆地域文化的乡土叙事。即使他不厌其烦、恣肆纵横地将他的许多故事都放置到作为"现代大都市"的重庆，摆放到"主城区"的声色犬马和灯红酒绿的氛围里面讲述，只要我们细细地品味，依然可以毫不费力地品尝出他笔下的这个生龙活虎、玄机四伏的重庆城那浓郁醉人的乡土气息。的确，在这个大山大水、大胆大气的重庆城，无论有多少高楼大厦、企图欲望在疯长，与中国南北许多城市完全不一样，重庆的乡土气息是最浓郁的、同时也是最诱人的——特别是在莫怀戚的小说当中。

"粗糙"的乡土重庆何以连"工整的京都不敢来比"呢？《透支时代》里面，他借王静的视角状写乡土重庆无处不在的这种"粗糙"之美："我们这个位置本来是阳台，所以一扭头就可以望见奔流不息的江面，和那块著名的江中沙石之洲珊瑚坝。天还很亮，夕阳之下，一切都很美。我们这座城就这样：单独看，哪里都不咋样，合起来却很美。粗糙之美，野性及阳刚之美，朦胧及宏观之美……虽然没有风景，然而有的是风光……"

但是，在他的小说当中同样有着乡土野性的嘉陵江却似乎永远是美不胜收的。就是这条如重庆美女一样的嘉陵江，使重庆的男人魂牵梦绕，难分难舍；更重要的是，莫怀戚认为这条充满柔情蜜意的嘉陵江足以从实证意义和精神意义上，使"粗糙"的男性的重庆陡然变身为女性般风情万种的重庆——

小船走出了山影，春天的太阳温暖到骨，让人全身舒展。这澄了一冬的江水还是很清亮的。嘉陵江是一条美丽的江。正是嘉陵水瘦时。河滩很开阔，青草一片一片到处铺开，嫩绿湿润，让人想吃。人们如此这般地践踏着山水，春草还是一如既往地长出来，栀子不由心生愧疚。回头望望石壁，黄桷树粗大苍劲的根龙飞凤舞，整个一泼墨。粗糙的家乡其实也有工整的京都不敢来比的地方。

在蔺于飞的乡土感怀当中，实证意义和精神意义上重庆乡土风物牢牢地牵引着他："青春和爱情使他觉得三十里也不过一箭之遥。沿途的竹林、小桥和下面明澈的溪流、巨石、青草和野花，这一切都是因为熟悉而生出悠悠抹不去的感情来。"而身处城市的乱象当中，是绝不可能生出这样的感情来的。

二　乡土风物乡野情韵与男女习性的文化隐喻

消费主义时代，亦即所谓"全球化时代"，很少有作家能够以一种元真素朴的乡土情怀来长久地注视、品尝、回味一条江、一座山，直至一个城市的那些具有乡土气息和人文情韵的细小而柔软的、不为绝大多数人所关注的部分。《花样年月》中有一段叙写和描述南北河流品质、格调以及情韵之所以有极大差异的文字，如果没有深入细致的观察和情感体验，是绝不可能写得如此的准确、精彩和地道——书写南北河流之异趣与品察南北人物世相，从而将小说写作手段、技艺之差异等等作细致的刻画区分，同时不留痕迹地将这一切熔铸在一起，若没有乡土意义上的精神扎根，是根本写不出来的。小说中莫怀戚借用"东海"的口表达出这种意味深长的乡土经验：

东海说："我很喜欢待在江上。小时候，嘉陵江上的礁石缝里，还可以看到小鱼儿在游，一见人影子，闪电一样就不见了。人不动，慢慢地它们又回来了。"栀子说："长江边也是一样的。"东海说："以前我读过张承志的小说《北方的河》。他将北方的河写得很壮美，像北方的汉子。张承志有北方情结。的确北方文化深厚，有激情，有血性。王蒙批评张承志，说他的小说用力太过，其实对于读者，用力过一点还好些……北方的河流相对单纯，你还能写；它们冬天枯夏天涨；北方平坦、视野开阔，看河流也可以看得清。南方的河你还不好写。它们复杂得多……"

"其实南方的河流造福更多。"栀子不禁想起了关西——这两个男人倒有点像南北方的河流的性格区别。小说写道，"这么比着她有点犯罪感，同时又有点得意……人就有一点恍惚起来。南方的河流没有那么张扬，但实惠得多，而且，干净得多。"栀子心里明白："东海比关西干净……这么一想又觉得对不起关西。继而又觉得自己对不起所有的男人。但若要完完全全地对得起人，好像又很难活。不由深深叹口气。"一个女人面对她所喜欢的、具有不同性格的两个男人，就如同面对具有不同习性的南北河流一样，取舍难定，好不痛苦。

《白沙码头》写乡土意念和古旧经验视野中的长江，写长江鱼的特殊味道以及其中关于男女情事的隐喻，也非常吊人胃口：

> 重庆人常说的"大河"，指长江。这是相对于嘉陵江这条小河而言。谓长江水流汹涌，故鱼身多活肉。一般人看嘉陵江秀丽以为其鱼更味美，完全是个误解。"相好要相幺妹子，吃鱼要吃大河鱼"。这说法来自那个老色鬼老不退火。老不退火爱说老子只用一根筷子，就晓得你是大河鱼还是小河鱼。他这个是隐喻，其实说的是女人。

"老不退火"，是说这个具有乡土情韵的老者的生命活力和情欲趣味。语言的粗俗和叙事的张力浑然一体，令人心生羡意。十分明显，莫怀戚写乡土重庆的大江大河的习性，就已经包含了他对乡土重庆男男女女习性的隐喻。其实，在他笔下的小溪小河也同样隐喻着对乡土重庆人文风习的热情赞美与精细把握。《陪都就事》写霍沧粟在乡间行走时突然遭遇的危险和以此获得的人生经验，就隐喻着重庆小河的"人格力量"一点也不逊让于大河：

> 回去的石板小路是顺小河的，是一条很美丽的小河。河水的确大涨了，轰隆之声响彻夜空，但似乎离小路还远。霍沧粟心安了。但不知怎的，脚下突然坍塌，于是连人带石板慢慢地但不可遏制地滑进了河里。在长江边长大的霍沧粟第一次明白自己看清了小河。所以他后来经常说这样一句让人摸不着头脑的话：小河比大河厉害得多。

这既是说乡土重庆的小溪小河不敢小觑，也是在说"不起眼"的重庆男女的潜在性、突发性乡土性格。当然，他发现乡土重庆的小溪小河还具有女性的妩媚和柔情。《隐身代理》小说人物在南温泉荡舟闲游，就真切体味到重庆性格的另一面：

　　船往下游行，渐行渐宁静。这是小阳春头一天的上午。这种上午让安明感到，南温泉的确是一块胜地——那种藏在山之深处的意蕴，是其他风景区没有的。

　　这种实在割舍不了的闲情逸致一直延续到山野的夜晚，平时不易领略的女性般的乡土重庆的夜晚韵致，使人始则惊异，继而沉醉流连：

　　游船载着渔火缓缓而行，传来女孩子轻轻的歌唱，和六弦琴那不太高明因而有一点像鼓声的伴奏……山峰的剪影像动画片。清亮的新月安静地斜挂山尖……这是一座粗糙而生动的城市，尤以她的郊区最为美丽……

　　试想，假如没有六弦琴伴奏和"女孩子轻轻的歌唱"，重庆郊野山川草木的柔情蜜意当然也很诱人，但是，有了这两种柔情蜜意的相辅相成，重庆乡土情韵的女性气质才会显得是这样的朴实与完美。莫怀戚认为乡野的气息，本质上就是女人的气息，准确地讲就是村姑的气息。《皈依》写夏长江在乡野伫立静听观望的情景，他居然在听觉和视觉之外，敏锐地嗅到了一种美妙而醉人的气息："不，不是听到脚步声，也不是见到人影，而是，好像嗅到了人的气味，女人的气味，女人身体的气味，女人口里的气味……"文学批评家谢有顺说："但凡好的写作，它总有一个精神扎根的地方，根一旦扎得深，开掘出的空间就会很大。一些作家的写作为何总是形成不了自己的风格？就和他还没找到自己的写作边界，没找到可供自己长久用力的地方有关。很多人在写作时是跟风的，别人写什么，他也写什么，他很少检索自己的记忆，也不明白自己所熟悉的地方、生活、人群到底是什么，写作观念上茫然，没有目标，不断地变换自己的写作领域，结果是哪一个领域都没有写好。"① 莫怀戚没有跟风的习惯，无疑与他熟知自己写作的边界，固守自己精神扎根的地方，并且能够"长久用力"有极大关系。

　　的确，对一个作家来说，如何"找到自己的写作边界"与他是否进一步能寻找到"可供自己长久用力的地方有关"。在《重庆文友》中，莫怀戚如是说："重庆使我热怕了。一到夏天，我就想跑出去，昆明或者成都。但

---

① 谢有顺：《文学的路标》，广东人民出版社 2010 年版，第 39 页。

是一凉快，我就马上打消了这个念头。就这样一年又一年，我一直骂骂咧咧地待在这块土地上。如此这般地好了伤疤忘了痛。其实是我舍不得这块地方，和这块地方的人们。"

其实，即使到了别的地方，他还是放心不下重庆。他深知，重庆才是他能够"长久用力的地方"。只有在这块土地上，他才能够有悟性、有真正的生活，有还原生活的能力，才能够锤炼出"落实生命"的技能。他特别重视这块能够"长久用力的地方"还与能够提炼出具有原创力的语言、细节有关。因为"那些语言的针脚、细节的雕刻，不过是在为生命创造一个舒展的空间，从而辨识它已有的踪迹，确证它的存在处境"。① 显然，这个"舒展的空间"，对莫怀戚来说只有在乡土重庆这样的文化"场域"中才能找到。

在小说《经典关系》的开篇，莫怀戚借男一号茅草根的审美视角和情感经验这样写道："他喜欢重庆特有的地貌——堡坎和石壁。他常常双手合十，立正对立，闭目低头，深深感谢山城里这些只能长树的地方。造物慈悲，给我们这座全国最无序的大都市保住了最后的美丽。这是五月，湿漉漉的五月。梧桐叶和黄葛树叶肥得流油，遍地都是野黄花，亮得像太阳；野草比庄稼还要苗壮……每当看到这一切，茅草根都要闪过一个古怪的念头：北方不行了。"这不仅形神兼备、栩栩如生地写出了乡土重庆五月的风物人情、精神气象，而且还极为生动细致、别具一格地描画出了乡土重庆五月的灵魂和个性风貌。生命就是如此这般地被一一"落实"。小说家既为茅草根的生命"创造了一个舒展的空间"，同时也为小说家自己的重庆叙事"创造了一个舒展的空间"。

莫怀戚正是长久地沉醉在乡土重庆，在这个可以为他自己、为他的小说提供考据和实证的物质的和精神的空间，自由舒张地生活与创造。品读莫怀戚的小说，我们会发现，这个物质意义的乡土与经验意义的乡土对他而言，同时具有个人和群体"精神自传"的意味。这说明，只有精神深深扎根于乡土的写作，才是真正意义上的写作。尽管莫怀戚创造的小说世界具有某种超验性，但是，他所创造的这个独异而诱人的审美世界，又无一不是与他长期生活、体验、感受的这个乡土重庆的现实世界紧密联系在一起的。这就是文学理论家所说的"地方经验主义"，其对小说家的生长和创造所具有的特

---

① 谢有顺：《文学的常道》，作家出版社 2011 年版，第 122 页。

殊的认知意义，以及"还原生活"的意义。的确非同凡响。

三　"地方经验主义"的太阳和月亮及其他

莫怀戚多次居于"地方经验主义"的立场和感怀不厌其烦地描写"重庆的太阳"。在《经典关系》里他是这样抒写珊瑚坝上的那轮太阳："有孩子在坝上放风筝，春行夏事。看见风筝时就看见了柔软的夕阳。重庆雾气重，太阳总之要柔软一点——但这种太阳却将这片山水弄得粗糙火爆，不规不矩，一切满不在乎……"这是"地方经验主义"的太阳，又是极具重庆地域文化个性的"超验主义"的太阳。当然，关于这种既有着"地方经验主义"又有着"超验主义"蕴含的太阳，他最著名的叙写和刻画是在《家园落日》当中——其实这篇著名散文中的那些观感，在此之前就已经在他的小说人物的感叹中多次表达过了——"我甚至见过紫色的太阳。这时候连那太阳是否属实都没有把握……这个起伏在田野上的落日啊……我曾经反复思索这种落日为什么特别丰富——曲线？层次？人物活动？抑或角度的众多？最终承认：仅仅因为它是家园落日。家园！这个毫无新意的单纯的话题！家园的感觉何以如此？说不清。譬如在我生长的重庆——我心知凡是她能给予我的，其他地方也能给予；然而一切的给予，又都代替不了家园。而人在家园看落日，万种感觉也许变幻不定，有一种感觉却生死如一：那才是我的太阳啊！"《黑猫》里，他写在重庆乡野"走长路"时感受到的太阳：

> 走到一半的时候，天大亮了。太阳悬在蓝黝黝的、波浪一般的山丘上，像一个很大的鸡蛋黄。一夜豪雨之后，满世界变得好干净。此时此刻，两个人都发现，走长路竟是一种很舒服的感觉。

而华北平原的太阳完全不同于重庆"地方经验主义"的太阳："平原落日总是一成不变地渐渐接近了地平线。地平线是模糊的，开始吞食太阳。吞到一半，人没耐心了，掉头走开；再回头，太阳没了——一粒种子种进了地里。"与重庆的太阳相比，戈壁滩上的太阳是这样的一种模样："戈壁落日很大，边缘清晰得像剪纸，半透明；突然就想到了风。芨芨草用力贴紧地面，细沙水汽一般游走，感觉上风因太阳而得气；那太阳真是一身鬼气。"

重庆有千姿百态、扑朔迷离的太阳，但是，没有那种"一身鬼气"的太阳。他写重庆冬天的太阳："天空的那个太阳，永远不能当顶的冬天的太阳：薄薄的如半透明的纸，似乎只有靠人间的热气来暖和自己；它在冬眠着，默默地数着时日盼望着春天早日来临。"这是以叙述者的视角来描写"地方经验主义"的太阳。特殊的地域风土环境和人文性格感怀中，这一轮重庆的人格化的太阳，像重庆地域文化中生长着的子民一样"冬眠着"，"只有靠人间的热气来暖和自己"；《双刃剑》写作重庆早春的太阳："那天天气真好，好得'真像个情人节'。早春的阳光滋润着绿荫，暖透人心。柳树已经发芽，金色的迎春正在开放，鸽群在天空盘旋……"——"那才是我的太阳啊！"这样的个性化、本土化的"及物"性描写可谓前所未有，极为动人而确切。而在《母亲的心思》中，母亲的惆怅、担忧和爱怜同样是通过这种"地方经验主义"的抒写而显得含蓄柔美、余味无穷：

> 她感到有点晃眼睛——对面半开的玻璃窗在反射着太阳的金线；原来太阳已经沉到右边的山脊梁上啦！再过一刻，它就要落进长江里。"夕阳无限好，只是近黄昏"，她轻轻地念叨着，温情脉脉地看定那圆圆的太阳。它朦胧在山城常有的雾霭里，给人软乎乎的感觉。

以上抒写的是年老的母亲视觉和心境里的"地方经验主义"的太阳；莫怀戚在《大动作的小动机》里面，还描写过"一颗少女之心"般的太阳：

> 云海落日飘忽柔曼，一颗少女之心；落呀落，掉进深渊了吧，突然又在半空高悬，突然又不见了，然后从背后出现。那颜色也是变化的，我甚至见过紫色的太阳。唯一让人不安的，不知那太阳是真是假。有时候，太阳月亮让人分不清。

这轮"地方经验主义"的太阳不仅随着季节或者视角的变化而不断变幻，而且随着叙事的发展和人物心境的变幻而风情万种，日新月异。但无论怎么变幻，她都是具有地域乡土性格的、个性化的太阳。《廿年天合》中，写重庆南温泉近午的太阳又是另一番情致：

> 南温泉的树木非常的多，草木之香，沁人肺腑，让人感觉倏忽间变成了山间野兔，或是枝头小鸟似的。回头一想平日所居，不由感慨不已。金色的太阳已经高悬山间，浓荫薄雾历历在目，墨染一般。

而在《银环蛇之谜》中，由于叙事延展使人物的心绪发生了复杂的变化，因此太阳也随着人物心境的困惑而变得有些悲凉，甚至使人产生怜悯："夕阳夹在新建成的两栋蓝色大厦之间，监禁似的。我想到了人对自然的反客为主。人类太具进攻性了。"

这哪里仅仅是在状写"地方经验主义"的太阳——重庆乡土情怀中的太阳。他分明是在讲述和揭示小说创造中的那种妙不可言的审美经验和心路历程。《皈依》写"前现代"情景中的乡土恋情，是那么的素朴而纯净："早春的夕阳从对面的山垭口照耀在环山的小路上，金黄色的迎春花开满了山坡，一男一女漫步在花间，一切好像是电影。"这一切已然成为了不可逆转的村社历史图景，让人是那么的向往，又是那么的令人惋惜。同样是写夕阳，然而，在乡土人伦视角中，它和乡土人生一样，是那么的美好，是那么的自然，尽管有时也令人产生惋惜之感，乡野之人毕竟不会产生"英雄美人"那种因事功得失带来的巨大心理落差。乡野之人像春草秋树一样，朴实而平静地面对生命的起伏和明灭。《假手神明》就此生发了这样的感慨：

> 英雄美人，最怕迟暮。因为他们有辉煌，有光芒在熄灭的感觉。从来都不发光的人，反倒不怕熄灭。平头百姓，一生是没有什么落差的，所以既无大喜，也无大悲。

表面在为英雄美人惋惜，暗地里却露出居于乡土人伦立场和民间价值观意义的反讽锋芒。

小说家王安忆谈到作家的"经验主义"与日用人伦的关系时指出："思想有它的可见性和一种视觉上的起源。是地理空间中的某些事物、形态与事件唤起了这些感受。要探究和描述这些感受就要恰当地描述产生这种感受的具体事物及其形态。描写经验就意味着描写产生这种经验的经验环境，对感受的描述就是描述感受在其中形成的感知空间。这既是一种对经验与感受的表达方式，也是检验经验与感受的真实力量的方式。没有经验环境就没有真实的经验，没有描述感受产生的事物秩序，感受就是空洞无物的概念。"① 她所说的在经验环境中获取"真实的经验"和"感受产生的事物秩序"，并且真切地将其描述出来，可谓经验之谈。就"那才是我的太阳啊"的经验感喟而言，如果没有这种特异的"经验环境"，也就没有"描述感受在其中

---

① 王安忆：《小说的当下处境》，参见《大家》2005 年第 6 期。

形成的感知空间"，最终也就根本无法获得这种"真实的经验"。但是，最重要的是，"思想的可见性"和"一种视觉上的起源"，必须是在某种特殊的"地理文化空间中"，才有可能唤起"这些感受"的。为什么"其他地方也能给予，然而一切的给予，又都代替不了家园"，其奥妙就正蕴含在这里面——"我的太阳"，它的"思想可见性"也同时就在这"生死如一"的感觉当中让人魂牵梦绕、如痴如醉。

　　那么，莫怀戚又是如何状写"地方经验主义"的月亮呢？《白沙码头》里面有好几个地方分别描述了在重庆乡野这样的"感知空间"当中，那轮"真实的经验"的月亮——比如，农民老十一水桶里面的那个月亮：

　　　　果然一会儿就提来一桶水。往地上一磕，泼泼洒洒的水里立刻出来一个月亮，晃晃荡荡，像个生蛋黄。大家都来看。狗日这山里头的月亮，比城头的，质量要好些哟！

　　"狗日这山里头的月亮，比城头的，质量要好些哟！"以一种"恶毒诅咒"的语气表达极致的赞叹，是重庆人世俗表达的一种"修辞"方式、一种具有原始野性的"文化"情绪。这里说的是乡村的月亮与城里的月亮的"质感"差异，其实，深层的意思是说两种生活感受、两种文明价值观和两种审美形态的截然不同。这当然是农民老十一意念中的月亮，同时也是乡野中人普遍的审美立场。莫怀戚写重庆山乡拂晓前"梦游一般地独行"的月亮：

　　　　夜深了。鸡鸭牛羊全都寂寂无声。只有天上的残月梦游一般地独行，将竹木，田坎，茅房和瓦舍，统统隐在它淡薄的清辉里。拂晓前比夜黑，却有白的生机在躁动。门在开，风箱在响，狗叫得懒了，鸡叫得勤。

　　还有搞不清到底"是新月呢，还是残月"的那种乌托邦审美意味十足的乡野的月亮：

　　　　月牙儿在天边，清亮透明，银辉四泻；群星温柔地隔着淡彩；薄云如丝也如絮，内有暗香和着仙乐隐约而来……是新月呢，还是残月？

那么，城里的人看乡村的月亮又该是怎样的感受呢？——小说《国骑》中，"城里的干部"李国骑坐在年轻农妇屋檐下看见的月亮同样让他感受到这种明显的差异：

> 天麻麻黑了。那隐约的月亮这下真的亮了。月亮椭圆，像长江边半透明的鹅卵石。此刻，这美丽的大鹅卵石在夜空中由人打量，仿佛随时就要扑面而来。

另有一处是以月亮来写乡土经验中的女人，也十分独异和精彩。《白沙码头》中，那个名叫"白萝卜"的女人出场时，是在春天的夜晚："星光之下看见了，是个女的，年纪小，中等个，身体有点粗。老青猴拧亮手电筒，要照她。被大师兄喝叫一声只好照到地下。手电光就照到石头上，反射着让她亮了一点。脸圆圆的，很白，就像月亮。"

其实，这种精彩的"及物性"乡土性格并不仅仅体现在对"地方经验主义"的太阳和月亮的描写上面，莫怀戚的乡土"及物性"描写更经常性地是体现在太阳和月亮爱抚下的"川江"俗物和民性当中。《白沙码头》多处抒写到"川江放排"的壮观景象："那时候，长江边上总是泊着一长溜一长溜的木排——有一首歌就叫作《放木排》，用潇洒慷慨的男高音唱的。木筏子用粗大的原木编排而成，在初春的阳光下散发着诱人的清香，让人直想趴在上面啃。众师兄将鞋撂在岸上，赤脚在木筏上踩过去踩过来，舒服地呻吟着。大师兄哎了一声，长声悠悠，像船上的汽笛。"最使人惊心动魄的乡土情韵的抒写是宽阔汹涌的长江上的这样一幅画面：

> 七师兄望着江心。一只大木船正飞驰而下。那是三十二人的大划桨。据称是长江上最大规模的划桨了。划桨的人背向前方，所以他们不停地一下一下向后仰。这些人年龄不一，高矮不一，服装也不统一，但他们的灵魂是统一的。那种统一无法表演，就是集中全世界最优秀的演员也不行。那三十二只长长的木浆像蜈蚣的脚，一上一下扑闪在水中。

真可谓是气壮山河，撼人心魄，叹为观止。通过这种地道的"及物性"乡土描写，因而使他在重庆这个乡土气质和情韵非常浓郁的城市里生活和写作，显得十分的对口味。某种意义上说，莫怀戚就像一个农夫一样，在这个城市里教书、写作、骑车、踢球、打望、泡妞、吃饭、喝酒等等，他十分忙碌地在这个城市的东西南北、士农工商、九流三教中酣畅淋漓地自由来往，如鱼得水，就如同在乡村那样的熟人在社会里面生活。学者们习惯于把现代城市说成是"陌生人社会"，把乡村说成是"熟人社会"。这种定义放在别的许多城市应该是对的，但若要用来定义重庆那就完全错了！重庆是一个具有十足的乡土气息和乡土脾性的"熟人社会"，对小说家莫怀戚而言尤其如此！因此，乡土重庆作为他写作的根据地，作为他的经验和记忆的生长地，特别是作为小说家的他"出现场"的所在，这个体量庞大，情况复杂，玄机四伏的"熟人社会"所能给他提供的"乡土经验"，是"城市经验"所不能比拟的。按照社会学家的说法，"城市经验"高度相似，千篇一律，生硬刻板，几乎没有什么实在的个体经验可言；只有乡村和乡土才有可能给作家提供取之不尽用之不竭的个体经验。

"这就像到山上去找泉水喝，你喝这座山和喝那座山得到的经验是各不相同的；而你在城市里面随便打开那个自来水龙头，你喝嘛，你得到的经验和张三李四王二麻子得到的经验完全一样！"这是莫怀戚在小龙坎的一个烧烤摊前，眼露凶光面对烧烤师傅发出的一通精彩议论。当时，那烧烤师傅吓坏了，以为这个棒棒军模样的男人是从歌乐山上下来的。重庆人说谁谁从歌乐山上下来，是说谁是"精神病"的意思。当时，我连忙道歉并且向那师傅解释说，他是一个作家，写小说的作家，他写的小说比现在的电视剧好看多了；他爱重庆，他感觉重庆就像一个大农村。他刚才说到山上找泉水其实说的不是找泉水，是找另外的东西，更重要的东西，那个东西叫个体经验……如此这般。尽管那师傅始终弄不明白他在说什么，但是很快，他就和那烧烤师傅混熟了。熟悉莫怀戚小说的读者都有这种感觉，他的小说故事大多数都发生在城市，但奇怪的是，那些故事最精彩的细节，最有生活质感的叙述、最有味道的日常对话和最出色的风物人性描写等，都是在氤氲着乌托邦气息的山野乡村。

四　素朴自由的乡野生活与乡土文化感受

在《白沙码头》这个充满传统古旧气息的乌托邦世界当中，有一种与"庙堂"迥然不同的民间"意识形态"在横行无忌——"天高皇帝远"与"天高任鸟飞"的文化立场和自由天性同构在一起。"码头"，既是充满"江湖"和"市井"气息的世俗场域，同时也是构建特异人生人格的精神场域。"码头居民自己也知道自己的级别。他们的说法是'我们没有级别啊！'不要以为这个说法是自谦，甚至自卑。码头的人们从不自卑——他们很可能还

不知道什么叫自卑。'我们没有级别'的真正含义是——不要拿你们的规矩
来管我们。"雷达先生指出：莫怀戚坚持要在《白沙码头》前面加上"重庆
性格"的"大帽子"，"可见他是多么重视重庆这个'原乡'的文化笼罩。"
他还进一步认为，莫怀戚小说的性格和风骨正是通过"其所显示的文化精
神和民间价值的独特另类"，而被我们所认识和赞赏的。"它对于当今诗性
的失落、人种的退化、物欲之下的精神萎缩，实惠之下的平安苟且，以及无
想象力，表现出了一种不甘平庸的挑战性反叛和抗争。"①

　　乡土生活是最素朴自由的经验生活，它给莫怀戚带来的文化感受也是完
全不同于城市经验的。乡土有时也会给人带来"陌生感"，但是，这是一种
寻找精神家园的欣喜感，而城市的"陌生感"往往给人带来的是空虚和茫
然。《皈依》中描写夏长江在乡间夜行的感受，无疑是一种具有乌托邦幻觉
的具有"陌生感"的审美感受：

　　　　这明明是人间哪，是乡间哪，但不知为什么，他总觉得不是乡间也
　　不是人间，是什么地方，说不出。甚至脚板明明白白踩在地上的，却总
　　觉得自己是在滑行。

　　《诗礼人家》里面围绕"昌家四兄弟"的叙事情节有多处郊野风物民俗
的"及物性"描写。其中有一节写得相当的素朴而清纯、幽美。那是昌家
的老大和老二沿着郊野的铁路漫步谈心的情景：

　　　　排水沟里的水不流，依然清亮。这里是远郊。不生庄稼的山坡上野
　　花很盛。花儿们明白自己短促而灿烂的生命，就连凋谢了的也努力哀婉
　　地美着……铁路弯到山后，突然向左去，身下伸出一座巍峨的旱桥。闲
　　人往往在此立住，呆呆地望着桥和它的两山，生活就此中断……

　　城里的"闲人"一到乡野就不禁发呆，感觉"生活就此中断"。而默默
地依照自然法则自由生长的野花却压根没有"英雄美人最怕迟暮"的人生
算计和事功焦虑，更没有项羽和虞姬之间的那种政治暗示，以及幻灭的悲凉
之感。乡野中人就如同尽情开放的野花一样："农村里的人比城市里的人实

---

① 雷达：《重庆性格与风流蝴蝶梦》。

在。对你好就好到你身上。这是人最美好的德行。其实一个人聪不聪明，学问多不多，或者是不是身怀绝技，并不重要。"这是莫怀戚小说叙事最基本的价值评判和人伦立场。乡村是他一生都在深情回味和努力咀嚼的青春记忆，同时也是他一生都在精心营构的乌托邦家园。

最为神异诡秘的是在类似"现代聊斋"的小说《国骑》当中，前国家自行车队队员、现任市体委干部的李国骑，骑着他那辆古旧的捷克造库尔克在郊外漫骑时，乡土民俗的"陌生"不仅让他惊异，而且还使他深深地陶醉：

> 他来到一处。太阳刚刚落到山后，四野一下很是柔和。风吹来田野里的气息。泥土的味道，庄稼的味道。远处的地里有蓝蓝的青烟，一边上升，一边曼舞，袅娜着消散在不知哪方的天空里。他知道那是农人在燃烧收拢的玉米秆儿。在那青烟的上方，贴着一个隐约椭圆的月亮，好像自己知道出来早了，不敢亮起来，半遮面的样子。他听到那边一个妇人在喊，二妹，摘一把豇豆回去噢，又喊，再摘几个青海椒……

这是在用伦理化的审美眼光来描述乡土风情，并且采用一些风土化的事物来描述这种独特的景象、心境和经验。特别是描写月亮的那种脉脉含羞的动人情态的那种素朴的诗化句子，无疑是风土性个体经验的杰出体现。在莫怀戚的审美世界里，乡土社会的一切都具有真善美的质朴动人属性。在《白沙码头》里他是这样感叹的："城里的那种美，总是像作品，这山间的美，就是一种本来的什么了。"很明显，他说的是天然去雕饰的朴实元真之美。唯乡村独擅，而城里与之无缘。王安忆回顾20世纪80年代文学界兴起的"寻根运动"时说："那时候有很多作家，打起背囊，有的顺黄河而下，有的溯长江而上，寻找那些偏僻的村庄，了解村史，记录方言。好语言简直像雨后春笋，一下子冒出来了。尤其像我们这些城市的知识青年，受过比较规范的语文教育，因此完全不可能想象在民间有那么活泼有含量的语言。那个时代真是一个激动人心的时代，大家全都到乡间去，寻找一种极其偏僻的语言。"① 事实上，这种寻找"语言"或者寻找"文化"的举动是极为可敬，但又极为可笑的。道理很明白，若没有地道的乡土生活、乡土情感和乡

_____

① 王安忆：《小说讲稿》，第28页。

土经验，即使"寻找"到了零零碎碎的一些乡土语言和乡土文化的残片，也注定成不了"乡土作家"，不过是猎奇而已。莫怀戚用不着急刨刨地加入这种语言和文化猎奇的队伍。他自来就过着一种素朴自由的乡土生活，关键是他似乎有一种与生俱来的乡土习性。所以他一投足一举手，乡土化的语言和文化感受就如同山泉一样自然而然地在他的笔下流写出来。

《国骑》其实讲的是一个寻找乌托邦的故事。那个具有神秘之美的村妇潘桂花其实就是这种乡土乌托邦的化身。当李国骑"突然感到这一切是多么的美好，真想放声歌唱"时，"一下子传来什么菜倒进了热锅里的刺拉声，让他吞起了口水。"当即循声而去，与那个聊斋似的乡野女人邂逅了。"他进去，问了声卖吃的吗？门外有个女声答道你面前不是吗？他一看，是一些糖果糕点之类，就说噢，只卖点这些呀！那女声就问，你要吃哪样嘛？口气很是挑衅。感觉不是省油的灯。"在这里，已不仅仅是语言的乡土情调在散发着诱人的魅力，其实整个故事情节无一不充满素朴淳厚的乡土气息之美——

> 李国骑突然就来了劲，也很是挑衅的说，我呀，要吃刚刚从地里摘下用柴火用大铁锅炒出的蔬菜。一边说一边转身去看那答话的人。看不清，那人站在阴影里，只能隐约看出是个年轻女子，依稀也还好看。女子哼了一声说那有什么嘛，给你做就是了嘛！听声音她好像移步过来了，他扭头去看，看了个空。嚎！他想，你是个鬼吗？

诡异的是，第二天当他兴致勃勃再次去寻找那神秘若桃花源的所在时，竟然惊异地发现："那片竹林还在，但没有了房子。他们看去反而矮了一点点，但的的确确是他们。我可真是进了聊斋了，他想，有点毛骨悚然。但是并不真的害怕。他走来走去，开始寻找。找墓穴。如果真的是聊斋，那这附近就应该有一座坟呀什么的。他还真看到那边有黑乎乎的一团。依稀是一座坟，还是不小的一座坟。修得还中规中矩的一座坟。他很是惊讶。原来这座房子只是一个幻觉，或者只是临时的一个变化，那座坟才是本来！这么一想他反而高兴起来，你既然可以变回去，那你也可以再变回来呀！"

就如同乡野说书人在讲述乡野的传奇故事一样，的确神异而幽美。如此从容不迫，娓娓道来而引人入胜，这种语言叙说的本事，在当代作家里也是不多见的。因此，只要我们稍加留神就会发现，莫怀戚乡土化叙事具有这样特点：那就是文学的"江湖"与现实生活的"江湖"的相互渗融，因而他的小说叙事中始终散发浓重的"江湖意识形态"气息。需要说明的是,他笔下的"江湖"不仅是那种啸聚山林、逞强斗狠的场域,而且还是充满人间烟火气息和人间趣味的人性和人情的幽秘所在、自由所在。

莫怀戚多次对我说:"只有人间的世俗之乐才是真乐。"他甚至还自嘲:"我这个人胸无大志,贪图世俗之乐。这也没有什么不好。于世俗中最能够看透生活,看透人心。"自嘲之余他颇为得意地说:"有聪明的读者发现我将什么都看得穿,恐怕盖出于此。"① 其实,具体到小说叙事的世俗性也是这样。他认为,市民的阅读趣味和民间叙事的世俗特性、江湖特性是导致中国小说产生和繁荣发展的强大历史动力。同时也是诱使小说家积极努力地执着于民间叙事的原动力。中国的古典小说叙事传统深深地影响着他的写作。他理解的"乡土"往往与"江湖"和"市井"是紧密相关,甚至是重叠的。并且,这些概念在他看来是具有丰富多彩、生趣无限的文化和美学意义的。与传统叙事伦理一脉相承,这几个概念还具有与"庙堂"对立的鲜明的文化和美学属性。我们会注意到,他的绝大多数小说之所以采取与主流教化完全不同的叙事策略,在故事情节和美学趣味方面更执着于"江湖"和"市井"的文化和审美立场,归根结底就来源于这一伟大的乡土叙事文化传统。

_____

① 莫怀戚:《写作让我愉快》。

第二章　莫怀戚小说的叙事伦理与立场

第一节　人性的"隐蔽性"与叙事策略转变

一　别有旨趣的"中国推理小说的新品种"

20世纪90年代前后，莫怀戚的小说叙事立场与策略发生了引人注目的变化，由早期醉心于家庭伦理叙事转变到视野更为广阔的社会伦理叙事，其中一个最为显著的特点就是开始从事"侦探小说"的写作。事实上，只要我们稍加留意就会发现，在此之前，他的一些小说就具有某种程度的理趣和推理意味。如《天狼星下》，如《诗礼人家》等就是如此。

关于为什么要调整自己的叙事战略，莫怀戚自己是这样说的："我以泰然之笔名写侦探小说，是为了赢得读者。"主要的原因是"进入90年代以后，纯文学的情况开始不妙。我认为写得挺棒的小说，在挺棒的文学期刊上发表了，甚至还得了奖，然而却很少有读者关注。很明显，心性浮躁的现代人对可读性的要求越来越高了。"其实，更加深刻的原因是：在那个时期不少"叙述者无所适从。整个社会文化体系危机四伏，叙述世界充满骚动不安，而叙述者除了局部的修正之外，缺乏一套新的叙述方式来应对危局。糟糕的是，作者却自以为在领导新的潮流，自诩革新派；小说人物热衷于在新的情节环境中冒险，而叙述者只能勉强以旧的叙述秩序维持叙述世界的稳定。这样的小说中，新旧冲突在内容与形式的层面同时展开。叙述者此时可能会苦恼"①。置身于这样的叙事困局当中，如果不是愚不可及自我感觉良好，那么，作者和叙述者就会同时陷于深深的苦恼之中。就莫怀戚而言，让小说人物继续"在新的情节环境中冒险，而叙述者只能勉强以旧的叙述秩

---

① 赵毅衡：《苦恼的叙述者》，北京十月文艺出版社1994年版，第3页。

序维持叙述世界的稳定"显然是可笑而且可悲的。因此，他被迫进行了战略转移。可以说，这是一个重要的因素。而另一个重要的因素是，他在此之前就对侦探小说有了浓厚的兴趣："因为这种小说精彩、刺激，有悬念。福尔摩斯自不消说，进入当下以后我喜欢上了克里斯蒂和松本清张。前者对人物内心世界的剖析，后者的情节铺陈让我十分佩服。我决心将这两种长处结合在我身上，增加小说的文化气息。"具体而言，"希望我的侦探小说比我读过的那些'软'一些，或者说，目的是将纯文学的情调移植到这种有趣的故事当中。"当然，莫怀戚还有一些得天独厚的条件，他说："我有三个弟弟：一个是刑事诉讼法的教师，一个是外科医生，另一个是教药剂学的；而我的母亲早年是学法律的。亲人们的帮助也是我敢于写侦探小说的重要原因。"①

　　"纯文学"失去轰动效应"实际上就是这种深刻的文化危机的反映。小说从那时起已经从普通人的精神文化生活的重要位置急速地退到了边缘。小说既无力像过去那样重新创建一个想象的共同体，也不再具有统御的审美规范的支配性力量。可是，有抱负有追求的小说家仍然在保持着创建自己的历史叙事和审美世界的激情。事实上，"为了赢得读者"和试图"增加小说的文化气息"就是莫怀戚这种激情和"野心"的反映，但并不是他的主要目的，而只是他为了在争取小说读者和不放弃文学的基本立场之间所做的策略性妥协，或曰"修正主义"态度。其更重要的目的却是想通过这样的叙事策略来揭示现代社会中人性和人心的"隐蔽性和不确定性"。这就是巴尔扎克之所以将小说写作称之为"一个民族的秘史"的深刻寓意。

　　事实上，自20世纪90年代伊始，"小说是一个民族的秘史"这一口号和启示日益深入人心。不过非常可悲，随着陈忠实小说写作的成功，许多人误以为只有《白鹿原》那种叙事模式才意味着"小说是一个民族的秘史"，而很少有人认识到人类"秘史"的丰富性、多样性和复杂性。有一次在三春湖畔，我和他讨论到这个话题。他说：小说既然是"秘史"，就不会是只有一种写法、一种套路。当所有的人都牛逼哄哄地按照同一种模式一本正经写小说，竟然还敢说他们是在写什么"秘史"，你会相信那是"秘史"吗？我说，那不是"秘史"，那是在比傻，是笑话和灾难。他说，过去这样的笑话和灾难太多。过去有好多所谓的"经典"，而且还是带色的那种"经典"，

_____

①　莫怀戚：《我为什么写侦探小说》，《文学报》1996年4月20日。

统统采用"现浪结合"的手段和激情去一窝蜂地写带色的"秘史",想起来实在是恐怖,让人浑身起鸡皮疙瘩。我之所以要创造性地写我自己的侦探小说,就是因为我发现"一个民族的秘史"还可以这样去写。说白了,采取什么样的叙事手段并不特别重要,关键是你是否能够通过这样的手段去揭示人性和人心的"隐秘性"和"不确定性";你能够发现别的小说家没有发现的东西,能够丰富和启示我们对人性和人心的"隐秘性"和"不确定性"的认识,你写出来的就是"秘史";我的侦探小说写的就是人性和人心的"秘史",既有地域性和民族性的特征,也有超越地域性和民族性的人类心灵深处普遍存在的幽暗和光亮。通过那次交流,我对莫怀戚小说叙事转型的文化动因有了比较清晰的了解和认知。

因为是打算转型写"秘史",所以他发现"复杂而高级的现代社会生活是侦探小说的沃土"①。这就是胡塞尔所说的"视野"的转变。所谓"视野",就是一个人所看到的世界,也就是他所能目及的地平线;这个"视野"只有不断地开放和无限地延伸,小说家才有可能发现那些未被感知的丰富而复杂的部分。进一步说,小说叙事策略的转变还意味着这个世界的框架和它的真相发生了根本性的转变;小说给这个世界提供的参照和尺度,以及赋予这个世界中那些事物的意义和性质,也相应地发生了意想不到的变化。叙事的不同视角可以使我们发现那些存在于"现实"和"简单的真实"之上的世界;发现那些我们肉眼看不见的人性和人心的隐秘部分。这些都会通过侦探小说的视线让我们看见,同时记录下来,接受小说伦理的评估和审判。真正称职的小说家就如同称职的医生那样:

> 医生是死亡的大敌,同时也是健康的大敌。因为健康与死亡都不需要医生。只有疾病才是医生的朋友。时代的确变了……时代变了,人的德行,甚至可以说人的性质,也就变了……恐怕只有一种东西是不变的,就是变化本身。

所以,真正的小说家始终明白,只有人类的灵魂疾患才是自己的朋友;简单激动地去描述和歌颂社会的"健康",或者简单激愤地去描画人性的"死亡",都是极不可取的。基于这样的认知立场,对于自己的这种叙事是

---

① 莫怀戚:《我为什么写侦探小说》,《文学报》1996 年 4 月 20 日。

否叫作"侦探小说",莫怀戚并不特别在意。他把自己的这种实验成果叫作"心理推理小说"。其实我倒以为叫作"人性探秘小说"可能更靠谱一些。他解释说这种小说:"大致意思是,根据人的心理特点,去推断什么人在什么情况之下将会如何行事。其目的在于可以避开克里斯蒂和松本清张。同时让我的这种小说更文学而非更'案件'一些。"他还自嘲道:"这似乎有点犹抱琵琶半遮面的味道"①;让他感到意外的是,这样一路写下去,"居然引起'文坛高层'的注意,认为是'小说新样式'。人民文学出版社主动将这些小说编选成集,曰《大律师现实录》"②。在这段回叙中,莫怀戚的得意之情溢于言表。

他的这种小说"样式"的确比较新。当然不仅指叙事视角的新、人物塑造的新以及语言表达的新,关键是通过他所发现和营造的这个全新的世界,特别是通过对这个充满肉欲、性爱、谋杀、暗算、争斗、勾结等人性善恶交织、人伦复杂淆乱的隐秘世界的探幽,可以让读者惊喜地发现我们的肉眼所根本无法看到的人性和人心的"隐蔽性和不确定性",从而改变我们先前对世界和人性所形成的那种皮相陈腐、幼稚可笑的看法。当然,这种看法的改变不是十天半月就可以奏效的。

莫怀戚从 20 世纪 80 年代中后期到 90 年代中期,锲而不舍写了几十部这样的"心理推理小说"。这些面目一新的作品成为社会读者穷追不舍的阅读对象,同时也吸引了"知识群体"的关注,并且获得了评论界的赞赏和肯定,最终确立了他在"侦探小说"叙事领域中的独特地位。90 年代初期,文学评论家胡德培甫一接触莫怀戚的这类作品就爱不释手,赞誉有加。他说:"这是中国推理小说的新品种。在这里我十分高兴地向大家推荐这样一位新作家——重庆的莫怀戚先生。"③ 事实上,那时的巴蜀读者以及西南地区的广大读者对莫怀戚已经相当熟悉和喜爱。所以说莫怀戚是一个"新作家",很多人都哑然失笑。当然,胡德培宣称他发现了一个"新作家"也没错。因为对全国读者而言这个"推理作家"叙事手法和角度之新,由他打开的人性和人心世界之新,的确是前所未见的。

那么,这种小说"新品种"到底新在哪里呢?胡德培认为主要有这么几个方面:其一,小说选择的社会生活面独特,同时又有专业老到的切入

---

① 莫怀戚:《我为什么写侦探小说》,《文学报》1996 年 4 月 20 日。

② 同上。

③ 胡德培:《推理小说的新品种》,《大律师现实录》,第 1 页。

点；其二，它在"客观事实"的基础上对小说人物以及社会百态进行了独特的心理剖析；其三，它基于"现实生活"但又巧妙地运用了中外众多知识理论进行新意迭出、启人心智的巧妙揭示。

具体而言，传统的侦探或者推理小说大多从某个"正式的案件"入手去展开叙事并切入生活，在凶杀、绑架、走私、偷盗、抢劫等叙事中插入情爱或者性爱的内容。这样的题材选取和切入现实的手法取巧而老套。莫怀戚却另辟蹊径。他所选取的生活层面是当代中国人在现实生活中普遍遭遇到的一些"难以弄到台面上的问题"，同时也是司法机关难以正式立案的各种的社会问题。如，社会底层的婚恋纠葛、经济纠纷、历史恩怨、利益争斗等等无法呈堂审理的奇异"故事"。这些十分常见却又往往被人忽视的"说不清是什么问题的问题"，竟然引起莫怀戚浓厚的探究兴趣。他没有沿着柯南道尔、克里斯蒂以及松本清张、森村诚一等侦探推理小说大家的老套路走下去，而是从这些根本不是案件的"故事"切入，"娓娓有致地进行艺术描绘，深入揭示人物微妙的内心世界，层层展开纵横交错的社会矛盾"，使社会生活的复杂性和人性的隐秘性、多样性尽可能展现出来，"从心理上获得某种解脱和平衡，精神上感觉舒心和快意"。①

二　"莫氏推理小说"的叙事策略与伦理指向

然而，这样的人性揭示或隐秘探幽绝非易事。为此，莫怀戚广泛动用了丰富的学理和信息资源，以及经验积累。这是一个广博而深邃的知识世界和人性世界——广泛涉及刑法学、侦查学、法医学、精神学、遗传学、社会学、伦理学、心理学、风俗学、人类学、语言学、历史学、地理学、文字学以及哲学、美学、文学甚至佛学、儒学等。莫怀戚善于熔各家之长于一炉，炼出自己独特的小说"合金钢"来。胡德培赞赏说："各种观点和理论，只要有道理，能切合现实生活和人物内在逻辑，都尽可能广采博取，融会贯通加以应用发挥。"尽管"有时读来觉得有些书卷气，但这都是从历史和现实中体验和感悟出来的道理，是较为真切而有说服力的"。②

莫怀戚通过这种"莫氏推理小说新品种"要实现什么样的野心呢？难道是想构建一种全新的叙事美学体系？还是想与柯南道尔、克里斯蒂等大家一争高下？其实都不是。他曾经不打自招地承认，只不过是把过去的家庭伦

---

① 胡德培：《推理小说的新品种》，《大律师现实录》，第4页。

② 同上书，第3页。

理视角扩展到更为广阔芜杂的社会伦理空间——在那样的空间里面去发挥自己的叙事才能，去进行更为复杂有趣的伦理探幽和哲学思考："我写侦探小说，的确是侧重于伦理方面的思考。"为什么呢？因为，"当今，国人的观念已发生了相当大的变化，特别是价值观的多元化导致伦理上的大松动和各种矛盾的尖锐化。"而且，他敏锐地发现，"不尖锐无以导致伤害，无伤害无以导致侦破……于是，倒推回去，伦理的思考也就出来了。话虽这么说：'各有各的活法'，但还是应该有合于大多数人利益的客观准则的。"①昆德拉认为，仅仅将小说的基础"看作一种道德态度而不是一种探询"是不可取的。莫怀戚对此不大同意。他说："伦理探询何尝又不是一种探询？小说当然不只是为道德态度而存在，可是，不关注社会的伦理现状，又怎么能够去认识小说的伦理处境？又怎么能够去探询和改变这两种既密切相关又截然不同的事物的现实处境呢？"可以看出，他对昆德拉这样的小说"大师"并不一味膜拜盲从。他不能容忍一个小说家对他所面临的现实伦理处境持超然和漠然的态度。

这种理念其实并不新鲜，在我国侦探小说的发展历史上其实早已形成了一种传统。这种传统就是：以侦探或者推理的叙事策略吸引读者的阅读兴趣，达到伦理教化的目的。福尔摩斯探案小说引入中国的时候，正是晚清通俗小说最流行的时期。那时的通俗小说家往往借"娱悦"之名行"教化"之实。莫怀戚在这方面与其十分相似。所以，某种意义上，说他是在步柯南道尔之流的后尘，应该是符合事实的。当时，严独鹤、刘半农和包天笑对侦探小说的社会功能都持相似的看法。关于小说中什么样的人可以做侦探？什么样的人可以做侦探小说作家？包天笑认为："必其人重道德有学问，方能借之以维持法律，保障人权，以之维持国家人民之利益"②；而当时另一个叫作冷血的作家则进一步指出：中国的官府侦探早已腐败，"种赃诬告，劫人暗杀"，所以"中国之所谓侦探者，其即福尔摩斯所欲抉发而除锄者欤"③；那么，严独鹤这样的作家又是怎么看待这种现实伦理处境的呢？他不仅贬抑"官中之侦探"而崇扬"私家侦探"，而且将这种新的私家侦探比作古之游侠，并主张创立"侦探学"。他认为"福尔摩斯侦探案，侦探学中

---

① 莫怀戚：《我为什么写侦探小说》，《文学报》1996 年 4 月 20 日。

② 《福尔摩斯侦探案全集·序言》，中华书局 1916 年版，第 1—3 页。

③ 同上。

一大好之教科书也"。① 显然，晚清以来，寓伦理宣教于通俗叙事之乐当中，这个传统对莫怀戚的影响是相当大的。对此他并不讳言。他说：

> 我受先贤文以载道的影响很大，所以尽管在课堂上大讲小说的娱乐功能，自己写作时还是特别重视小说的教化作用。希望我的侦探小说能够警世。②

他在小说中精心塑造的那个"大律师"，其实就是依照严独鹤、刘半农等晚近文学大家的理想模式所塑造的。这种具有古代游侠风范的新型的"私家侦探"，完全可以称之为"侠义侦探"。"大律师"这个"侠义侦探"不仅具有神秘感和近乎全知全能的魔力，而且他在诡秘地探寻和勘验人性、人心的复杂性时，对文明社会伦理秩序的混乱是如此的在意；他在解释这些伦常乱象产生的人性根源的同时，对重建文明社会新的伦理秩序始终抱以真挚的渴望。而这种致力于重建理想的社会伦理生活的渴望，明显让我们认识了莫怀戚那善良的天性和美好的内心世界。所以尽管在他的这些稀奇古怪的叙事中处处充满阴谋、杀机、争斗和血腥，但是，"人们睁眼还看到，原来生活里还是充满着如此灿烂温煦的阳光，还有如此生机盎然的大地。"这就是深深植根于情趣叙事肌理内部的伦理的力量，特别是朝向真善美的力量。因此，"这种精致的作品，显然更容易走入普通百姓的日常生活之中。"③ 让人们在这种充满隐秘生活的叙事世界中，充分感受到审美的"灿烂温煦的阳光"，聆听到来自伦理教化的理趣的警钟声。

莫怀戚的确非常喜欢过去那些侦探小说家和推理小说家的作品，但是，他对此非常警惕。他认为，因为喜欢就去重复大师们的那种经典的套路，不仅很危险，而且十分愚蠢，没有尊严。重复套路意味着机械地去接受那些既定的理念，把自己思维的路径以及对世界的观感全都封堵在里面，世界因此丧失了它的神秘感，同时也丧失了它那千变万化、丰富多彩的偶然性和不确定性。他因此强调：对所有的小说叙事而言，重复任何一种经典的套路都将把小说导向弱智和死亡。但是，他又强调：他并不反对秩序。他认为小说叙事并不是肆无忌惮、随心所欲的。在重庆小龙坎的一家小面馆里，他和我探

---

① 《福尔摩斯侦探案全集·序言》，中华书局 1916 年版，第 1—3 页。

② 莫怀戚：《我为什么写侦探小说》，《文学报》1996 年 4 月 20 日。

③ 胡德培：《推理小说的新品种》，《大律师现实录》，第 3 页。

讨过小说叙事的自由精神与小说必须正视的秩序的关系问题。他的中心意思是说：小说家的灵魂必须是自由的，某种意义上说，具有"出世"的品质，否则小说无创造性可言。但是，小说叙事的根基又是世俗的。因此，既不能回避日用人伦的秩序，又不能回避小说自身必须遵守的伦理秩序。这是由小说家的积极"入世"品质所决定的。这就是说，除了小说叙事的逻辑和小说伦理之外，小说还应该有干预人间事物和试图重建理想的人间伦理秩序的野心。

在那一次谈话当中，他特意提到了某位外国作家，具体是谁？我已经记不清了。他说，那位作家关于"秩序能够与小说的神秘并存"的观点特别令他欣赏。那作家的原话是："没有某种秩序，神秘将是不可想象的，因为神秘和奇迹与特定的秩序总是如影相随。然而没有偏离又怎能表明它们自己，怎么能够洞察'更高的结构'所代表的未知领域、提供令人不安的深刻见解呢？"① 在这里，他向小说家们提示了两点：第一，神秘紧随秩序而存在；第二，明知秩序而适当偏离，才能证明小说存在的意义。莫怀戚的理解是：所谓秩序，也就是陈规。包括小说陈规和社会陈规。有"偏离"才有独立的品格，才有批判的眼光，才有创造的激情和重建的野心。因此，他一直致力于在小说叙事中充分施展批判、创造、重建小说伦理秩序和人间伦理秩序的豪情。与他之前的小说叙事不太一样，在这种"心理推理小说"中，他的那种伦理干预和批判热情可以说更加积极，甚至相当的强烈。

三　小说的江湖本质与"庙堂文化"是疏离的

莫怀戚的"心理推理小说"说到底，也不过是在遵循小说的基本逻辑，以小说"自己的方式"去另辟蹊径，致力于在"一直被人忽略的日常生活当中"去发现这个世界，特别是去发现"人的内心所发生的事情"。就像胡塞尔所指出的那样，小说必须时刻忠诚地伴随着人的"认识的激情"。他认为这是"欧洲精神的本质"。莫怀戚认为胡塞尔的眼界比较狭隘，这应该是"人类的精神本质"。他坦言，他的小说所致力的这种伦理探询就是朝向"人类的精神本质"的一种努力，"发现只有小说才能发现的，才是小说惟一的存在理由"。小说的伦理准则告诉我们"没有发现过去始终未知的部分而存在的小说是不道德的"。昆德拉的结论是：发现是小说的唯一道德，也

---

① 引自魏平《生活在真实中》，外文出版社 2002 年版，第 67 页。

是最基本的道德。①　不仅如此，他还多次向我提及美国作家汉斯·康宁对小说家说过的一句话："你必须要写出你心里听到的那种声音。"那是怎样的一种声音呢？莫怀戚问我。没等我回答，他自己抢先给出了答案：那就是只有小说家才能够听到的声音！那是一种具有人间烟火味的天籁之音；是一种必须用灵魂才能够听到的声音，而不是只用耳朵去听的那种声音！

那么，莫怀戚在他的这种"心理推理小说"里面都"听"到了什么？"发现"了什么呢？这要回溯到莫怀戚的写作起点，从"发生学"的视角对其小说叙事的演变轨迹简单做一番探究，才能说清。

莫怀戚原本是想成为一个剧作家，后来痴迷上了小说叙事，竟然修炼成了一个小说家。促使他完成这种"转型"的因素固然有许多，但我认为其中有一个非常重要的因素，那就是在他"改行"从事小说写作的那个所谓的"新时期"之初，人们普遍以为：写小说，也就是讲述能够迅速打动社会人心的故事，反映社会普遍的情感和利益诉求，并给予一定的精神抚慰，远比任何一种文学体裁更能体现文学的功能性意义；同时也更能使作者实现一夜之间成名成家的梦想。其实，还有一个更加重要的因素就是：人们，特别是文学界的人们，当时都有一个普遍性的误解，认为过去在传统社会，特别是在儒家文化谱系中一直处于"底层文本"地位的小说，已然跃升到"意义权力序列"的上层，甚至跃升到了与权力文化对等乃至"合二为一"的"真理"的层面。这种误读的情态当然是非常幼稚可笑的，其中蕴含的荒诞性自不待言。但在当时，莫怀戚和同时代的许多小说家几乎都是这样认为的。

那时，小说的"底层文本"性质，也就是它的江湖性质被人们忽视了。这与一个小说家的叙事立场，以及基本的叙事态度，甚至叙事风范有什么关系呢？就此问题，我和莫怀戚曾经有过好几次讨论。他在回顾自己的小说写作历程时，带着明显的自嘲和反讽口吻。但是在当年，他对小说叙事的"真理性"，或者说对小说在"传统文化序列"中是否具有的至高无上的文化引领地位，的确没有产生过怀疑。因为在那个时候，有这种理解和确认是一种时尚。没有人会意识到这种时尚还具有"黑色幽默"的意味。更没有人会意识到这种自我感觉良好的误读，会把小说引向死亡的歧途。

赵毅衡指出：小说叙事"作为文化释义系统，传统的叙事形态必然会

---

① 米兰·昆德拉：《小说的艺术》，第4页。

对这种表意活动加以规训；依靠‘传统文化序列’的排序规则，主流文化意志变为一种强大的规训体系。只要能够完成规训的功能，它就是‘合理’的。并且，它就是万能的，它能回答一切问题，为表意功能提供是非标准；如果有一天这种叙事文化形态难以回答新的问题时，它的全部合理性就会受到严峻的挑战”①。20 世纪 90 年代，就是因为之前被小说家们视为“合理”和“万能”的叙事文化形态，已经无法回答社会转型中凸显的诸多重大问题，因而受到严峻的挑战。具体到莫怀戚来说，这种叙事文化形态之所以失去对小说叙述的规训效力，就是因为此前的文化规训者和被规训者都陷入了这种深刻的文化危机当中。因此，小说家必须通过叙事文化形态的“变法”来推动自身的文化转型；当然这种“变法”和转型是一个非常痛苦的过程，但是维持原状只有死路一条。

于是莫怀戚开始窥探求生的道路。他真正意识到小说叙事在中国传统文化中所处的特殊地位，是在 20 世纪 90 年代以后。我和他在天星桥的一家小酒馆进行这方面讨论时，他自我解嘲地说：“我们过去完全是看走了眼，小说从它诞生的那一天起，就一直是一个‘底层文本’角色，在传统主流文化的眼中是完全不入流的角色。”我补充道：“说的好听一点，它一直是一种‘亚文化文本’。”“对！它就是一种‘亚文化文本’，准确点说，就是与‘庙堂文化文本’相对的‘江湖文化文本’。可是，我们过去神神叨叨的，还自作多情把它看成是‘主流文化文本’。这不怪别人，是我们自己认识水平低，没有小说家的主体意识。就有点像王小波说的，小毛驴跑到大草原上去认亲戚，看到马群兴奋得不得了，结果把人家马儿吓得好一阵狂奔。因为传统的叙事文化体系不认你是他的亲戚。然而怪诞的是，后来人家那种叙事文化体系慢慢改变了看法，主动认亲戚，把你小毛驴拉入它的叙事文化序列里面，可局外人看得清楚，你其实还是小毛驴，你根本就不是马。我们这里的悲剧是：明明自己是小毛驴，却死个舅子说自己就是马！晓不晓得？我当初就是这样的混球！”

只有认清小说的本质，才能明白小说叙事的本质是什么。小说的本质决定它从来就是与旧有的叙事文化体系疏离甚至背道而驰的。在某些特殊的历史时期，小说可能被这种叙事文化体系所绑架或者所规训，而成为异质于它自己的工具。这种情形就像莫怀戚最初学习小说叙事时曾经误入歧途那样，

---

① 赵毅衡：《苦恼的叙述者》，第 3 页。

误以为只要能够被旧有的叙事文化体系接纳认同，就是一个"好的小说作者"或者"好的叙述者"。其实，这样的叙事文化体系导致的直接后果是"小说的死亡"。实事求是地说，他早期的一些叙事文本，如《天地之间》、《公平的惩罚》、《猜谜的人们》，甚至《母亲的心思》等等，某种程度上可以说就是属于这样的"半死亡的文本"。

莫怀戚非常重视并且非常赞同昆德拉的一个观点。昆德拉谈到在苏俄时期小说大规模死亡的历史教训时，说过这样一句意味深长的话："在俄国小说已经发现不了任何新的存在的土地，它只是确认别人已经说过的东西；它在社会上的有用之处，全包含在它对别人所说的或者应该说的那一切的确认当中。它什么也没有发现。"① 莫怀戚认为，这种情景不仅悲剧般地发生在俄国，而且更加悲剧性地发生在许多国家。莫怀戚还补充说：昆德拉所说的"别人"其实指的就是文学之外的那种叙事意志。小说在这些国度里之所以"什么也没有发现"，症结在于那些徒具小说躯壳的玩意，已经彻底丧失自己的独立意志，热衷于去"确认""别人"的叙事逻辑，而不是去寻找自己的叙事逻辑。因此，它所谓的"有用"就不能不显得悲剧而荒唐。显然，从莫怀戚小说叙事的演变轨迹进行研究就会知道：不想傻乎乎地去永远"确认""别人"的叙事逻辑，不想放弃小说家自己的叙事尊严和叙事职责，正是他在小说叙事领域中进行"自我变法"的主要原因。

四　搞清小说叙事本质，才能明白小说的本分

我们现在回过头去检视莫怀戚早期的那些小说作品，如《天地之间》、《母亲的心思》等，虽然这些作品也多少显示出作者一定的写作才华。但毋庸讳言，那里面唯一缺失的就是小说的叙事本质。为此，我和莫怀戚有过一次认真的思考。我和他当时都是写作教学部的教师。在重庆沙坪坝汉渝路街边的一个小酒馆里，我们就沈从文先生关于小说叙事的一段论述进行讨论。小说叙事的本分是什么呢？沈先生的回答是："读者从作品中接触了另外一种人生，从这种人生景象中有所启示，对人生或生命能做更深一层的理解。普通'做好人'的庸俗乡愿道德，社会虽异常需要，然而已有许多简单而便利的方法和工具可以应用，且在很多方面极容易产生效果，似乎不必要用文学中小说来做这件事。小说可做的事远比这个大。若勉强运用它来作工

---

① 米兰·昆德拉：《小说的艺术》，第13页。

具，实在费力而不大讨好。只看看历史上绝大多数说教作品的失败，即可明白把作品有意装入一种教义，永远是一种动人理论，见诸实行并不成功。"①沈先生的意思应该是非常明白的。我和莫怀戚对他的观点和立场持赞同态度。经讨论后我们达成的共识是，必须汲取过去的教训：其一，小说叙事不能满足于去做"别人的"工具，哪怕"别人"给这个工具赋予某种崇高的使命，或者某种神圣的光环。因为你做得再好也是不务正业，因为你丢失了自己；其二，小说叙事根本不必看"别人"的眼色行事，也完全没有必要去羡慕"别人"的丰功伟绩。一个小说家首先必须明白：他所从事的叙事工作，其意义可能远比"别人"的丰功伟绩更大、更有一种特殊的滋味和价值；其三，唯"主流"而马首是瞻，只能是小说叙事的灾难。任何"一种教义"或者"动人理论"一经贯入小说叙事必将造成严重的"污染"，最终夺去小说的性命。那一次，我们谈得非常愉快。莫先生承认，他叙事初期的一些作品就是被某种"教义"影响的证明。

　　进一步而言，只有搞清小说叙事的本质，才能明白小说叙事的本分，也才会明白怎样去恪守小说叙事的边界而不越界。对此，莫怀戚曾经有过困惑和矛盾。1998 年，他在反省自己 20 年来的创作历程时说："20 年前，我半路出家投了文学。"很有些意思，他说是"投了文学"——应该说，这种江湖气息十分浓重的表述是非常到位的——仿佛他是武松或者林冲之类的江湖好汉，被什么邪恶力量逼迫或者被什么正义力量所召唤而投奔梁山的。当然，他的这个表述也很准确。在那个年代，许多从事写作的人的确是把"文学"或者"小说"当作"聚义厅"去投奔的。他接着说："投了文学，以为就此从一而终。因为文学神圣，博大精深，仰头来看而不能近其裙裾者太多。然而，文学的大吊灯刹那间暗了下来，就像变压器出了问题。"② 其实，文学的"大吊灯刹那间暗了下来"是一种错觉。当时我问他，"到底是什么使文学黯淡下来？"他露出困惑的表情，然后回答说："好像不是文学本身。"那是什么呢？当时他没有明确地回答，但在这篇文章里面，他却作了回答："我很沮丧。因为我自认为是一个'时尚的抵抗者'；在我看来，时尚意味着人云亦云。但我还是平静下来，而且诚实地说，我从来就不是一个'时尚的抵抗者'，恰恰相反，我是一个时尚的跟进者。"③ "时尚是什

————————

① 沈从文：《沈从文批评文集》，珠海出版社 1998 年版，第 143 页。
② 莫怀戚：《文学创作 20 年谈》，《重庆日报》1998 年 11 月 6 日。
③ 同上。

么?"其实就是种种异己的力量在牵引或者驱使小说叙事朝着"明亮热闹"的方向而去。过去很长一段时期,是传统的道德文化力量在引导,后来是消费主义的力量在牵引——它们共有的名字就叫"时尚"。也就是从这个时候起,他对小说叙事的"真理性",特别是对小说在传统的道德文化形态中的至高无上的文化引领地位,不仅产生了怀疑,而且还报以辛辣的讥嘲。坦然承认自己是"时尚的跟进者",而不是"时尚的抵抗者",就是对此的反应。《被监听的女经理》里面有个细节颇能让我们体会到做个"时尚的跟进者",是一件多么矛盾和痛苦的事情。这是一个真正的乐手的内心独白:

> 老天在上,一瞬间我真想流泪。不是乐手不会明白有人认真倾听而且听懂了你的那种感动。酒楼里的乐手是委屈的:不是因为卖艺,而是因为人们实际上并不听。她们来到可以演奏的地方只是出于档次,而档次的另一大作用是让老板提高收费标准。所以其实一切与音乐无关。

这就是 20 多年前社会转型之际,小说和小说家面临的外部处境和内在心理处境。时尚的本质是什么? 它又是怎样使小说叙事发生变异的? 事实上,它就是昆德拉所说的那种被某种文化形态统领着的"共同精神",通常又叫作"时代精神"。这种精神在无限扩大,"小说慢慢地被缩减被破坏,小说和整个文化一样日益落入其手中"。在此境域中,"它们对反映在同一秩序中的生活抱以相同的看法……使用同样的词语、同样的风格,具有同样的艺术趣味,把重要的与无意义的放在同样的级别上"。昆德拉的结论是:"共同精神"与小说精神是背道而驰的。① 莫怀戚从自以为是一个"时尚的抵抗者"到承认自己是一个"时尚的跟进者",说明他在时尚,或者说"时代精神"面前处于矛盾和困惑的窘境。也就是说,他对小说叙事的本质与本分在认识上产生了困惑,但是,困惑并不等同于糊涂或者动摇。

20 世纪末期,像莫怀戚这样的文学困惑者是相当普遍的。文学,特别是小说失去了 70 年代末到 90 年代初那种"万众争读"的社会轰动效应。这也是促使小说家从"共同精神"的迷幻中逐渐清醒过来的现实教训和转型动因。于是,不少小说家开始"变通"。所谓"变通",其实就是在叙事模式和叙事策略上向消费主义靠拢。莫怀戚在回顾自己的"变通"历程

---

① 米兰·昆德拉:《小说的艺术》,第 17 页。

时说：

> 我从剧本到纯小说，到半通俗小说，再到各种说不出体裁的文章。我的这个变化轨迹，就是时尚的轨迹。其实，如果宏观地看一看就会发现，小说本身就是时尚的产物，它并不在时尚之外。这个无须从其发生、发展、盛极等来做严密的论证。一句"为赋新诗强说愁"，让一切昭然若揭。[①]

但是，这是否表明他从来就是一个写小说的社会主义者呢？其实并不是这样的。莫怀戚世纪末的这种焦虑，不是惊恐或哀叹小说被"共同精神"所抛弃，而是伤感于小说的读者在大面积流失。当然，更深刻的惊恐和哀叹是小说离开了"共同精神"，导致它所产生的身份认同危机——那么，小说的身份到底是什么？这是莫怀戚必须严肃对待的一件大事。他曾经在《假手神明》中借用一个诗人的话来形容小说面临的现实处境："艺术家前面的路都已堵死了，只有他的脚还活着。"之后，他又补充道："有时候，要人安于现状比让他登天还难。人们要互相攀比。攀比成了变化的原动力。要一个人坚守自己的意愿不与人攀比，需要非凡的底气。"因此，在那个历史时期，要让莫怀戚安于小说叙事的现状，确实比让他登天还难。当然，一个有出息的小说家之所以不安于现状，主要还不是因为攀比，而是因为一种强烈的精神刺激。关于这样的体验，莫怀戚后来借小说人物八师兄的话表达了他自己的心声："我们这种人，差不多都对名琴有崇拜和幻想，但觉得那是遥远又遥远的，与我毫不相关的，突然知道真正的名琴离自己这么近，就像受了刺激一样。"那么，"离自己这么近"的"名琴"是什么呢？我认为，那就是真正的小说精神。至此，他终于懂得了什么是小说精神，他终于找到了能够让小说回到它自己的文化谱系和历史方向的路径。

第二节　小说家的职分和小说叙事本质的确认

一　小说家何以在身份认同上面出了问题

"小说的身份到底是什么？"在那个时候，他的一篇推理小说《认定同

---

① 莫怀戚：《时尚的轨迹与文学的轨迹》，《文学报》1996 年 6 月 12 日。

一》给出了答案——似乎就是为了回答以上这个普遍困惑着中国小说家的难题。小说中的那个精神病医生徐格平就像当年的莫怀戚那样，陷入了深刻的认同危机当中。莫怀戚解释说：所谓"认定同一"在刑侦学上就是指"验明正身"。徐格平之所以陷入困惑和惊恐，是因为他突然面临"能够将一个精神病医生弄得精神高度紧张，而且比他的病人更像精神病"的"厉害角色"。那么，医生与患者，他们到底谁的"身份"更加符合"实际"？很有意思的是，小说的叙述者是这样讲述的：

> 事实上，一个精神治疗所也就是一个信息中心。徐格平很早就认识到：致病原因往往是具有很大的信息量。据说契诃夫早年也是个精神病医生，他的小说素材很多就是从精神病人口中获得的。他说过："一个精神病人表现出的社会认识，往往比十个健康人更加透辟。"

"小说的身份到底是什么？"必须与"小说只能说出小说自己的话"联系起来思考，才能把问题弄明白。因此，这就必然涉及"小说的真正主角到底是谁？"这个问题。若要深入探究这个问题，必须提及孟德斯鸠的一个重要发现。他提示我们："人只有在痛苦中才更像个人。"在我看来，这完全是对小说家和现代小说而发出的训诫之音。现代小说致力于挖掘和透视人性的复杂性和幽秘性，因此它的主角就主要是那些世俗生活的失意者或者失败者，精神的受创者或者灵魂的残缺者，意志薄弱者或者人生绝望者。而很少会是世俗生活的成功者、操控者，以及超世俗生活的得意者、胜利者等——这不仅关系到现代小说的道义准则，而且关系到小说家的基本职责和尊严。严格地讲，小说家本质上就是"精神的异见者"。所以，小说叙事深入到精神病人的内心隐秘去探个究竟，正是在履行其职责。"大律师系列"中，"大律师"专门对那些世俗生活的失意者或者失败者，精神的受创者或者灵魂的残缺者，意志薄弱者或者人生绝望者大感兴趣，其实就是由现代小说的职分和逻辑所决定的。

通常情况下，当小说叙事陷入困惑时，实质上是小说家在身份认同上出了问题。就如同徐格平开业所面对的"一个个无精打采或张牙舞爪的人"那样，小说家必须面对精神病这种"人类真正的疾病"。小说写道，徐格平非常赞同弗洛伊德和弗洛姆等人的观点：认为人类在本质上妄图拥有一个完整的精神领域。但是，让人不可理解而且与人类形成强烈反照的是："越是低等动物，精神就越是健全。"他最惊人的发现是：不能简单地认为患者

"精神不正常"。实际情况是，他们中的许多人在精神上往往超越了常人，但可笑和可悲的是，他们却被平庸的社会武断地认定为"精神病"。真正的小说家实际上就是被平庸的社会武断地认定为"精神病"的那种人。真正的小说家契诃夫深知这其中的奥秘。当他断定"一个精神病人表现出的社会认识，往往比十个健康人更加透辟"的时候，他实际上表达的应该是对小说家的职分和小说叙事本质的确认。

那个时候，莫怀戚还写过一篇叫作《文学的底气》的文章，里面谈到他对这些问题的认识。他说："文学人等，也在分化。有的坚守纯文学阵地，同时鄙夷不纯的；不纯的是指变成了报刊写手的'前作家'们。但是，被鄙夷的这部分人心胸比较宽广，不嘲笑纯文学人的不识时务，反而理解这是人家的执着，一切都很正常。现实的力量是强大的。现实可以产生文学，文学何以不能面对现实？"因此，他认为，文学应该适当调整与现实的关系，他说，"这就叫文学的变通"。① "文学必须面对现实"，这是他在这一时期的一个重要认识。请注意，他说的是"面对现实"，而不是屈从于"现实"。而在那个时候，之所以有相当一部分小说不能面对现实，是因为他们错误而且可笑地把小说和他们自己摆放在"贵族文化"，或者说"庙堂文化"的高处，下不了台。根本原因就是因为没有认识到小说自来就处于"亚文化"这样的江湖地位。莫怀戚的意思不是要小说家去趋附讨好"现实"，而是强调"必须面对现实"——"越是低等动物，精神就越是健全"——他对我说，"你把小说看得那么高贵干什么？说小说是'低等动物'就是贬低吗？关键在于精神是否健全。"于是就必然涉及"精神健全"的小说应该是什么样的情状的问题。

当时，我正在读昆德拉的《小说的艺术》。我把这本薄薄的小书也推荐给了莫怀戚。在这之前，他已经认真地读过并且研究过昆德拉的小说，他小说中的那些自嘲、反讽和幽默等，明显就有这位"昆兄"（这是他对昆德拉的爱称）影响的痕迹。因此，接过这本书时，他非常高兴。之后，我和他就《小说的艺术》有过好几次讨论。一次，是在重庆体育馆"贺龙雕像"边的石阶上，主要讨论"历史与小说的历史"这一命题。我记得他对"历史在一个丝毫不漂亮的难看的小裤衩的形式下参与了小说"这句重要的提示相当感兴趣。这是昆德拉在评价《生活在别处》时说的非常俏皮非常深

---

① 莫怀戚：《文学的底气》，《文学报》1997 年 3 月 10 日。

刻的一句话。他的后半句是"那个时候，人们找不到别的小裤衩"。莫怀戚复述这段话时禁不住开怀大笑，之后却有些羞愧写在脸上。我问他何以如此？他坦然回答："我们过去就是这个样子。那时候写小说就是因为找不到别的小裤衩。"于是我问他："你早期写的那些小说，比如《公平的惩罚》《猜谜的人们》，还有《母亲的心思》等等，算不算'找不到别的小裤衩'的产物？"他回答十分干脆："怎么不是？那时是少不更事啊！"

"一个丝毫不漂亮的难看的小裤衩"对政治家、历史学家、社会学家等来说，是没有什么意义的。但对小说家，特别是对小说叙事来说意义相当重要。由此，他向我列举了他小说叙事中一些不起眼的细节，如《银环蛇之谜》，"银环蛇并不主动进攻人，而是偷偷躲进屋里交尾。但是在交尾时，假如有人影响了它们，那后果就可能相当严重了"；又如《逆反者德华兄》，作为教师的德华兄在课堂上说："男教师首先是个男人，哪怕他已经是个老头；女学生首先是个姑娘。一切合乎自然。我唯一能做到的，就是不剥夺男学生的那一份。以后你们听见德华兄有什么风流韵事，不必去查证落实，立刻相信就是。"等等。这些情节或者细节，对小说家之外的形形色色的专家学者来说，完全是毫无意义的鸡毛蒜皮。可是，对小说叙事来说，对小说的职分来说，意义重大！"小说所理解和醉心的历史，与历史学家和政治家、社会学家、文化学者所关注和认定的历史，完全是两码事。"他强调说："我小说中的大律师为什么特别在意当知青时他在农村烧炭的那段经历？对政治家来说，中国历史五千年，烧炭人千千万，只有那个叫张思德的'伟大战士'才有资格进入政治家认可的历史；唐代的白居易通过文学的方式，让那个名不见经传的底层老者'卖炭翁'进入了历史。但这两种历史是有巨大的区别的。你如果找不出它们之间的这种区别，你就不要去写小说。我在小说中写道，当年的大律师'他特别注意炭窑的牢固和装填的分量，以及火候的掌握，因此没有像张思德同志那样牺牲在窑底'。这样的叙事当然与体制化的历史逻辑有关。就像昆德拉说的那条难看的小裤衩'对于不得不在某种体制下生活的人来说，这曾经是多么的重要'。然而，大律师烧炭是'被遮蔽了的历史'，而张思德烧炭却是被体制一再彰显、被'学理化'了的历史"——"被'学理化'了的历史"正是小说家必须规避的历史；小说家的使命就是必须把"被'学理化'了的历史"所忽视了的那种历史发掘出来，并且给予小说审美和小说伦理立场上的描述和评价。莫怀戚对此是了然于心的。

不仅如此。大约10年前在重庆南岸玄坛庙，我和莫怀戚还有一次类似的讨论，是关于"小说应该照亮的地方是什么地方？"这个像绕口令一样的问题。话题是从他的小说《第四律师事务所》中的一个细节引发的。那个细节是：重庆某皮鞋厂厂长崔白山深夜遭人暗算，摔下了悬崖，幸好挂在一棵树上。厂长先生就在树上昏睡了一整夜。事实上，崔白山"失踪"的当夜，接到其妻的报警，警察开着车沿途寻找了两遍，居然没有发现任何迹象。原来，"崔厂长栖身的那棵树，来来往往的车灯是根本照不到的"。莫怀戚即兴解释说："说简单一点，小说就是应该努力去照那些别人照不到的地方；现实照不到的地方，文学可以照得到。"我当时补充说：学理化叙事照不到的地方，只有靠小说叙事才能照亮。对历史而言也是如此。有时，学理化叙事照亮的历史与小说叙事照亮的历史完全是两码事。莫怀戚适时鼓励我说：

> 不错，就是这样！我再在你老兄的思路上延伸一下：实际上，学理化叙事竭力照亮的历史，可能正是小说叙事特别需要警惕的历史。当然，这种警惕不是说要在文化形态上搞对抗，或者别出心裁，弄些稀奇古怪的名堂。而是要避开学理化叙事的那个套套，走自己的路。像崔白山那样傻戳戳挂在树子上，你喊警察来，还是没得用。警察他那个车灯哪里照得到嘛！还是要请大律师来找。其实，这个大律师就是小说的化身，小说叙事视角的化身。

原来如此，真想不到！皮鞋厂厂长崔白山挂在一棵树上，竟然"挂"出这么一些名堂。

二　小说必须有自己的逻辑和自己的伦理

我与莫怀戚的另一次讨论是在歌乐山森林公园。初夏，蚊子特别多，而且是重庆森林中特别厉害的那种麻脚蚊。这次讨论是围绕与小说叙事关系重大的"小说精神"而展开的。我们一边讨论一边噼噼啪啪打着蚊子。莫怀戚大笑，说："世界上的麻脚蚊，我看要数重庆树林子里的最厉害。一个二个饿吓吓的。龟儿子，连著名作家莫怀戚都敢咬！看我如何治你龟儿子的罪？"说完，啪的一声，亮开手来，只见星星点点的血迹，起码五六个麻脚蚊死在这个著名小说家的暴力镇压之下。赓即，莫怀戚又说："比如，我打麻脚蚊的这个细节，对宏大的历史叙事来说，就基本上可以肯定没有任何意义。但是，假如我今后有一天合适了写入我的小说，或者写入你的小说当中，那就太有意思太有意义了。"然后，话题一转，说："还是不忙谈麻脚蚊，先谈昆德拉要紧。"他一翻开书就见到这一句："小说唯一存在的理由就是说出只有小说才能说出的话。"① 我对莫怀戚说，这就是小说精神。小说存在的理由就是小说绝不能说出小说之外的话。昆德拉为什么要强调"小说只能说出小说自己的话"？实际上，这个和我们一样有着相同"文化生活感受"的作家，在他幽默自嘲反讽的表情背后，其内心是相当悲凉的。莫怀戚对我的这一理解表示赞同。他说，"你发现没有？昆德拉强调'小说只能说出小说自己的话'是指小说精神在本质上是特立独行的；它生来就是和'共同精神'相背离的；不仅背离，而且对'共同精神'始终报以嘲讽和戏弄。"

他在说这些话的时候又随手翻开书，指点道：你看，小说精神就在这里——"小说作为建立在人类事物的相对于模糊基础上的这一世界的样板，它与它之外的异质世界是不相容的。这一不相容不仅是文化或者道德的，而且也是本体论。也就是说，建立在唯一的一个真理之上的世界与建立在小说的模糊与相对的世界，两者是由完全不同的方式构成的；异质世界的真理排斥相对性、怀疑和质问，因而，它永远不能与我所说的小说精神相调和。"② 我回应说，讲得太好了！小说叙事如果不明白小说精神是什么，那就很有可能与"集体记忆"、"共同精神"之类混为一谈。我们过去读过的许多小说，其实从本质上说都不是真正意义上的小说。因为我们在那里面找不到小说精神。小说精神的缺失，使小说叙事就不再是小说自己的叙事了。即使像《伤痕》、《班主任》、《乔厂长上任记》，甚至像《牧马人》、《芙蓉镇》、《许茂和他的女儿们》之类，等等。这些曾经轰响一时的小说，有真正属于自己的叙事精神吗？它们与那个"建立在唯一的一个真理之上的世界"在叙事准则上有什么不同呢？它们体现出自己的相对性、怀疑和质问精神了吗？当然，这样的怀疑和质问，莫怀戚也对准了自己。

"小说只能说出小说自己的话"，就是说，小说必须有一套自己的逻辑，有一套自己的伦理、自己的纪律。它不仅与历史学家、社会学家或者我们俗称的政客的那一套逻辑和伦理完全不一样，而且也与大量的社会俗众的那一套逻辑和伦理不一样。在歌乐山上的这次讨论花了大半天时间，我们各有收获。莫怀戚说，通过这样的讨论，他对什么是小说精神，如何避免因为追随

① 米兰·昆德拉：《小说的艺术》，第 35 页。

② 同上书，第 13 页。

"共同精神"而将小说叙事引向死亡等疑问，有了比较清醒的认识。我问他：你过去自认为是一个"时尚的抵抗者"，事实上，你根本就不知道你要抵抗什么？因为，那个时候你还不知道什么是小说精神，所以也就不会知道什么是小说的逻辑和小说的伦理。他回答说：的确是这样。我们那时充其量也只是站在所谓的"纯文学"的立场，时刻警惕以免堕入俗不可耐的境地，当然，更主要的是想保持一种"高雅"的文学姿态。现在看来十分可笑而且十分幼稚。我补充说：你所说的"高雅"，恐怕不仅仅是文学姿态。恕我直言，骨子里恐怕还是那种"庙堂文化"的"高贵"意识在作怪。以为自己的小说理所当然地已经进入了"叙事文化序列"的高层，完全没有意识到小说本身所具有的"底层文本"属性，也就是"江湖文本"属性。归根结底，真正的小说是带着与生俱来的"亚文化文本"的胎记降临人间的。

莫怀戚回应我说：感谢你的批评，你娃的确击中了要害。我们当时写小说不知中了什么邪，居然一个二个自我感觉良好，都以"天将降大任于斯人"自居。那时，发表了一些小说之后，就到处去开作协组织的各种各样的笔会、研讨会，还到处去给文学青年讲如何写小说，如何把小说写得更符合"庙堂文化"的要求，甚至干脆把小说的面孔搞得跟"贵族文化"一模一样。现在想来这难道不是在作孽吗？先害了自己，然后又去害别人。你所说的小说的"亚文化文本"属性或者"底层文本"属性，太理论太文绉绉了，我看叫它是"江湖文本"可能更准确更过瘾一些。我回应他说：老莫，你说得太好了！你太有悟性了！"江湖文本"的相对面就是"庙堂文本"。小说在中国，自从它产生的那一天开始，它就是具有江湖野性的，你把它弄来喂养在庙堂里，就像把野生动物圈养在动物园里，又如同机关单位圈养公务员那样，它活着还有意思吗？即使活着，它也完全不是野生状态中的它自己了。

莫怀戚哈哈大笑一通说：我说的那种"时尚的抵抗者"，主要抵抗的应该就是种种想圈养小说的意图！让小说野性地自由地活在江湖，那是多么愉快的事，多么爽的人生啊！就像我莫怀戚，本来在世俗生活中野性十足，一写起小说来就像个圈养的动物，情何以堪?！我还有一个更加深刻的认识：小说精神，不要说得那么玄。在我看来，它其实就是男人之所以成为男人的那个东西，古人比较文雅，叫它"那话儿"或者叫"势"，我们重庆男人比较豪放比较直爽，直接就叫"鸡巴"；你把男人的那话儿割了你还叫男人吗？古人把割那话儿叫作"去势"。"去势"当然有好处，而且还不是一般的好处，你从此就成了太监进入了庙堂，进入了"叙事文化序列"的高层；有时一不小心还成了"庙堂文化"的代言人，或者干脆成了"贵族文化"

的化身。你看，李莲英就是这副德性，威风八面，狐假虎威。你如果愿意把你自己和你的小说都弄成李莲英那副模样，你就勇敢地去"自宫"吧！反正我老莫没有勇气也没有足够的情商智商去这么做——小说把自己的那话儿都割掉了，它还叫小说吗？如果我现在还是一个"时尚的抵抗者"，我首先要抵抗的就是任何想把小说的那话儿割掉的意图。如果要我来概括什么是小说精神，我简明扼要地回答你：那就是坚决捍卫男人拥有那话儿的权力；坚决反对任何试图把男人变成太监的"高雅"意图——把这样的精神毫不犹豫地贯彻落实到小说叙事上去，这就是我理解的小说精神。

三　遵循小说的民间叙事逻辑和叙事纪律

说实话，以上是我听到的关于什么是小说精神的最精彩、最通俗、最具有重庆文化性格的"演讲"。昆德拉在《生命中不能承受之轻》中，以特丽莎神经质地反复在镜子面前发问这个细节为例子，揭示小说精神丢失之后，人在自我认同上陷入的尴尬境地。那个可怜的姑娘面对镜子始终无法确认"那里面的自己"是否真实。我认为，老莫关于小说精神的这番发挥要比昆德拉精彩一些。

有一次在杨公桥喝茶时，我问他，为什么你说现在你成了"时尚的跟进者"？这是什么意思？难道你把自己改造成了"共同精神"的认同者了吗？难道你说服了自己，把自己变成了一个写小说的李莲英了吗？面对我不依不饶、咄咄逼人的质问，莫怀戚笑得差点喘不过气来。他回答说，我怎么可能成为李莲英？不管我写不写小说我都不可能成为李莲英！说正经的。我这个表达可能有问题。其实，我想说的是，小说家必须要密切关注世俗人生、现实生活；小说叙事必须要有人间烟火味。写小说不能像写诗那样天马行空，要沾地气，也就是说必须要有世俗人生的活气。现在有一些写小说的人，总是把自己凌驾在世俗人生之上，写个小说就像写诗写报告写总结写哲学论文那样一通胡搞。我们重庆人把这种搞法叫作"搅屎棒"；前些年突然疯扯扯地流行啥子"三无小说"，无故事无人物无情节诸如此类。我看，之所以故弄玄虚，关键还是这些人与世俗人生切断了血肉联系，一点不懂小说叙事的基本规则。严格地讲，这些人就是完全没有感受世俗人生的能力。不要认为你生活在世俗当中你就天然具有感受能力；就像许多人生活在现实当中却始终找不到"现实感"一样——就是这么回事。你要真诚地热爱世俗人生，要全身心地泡进去。我莫怀戚经常爱说：世俗之乐才是真乐。表达的就是这个意思。世俗人生如今变化得相当快，你不跟进怎么行？你以为你过去曾经和世俗生活关系不错，打得火热，你就可以一劳永逸。哥们儿，那是不行的！写小说不像写诗可以疯扯扯地干，写小说必须老老实实地泡在世俗人生当中。莫怀戚还强调说：你如果没有"跟进"的心力和脚力，你就干脆不要去弄小说。

莫怀戚当仁不让，一口气说了这么多。但我仍然心存疑虑。于是我试探着问他：你如此急刨刨地"跟进"，就不怕一不小心"跟进""共同精神"里边去了？不要以为世俗生活、底层民众与"共同精神"不搭界。有时候，江湖与庙堂是可以达成精神和气质上的一致性的。比如，你最喜欢说的"江湖"和"江湖野性"，你是否发现，自20世纪初期以后全能主义文化逐渐渗透到社会叙事的各个领域，实质意义的"江湖"慢慢就不存在了。也就是说，全能主义文化主导的"共同精神"已经完全覆盖了"江湖"，几乎所有的"野性"也都被成功地消解。你能解开我的这些疑惑吗？

他稍稍想了想，然后表情稍显凝重地说：看来，你有点低估我的智商和情商了，不过没关系。我这个人常常被人低估，反正我已经习惯了。你说的那种情况的确是客观存在的。啥子叫"全能主义文化"，你娃太理论化了。我的理解就是"圈养文化"。这种文化的确曾经大规模地侵染了"江湖文化"。一个世纪以来，中国的许多小说都出了问题，即使是有些曾经产生过相当的历史影响，写得也比较有才气的小说，尽管它们表面是有一些"江湖气息"，比如《林海雪原》、《烈火金刚》、《铁道游击队》等，这样的一些"好小说"，但是它们的骨子里还是缺乏真正的"江湖气息"。当然，这不是我说的那种"跟进"造成的后果，是他们"跟进"的方向不对。当然，必须体谅他们，因为在当时他们没有选择叙事方向的权力，也不知道什么是小说伦理和小说纪律。我承认，世俗民间自古而今都充满着机会主义、实用主义的气息，我的许多小说都揭露了民间的这种趋利避害的人性特点。这很重要。因为这种人性会导致"江湖"与"庙堂"在某种情形下的精神默契。但是，你一定要注意：你千万不要低估民间的智商和情商，就像刚才你低估我那样。世俗民间的机会主义、实用主义，实质上是运用智慧与各朝各代的全能主义文化在巧妙周旋。所谓"道高一尺，魔高一丈"讲的就是这个道理。你千万不要认为江湖与庙堂的关系是什么"精神默契"，从来就没有这种事。民间文化被污染这是事实，但民间文化被污染之后，仍然有很强大的自我净化能力和自我修复能力。就这一点而言你缺乏历史眼光，也显得比较悲观主义。说实话，我站在民间文化的立场进行小说叙事，就是这种自我净化能力和自我修复能力的一种表现。

莫怀戚在《我为什么写侦探小说》中还说过这样一段很有见地的话。这当中有着丰富的历史文化信息含量：

> 二十多年前中国人过着整齐划一的简单生活，人的欲望是被锁住的。不论犯案、定案还是破案，都相当低级，有些案子根本没有去"破"，而是"说"了就算数。这一切别说不能给侦探小说形成土壤，你就是凭天才的大脑编圆了也不像。现在，市场经济大潮涨起来了。这大潮中有两条特别生猛的大鱼，一条名叫钱，一条名叫性。钱和性还要互相勾结，兴风作浪。复杂而高级的社会生活是侦探小说的土壤，这是不需要论证的结论。

由此，我们可以明白，在漫长的历史进程中，民间文化始终都处于"被污染"的状况：过去，老百姓过着清教徒似的生活并且受到文化上的"清教徒叙事文本"的熏陶。这实际上是被乌托邦主义所污染；禁欲主义被世俗欲望所攻破之后，又被"钱"和"性"所奴役，这是另一种污染。然而，这在客观上为小说的世俗化转型提供了丰厚的文化土壤和历史机缘，同时也为小说叙事开辟了广阔的想象空间。这也是小说民间文化立场的一种新样态。民间文化立场上的小说叙事，就要遵循小说的"江湖"叙事纪律和叙事逻辑。莫怀戚叙事策略的转变，是从自我净化能力和自我修复能力的逐渐提高来实现的。而这种净化和修复的可靠路径就是认真地向传统中具有生命活力的部分学习。

总的来讲，莫怀戚的小说是一种具有"现代品质"的小说。但是，从最基本的叙事策略和叙事逻辑加以考察会发现：这些小说故事几乎是按照中国古典小说的传统模式来建构的。从叙事的"美感类型"来看，基本可以归入"才子佳人"和"侠义神魔"这两大类。关于为什么要采取这两种古老的叙事"模型"来进行"现代"讲述，莫怀戚本人并没有给出直接的答案。他在世时，我还没来得及就此问题与他进行讨论。但是，在他生前发表的一些"创作谈"之类的文章中还是找到了明确的答案：一是古典小说叙事模式对他产生了决定性的影响；他无法抗拒和摆脱这两类经典模式的巨大诱惑。二是来自读者的阅读惯性。他把这种因素叫作"对读者的尊重或者迁就"。在《文学的底气》中他是这样说的："关注读者的需求，也算文学对人民的忠诚。因为，文学不能仅仅对自己忠诚。一切都很正常。现实的力量是强大的。现实既可以产生文学，文学何以不能面对现实？这就叫文学的变通。"① 事实上，读者的需要就是世俗化和市场化的需要。在莫怀戚看来，当今小说家面对的现实和古代小说家面对的现实尽管在面貌上千差万别，然而它们在本质上其实是一回事。今天的小说当然要有"现代品格"，但是，如果不符合世俗化和市场化的需要，一切都无从谈起。所以，无论是采用"才子佳人"还是采用"侠义神魔"之类的传统模式来讲述"现实世界"当中的故事，都是莫怀戚顺应时势和"赢得人心"的一种必然选择。他还曾经对我说："就是采用传统模式来讲述'历史故事'，本质上也是在讲述'现实世界'里面的故事。我们在司马迁和罗贯中讲述的'历史故事'里面，难道没有感受到浓厚的'现实'气息吗？就我莫怀戚的阅读经验来说，我甚至还能够感受到那里面各种各样令人不安令人思考的'现代'气息。"

说到"文学对人民的忠诚"，我认为莫怀戚诙谐的语气中多少还是有些"唱高调"之嫌——我们知道，在他的小说叙事中，每当"人民"这样的大词冒出来，他往往给予黑色幽默之类的礼遇。即使重庆作协黄主席称他为"人民作家"，他也依然如故。倒是"对读者的尊重或者迁就"这种说法要来得老实正经得多。客观地说，莫怀戚小说叙事的"转型"之举，除了顺应小说的伦理和小说的逻辑外，顺应世俗的阅读和审美习惯这一重要的"时势"应该是一大原因。事实上，莫怀戚转来转去，还是在"才子佳人"和"侠义神魔"这两类传统叙事模式中施展拳脚。即使披着"现代叙事"的时尚面具，也一眼可以看穿其执着于"历史叙事"的良苦用意。

四　现代表征下的"才子佳人"叙事模式

先说莫怀戚"才子佳人"类叙事模式与传统的渊源关系。通常这一类叙事最能够体现世俗化和市场化的需要，是民间社会最喜爱，接受起来最没有障碍，也就是最古老最爽性的一种基本叙事模式。在古典传奇模式中"才子佳人"类叙事的确具有强大生命力。这种类型的小说尽管出现得非常早，但大规模出现却是在明末清初。这与那个时期商品经济的繁荣和市民社会的出现是分不开的。可以说是中国比较成熟的人情小说的一个重要流派。按照林辰《烟粉新诂》的诠释，这类小说的叙事特点是："男女以诗为媒介，由爱才而产生了思慕与追求，私订终身结良缘，中经豪门权贵为恶构隙而离散，多经波折终因男中三元而团圆。"② 显然，是叙写才子佳人的恋爱

---

① 莫怀戚：《文学的底气》。

② 林辰：《烟粉新诂》，古籍出版社 1958 年版，第 43 页。

故事。这类小说情节的基本构成，大多不出郊游偶遇、题诗传情、梅香撮合、私订终身之类的叙事套路；故事的结局以及人物的性格发展，往往与命运乖违、小人拨弄、政事牵连等磨难相关。随之导致佳人逼嫁，才子遭难，虽经波折，男女双方仍然坚贞守望。故事结局无外乎才子金榜题名、明君贤吏匡扶正义，最终以"有情人终成眷属"而使读者获得极大的阅读享受和道义满足。实际上，这种叙事模式除了极大地迎合了世俗社会的道德性阅读期待之外，更重要的是还极大地满足了俗众的"成功学"意义上的"审美需求"。当然，这种叙事模式在西方小说中也比较盛行。按照巴赫金的理念，他将这种叙事模型叫作"传奇时间"模型。具体来说就是：小说起始，男女主人公邂逅。于是演绎出各种各样的神奇的故事。小说人物经过种种纠葛或者磨难的这一段时间就叫作"传奇时间"。这是与"时间修辞"有关的一种特殊的叙事策略。从本质而言，中国传统的"才子佳人"类叙事模式就是巴赫金所说的这种"传奇时间"模型。

　　莫怀戚暗暗钟情于这种古老的叙事模式还与他早年的"红色经典小说"的阅读体验有关。特别是这类小说获得的世俗化成功效应对他深有启发。他所强调的"文学对人民的忠诚"，"文学不能仅仅对自己忠诚"之类的"豪言壮语"，充分反映他的这种世俗化和市场化灵感的历史出处。但是必须指出，这种"市场化灵感"显然是来自于这类小说在"接受美学"意义上对他的启悟。因为，即使是最严肃的主题，最自尊的叙事品格也不能否认面对读者市场的消费因素的存在。林辰很早就发现了这个秘密。他颇有见地地指出："才子佳人小说以及其他人情世态小说，强调善与恶比、美与丑比、真与假比、智与愚比、忠与奸比……如黑白木刻，明暗清晰，线条分明，色调强烈。且比有多种。"① 也就是说，"才子佳人"小说实质上是反映揭示人情世态的小说；是一种肩负着道德文化使命的小说——它既显示了伦理探寻和追问在小说叙事中的重要性，同时也道出了它所面临的处境，以及它所期待的伦理愿景。应该说，这也是莫怀戚在创作此类小说时的基本伦理态度和立场。

　　因此，"才子佳人"类的小说叙事，在莫怀戚一生的创作中占有相当大的比重。像《六弦的大圣堂》、《叛逆者德华兄》、《南下奏鸣曲》、《美人泉华》、《透支时代》、《花样年月》、《和平时代》，甚至像《经典关系》《白沙

---

① 　林辰：《烟粉新诂》，古籍出版社1958年版，第36页。

码头》等等，严格地讲都应该属于"才子佳人"模式的叙事。尽管在叙事的种种纠葛或者磨难方面，特别是在叙事结尾的"大团圆"方略等方面，莫怀戚对传统叙事细节做了一些更加适合"现代"读者阅读趣味的加工，同时还做了更加能够满足"现代"商业化需求的改动，但是，无论从基本的叙事目的、叙事动力、叙事期待和叙事无意识，乃至叙事掌控方式等构成要素来看，都基本上是依循着这类传统模式在进行演绎。

在题材界定上，传统的才子佳人小说一般是指恋爱小说而不是指家庭小说。在情节结构方面，因为才子佳人小说属于"人情小说"的范畴。学术界认为才子佳人小说以恋爱问题为主旨，与"家庭小说"有别。"家庭小说"大多不涉及恋爱问题而只是叙写家庭内部的矛盾纷争，其主旨在于反映世态人情，揭示社会生活中的种种伦理问题。莫怀戚大胆地突破了这种僵化保守的划分模式，因此，他在创造性地采用传统的"才子佳人"叙事模式的时候，刻意将恋爱问题与家庭内部的矛盾纠葛糅合在一起。由此产生的艺术质感、美学意义，特别是伦理后果等，与传统小说相比可谓大异其趣。这种以"对读者忠诚"面目出现的灵动叙事，更容易把小说人物和读者的命运紧紧地联系在一起，更有利于读者去探询各自内心的人性隐秘和人性真实的伦理处境。

关于什么是"才子佳人"的标准范型，董解元在《西厢记诸宫调》里对此有一个简明扼要的解释。他认为："从今至古，自是佳人，合配才子……君瑞、莺莺美满团圆……方表才子施恩，足见佳人报德。"他还借红娘之口点明崔莺莺和张君瑞这一对佳人才子的特点："姐姐稍亲文墨，张生博通今古"；"姐姐是倾城色，张生是冠世儒"；"君瑞又多才多艺，咱姐姐又风流"。因此，崔莺莺和张君瑞分别成了才子和佳人的典型，而《西厢记》也就成了传统的才子佳人小说的代表。莫怀戚笔下的"才子佳人"在"现代"的表征之下，其基本的叙事底色和人格"面貌"与《西厢记》之类相比没有太大的差异，只是随着历史的发展产生了种种变异。如果不仔细辨认还以为莫怀戚小说中的那些男男女女是什么新的物种。其实说白了，不过是崔莺莺和张君瑞的现代变种罢了。我们不妨看看他小说中的才子是何模样、品质和性格？杨维智、德华兄以及茅草根，还有那个在女学生中兴风作浪，游刃有余的"我"等等。毫无疑问，他们都称得上是当今社会公认的"才子"。下面，我们逐一来领略莫怀戚小说叙事中最具有代表性的几个"现代才子"：

首先介绍杨维智。此君在重庆的外语大学任教，懂音乐、会外语，有雄心有抱负，也有能力和超常的心机；在与几个女人的周旋和折腾方面，其"文治武功"着实了得。他这种"知识分子"浑身上下，彻里彻外充满世俗乃至江湖无赖的心机和气息。朋友用了八个字形容他，可谓集赞扬和调侃于一体："才华横溢，狗胆包天"。尽管如此，却一点也没有使他在"传奇时间"里遭遇到什么不可克服的人生障碍。

其次是德华兄。这位老兄同样在重庆某大学任教，年轻英俊，风流倜傥。他不但学识渊博，而且生性幽默，讲课异常生动，风格自成一派；他性格自由洒脱，敢于说真话、揭示社会生活的本质，并且善于将各种社会现象提升到文化的高度来认识，让听者痴迷，视其为"读生活"的楷模。因此深受学生，特别是女学生的喜爱。

最有意思的"现代才子"还有谁呢？原来是给美人泉华讲授大学语文的年轻教师，他叫奕茫。他留着长发，既像美术学院的画家，又像小泽征尔那样的指挥家，甚至还像政治家周恩来，如果一段时间不刮胡子，则居然又像思想家马克思。为什么又像马克思呢？主要是他非常聪明和犀利，而且还相当的威严。

此外，《银环蛇之谜》中的男一号常祥麟也堪称是一个"现代才子"，同时此君还是医学专家。他来自湖南，是这个悲剧叙事的主角，事发时家住深圳建筑设计院。常祥麟事业顺利，所从事的医学研究也卓有成效，是知识分子中的成功人士。他的秘密情人吕玉音就是因为仰慕其才华而爱上他的。

当然，还有在《山水回旋曲》和《寻找假人》中风流倜傥、志满意得的那个周沧海等。如是种种，不一而足。莫怀戚"才子佳人"叙事模式中的这些"现代才子"有几个比较共同的特点：其一，几乎都是受过高等教育的知识分子，学者或者专家。其二，他们不是在高校供职，就是在研究机构从事科研工作；社会地位较高，而且事业有成，受人尊敬和羡慕。其三，不是英俊潇洒，就是风度翩翩，颇受知识女性，特别是女学生、文艺女青年、公司女职员的仰慕和追求。其四，思想解放，心性自由，言论大胆，敢于发表离经叛道之论，而且行为出格，我行我素——总而言之，"独持偏见，一意孤行"是他们共同的特征。

那么，莫怀戚"才子佳人"模式中的"现代佳人"又是什么模样呢？尽管她们与传统小说里面的佳人有很大的不同，但是，其基本的叙事底色和人格"面貌"与传统叙事中的此类女性多少还是有共通的地方：

《六弦的大圣堂》中与"现代才子"杨维智发生情感纠葛的"现代佳人"有三个。其一是姨妹洪波。洪波是一个知识女性，从 17 岁当中学生时就爱上了姐夫；她年轻、美丽、纯真，对杨维智一往情深。她跟着姐夫学吉他，还偷偷挪用公款为姐夫买了他最倾心的价格最贵的吉他。在姐姐去世以后，洪波"代替了姐姐"经常与姐夫一起弹琴，练习西洋曲子《大圣堂》。其二是年轻漂亮的女编辑小 H，她是本市副市长的女儿。非常欣赏杨维智的才华和独特的性格，并且展开狂热而猛烈的情爱攻势。但杨维智觉得，与权贵联姻，固然会对其事业有帮助，只是搞政治不合他的口味。因此，对小 H 采取遮遮掩掩的应付态度。其三是日籍女教师池上荷子，在重庆西南外语学院教授俄语。这是一个有才气有抱负的女人。她因为爱上中国文化进而爱上了杨维智。

《银环蛇之谜》中的女一号吕玉音，是知识女性、精神病医生，也是未婚女青年；她胸怀远大理想，到深圳闯荡，住在深圳建筑设计院，正好与常祥麟成了邻居。后来，经常祥麟推荐在《家事国事》杂志做编辑工作。不久，与常祥麟关系迅速升温，很快成为常的情人。

《假手神明》中的伊人和《经典关系》中的南月一非常相似。这两个美人都是知识女性，都是在读大学时与小说中的男一号发生初恋，后来因种种原因而分手，双方各自组建了家庭。然而多年以后，初恋的这对男女突然见面，随之如干柴烈火般地熊熊燃烧起来。

《逆反者德华兄》中的慕容兄其实是一个才貌双全的女子，是德华兄的学生，两人"以兄相称"。他们之间的恋情既有传统情爱叙事的古典气息，又有现代情爱叙事的时尚气息。慕容兄痴恋老师，故意制造"偶遇"情景，终于将德华兄一举捕获。在初春的一天夜里，师生在寂静的铁路上接吻缠绵。之后德华兄送慕容兄回女生宿舍，却遭遇学校巡逻队的突袭，带头的小秘书有意刁难慕容兄，于是，两人合伙产生了报复小秘书的念头。莫怀戚坦言，《逆反者德华兄》这个将古典气息和现代品质糅合在一起的"才子佳人"传奇故事，实际上其叙事原型就是他本人在重庆师范大学的一段情感经历。多年后，莫怀戚还余味无穷地向我回叙当初的种种醉人的细节。他感慨万端地说："完全没有办法！我是一个古典情怀和现代情趣杂糅的'怪物'。不是我刻意去追寻这种传奇式的恋情，是传奇式的恋情气喘吁吁扑爬跟斗来追逐我。没想到后来成就了这篇小说。"

莫怀戚"才子佳人"叙事模式中的这些"现代佳人"也有几个比较共同的特点：其一，她们都是受过高等教育的知识女性；其二，她们大多数在公司或者文化单位供职，工作条件优裕，社会地位也较高；其三，她们有的年轻漂亮，有的非常有女人味，颇受政府官员、公司白领、文教职员追捧和爱恋；其四，思想奔放，厌恶循规蹈矩，心性洒脱，喜欢我行我素，对世俗的眼光报以不屑一顾的神情——总而言之，和"现代才子"趣味相投，一拍即合。

五　传统"侠义神魔"小说的现代升级版

莫怀戚小说叙事中的另一类传统模式是"侠义神魔"小说。他的"大律师系列"，实质上就是传统的"侠义神魔"小说的现代升级版，或是传统叙事模式的变形。"侠义神魔"小说和"才子佳人"小说的共同点就是：它们都具有市民社会的消费属性。这两种叙事模式不仅是古代白话小说的基本叙事范型，而且也是最受市民社会各阶层读者喜欢并符合其审美趣味和阅读需要的世俗叙事范型。首先，从世俗化叙事的技术性要件来看，"侠义神魔"小说必须要纳入：小说人物突遭险情、陷入困境、正邪相斗、高人或者神人来救，这么一些因素。而在这些要素当中，高人或者神人的横空出世是最为关键的。具体到小说叙事当中，这种具有超人力量的角色，或者叫作英雄豪杰，或者叫作智者侠士。总之，这一种角色是具有某种超自然力的神异人物。他们在人间出现，是为了给凡夫俗子排忧解难，指点迷津；他们上知天文下知地理，古今中外无所不通，世道人心无所不晓；他们呼风唤雨，能掐会算，禳灾作法，化险为夷。这种小说超人的典范就是《三国演义》中的诸葛亮。莫怀戚所谓"心理推理小说"里面的那个大名鼎鼎的人物"大律师"，其实就是诸葛亮的现代化身。当然，这个由莫怀戚创造的现代"大律师"与"仙风道骨"的诸葛亮最大的区别就是他形象的世俗化："大律师平头，不算英武但面目清朗，身板挺结实，没有半点所谓哲人风范"。实际上，这种世俗化神异人物对当代社会读者来说，其带来的传奇性、消闲性以及刺激性效果更佳。

因此，我们将莫怀戚的"大律师系列小说"称之为现代版的"侠义神魔"小说，应该是没有问题的。尽管在传统叙事中，"侠义"和"神魔"还是有所区别的，通常是："侠义"叙事是具有江湖道义性质的"正面"叙事，"神魔"叙事则是具有抗衡和悖逆江湖道义性质的"负面"叙事；但是，经过莫怀戚"改造"之后，"神魔"叙事注入了现代"科学"和"技术"的学理内涵，因而具有了"正面"叙事的伦理意义和文化气韵。

"大律师"是莫怀戚系列小说中的一个非常特殊的叙述者。"他在小说当中是一个执行特殊使命的人物，他是作者创造的人物。他常常超越作者的控制，强迫作者按照一定的方式创造他。作者貌似叙述的万能造物者，但是，却在叙述者面前暴露出叙事权力的边界。"① 真实的情景就是这样。当然，这个"大律师"是代表莫怀戚在执行某种"特殊使命"。尽管如此，莫怀戚对他的控制往往显得力不从心，的确暴露出了作者"权力的边界"是有限的。但这种有限却通过"大律师"法力的无限帮他极大地扩展了小说的"叙事权力的边界"。非常有意思的是，"大律师"这个形象与小说"自身的形象"是叠合的。小说作为一种特异的文化角色，通常的表现是：它与小说家合谋同构为"舞会上的窃听者"。因此"窃听别人的谈话"就成了小说和小说家乐此不疲的伟大事业。说"大律师"是小说的替身，的确不是在耸人听闻。

"大律师"的传奇性和超人感体现在他的情智方面，具有常人根本无法企及的神异能力。他的知识非常广博，甚至给人以神人的感觉；他对人性、人情和人心的观察洞悉，往往给人以"秘响旁通"的神奇印象。在科学昌明、技术发达的现代社会，他与古代的诸葛亮最大的不同就是，他的知识面实在是太广博了。不仅涉及刑法学、侦查学、法医学、精神学、遗传学、社会学、伦理学，而且还深入到心理学、风俗学、人类学、语言学、历史学、地理学、文字学，甚至哲学、美学、文学、佛学、儒学等知识学术领域。简直达到了"无所不知，无所不晓，无所不通，无所不能"的地步。《银环蛇之谜》如是写道："上帝般地俯瞰人类心态，俯瞰由这些心态衍化出来的社会生活，已经成为大律师的癖好。"《子夜鞭影》中，大律师对"现代社会"的人性发展趋势简直是了如指掌："这是一个由道德、理性转为本能和直觉的时代。人们越来越重感觉，而不是依照道理行事。"不仅如此。他还对人世间的一切都胸有成竹、无所畏惧：

> 大律师淡淡地说："来了什么，解决什么，需要什么，争取什么；成了就成了，败了就败了；活着干着，死了算述——你不这样，还能咋样？"

这是大律师在《帽上蓝鹰》里面以典型的"重庆天棒"口气的一番"神魔"式豪迈表达。不仅如此，他还别出心裁地测试自己的思维方式及效果，之后颇为自负自赏地说："我的思维与视野度之间有惊人的因果关系。"

---

① 赵毅衡：《苦恼的叙述者》，第1页。

事实上，"大律师"与《白沙码头》里面的那些侠义人物还是有明显的区别的。这是一个既有"侠义"的一面，又有"神魔"的一面的高人和神人。其中，"侠义"的一面主要体现在"路见不平，拔刀相助"，以江湖伦理为应世准则，来匡扶人间正义；而"神魔"的一面则主要体现在"能掐会算，料事如神"，以"科学思维"和"技术手段"为探案路径，来揭示种种隐秘的社会及人性"真相"。在小说叙事中，只要大律师一登场，整个叙事的精神气氛陡然发生变化，有一种明显的"神异"感觉。请看《银环蛇之谜》对大律师出场的具体描述：

> 大律师扫一眼附楼，整个底层一派萧条——店里目前根本不敢安客人。"我们就住115房好了，"他说，"体会一下，召唤灵感。"何老板吓了一跳，"要不得！危险还没解除。"武耀和单延昭也不敢吭声。"备好蛇药！三人又住在一起，就是被咬一口也没有什么。住在那里有利于发现问题。"大律师沉吟着说："这蛇性就这么玄，跟了摄像机就抓不到？这样，由我去充当你的附楼领班，随教授去抓蛇，你就不必掺进来。"何老板瞄瞄大律师，苦笑一下说，你这样子倒也像个酒店里的领班。大律师平头，不算英武但面目清朗，身板挺结实，没有半点所谓哲人风范。
>
> 大律师叫武耀准备好照相机，套上长焦镜头，伺机拍下抓蛇瞬间镜头。附楼及周围还有客人走动，并非无人之境。所以武耀只要不紧跟着，谅教授也不会发现其企图。然而大律师诡秘地笑一笑，重复着自己那句名言："两个互不相干的男人如果有了关系，这中间多半有个女人。查一查：有无他们共同认识的人，尤其是女人。"
>
> 随后，大律师略显亢奋，有些武断地宣称：尽管同行者未与常同居一室，尽管去住宿登记时只有常一人，但可以肯定，那晚同行者也在小梅沙。

不妨分析品味一下。此刻，大律师成了叙事聚焦的中心人物。他先"扫一眼附楼"，显得相当神秘，但给人以成竹在胸之感。紧接着他说，"体会一下，召唤灵感"。于是，"神魔"般验明正身的气氛开始降临案发现场。当众人依然笼罩在恐惧之中时，大律师平静从容地进行计划和安排道："备好蛇药！"尽管众人还是心存疑惑，比如，"何老板瞄瞄大律师，苦笑一下"，但在读者那里，大律师早已经取得了他们充分的信任。他们的猎奇心被充分调动起来，并且会心地一笑。这时，他们耐心地被叙述者所牵引，想知道大律师葫芦里到底卖的什么药？及至大律师"诡秘地笑一笑"说出了他的推断之后，读者在这种具有刺激性的阅读过程中，已经获得了一种相当新异的审美快感。

在小说《验明正身》中，先在"引子"部分饶有兴味地向读者解释了"验明正身"的"科学"含义之后，接着用整整四章内容讲述了大律师是如何解决困扰精神病医生徐格平的问题，这样一个颇具"技术性"含量的推理过程。叙事者采用倒叙和插叙的方式，伴随着大律师的"科学思维"一步一步还原案件的真相。和莫怀戚其他的"心理推理小说"对大律师的"神魔"刻画一样，在心理推导过程当中，大律师将许多专业术语，如"自我防范"、"自我意识"、"臆想变革者"等等，在向当事人进行"科学解释"的同时，实际上，也在向世俗化的读者普及这些现代理论知识。以此刻画出大律师在世俗化、平民化的外表之下超然于世俗化、平民化的精英身份和神异思维。小说中的一号人物徐格平虽然是专业人士——资深的精神病医生，但是，他却无法解除自身的精神病困扰。万般无奈，只好求助于来自民间的"大律师"。这实际上是一种文化隐喻：即使是那种一贯自以为是神通广大的全能系统，也无法解决严重困扰自身的精神隐患，尤其是来自历史和文化的那种内在隐患。由此可知，这个"大律师"虽然不属于哪一个具体的"专业"领域，但他却能够通晓天底下几乎所有的"专业"——这就是他的"神魔"之处。简直达到了无人可及、无人可比的境地！以下是大律师以"超专业"的"专业思维"对徐格平精神疾患的一番分析推论：

第一，这人并非病人。到病人家中进行心理治疗，对精神病医生来说很正常，但同时也说明此人病情较重。按常理，这病人不能没有陪伴，对一个有电话的中国家庭来说尤其如此。那么，在进行治疗时电话来了，医生也决不会让病人去接，而是自己去。是不是这样？故可推断：接电话的并非病人；而且屋里只有你们二人。

第二，如果是朋友，便没有必要否认你在他那里。一般的情况是，听说找你，顺手便将话筒递给你—这就是所谓男人的方式，也不会去问是哪个徐医生。这样佯装不知又随口撒谎，多是女人的习惯。培根说女人喜欢随随便便撒小谎，男人总是深思熟虑撒大谎，真有意思。一个同你单独在一起的女人却否认认识你，你说这是为什么？

第三，那句问话——你是他家里人吗？就更重要了。这就变相暴露了所谓的"情妇潜意识"。情妇最悬心的就是他的妻子，由此推广到对情人整个家庭的关注。即使明明知道你家里没有打电话的男人，也会下意识地问出声。这是没办法的事：作为精神病医生想必能理解这一点吧？

看明白了吧？大律师与徐格平两人相比，好像大律师才是真资格的精神病专家，而且他还具有超乎精神病专业领域的各种不凡的见识，比如，他对各种日常生活场景的细微观察和情景推论，对各种世故人情的深入洞悉和逻辑推导，尤其是对现实社会中男男女女心理性格和行为习惯的微妙窥探和准确揭示等，无不充分显示出大律师"像平民一样生活，像上帝一样思考"的二重文化性格属性。

《假手神明》讲述了一个诡异多端的谋杀故事。叙事中的大律师浑身上下充满浓厚的宗教气息。因此，这样的"神魔"意涵与以上小说还是有所不同。通过大律师的解密，我们才恍然大悟："该事件是一个关于然诺的故事。每个人最终都得履行然诺——不愿主动履行然诺，就得被动履行然诺。"谈到这篇小说时，莫怀戚说，之所以营造了浓郁的宗教氛围，并且让大律师薰染上了浓厚的宗教色彩，是想提醒人们：唯有宗教能让人内心沉静，不要那么急功近利；为了追名逐利而背信弃义，那是要遭到因果报应的；重然诺者必然有好报，食言者将遭到天谴。他还通过大律师"神魔"一样的眼力指出：市场经济全面铺开之后，人类天性中的各种成分都被激活了，人们行事的约束被一次一次地突破，动作越来越大，创造与破坏都呈扩张趋势，真善美与假恶丑的对比更加鲜明。虽然有法律约束我们，但仅靠法律是不行的！因此，宗教意义上的"良知"就实在是太重要了。大律师如何"神魔"不是小说叙事的主要目的，而力挽狂澜、匡扶人间道义才是小说叙事真正的伦理教化目的。

在《无主导驱动》叙事结尾，大律师针对这个绕来绕去的疑案。发表了如下一番说辞：

> 当代的所谓宿命论，只表现在对结局的解释上，其作用仅仅在于心理宽慰。真正以为一切命中注定而放弃人生追求的人，其实是没有的。更何况，他们只是一些软弱的人；真正危害社会的人绝不是宿命论者。

大律师的这一通阐释，其主旨是传播"人文科学知识"，透析人生和人性的某种真相。在此篇叙事中，倒不仅仅是为了匡扶人间道义，而主要是为了让世俗之人回到积极健康的人生轨道上来。因而，此刻的大律师又颇有点像掌握历史唯物论和辩证法精髓的政治课教师。全知全能到这种份上，的确称得上是十分的"神魔"。

值得探究的是，如此十分"神魔"和"万能"的大律师，在莫怀戚的叙事世界当中往往超出了作者的控制，迫使作者必须按照"神魔"和"万能"的理念去创造他。另一方面，作者又貌似叙述的万能造物者。这样一来就势必使作者和读者同时步入这样一种歧途："误以为文学正在起着重要作用，以此来克服道德文化危机，甚至可以拯救一切。这显然是夸大了文学的作用。这种情况本身就是一种病状，而且，最严重的病人，倒不一定是激情满怀的小说家们，而往往是他们创造出来的那些叙述者。"① 我怎么都觉得这段精到的阐释是针对莫怀戚而生发的。莫怀戚之所以执着于讲述"大律师系列"这样的"神魔"故事，之所以非常偏爱大律师这样的"神魔"人物，其实，就是他在骨子里"误以为文学正在起着重要作用，以此来克服道德文化危机，甚至可以拯救一切"。事实上，大律师的神通广大、料事如神、匡扶正义、洞悉人性等，只能当作神话来看。如果一味当真，甚至将其视作"文学英雄"，进而以为文学之类真有匡扶正义、拯救天下的盖世神功，那就真的是病得不轻，真的是悲剧了。当然，莫怀戚本人在他文学生涯的后期，对此是有所醒悟的。

---

① 赵毅衡：《苦恼的叙述者》，第 7 页。

第三章　莫怀戚小说叙事的语言与质感

第一节　用自己的语言构筑小说叙事的边界

一　"在小说中我一直与语言一道私奔"

莫怀戚是一个个性风格非常鲜明的作家。需要说明的是，当我们说他的"个性风格非常鲜明"时，不仅在说他的那种特异的个体经验和精神品格，其实首先说的是他那种特异的小说语言风格和气质；其次是他的个性化叙事风格。维特根斯坦说，"想象一种语言意味着想象一种生活方式；语言的界限意味着世界的界限。"的确如此。莫怀戚的语言无疑是与"想象一种生活方式"有着紧密联系的"一种想象的语言"；但是，就其写作的目的性而言，他在创造一种语言的同时，也在努力创造和享受一种生活方式。也就是说，当我们在读他的小说时，本质上，我们无疑也是在进入和享受这种想象的语言，以及这种想象的生活方式。他曾在《文学创作 20 年》中写道："文学实质上是一种语言样式，人类需求的一种样式，其功用是满足精神的需求——无论是教化，还是审美，或者娱乐。托尔斯泰发牢骚，说文学对社会没有什么用，文学不可能用来改造社会。试图用文学来改造社会，这种想法往往成事不足败事有余。文学只对文学家有用，用它来打动个体或者小群体的精神倒是可能的。"他的意思其实与维特根斯坦比较接近：文学的实质就是"想象一种语言"，并且通过它去"想象一种生活方式"。因此，直白地说，它首先是对文学家有用，其次才是对那些有相似的精神需求的人有用。晚近以来，出于国家民族现代化转型的历史需要，不少立志于社会革新的人们居于文化功利的立场片面夸大了文学的功用。事实上，文学并无这样的功能和义务。强迫文学服从于文学之外的种种目的，不仅使文学异化为非文学，而且导致文学使用的"语言"也逐渐与文学应该具有的语言内质无关。莫怀戚认为托尔斯泰的牢骚具有深刻的常识提醒意义。

人们习惯于把语言仅仅看作是小说叙事的重要元素，但实际上语言才是小说家的全部尊严所在。语言对于一个小说家来说，其重要性远远超过叙事风格和策略。因为只有语言是属于小说家自己的，而叙事策略往往不是为了他自己；况且，若没有了属于他自己的语言，叙事风格等只能化为泡影。语言对莫怀戚来说具有非同寻常的重要意义。着眼于宏观的文化视角，小说家的辛劳可以促使人类语言不断地进化，甚至可以像诗歌和哲学一样使其达到精致和美妙的境界。在大渡口美德公园的一次讨论中，莫怀戚表达了这样的观点，他说："对一个小说家而言，语言所带来的快乐其实远比叙事带来的快乐要强烈和隽永。在小说创造世界的过程中语言首先被创造出来，而在创造的过程中语言踏上了进化之路，其进化的微妙和愉悦程度是不可比拟的。语言的进化不仅使小说家表达人类各种快乐成为现实，而且也使小说家在向人类传达灵魂深处的博爱、痛苦以及悲悯、忧伤等情感成为现实。"这是因为，语言创造本身就是一种"痛并快乐着"的伟大事业；痛苦被语言所捕捉和描述，这本身就是一种快乐，非创造者是无法感受到这种非同寻常的快乐的。

后来在三春湖畔，莫怀戚又对我强调说："只有语言能够将小说家带到他梦想到达的那个世界，因为只有语言才称得上是小说家想象的翅膀。"还有一次，他带着三分得意七分诡秘的神情对我说："写小说的时候，我真的有一种和语言一道私奔的感觉。"说完，他忍不住大笑起来。笑毕，他自我解释道："我晓得，有好多人觉得我这个人是个怪物，其实他们的悲剧是，根本不晓得我到底怪在哪里；从本质上说我是一个私奔者，在小说中我一直与语言一道私奔。要知道，私奔是人生最大的愉快。"他甚至在《经典关系》中用茅草根的口这样说道："什么事只要一法定，就没有意思了。偷情之所以异常欢愉，是因为新鲜与冒险，这就是刺激。"他的小说叙事中表面上是在说男女之间的偷欢，其实何尝又不是在表达小说创造，特别是语言创造的刺激和冒险心理？《白沙码头》里面八师兄谈到"真正热爱"艺术的人，必然会沉浸在类似偷情的欢愉当中："你想吧，要是真正热爱，就不会去管别人的。你爱听不听，我拉我的，我唱我的。我们会对艺术乐此不疲的，不会丢下艺术走开的。"

可以用小说家陈应松的一段话来破解莫怀戚的这种"私奔"的愉快。他说："语言所能到达的地方，别人一定无法企及。他一个人在那儿恣肆欢喜，放浪形骸，享受着最持久的愉悦。作家总是在寻求自己语言的边界，远离他人，开拓自己驰骋的疆土——这个世界将从此是属于他的。作家因语言而存在，因语言而永生。在无语相对的哑人似的写作途中，语言却掷地有声，如天外仙乐。语言是他唯一的陪伴和唯一的恋人、疯狂追逐的对象；或在如沙漠荒野似的书桌前，作家啜饮语言的甘泉——那里鸟语花香，柔美多姿。语言是作家的后花园，在这片秘不示人的地方，他想方设法栽种着他的奇花异草。假如他对语言有着不可遏止的占有欲，有着强烈的自信和原创能力，假如他确实是上帝派来的语言的信使，他必须忍受小说对自己掠夺性的开采和滥权。他在那神示的煎熬和翻滚中意荡情迷，精骛八荒，纵欲无度。可是他丰姿卓然，美目盼兮，风流盖世——语言让他如此具有了优良的品性，高蹈的才情。"① 用这段话来读解莫怀戚对小说语言的偏爱甚至痴迷，无疑是非常恰当的。莫怀戚一再说："写作使我愉快。"许多人认为这是他在表达叙事的愉快，也就是所谓"编故事"的愉快，根本不知道他真正的愉快，或者说"本质的愉快"是语言创造的愉快。他在他所创造的语言世界里开疆拓土，离群索居——也就是说，在表面的叙事狂欢的背后，他在过一种别人难以察觉的"离群索居"的自给自足的生活。《经典关系》里有一处不大惹人注意的闲笔，是这样写的：

> 各种各样无名的野花像彩色的瀑布流泻着，任何人工也搭配不出那无以名状的美。春天在这里独享自在，无意示人。

无名野花的这种"离群索居"的审美境界，就是莫怀戚营构语言世界的生动具体的体现。他在《情人的结局》里面有一段叙述者的描述，也恰好体现了语言表面置身于灯红酒绿，实际上却处于"离群索居"的自尊自足的情状：

> 这是晚上。在这家很高档的茶楼里有市歌舞团美丽的女乐手们在演奏：小提琴、大提琴和钢琴。这是一个艺术备受冷遇的时代。一个著名诗人用这样的话来说时代和艺术："艺术家前面的路都已死了，只有他的脚还活着。"但女乐手们神情是高贵的，她们甚至暗藏着对市俗的鄙视。安明能窥见她们的心灵。不错，她们在取悦于市俗，或者直接一

---

① 陈应松：《语言是小说的尊严》，《钟山》2008 年第 2 期。

点，就说媚俗好了。技术不得不媚俗，但是艺术家保持着灵魂的高贵；
艺术家与众不同。安明在内心深处为她们喝彩。

这里所讲的"技术不得不媚俗，但是艺术家保持着灵魂的高贵"，在我
看来，其实就是讲叙事与语言的相关性和它们之间的差异性。不是说叙事就
必须媚俗，而语言就绝对不媚俗，而是说再自尊自足的叙事也很难避免媚俗
之嫌，只有自尊自足的语言可以使作家"保持着灵魂的高贵"，在他创造的
语言世界当中，他愉快地过着那种"离群索居"的生活。小说《教案》叙
事开篇有一段叙述者的内心独白，就曲涵着莫怀戚对语言的那种深刻独到的
理解和迷醉。在提示"有一个男人在世间过得好好的，却准备出家。再过
一个七天，他就要住进庙里"之后，"他已经对着他的佛像说了很多话"。
诡异的是佛像并没有在书桌上，"那个位置上其实什么也没有"。更加诡异
的是连那是不是佛像都无关紧要。因为"在他心里，那可能是如来佛，也
可能是观世音菩萨，还可能是圣母玛利亚。东方的神，西方的神，其实是一
样的；而且，是不是就称他们为神，也没有一定。说上帝，说造物主，说上
苍，说天老爷，说安拉……都一样"。那么，"他"到底要表达什么？是什
么原因使他想"出家"？"他不是说得很清楚。他只是不知从哪一天起，渐
渐地就有些向往，越来越向往……"可是他到底向往什么呢？接下来的一
番内心独白有些神秘：

> 他说，主啊，我在你的面前是没有秘密的。我的所谓思想，都是你
> 的意思。哈姆莱特说："倘若一切都是命中注定，那么思想还起什么作
> 用？"思想本来就没有什么作用。秘密起源于思想，那么秘密就起源于
> 主。所以秘密不在我这里，秘密在主你那里。我之所以说秘密是秘密，
> 是因为只有我一个人知道，其他人不知道。今天我要将它们说出来，还
> 给主。我要腾空我的内心，从此不再牵挂它们。

这样的内心描述其实就是"无语相对的哑人似的写作"情状。为什么
"只有我一个人知道，其他人不知道"。我认为指的就是"语言是他唯一的
陪伴和唯一的恋人"的那种私密而幸福的内心感受。"今天我要将它们说出
来，还给主"——是把这个故事或者故事里面隐藏的思想还给主吗？关键
是"主"需要故事和思想吗？赓即，"他"又说，"我要腾空我的内心，从
此不再牵挂它们。"那他到底要干什么？莫怀戚似乎在凌空高蹈，故弄玄

虚。说白了，他其实是在隐晦地表达他那种"将它们说出来，还给主"的欲望和愉悦。"说出来"的是什么？请注意：不是故事也不是思想，而是语言；"说出来"这种行为，这个过程很重要，远比故事和思想重要；"说出来"内心就腾空了，一个无牵无挂的世界就出现了，就可以"想方设法栽种着他的奇花异草"，就可以"在这片秘不示人的地方""意荡情迷，精骛八荒，纵欲无度"了。因此，莫怀戚对某位捷克结构主义作家的名言"现实不是被语言所反映，而是被语言所创造的"十分欣赏。有一次在重庆师范大学弘德楼的走廊上，他竟然忘情地狂喊着这句名言，吓得迎面走来的一群女学生没命地狂奔而去，以为遇到了酒鬼或者疯子。只有我明白，他在内心对语言是那么的醉心和钟情。与语言相比，叙事反倒是第二位的。

二 "别人一定无法企及"的极乐世界

莫怀戚用他自己的语言不仅构筑了小说叙事的边界，而且更重要的是还构筑了他自己的语言世界和他自己的想象空间——他喜欢在小说中用语言营造那种"别人一定无法企及"的"远离他人"的极乐世界。我们会发现他"一个人在那儿恣肆欢喜，放浪形骸，享受着最持久的愉悦"：

> 初夏的阳光有些强烈了，但在这山里却刚刚好。银色的阳光让一望无际的竹海闪闪发光，阳光的热度让山野的气息浓郁了。山风隔一会来一阵，吹来松脂的香气、竹叶的香气、稻田的香气、菜地的香气，还有草药的香气。不知不觉中，暮色降临了。来吧，她突然说，到这块草地上来，看天空应该躺着看。我们并排着在草地上躺下来，仰望星空。我给她一一历数：这是北斗星，西方叫大熊星座。她说嗯，不错，既像中国的勺子，又像苏联的北极熊。最下端的那两颗，连成一条线吧，然后往勺子口的方向延长五倍，看到一颗星星了吧？对，并不是很亮的，那就是大名鼎鼎的北极星啊。问题是，她说，季节不同，北斗星的位置也不同噢！不是说星换斗移吗？是的。但是，不管北斗星位置如何，都得用同样的方法找到北极星。北极星的位置永远不变，而且它就像一根桩子，北斗七星是围绕它转的，这就叫星换斗移。我们像北斗星那样旋转一下吧，我说。我们一起旋转180度。有干枯的草棵发出轻微的声响，草药的香气飘了起来。

这是《和平时代》里"我"和西北美女"庄稼"并排躺在山野草地试

图偷情的一段类似"伊甸园"般的诗画描写。粗看似乎没有什么玄机。但是，莫怀戚的小说却大量地抒写到了这种离群索居似的情爱场景，特别是对野合的审美偏爱。这就不能说全都是出于叙事策略或者叙事逻辑的必需。实际上，他就是在用语言构筑他自己的想象世界，其主要的目的还不是取悦于读者，而是在这个"远离他人"的极乐世界，"一个人在那儿恣肆欢喜，放浪形骸，享受着最持久的愉悦"。莫怀戚小说叙事中最早写男女平躺在野地上"望星空"，是在《天狼星下》。博学多识的"文革""战争英雄"钟未鸣教初恋女友柴桂如何识别夜空的星星。女友说，最亮的星星是那颗"革命的星"，即北斗星。钟未鸣纠正说，是天狼星。"苏东坡为什么要'西北望，射天狼'呢？因为天狼星是主侵略的。"这段描述，是叙事逻辑的需要，具有明显的主流政治喻义。因此与莫怀戚之后的"野合"语言用意是完全不同的。再看：

> 那时枝头结满了黄桷苞儿，玛瑙一般；春天的太阳照耀汗粒儿如珍珠，春风加快了人们的呼吸，一个多情多事的季节正在如潮一样到来。第一次性生活是野合，在江心的大礁石上，那是一礁石群，未涨水时与江岸相连。石面异常洁净，手摸着既平滑、又粗糙有真实的质感。有半个月亮在天上，所以一切半开半合且隐且现。半里之外是小码头，夜泊的木船整齐地列向江心，灯影摇曳像流萤，非常美丽。船上人物活动着，行为尚且可分辨。

这是《南下奏鸣曲》中，男主角桑彦和纺织女工"7 号"在"离群索居"式的江心大礁石上野合的情景描写。同样，用语言构筑的这种想象的"伊甸园"还在《经典关系》中多次出现。仅描述男一号茅草根和女学生南月一的野合，开篇不久就有两次。表面上是在现实中的重庆玉带山"江北农场"，实际上是在莫怀戚用语言构筑的想象的"恣肆欢喜，放浪形骸"的绝佳所在。这里"地广人稀，全是广柑树和见缝插针的四季野花。鸡鸣狗吠，世外桃源。广柑树下，绿草如茵，人见了就想躺上去，躺上去后免不了就想入非非，蠢蠢欲动。两人的处女作就在树下完成……"叙述者提示说："其实这种事，多数都有引诱，从亚当和夏娃就开始了。"与其说是面对读者的提示，不如说是莫怀戚本人在他自己营造的语言"伊甸园"里面"享受着最持久的愉悦"。

另一次轰轰烈烈的野合地点是在重庆的风景名胜金佛山。茅草根和

"第一性感"的"即兴之作"也是在这种"伊甸园"似的荒郊野外完成的："太阳斜斜地照在坡上，到处充满生命，一切欣欣向荣，杜鹃开着黄色和白色的花，又大又肥，促使茅草根性欲发动。"切不要肤浅地认为，莫怀戚类似的语言营构仅仅是为了"消费主义"阅读的考量。语言是叙事的灵魂，自尊自足的语言创造过程，也就是小说家灵魂历险的精彩过程，同时还是他与"现实的真实"较量的过程；也就是一种用语言构筑的内心的"现实"和内心的"真实"的过程。正因为莫怀戚是处在语言创造的新奇和愉悦之中，所以我们才有可能体会到"一部小说就是一桩语言的壮举"的说法是多么的中肯和真切。① 说出这个秘密的小说家阿斯图里亚斯还说过，"使卵石臻于完美的，并非锤的打击，而是水的且歌且舞。"② 他所说的"且歌且舞"的"水"，我认为就是语言。因为只有语言才能够使小说的"卵石臻于完美"。

莫怀戚热衷于写"野合"。人们往往更多地去关注这种身体叙事中的表意和修辞功能，最多也仅仅止步于对这种叙事中的文化功能的探究，而往往忽视了"野合"在莫怀戚小说中的"语言私奔"意义。事实上，只有私奔才导致"野合"；而私奔这种同时蕴含着反抗叛逆、任性自由的创造性人生，其最有刺激性和创造性的"表意行为"就是"野合"——身体的"野合"与语言的"野合"虽然有诸多相似之处，但是，在执意背弃别人的人生安排，大胆无畏地闯入陌生世界的意义上，小说叙事中凡夫俗子身体的"野合"与小说家和语言之间的"眉来眼去"，最终发展为"私奔"和"野合"，毕竟还是有很大的区别的。《白沙码头》写八师兄在野山野地里偷情和唱歌，那种无拘无束，放浪形骸的欢愉："他唱得很动情，比第一段更动情。他很想飞起来，从天而降，把她夹在胳膊窝里，飞向天边。"确实描述的就是小说家和语言之间的"私奔"和"野合"的隐喻情状。

用"野合"来注解莫怀戚与语言"私奔"的愉快，虽然比较恰切而且比较通俗易懂，但是难免粗俗之嫌。应该说，这种与语言"私奔"的最大的愉悦，更加明显，而且更加使莫怀戚醉心的情节，是体现在小说叙事中大段大段的有关音乐人事描述和刻画方面。米兰·昆德拉认为"小说应该像音乐"。当然，他在这里并不仅仅是指小说的语言，而是指整个小说叙事与音乐叙事的那种神魂相似性。然而，由于语言是小说叙事的灵魂，因此，说

---

① 阿斯图里亚斯：《玉米人》，漓江出版社 1992 年版，第 4 页。

② 同上书，第 162 页。

"小说应该像音乐"，在很大的程度上讲，就是指小说语言在统帅整个叙事延展时，它必须具有的一种演奏给内心倾听的乐感属性。

莫怀戚笔下的"野合"无疑是一种绝妙的境界，是语言所建构的奇异的乌托邦。因此，他又常常将这种情景比之为"合乐"。《和平时代》里写"我"和西北美女"庄稼"处于一种奇妙的"互玩"情状："这就是一种女人。我一边往琴弓上擦松香一边想，她需要这个男人，又不愿就给了这个男人。她又要靠拢又要防着。她在玩着狡猾的游戏，但同时我又很佩服她。这种合乐有一种效应，我不知该作何评价。就是它宁静了我的内心，同时也降低了我的性欲。因为你不可能只在合乐的时候拉，你平常得为合乐练习。尤其是作为第一小提琴手，要担任旋律的，一出错就很明显。就是说，我的注意力被转移了。"这种"合乐"就相当微妙地道出了小说人物的"内心的品质"，同时也道出了小说语言自身的"内心的品质"。

三　音乐语言和小说语言内在的融通性

在莫怀戚的小说中，小说语言的品质属性，并不仅仅是为了"保持着灵魂的高贵"，而是时刻警惕不要让自由的意志和创造的使命这样一种品质流失。因为，一旦这种最宝贵的品质流失了，小说叙事就必然成为没有灵魂的荒诞的躯壳；音乐以及大量的音乐、人、事、情节在他的叙事中出现，并不是为了卖弄小说家的才艺和博学，更不是为了显示小说家如何超凡脱俗，而是依循小说叙事的逻辑的需要，出于小说故事和小说人物的生理成长和精神成长逻辑延展的必然。另一方面，小说家的精神成长历程和精神世界的建构，以及这种精神历程和精神建构与人性的丰厚和复杂、幽邃之间的关系，不仅具有个体经验的特殊意义，而且更加重要的是，音乐这种特殊的语言与小说语言的本质同一性，这对小说家精神成长以及精神世界的创造性开拓，是具有不可替代的自由驰骋意义的。只有在这样的情景之下，小说家才能以"精神的祭司"的身份和面貌出现在叙事中——"在它献祭的地方，必然和他所熟悉、扎根的地方相重合，因为只有在这里，他才能找到真正的祭物，那些属于他的、带着他记忆和口气的经验与材料。"①

从某种意义上说，莫怀戚笔下的"伊甸园"似的小说乌托邦世界，除了田园诗画般的物质世界的抒情营造之外，其精神世界的营造基本上是通过

---

① 谢有顺：《文学的常道》，作家出版社 2010 年版，第 123 页。

音乐，特别是与音乐有关的人事活动来凸显的。在他的这类小说当中，音乐作为一种"语言"的创造性本质属性与小说叙事中语言的创造性本质属性达成了一致。"音乐有它独立的性质，没有必要成为思想的工具。"这是莫怀戚在《白沙码头》中宣讲的一个重要理念。八师兄的"那把史特拉姆琴，得之既奇，从不离身，如影随形，如魂如魄，那几乎是他的象征，二而一的东西。小说中，得琴，失琴，险些毁琴，归琴，构成了小说极有张力的悬念。开篇的'文革'与名琴的出现，有一种荒芜与抒情的奇幻感，最后的狱中组建乐队，又成为商品时代铜臭时代的一道风景线。作为一个音乐天才，音乐对塑造其人的作用不可低估，言谈之间，无论语言，乐感，都很高妙。作者比较精通音乐，或广泛涉猎过，音乐在作品中占有绝对地位"①。事实上我们完全可以将这一切视为关于语言独立品质的一个宣言；或者是语言和音乐合二为一的共同的"独立宣言"。这种独立的品格就如同八师兄手中的那把奇异的琴：

> 他拉一弦，那声音就像一道阳光，穿出窗户直达夜空。啊，太棒了，他禁不住叫了一声。这声音又像水，慢慢地从什么地方淌出来，又慢慢地淌向四方。八师兄的脚边也给这流水打湿了。他无声地叹息起来。……小提琴声可以美成这样，就是在那一瞬间他明白过来，顿悟一般。金色的梧桐叶在微风下飘动，像绸缎一般闪闪发光，合于那音乐的韵律。

这种情形就如同小说家余华所发现的那样，"音乐是内心创造的，不是心脏创造的，内心的宽广是无法解释的，它由来已久的使命就是创造，不断地创造，让一个事物拥有无数的品质，只要一种品质流失，所有的品质都会消亡，因为所有的品质其实只有一种。"② 音乐和小说都是内心创造的精神产物；内心靠什么来创造？那就是语言。内心的品质决定了语言的品质。不管人类能够创造出多少精神产品，也就是"拥有无数的品质"，归根结底"所有的品质其实只有一种"，那就是内心的品质，以及由此赋予语言的品质属性。对莫怀戚而言，无疑是心领神会的。

莫怀戚有较为深厚的音乐素养。他的叙事经历和语言世界的建构，与音

---

① 雷达：《重庆性格与风流蝴蝶梦》。

② 余华：《音乐影响了我的写作》，作家出版社 2008 年版，第 25 页。

乐有着难解难分的亲和关系。他在用小说家的触觉和语言表达他对音乐旋律与节奏的独特理解和感受的同时，也在用音乐的触觉和语言的品质表达小说的复杂性和创造性。音乐语言和小说语言都是源于对生命丰富性和深刻性的感受和理解。"不研究生命的情状、不留意生命展开的过程，就难以写出小说那生动的质感。所谓生命的学问，自然包含着对生命本身的考据、实证，并进一步探求生命的义理；要洞悉小说的秘密，就必须通达小说所呈现的这个生命世界。"①《孪生中提琴》之所以被评论家和读者一致评价为"2010年里读到的最好的短篇小说"，其特殊的魅力并不在于有多么高超的叙事策略和技巧，它让人们"产生久违的激动和兴奋"，更多是来自语言本身的创造性魅力；它能够"保持文学的单纯"，使"作者的名字与作品本身融为一体，合二为一。当文字和音符交织在一起，那种回旋的感觉经久不息"。②这样的旋律与节奏通过小说语言的创造和营构呈现出来。这种情形就如同昆德拉所经验和体味到的那样。他说："章节好比乐谱的节拍段，有的节拍段长，有的就短，也有的不规律；每一部分都该有音乐节拍：中板，急板，行板等等。"③莫怀戚熟悉音乐的质感和内在精神，因而也非常懂得音乐节拍和小说的节拍有着内在的相似性、相通性。《孪生中提琴》在叙事延展中非常讲究音乐的节奏感：时而急促时而舒缓，时而高亢时而低回，时而是行板，自得而喜悦，时而是急板，焦虑而落魄……山重水复疑无路，忽然柳暗花明又一村。这种情形，在《六弦的大圣堂》、《草地遗事》、《国骑》、《白沙码头》以及《经典关系》中都有类似的节拍和质感，都有精心的铺叙和营构。

以往，在评论家看来这似乎是不可能的。比如，李欧梵先生在《音乐与小说》中就认为这是"无法理解"的，原因在于文学语言和音乐语言的巨大差异性。他说："用文学语言来描写音乐演奏，如何写法？用再多的形容词、再多的比喻、再多的意象，还是无济于事，因为音乐的语言是声音，而文学的语言是文字，这是两种不同的语言。"为此，他特意列举了维克拉姆·塞思的小说《对等音乐》。认为"问题正在于作者在文学技巧上没有做到小说的对等——非但在叙述文字上没有达到对等，而且在人物处理上也失

---

① 余华：《音乐影响了我的写作》，作家出版社 2008 年版，第 25 页。

② 师力斌：《为文学激动不已——读〈孪生中提琴〉》，《文艺报》2011 年 3 月 22 日。

③ 米兰·昆德拉：《小说的艺术》，第 63 页。

去一个对等的机会"①。他之所以会产生这种忧虑和断言，我想，是因为他没有读到莫怀戚的小说。阅读《孪生中提琴》"仿佛置身音乐会，舒缓处风摆荷叶，水波轻漾，急促时嘈闹错杂，波澜起伏。文字有了音乐的功能。对莫怀戚来说，文学就是他自己的音乐。我听得入迷"。读小说能够使人产生"听得入迷"的奇特效力，说到底，是因为"这是一部完美的作品，一如生活本身。它的情节、悬念、包袱纯出自然，不留痕迹，甚至连它'粗糙'的结尾。叙事是那样漫不经心，雍容自如，恰似琴曲。人和琴，美和丑，真实和虚构，理性与冲动，形而上与形而下，冲突与和谐，节奏与韵律，一切都呈现无遗，一切都水波不兴"。小说叙事中"那音乐'像一个成熟的男人在轻声地吟哦，含蓄而深沉。'有梦想中的浪漫，有钢铁城市中缺乏的柔软和舒缓，有对生活的热爱。我猜想，莫怀戚一定喜爱音乐，理解音乐，因为他的文字中有旋律，他是文学的知音。世界非常奇特，有些人远在天边，但感觉近在眼前"②。莫怀戚的"文字中有旋律"说的其实就是小说语言的内心品质和生命质感。它能够使一个并不熟悉"日常"的莫怀戚的读者产生他"一定喜爱音乐，理解音乐"的确认和感动，确实是非常不容易的。

　　小说中还特意写到孪生中提琴制作时因特殊材质带来的困难："得说一下背板。拉提琴的人都喜欢背板的木纹。行话叫虎纹。夸张的说法是，看虎纹就能知道声音。虎纹其实是树木——准确地说是槭木——长高的痕迹，因为琴板是竖着取的料。如果横着取料你看见的就是年轮，那是树木长粗的痕迹。只不过没人会横着取料，那个承受力不行。"出乎意料的是，制作者因材施艺居然产生了一种奇特的效果。于是，小说描述道："这两支孪生的中提琴很特别。由于那节木料稍微短了一点点，就斜着取的料。这样就让我们既看到了虎纹，又看到了云纹，就是说在这两支孪生中提琴的背板上我们既能看到长高的痕迹又能看到长粗的痕迹。这很少很少。而且虎纹和云纹叠在一起，有立体感，美丽极了。"

　　在这里，制琴师的艺术创造力和小说家的语言创造力有机地融为一体——"虎纹和云纹叠在一起，有立体感，美丽极了"——二者不留痕迹同时进入了一个"含蓄而深沉"的理想境界。二者都堪称是"一桩语言的壮举"。因为，就内心的品质而言，小说写作并不仅仅满足于对生活的还原，它更注重对生命的落实。用语言去编织生命细节的同时，也为语言自身

---

① 李欧梵：《音乐与小说》，人民文学出版社 2008 年版，第 63 页。

② 师力斌：《为文学激动不已——读〈孪生中提琴〉》。

的创造打开了一个自由的空间。当我们通过语言去辨识生命的踪迹时，我们首先触摸和感受到的是语言的脉搏和体温。孪生中提琴的"生命的落实"是通过语言编织生命的路径而实现的。之后，才有可能通过语言的创造性魔力，使它们的生命有了一个自由的空间：

> 这两支中提琴，制琴师是没抱多大希望的。一般的人都不喜欢琴身有疤痕。但上苍的诡异就在这里：这两支琴的声音相当漂亮——结实，饱满，浑厚，敏感，中提琴特有的鼻音恰到好处……大疤子要浑厚一点，但小疤子更为明亮；大疤子的共鸣好，但小疤子要敏感一些。当然，差别非常非常细微。

同样，两支中提琴因为"生命的落实"，才有可能在小说家语言创造的这个"舒展的空间"按照"已有的踪迹"去闯荡世界、去历练人世、去"确证它的存在处境"。随之而来的是，"生命的落实"却使"我"魂不守舍、忧心忡忡："平常我的大疤子都是随随便便地扔在沙发上的。但是现在我发觉两支中提琴放在一起过于打眼。当然喽，我也可以这个角落放一支那个角落放一支，但我办不到。我一次一次地分开放，又一次一次地拿拢来。没准哪个贼半夜里从窗外瞄见了会把它们偷走的。"于是，"我"的行迹和两支中提琴的行迹纠结缠绕在一起。然而，它们和"我"一样不能老是躲躲藏藏，养在深闺不去见世面。小说写道：

> 夜里我在广场上可以随心所欲地拉一拉喜欢的东西。中提琴真的是夜间的乐器，它就像一个成熟的男人在轻声地吟哦，含蓄而深沉。相比之下小提琴更像小女生的尖叫——用来吸引男生的尖叫。用中提琴拉《圣母颂》、《天鹅》、《梦幻曲》乃至《沉思》一类的柔板和行板，那才是真正的祷告啊！

但是，就如同"单纯的文学"无法博得俗众的理解和赏识一样，莫怀戚写道："每次都有人停下脚步，专注地聆听。每当这种时候我都很感动。尤其是年轻人。因为我已经认定下一代不会喜欢真正的音乐了。也有人要求我为他或她拉一曲。我也乐于满足。只不过这些人几乎都是要的《梁祝》，又多少令我沮丧。"这就是孪生中提琴所面临的存在的处境，也是小说、小说家、小说人物，特别是创造性小说语言初始所面临的"现实"处境。这种处境着实诡异，然而在"一种强大的逻辑"——亦即小说叙事的逻辑和"现实生活"的逻辑的推动下，这两只提琴在语言虚构的世界里开始了得而忽失，失而忽得的生命历程。"中提琴真的是夜间的乐器，它就像一个成熟的男人在轻声地吟哦，含蓄而深沉"——这一段内心独白式的灵魂描述，怎么听来都像是在描述小说和小说家的生存处境，尤其像是在描述语言的生存处境。

第二节　细心把握好叙事和语言的关系尺度

一　语言世界营造优先于叙事策略和目的

莫怀戚此前的小说中也写过不少与琴有关的人事活动，也擅长于用"语言的针脚"细密地缝制小说的细节、编织人物的性格逻辑从而获得读者的信任和喜爱。其实，像《孪生中提琴》这样，细致入微地刻画琴的生命展开的过程，雕刻琴的生命的质感，特别是使我们能够辨识琴"已有的踪迹"，并且"确证它的存在处境"还是曾有过的。比如，在《六弦的大圣堂》中，有好几处描述与琴相关的人事活动时，琴和琴声的出现，都并不全然是将其作为生命的主体，特别是作为"生命的落实"从而为它们创造出一个"舒展的空间"。在那时的叙事中，琴和琴声的出现是为了方便我们去辨识小说人物"已有的踪迹"，并由此去帮助我们确证小说人物"存在的处境"。比如，描述杨维智练习吉他的情形时，练"'大横指'致使左手痉挛，连饭盒也端不住。左手四个指尖结出硬茧"。这种具有生活质感的语言，仅仅是为了描述人物练琴时的艰辛，以此暗喻其在人世间行走，特别是在情场厮混由生到熟的折腾过程。但是在这篇小说的后面，情况完全发生了实质性的改观：小说开始像音乐一样灵动流畅起来。琴和琴声"存在的处境"与小说人物"存在的处境"在叙事语言中融为一体，无声的语言一下子以一种有声的方式使我们倾听到叙事的悠扬和苦涩，以及一种叙事之外更加神秘诱人的东西：

> 那夜有长久的沉默，四野也为天条所噤，战战兢兢。杨维智突然替洪波的《六弦的大圣堂》第二声部难过。当初，她希望练第一声部，她喜欢旋律，但他拒绝了，说你的技巧达不到。……第二声部是杨维智配的，光听它，完全是干涩的练习曲。可是，它是躯体中的骨骼，本该

如此，但这一来，洪波就没有旋律了；没有旋律如同监禁……他禁不住
呻吟了一声。

有意思的是，这段与音乐纠缠在一起的人物心绪变化，是杨维智在民族
主义义愤的蛊惑下对日本女人性暴力"复仇"得手之后，突然出现在他脑
中的音乐和情欲交织的美幻场景。简直是妙不可言！在他为情人洪波"禁
不住呻吟"时，音乐与叙事同时也在"禁不住呻吟"——而此刻，民族主
义性暴力的实施对象池上荷子正在"呜咽"不已，爱恨交织中她也禁不住
呻吟道："深不可测啊……中国男人……"

在莫怀戚的音乐叙事中，音乐与音乐人物，特别是两者之间的相互缠绕
融合几乎达到了"天衣无缝"的境地。音乐语言与叙事语言有机地融为了
一体。场景的设置和人物的刻画，特别是人物性格与地域文化的内在联系等
等，无不凸显出作家熟练地驾驭音乐语言和小说语言的功力。正是通过这种
功力从而使音乐的精神境界和世俗人物的灵魂走势蕴含着鲜明的本土性格和
地域文化属性。即使是在兵荒马乱的现世生活当中，这种独特的本土性格和
文化属性依然凸显出了强大的生命活力，以及"乌托邦"审美感染力。《白
沙码头》里的八师兄是一个超凡脱俗的传奇人物，一个佯狂放达的音乐天
才和"落草"的浪漫情圣。他的传奇性主要是通过音乐叙事来描绘的。在
"文革"炮火硝烟的战乱当中，他冒着生命危险去执着地寻找那把叫作"史
特拉迪瓦"的小提琴——整个过程充满传奇的惊心动魄而又精彩绝伦："他
的耳朵里一直都是那个声音，那个撕绸缎的声音。那把琴是古旧古旧的，颜
色嘛，可能是偷油婆，即蟑螂的那种颜色，可能有的地方已经掉了漆，有些
地方有裂口。"在他的想象中，这是一把具有乌托邦性质的琴。后来，穿越
枪林弹雨，历经千辛万苦，他终于在"对立派"盘踞的"苏式大楼"的地
板中找到了它：

八师兄到底是成功了。他如愿以偿。这把琴装在很旧很结实的木制
蒙皮的琴盒里，用防水的油布包裹着。琴盒里还放着干燥剂，还有被本
地人叫作臭蛋的樟脑丸，以防止琴弓上的马尾被蟑螂或者棉虫咬断……
天意如此！这是他对获得这把小提琴的唯一解释。解释之后，他就心安
了。他在那屋里一直躲到黎明。在进攻的人们抬着战利品和尸体离开之
后，在趁火打劫的人们到来之前，他夹着这把名琴大摇大摆地从大门走
了出去。

之后，这把十分古旧而奇特的提琴随八师兄浪迹白沙码头，出现在不同的场合，演绎着不同的心绪和情感，构筑了它和八师兄自给自足的精神世界。和许多小说家不同。莫怀戚非常警惕那种急于叙事而忽视语言自身的逻辑，把故事的"有意思"凌驾于语言的"有意思"之上的做法。他认为这样的叙事带来的后果是，小说家根本顾及不了语言"内在品质"的寻找，因而也就根本无法顾及语言世界的营造。所以，他始终能够把握好叙事和语言的关系尺度；他并不心急火燎地忙于通过叙事来卖弄自己的"才能"，而是尽量放慢叙事的步幅，让自己也让读者快活地游荡和沉醉于语言的梦境中。语言世界的营造优先于叙事策略和目的，可以说是莫怀戚一以贯之的写作立场和态度。在《经典关系》和《白沙码头》当中，这样的立场和态度同样得到了充分的体现。南月一在她的处长丈夫提出离婚建议之后找到情人茅草根商议对策，但是他没有立刻回答。叙事的步幅到了这里自然放慢：

> 窗外的小夜曲流了进来。这是五月里温暖而凉爽的夜。这样的夜里是应该有小夜曲的。而且这首由小提琴拉出来的托赛利的小夜曲恰恰是她最喜欢的；它流畅而温婉，充满喜悦，那种女人的喜悦。

如果以为，莫怀戚对语言的重视和醉心，其目的仅仅是为了营造"语言的情趣"或者"语言的乌托邦"，甚至仅仅是为了使自己能够安全地躲进语言的"小楼"自成一统、自赏自恋，那就真的是看走了眼。重庆地域文化性格中那种亦儒亦道的精神气质，在他的小说叙事和语言建构中都同时有所彰显。因此，莫怀戚对语言的重视还表现于：有时通过对一种语言的解构来达到对另一种语言的建构。这种情景被文学理论家叫作"语言的狂欢"。请注意，在他的小说语言中，所谓"语言的狂欢"也同时具有"入世"的道义担当和"出世"的自由奔放。

这种与语言狂欢共舞的情状，在王朔、莫言、刘震云等小说家那里已经成为了家常便饭，甚至成为了"解构主义"的典范。莫怀戚的语言解构和建构行为虽然不像这些"小说大家"那样将这种"解构"的事业搞得轰轰烈烈和肆无忌惮，但是，他那充满重庆地域文化个性的语言解构和建构风范，却是以上这些著名的人物所无法替代的。从某种意义上说，莫怀戚小说的魅力有相当部分是来自于他的这种语言特色，以及解构和建构策略。他没有王朔那样的恣肆妄为，也没有莫言那样的野道血腥，更没有刘震云那样的阴毒狡黠。即使是解构或者建构，他的语言就像他所生长的重庆山水一样，既具有灵秀的内涵又具有粗犷的质地，既文雅高古又世俗清浅，既幽默俏皮又尖锐锋利。在莫怀戚的小说中这种极类似于古代巴人载歌载舞的语言攻击骚扰情状随处可见，信手拈来毫不费工夫。具有这种语言特质的小说被希利斯·米勒称之为"次生性文本"，通俗的解释就是一种"文化形态寄生体"式的解构性语言。使用这种语言必须要适时营造与正统历史"逼真"的语言情景，以此唤醒人们对这种历史情景的"特殊的回忆"，并以此达到对这种话语戏谑解构的心理快感。莫怀戚早期小说就已经出现这种"狂欢"的迹象。虽不及后来那么密集和"阴毒"，但其逆正统历史话语而动的居心昭然若揭。《天狼星下》钟未鸣回忆"文革"旧事时有一段与小提琴演奏有关的细节："那时候，两个兵团关系不错，常常联欢。一有'最高指示'或者'首长讲话'传达就联欢……我在台上拉《远飞的大雁》，他在下面巡视会场，手里提着大张机头的二十响。"表面是不动声色的历史写实，实际上语言能指中暗含指向荒诞现实的"杀机"。又如《逆反者德华兄》里面，德华兄对他情人的一番调侃式评价，虽然没有什么"杀机"，但是暗中也隐藏着"阴毒"："慕容兄是质朴的，但你要她像婴孩般单纯，你就错了，何况某个导师级别的人物说过：质朴与野蛮是孪生兄弟。慕容兄有多么质朴，就有多么野蛮。"如是种种，不胜枚举。

正如赵毅衡所指点的那样："文学最根本的机制是更新语言，创造新的表意方式，她必然会破坏既成的语言规范和僵化的文化形制规范；文学的生产与释义就可能成为对既定价值的挑战，因此，可能使'文化形制万能'的光洁表面锈迹斑斑。"[①] 需要说明的是，这种更新不是要像苏联时期的拉普那样雄赳赳傻乎乎地去"创造"一种"全新的无产阶级的语言"。文学语言更新的要害是"创造新的表意方式"；其基本手段是"破坏既成的语言规范和僵化的文化形制规范"；而最终的目的是"使'文化形制万能'的光洁表面锈迹斑斑'"。因此，采用小说叙事策略去挑战和讥嘲"万能的文化形制"，归根结底是要"破坏"它的"既成"和"僵化"，使其夸张变形，使其滑稽怪诞，使其心塞脑梗，最终达到将"文化形制"的悲剧性改写为喜剧性。此即为语言的解构和建构。

莫怀戚语言的解构功能首先体现在对那种自以为是的"形制化"语言的戏谑和"误读"上。莫怀戚所经历的时代，这种"形制化"语言的泛滥

---

① 赵毅衡：《苦恼的叙述者》，第10页。

成灾已经使元真本朴的民间语言到了灭绝的边缘；这种"形制化"语言的恣肆横行和强力渗透，极大地污染了民间语言，最终造成的局面是："形制化"语言和民间语言相互缠绕、难解难分，因此形成一种非常具有荒诞性的诡异景观。《经典关系》中有一节，茅草根和岳父研讨"夫妻间忠诚"的"哲学问题"，就具有这样的景观效果：

> 茅草根上舞蹈学院时，有门课叫什么什么"论文艺"。里面有个观点，就是对夫妻忠诚的解释。有个导师级人物不是从伦理学，而是从经济学的角度解释的，认为夫妻间忠诚的实质，是"使自然经济生产的基本单位——家庭的结构可以不致解体"。后来与岳父偶然谈及这个，对导师如此这般说忠诚感到稀罕。岳父大人笑着说，你娃太天真了！那导师级人物说，经济是社会生活的杠杆。你娃晓得啥子叫杠杆？茅草根说怎么不知道？要把什么撬起来就把什么撬起来，要撬哪里就撬哪里！老头得意地说，你看厉害不厉害？

很难说茅草根和岳父的这番对话有主观戏谑的意图，从当时的语境来看，双方可谓一本正经。虽然已经进入了市场经济时代，但是在民间社会，特别是知识分子群体当中，这种意识形态语言无意识左右着人们思维方式的现象却普遍存在。因此，整个社会的语言不可避免地呈现出一本正经的"痞子化"情状。所谓"痞子化"就是"形制化"语言和民间语言搅拌在一起腐烂发酵产生的荒诞气息。这种气息充斥于民间的日常生活，人们已经达到了浑然不觉、运用自如，甚至离开了这种一本正经的"痞子化"语言就根本无法"正确"表达自己的思想感情的境地。莫怀戚小说语言中，这种腐烂发酵的荒诞语言气息相当普遍——无论是官员还是知识分子，甚至是底层"劳动人民"都会说这种庄严味十足的"痞子化"语言，几乎达到运用自如、生动灵活的地步。《六弦的大圣堂》中的杨维智和同事关典都堪称说此类语言的典范。有一个细节，说的是中国人太多，挤公共汽车就像生死搏斗，常常拥堵得车门也无法关闭——"门关不上，因为那最后一个乘客异常顽强，他有信仰；里面的人也非常有耐心，他们也有信仰。"于是，杨维智不禁产生联想："中国真正富有的是人。人家澳大利亚缺人，想要三千万，但官员们死个卵子就是不给。老百姓舍得，官员们舍不得。看嘛！老百姓不如官员们爱国。"还有。关典和杨维智都打算到苏联去进修，好跟上形势发展。杨维智假惺惺为对方着想，故意说关典已经"不是浪迹天涯的年龄"。关典严肃地回应说："不甘心啊！想捞回来。我要是你，绝不去苏联。那不过就是另一个中国嘛！"最有意思的是，关典因为要去做手术，给杨维智留了一张条子。上面一本正经地写道：

> 杨兄：星期五上午三四节的课，替我上了吧！我要去割痔疮。《安娜·卡列尼娜》的思想性和艺术性，随你怎么讲，热闹点就行。前天便血，吓我一大跳。结果是痔疮。世上幸好有痔疮。

这段小说语言确实相当"阴险"——解构和建构搅拌在一起；既日常其实又并不日常；说是严肃却又油腔滑调，说是不正经却在骨子里又正经得不得了。除知识分子外，莫怀戚小说中的官员更是运用这种语言的高手；和知识分子一样，他们既是这种语言的建构者，同时又是解构者。他们每天在日常生活中，乐此不疲地使用这种"形制化语言"，其结果是导致"文化形制万能"光洁的表面锈迹斑斑。这样的喜剧效果正是通过形形色色的小说人物的日常性、创造性戏谑，甚至施虐行为而达到的。

《经典关系》有一段叙事非常能够说明此中玄机。南月一在教委当处长的前夫，被她"废了武功"，又被她略施薄技，借"性工作者"之功恢复了性功能之后，邀请茅草根喝酒表示感谢。茅草根意识到"这是一个新嫖客在答谢老嫖客。不知是该得意还是该愤怒"。但很快两人就谈得相当投机了。期间，处长十分认真地说："一个男人一生应该结三次婚。二十多岁结，气血充足，适宜生孩子；三十多岁结第二次，那时事业有成，可以找一个比前任有味道的，而且男人的性技巧刚刚成熟，可以好好过几年新生活；男人用成熟的性技巧去应付毫无新意的老妻是极其无聊的，不过，老妻对别人而言就有新意了。这是人类对自身资源的合理开发啊！最后一次应该是在四十五岁以前，这时，男人事业已到巅峰，但性能力已发生微妙的变化。因此这一次不但要考虑锦上添花，还要考虑长治久安。"

莫怀戚没有写过正经的官场小说。他叙事中的官场格局都不大，层次也比较低。小说中最大的官员，就是《教案》中的那个"老同学"、市教委的周兴伟"周处长"了。这个"周处长"带队到"我"供职的大学来检查评估"本科教学"，发现"我"有在学生试卷上作弊的嫌疑，于是找"我"来谈话。"我"很紧张，但是又打算把水搅浑，因此既一本正经又油腔滑调地解释说："你们是教委的官员，但是本质上同我们一样，都是知识分子。只不过呢，你们是执政的知识分子，我是教学的知识分子，有些体会是不一样的。"没想到"周处长"却非常通情达理。"调查"结束后，他很人性化地安慰老同学道："老兄我很羡慕你，还有想保护而又能够保护的女孩子。"然后是意味深长的"一声叹息"。"执政的知识分子"和"教学的知识分子"是如此的配合默契，如此的运用自如——双方都在说着场面上的"黑话"，但是彼此又根本感觉不到这是在说"黑话"。

二　精心构筑起一个语言狂欢的叙事天地

习惯于"讨论哲学"是莫怀戚小说人物和叙述者的特殊嗜好。通过讨论所谓的"哲学"或者"哲理"之类，构筑起了一个语言狂欢的叙事天地。《教案》中就有不少带有戏谑性质的荒诞细节。比如，"我"的一番内心自白：

> 如果我还在哲学系里，我要写一本真正的专著，它应该叫《中等优势》。这才是真正的真理。我想。等你发现真正真理的时候，哲学系已经解散了。我又想。哲学的任务是什么呢？让丑陋的女人心理平衡，让美丽的女人内心宁静。哲学只能产生各种各样的说法，哲学并不能产生真正的道理。

我们会发现，虽然在这种语言的狂欢里隐隐埋藏着对所谓的"哲学"戏谑的动机，但是，这种戏谑是表层化的，其深层却残留着那种"超稳定"的"形制化"语言的痕迹。也就是说，"一点也不正经"意识层面背后却隐藏着主观意志无法摆脱的无意识的"一本正经"。《白沙码头》这个刻意营造的乌托邦世界中，那里的男男女女同样具有这种"不正经"的"正经"情状。当人们痞到浑然不觉其痞的程度，那就绝不是一般意义上的荒诞了——语言的狂欢里明显弥漫着浓重的悲剧气息。比如，描写大黑狗"杠炭"的一段文字就是如此："它体型高大，黑得发亮，像一截烧得极好的杠炭。有一次，三师兄盯着它看了好一阵说，狗日完全是张思德烧出来的。"这是一段具有明显反讽意味的"及物性"描写，堪称神来之笔。

莫怀戚擅长于写狗。描写乡土特性的狗和描写乡土特性的人，对他来说可谓拿手好戏。比如《国骑》里写李国骑打狗就有点世俗性反讽意味——"空中飘过一种气息，那只土狗冲过来了。李国骑有了武松到了景阳冈的感觉，一时间毛骨悚然。那狗张牙舞爪，一切跟昨天一样。李国骑刺啦一声掏出棍子，劈头盖脑打过去。狗愣了一下，愤愤地掉转头，夹紧了尾巴逃跑。"但毕竟与"狗日完全是张思德烧出来的"这样的反讽不是一个层面、一个"量级"——这种反讽实质上是属于"政治波普"的审美范畴，可以赢得读者含悲带泪的笑声。

还有一段八师兄在去偏偏镇路上遭遇"拿枪"的强人逼迫他拉琴的故事，远比以上的戏谑更具有悲喜剧意蕴。起先，八师兄带着"十分充足的骄傲"和"炫耀的冲动"拉帕格尼尼的经典乐曲。但很快引起"拿枪"强人的烦怨和不满。于是有了如下一段对话：

> 拿枪的说，哎，拉一个另外的。你会不会拉《刘三姐》？八师兄坚定地摇摇头，说，这种琴拉不起那种歌。嗯？几个人都蒙了。那，《十大姐》呢？也不行。那，拿枪的有点明白了什么，问，《大海航行靠舵手》怎样？八师兄摇摇头。那么，拿枪的讥讽地笑了笑，《五星红旗迎风飘扬》也不行啰？不行。拿枪的突然把枪对准他的脑壳，轻轻地说，你今天不把《五星红旗迎风飘扬》跟老子拉出来，老子马上弄死你。

完全感觉得到，这个"拿枪的"汉子的审美趣味并不完全是低俗的，他对《五星红旗迎风飘扬》这样的革命歌曲是发自内心真诚地欣赏和热爱的。他的急切和恼怒都源于他的这种发自肺腑的深深的热爱。这是无可置疑的。但是问题就正在这里。与知识分子群体"一本正经"表情背后掩藏着的语言戏谑及解构意图所呈现的荒诞不完全一样，非知识群体，亦即"劳动人民"，其语言意识所呈现的荒诞性更加具有深重的悲喜剧蕴含。如果说，由语言通向历史从而解构历史、重写历史，是知识分子群体隐藏在戏谑背后的真实的文化创新意图的话，那么，非知识群体的语言行为表明他们经常是将历史和现实搅拌在一起，因为他们无须由语言通向历史，历史就在他们的语言现实当中。小说家的解构、重构之类的意识形态心机在他们看来是十分可笑的。江湖上的强人，即官方语汇中的"社会闲杂人员"，他们当然不属于"劳动人民"的序列。但是相当诡异，他们在意识深处除了对《刘三姐》，特别是《十大姐》这样的带有民间乡土气息、肉欲气息的曲调感兴趣之外，他们对《大海航行靠舵手》之类的音乐语言的确有一种深入灵魂的欣赏和感动。这样的荒诞情景远比知识群体刻意营造语言狂欢的那种荒诞情景真实得多，也悲剧性地深刻得多。想想看，"你今天不把《五星红旗迎风飘扬》跟老子拉出来，老子马上弄死你"，是什么样的语言感觉？是什么样的喜剧情景？你能分清这样的语言里哪是历史？哪是现实？哪是喜悦与激愤？哪是沉醉与认同？

《经典关系》有一节写茅草根和他岳父的对话，就足见这种语言的荒诞性已经达到了对话双方浑然不知的荒诞境地：一天，忽闻某"名人"去世的消息，岳父悲痛得大哭。见状，茅草根赶忙过来安慰道："老天爷已经让他高寿了。让他高寿，是为了救大家。以前的有人收拾他，他是遭了好些孽。可是原来那个领导与他心爱的老百姓告别后，他还活了好多年嘛！这些年，国家已经缓过神来。他应该是走得很安心了。"茅草根的老婆接着说："哪个活得长，哪个就是胜利者！他老人家已经活赢了。爸爸你难过啥子嘛？"最精彩的是岳父含悲掉泪的回答："我嘟个不难过嘛！儿啊，他老人家亲口说过，他还要亲自去那个地方走走看看。呃，就算不能亲自去，从电视里头看到外国佬滚出去，也舒服嘛！他妈的，到现在，还有外国人在我们那里赖倒不走，老子想起就不安逸得很！"是小品式的戏谑？还是相声式的调侃？其实都不是；而是一本正经的荒诞，浑然不知的语言狂欢。

仍然是在《经典关系》里面，写那个叫"摩托"的"企业家"对黄桷垭的偏爱："不错，他特别喜欢磁器口的古风。常常去那里喝茶，喝嘉陵江水泡的重庆沱茶。"于是，他对那部"形制化"通俗小说《红岩》里面的那个著名的叛徒甫志高"又有了全新的理解"。不仅如此，小说还写道："东方红偷偷溜到山下与茅草根厮混，突然想到了小说中某个著名的历史人物，不禁心生怜悯"，继而有了某种"哲学思考"："不远处是重庆市的第一旅游景点。江姐他们活着的时候，绝没有想到自己死后能给重庆财政如此巨大而持久的支持，而且是以这种方式的支持。所以说，愿望与效果之间很难讲有无必然联系。"茅草根还特意补充说："他们的灵魂还护卫着山下同居的大学生们。"同样是在《经典关系》里面，音乐已不仅仅是营造语言乌托邦的同谋，不仅仅是与语言"私奔"或者"野合"的"性伴侣"，音乐以语言身份出现，在这时已经变为狂欢中的一个重要角色，成为了莫怀戚编写的各种各样的"情景喜剧"中的一个具有"游击袭扰"性质的"战斗者"角色。小说中那个奇异的女人"白萝卜"演唱某经典流行歌曲的一段描写，就显示出这样的"情景喜剧"特色："她开口唱的是陕北民间的信天游。有人笑了起来。她唱的不是他们以为的那个，而是意想不到的另一个——'……哥哥你出门鹅（陕北口音）不放心，祈求神灵来保佑，呼而嗨哟，下场大雨哥哥你停一停。'全体鼓掌。但全体又纳闷，这首歌有这么唱的吗？如果倒回去，岂不成了什么了吗？"

鼓掌和纳闷，都在"全体"的社会意识，特别是审美意识中迸发出来；

好听的经典旋律与越出社会生活规范的"旧歌词"之间陡然产生了剧烈的冲突，于是音乐语言与如影随形的文字语言在"全体"的意识中产生严重错位的奇异感觉。没有人会知道这是这首歌的原初情状。即使知道的人，相当一部分人也仍然会感觉到内心和身体的某种不适。小说还有一段写三师兄弹琴的细节："他先弹了《彩云追月》。一曲终了，大家都连连叫好。这一鼓励，他又弹了个《小城故事》。结果大家就说起了邓丽君。说，其实是以前批判的靡靡之音，但是的确好听。"请注意，"靡靡之音"是另一种"形制化"语言，当然也是一种与"时代"完全背离甚至对立的音乐语言。"靡靡之音""的确好听"并不是人们现在才有的感觉，过去就一直是这样的审美感觉。但是，过去谁敢把这种真实的感受说出来？现在"可以"说出来，可见被憋屈在内心深处有多少年——即使说出来了，仍然不免有一种难以挥之而去的历史恐惧感残留于心。值得注意的是，即使现在可以说出来，但是只能够以一种心有余悸的怪诞的方式说出来。

三 "想象的语言"和"想象的生活方式"

莫怀戚的小说无疑是典型的"巴渝风味小说"，但是，又绝不会与任何一个"巴渝"风格的小说家相混淆；他的小说语言不仅具有非常深厚的巴渝乡土文化底蕴，而且还具有非常精彩的现代都市文明特征。他的小说语言里含纳着丰富的巴渝民间文化智慧、有民间社会的温暖感、也有文化人的人间悟性；尤其是在幽默机趣、质朴通俗等方面非常突出，具有能深深感染人和打动人的艺术和智慧力量。莫怀戚的语言叙述风格非常特殊，策略十分老到自然，其语言创造和艺术表达方面更是自成一格。读过他的小说的人，无论是雅人还是俗人，几乎都爱不释手，过目难忘。值得注意的是，人们难忘的当然是他的故事，而喜爱的又往往是他的小说语言。哪怕是看似漫不经心的"闲笔"也常常使人不禁暗暗称奇，并为之陶醉。请看如下的两段"清供"似的图景：

> 此时夕阳西坠，正好卡在对岸的山垭上，如手心托一颗夜明珠。山风吹来草药香，樵夫不知从哪里冒出来，背上如山的柴禾码得非常艺术；更有意思的是樵夫还带着个半导体收音机，正响着川剧锣鼓，活泼而滑稽，一路响过去，群鸟争鸣似地让山林活了起来。

> 他顺着那次回去的路，重新回去。这次没有手电，但是有半个月亮。成熟的水稻散发着温馨的香气。路边的鸣虫叫得很是上劲，待他一

走垅就噤了声，一走过去就叫的更上劲。与之相反的是，他走到一处，狗就远远的吠，一走过，吠声断掉似地停息——这明明是人间哪，是乡间哪，但不知为什么，他总觉得不是乡间也不是人间，是什么地方，说不出。甚至脚板明明白白踩在地上的，却总觉得自己是在滑行。

这分别是《皈依》和《南下奏鸣曲》里面的两处如散文诗般的情景"闲笔"。然而，即使将其从叙事的主旨和人物塑造目的中剥离出来，这种润泽着巴渝乡土情韵的语言本身也是具有其独立的品质和审美意义的。薄暮时分伴着现代樵夫行走在归途中的那一轮太阳，是多么的新美多么的动人啊！真是令人沉醉的一幅山乡薄暮风情图画；而同样是在归途，深夜时分伴着半个月亮行走在稻田深处，又是别有一番情趣。诸如此类与小说叙事和情景呼应看似有关，实则具有独立品格的语言，在莫怀戚笔下可谓俯拾即是，甚至达到随心所欲、神出鬼没的境地。

有一种非常可疑而又可笑的说法，认为"一个只会说方言的人，他的世界的界限不会超出他的家乡之外；一个掌握了一门外语的人，他的世界的界限比一个没有掌握外语的人的世界大许多"①。这种说法的荒谬在于混淆了艺术语言，即"想象的语言"与非艺术语言，即"非想象的语言"的根本区别。对一个缺乏语言感受力和想象力的人来说，他即使掌握很多种语言，也不一定就比"会说方言的人"的"世界大许多"。关键在于，他是否具有"想象的语言"的感受能力和创造能力。具体到莫怀戚来说，他几乎就是一个"只会说方言的人"，俄语稍好一些，英语懂一点点，普通话也是"椒盐味"，即俗称的"川普"。然而，他"想象的语言"的能力和"想象一种生活方式"的能力，却有力地证明，他所感知和拥有的"世界"远比那些会说各种各样的语言，但永远缺乏语言想象力和艺术感受力的人大得多。

请注意：艺术语言所指涉和营构的审美"世界"与现实世界虽然有关，但这是两个完全相异的世界。"想象的语言"和"想象的生活方式"，指的就是这个审美"世界"，然而，它又必须通过个体经验和个体想象来参与语言对这个世界的建造。《黑猫》描写柳柳那种质朴自然无邪的乡野村姑之美，描写黑猫同样质朴自然粗豪之美，表面上似乎是一种写实，实际上却是

---

① 北京师范大学出版社编：《文学理论新编》，北京师范大学出版社 2012 年版，第 53 页。

在表达和建构一种"想象的语言"和"想象的生活方式"：

> 是的，黑猫很爱柳柳。但是，柳柳只有在井边提水，脸儿涨得红红的时候，只有站在地里，菜籽苗刚刚齐拢胸口的时候，她的美丽才没有比。而他自己，也只有在八人大抬的威势里，在拖着锄头下山的懒散中，才是那个雄壮的、潇洒的黑猫。

同样是表达和建构一种"想象的语言"和"想象的生活方式"，《透支时代》叙写泰阳和吴越的婚外恋情的一个"横断面"却是另一番况味。其中写到"我"第一次感受到什么才是真正的"幸福"——

> 这是我第一次单独同别的女人共进晚餐。我心中无鬼，放得很开，双方非常自然，非常愉快。回忆一下，我与王静谈恋爱时似乎也没有这般快乐地吃过饭。我想原因可能有三条：一是那时没有什么钱，吃饭就是吃饭；二是因为太年轻，不懂情调；三是因为那种"共进"太合法。问题就在这里。太合法了就没有快乐，因为没了刺激。

看到了吧，世界旧有的经验边界被新的审美经验所突破，新的审美天地豁然洞开。一种前所未有的生活方式和感触，以及小说人物独特的生命感受和小说家语言创造的新天地一起到来："一阵刺激来到胸间。那是非常舒服的刺激。我认为这就是幸福。说不清的舒服就是幸福。同不是配偶的异性待在一起，是最好的休息？我环顾四周，不少小格子间里都坐着一对儿。而且肯定不是夫妻……其实人们早就发现了这条真理。"由此可见，小说家运用语言创造的这个世界——这个与独特的个体经验和审美想象力有关的世界，不是谁都可以创造出来的。不妨再进一步领略《和平时代》里莫怀戚这种"想象的语言"和"想象的生活方式"的特异及诱人的审美魅力——正是因为具有非凡的想象力，语言和生活陡然生发出了异样的光芒；世界的边界得到了全新的拓展，同时经验的边界和审美的边界也得到了全新的拓展——这与说不说方言一点关系都没有——不妨领略一下《和平时代》的语言叙事特点：

> 由于工作的原因，我经常采访或倾听他人的故事，成了情感的垃圾桶。最近结识了一个长着性感屁股的西北美女，名叫庄稼。庄稼的美使

我惊异：西北美女不多，但是只要出来一个，那就不是甚嚣尘上的重庆美女比得了的。她最刺激"我"的地方是屁股，又圆又翘，很有弹性，碰一碰呀温乎乎的。穿裙子也好，穿裤子也好，只要她一迈步，我就恨不得从她背后贴上去。总之她的屁股让我心乱如麻；她的胸部很饱满，在细密的毛衣里像有两个圆圆的大面包。她穿着条深蓝色的长裤。她坐着，我看不见她的屁股，但看得出她的膝盖是浑圆的，这同样让我动心。她的男友在日本留学，只身一人留守国内。我喜欢庄稼，但又不肯负责任。这样的思想，体现在我对待庄稼的态度上。我的真实想法是："庄稼独守空房的这一两年，我同她过，他先生回国之后把她还回去。"为了达到这一目的，我想尽一切办法，请她喝茶，拉小提琴给她听，陪她出去旅游……虽然知道庄稼是个传统的女孩子，但凭经验，我相信时间："时间长了，什么都可能发生的。恰好，和平年代有的是时间。"为了接近她，我充分利用人际资源，不浪费生命，因为人类渺小，生命短促，我使出了浑身解数，在她面前卖弄知识，展示所擅长的小提琴艺术等等。

这不是简单的叙事，或者可以这样说：所谓叙事，其实是小说家通过语言把握世界的一种方式。在这段叙事中，我们发现了一些新的语词、新的句式和新的表达。如"只要她一迈步，我就恨不得从她背后贴上去"，"喜欢庄稼，但又不肯负责任"，"时间长了，什么都可能发生的。恰好，和平年代有的是时间"等。正是因为语言的这些新异的出现，经验的世界和审美的世界才得到了充分的拓展。"我"才由"情感的垃圾桶"变成了一个与从前完全不一样的人；从前，"我"对时间丝毫不在意，但是现在，"我"开始相信时间；"我"愿意为她使出了浑身解数；"我"生活的边界得到了无限的扩展——所有的这一切，都是由语言来掌控和创造的。

《白沙码头》有不少细节写八师兄"想女人"。其实，这种"想"已经完全超出了叙事和人物刻画本身的目的性，跃升到了"想象的语言"和"想象的生活方式"的层面：

他想起了公主，不由得扭头来看金花。金花就像一支带露的花。公主和金花，她们是一样的美丽。但有一种不同，就是公主是城里的美，金花是山间的美。城里的美少女，也有不着修饰的，但城里的美总之像作品，这山间的，就是一种本来的什么了。也不能说作品就不好，但本来的东西是无法形容的，它可以浸入你的灵魂。

　　这段内心描述无疑是站在叙述者的视角，有着明显的城乡二元论审美价值评判的意味，然而，公主的美与金花美的审美价值差异是十分明显的：一个代表"城里的美"，一个代表"山间的美"；二者的区别还在于一个具有"想象的语言"和"想象的生活方式"的乌托邦蕴义，而另一个虽然很精致很讲究，但是也很现代很现实。因此无法进入"想象的语言"和"想象的生活方式"的这种境界。

　　八师兄这个人物在小说里面实际上就是一个乌托邦化身。他随身携带的那把小提琴就是他的性命；那把小提琴飘逸而出的美妙琴声实际上就是一种"想象的语言"和"想象的生活方式"。小说中，八师兄浪迹西南边陲的山野之间，与小提琴"合谋"演奏出了怎样的奇迹：

　　　　这支三百年前的意大利手工名琴在中国的西南边疆发出了洪亮的具有非凡穿透力的声音。这时山风吹了过来，琴声在空中就像钟声。一只瘦削的老鹰在他的眼前盘旋。八师兄恍惚感到自己是天地所生，在这个世界上他是一个独立的与任何人没有任何联系的男人，但是上苍在注视着他——那一刻八师兄真真实实感到了上苍的注视。他无法形容上苍的外形，但他能够感觉到上苍。一种不知何处来的力量，让他生平第一次唱起了《圣母颂》。他不知道歌词。不知道歌词的八师兄唱的什么，他说不出来，但他年轻的胸膛里发出了肺腑的声音。只能说，那琴发出的就是肺腑的声音。

　　如是种种，不一而足。就这样，一种新的生活姿态和生活图景在语言的引领之下奇异地建构起来；当然，这是一种诱人而又充满风险的精神生活。但是，这种充满风险、充满矛盾的审美经验和"乌托邦"式的"世俗生活"图景，则完全是由语言的魔力所营造起来的。这与其说是叙事的探险，不如说是语言的探险，事实上只有语言的探险成功才能保证叙事探险的成功。语言可以编织一个以假乱真的桃花源，但是，这个桃花源是既有人间气息，又有乌托邦气息的这样一个奇异的所在。

第四章　莫怀戚小说语言的"本体论"意义

第一节　从"文学本体论"到"语言本体论"

一　擅于使用"莫式语言"的"方言作家"

语言对小说家来说到底意味着什么？长期以来，包括小说界在内的整个文学界的认识是比较肤浅的，至少是比较片面的。从深层本质来讲，与其说是小说家在支配着语言，不如说是语言在支配着小说家、在创造着小说家。小说家选择和使用什么样的语言，将决定他在小说中所呈现的物质世界和精神世界是什么模样。因此，可以这样说：小说所营造的真实，首先应该是语言的真实；一个小说家的危险与堕落，是从他对语言的真实性采取漠视的态度开始的。从这种意义上来审视小说家莫怀戚和他的小说，特别是他的小说语言，无疑更加具有深刻的文化认知意义。

语言具有先在性。对小说家而言，语言先于社会个体而存在，这是一个基本的事实。重庆方言或者说四川方言作为一种具有地域文化特性的"语言"，无疑是先于小说家莫怀戚而存在的。这种关系意味着他在使用这种具有生动鲜明的表现力和具有显著的地域文化秉性的"语言"之前，他首先必须虔诚地向这种"语言"学习讨教。不过需要说明的是，与李劼人、沙汀、克非这样的"方言作家"不太一样，莫怀戚并不是一个"方言作家"。他的小说语言有十分醇酽的重庆味道，也时不时使用一些重庆"言子儿"，以此来凸显重庆生活或者重庆人文化性格的鲜活与诡异，但毕竟与《大波》、《死水微澜》、《困兽记》和《春潮急》的方言使用和小说的语言品格有所不同。简而言之，莫怀戚善于提取方言的一些富有表现力的元素，善于营造只有方言才能够营造的文化性格氛围和人物性格特质，能够抓住方言的魂魄与其一道趋赴自由的天地；但从"本质上讲"，他不是一个真正的"方言作家"，他使用的其实是一种个性独特鲜明的"莫式语言"。如果硬要给莫怀戚一个定义，我认为，称他是一个使用"莫式语言"的"方言作家"，恐怕是比较合适的。他创造的这种"莫式语言"具有鲜明的重庆性格和重庆味道，也有重庆方言的影子，然而这是一种富有创造性的个性化语言，不能简单地视作对方言的皮相袭蹈或者毫无独立性和创造性的采用。以下是《第四律师事务所》关于皮鞋厂厂长崔白山的一段心理描述：

> 当了两年厂长，他有了自己的理论。有些事不是人的力量可以左右的，算尽算绝也不行……他终于明白人心是无法预测的。所谓消费心理学，完全是扯鸡巴蛋的事，是学者们为了发表文章搞出来的名堂。

"完全是扯鸡巴蛋的事"，这句重庆方言中的"扯鸡巴蛋"，意思是不靠谱或者胡说八道。它原来自于四川和重庆的乡野，语言极为粗俗直露，富有张力与活力。其对"学者们"，即那种习惯于闭门造车的"专家"的不恭和深度的蔑视自不待言，关键是这种"言子儿"一经纳入小说构建的审美边界之内，就一下具有了这个"审美语义场"所赋予它的特殊的表现力。《白沙码头》中重庆方言营造的这种"审美语义场"效果比比皆是。比如，"说都是老场口的？大妈说你莫得眼水"就十分精到而且传神。"莫得眼水"是说没有眼光，没有鉴别能力、缺乏经验和常识，但"眼水"二字妙不可言。既有眼的流光又有水的灵动，"眼光"二字完全无法比拟，不是一个表现量级和审美量级。

又如，《六弦的大圣堂》小说开头，写大学教师杨维智乘车去白市驿接远道而归的老婆，那客机刚飞临机场上空时突然发生爆炸，杨维智瞬间的心理反应也十分诡秘而且传神：

> 杨维智一瞬间就明白：完了。那时已是深夜，但接机的人都在仰望天空。可以看见作为飞机标志的那几个彩灯，科幻小说般的划破黑暗，让重庆远郊这个山窝的夜突然生气勃勃。一种神圣感，一种对人类文化的深沉的敬仰在他心里油然而生。这时那彩灯灭了。杨维智以为是因为要着陆，但紧接着一声巨响。他立刻对身边的姨妹洪波说："你姐姐遭嘞！"

"你姐姐遭嘞！"在重庆和四川方言中，"遭嘞"或者"遭了"，是倒霉了、吃亏了、背时了的意思，在日常生活中使用非常普遍。在小说语境当中，"你姐姐遭嘞！"极富心理和性格表现力。它既反映了杨维智突闻险情的大吃一惊，同时也揭示了杨维智"因祸得福"的快速心理反应性格特征。因为紧接着，小说写道：那一刻，他的第一个念头是"一切从头开始吧！"紧接着，叙述者出场作了反讽式的评点——"的的确确是这样。人本能的反应是多么迅捷，用十分之一秒可以将一生做一次安排。当时他还下意识的伸出双臂，猛的将姨妹搂住，就像搂妻子一样。在一片恐怖的哭喊中依然感觉膀子丰腴得水汪汪。"看得出来，莫怀戚对方言的使用是非常节俭，并且非常节制的。他没有那种恣肆挥洒、不计后果的"土豪"习惯。方言使用十分讲究：不仅要服从叙事逻辑，而且更要服从"语言本体论"的原则。

　　小说家必须懂得，语言是一种文化和一种传统，是一个国家、一个民族乃至一个地区的历史、文化的积淀，是无数先人经验和心理图景的储备。当一个小说家获得了某一种语言，或者说当他被某一种语言所支配，这就意味着他已经接受了一整套文化理念，包括文化性格和文化价值观。就像语言学家洪堡特所揭示的那样："语言的所有最为纤细的根茎都深深地扎在民族的精神力量之中……因此，每一种语言中都包含着一种独特的文明观和文化价值观。"① 因此，文学语言也具有这样的文明属性和价值属性，特别是具有地域文化特性的语言更是如此。

　　如果说，在莫怀戚早年的写作中，其对语言持有的态度，还基本上是居于"文学本体论"的立场，即更多地从语言工具论的视角关注语言的文学叙事意义的话，在中年以后，他明显已经进步到"语言本体论"的立场，更加深刻地认识和体会到语言在小说写作中的主体地位。语言并不只是文学的形式、工具和载体，或者仅仅是在表达思想感情、写景状物时才有价值意义。严格意义上讲，语言是小说的基质和本原。说到底，小说之所以成为小说是由语言所决定的。

　　小说家汪曾祺说："写小说就是写语言。"他同时还引用了闻一多的话来证明此言不虚——"文字不仅是表现思想的工具，似乎也是一种目的。"他甚至进一步指出："小说作者的语言是他的人格的一部分；语言体现小说作者对生活的基本的态度。"② 有一次，在金刀峡，我曾就此问题与莫怀戚

① 洪堡特：《论人类语言结构的差异》，商务印书馆 1997 年版，第 62 页。

② 汪曾祺：《小说的语言和思想》，《汪曾祺全集》第五卷，北京师范大学出版社 1998 年版，第 49 页。

先生进行过讨论。他十分肯定地说："汪曾祺先生说的其实是常识，当然也是普遍的写作经验，并不是什么秘密，更不是什么秘籍；小说不写语言，还能写什么呢？只有外行才忽视语言一通瞎写。"由此可见，他对语言的重视非同一般。事实上在早期的小说叙事中，他就已经有了这种语言的觉悟；90年代以后，他对语言的在乎可以说是有目共睹的。不妨先领略80年代中期，小说《黑猫》中一段开场白：

> 有个地方叫何家湾，山不高，水不阔，土地么，有肥，也有瘦。千家奶水百户衣，露润肌肤风长骨，一个年轻的农民长成了，他像坡上的石头、坡下的树。他车水、挑担、掌犁、挂耙、放山炮、烧砖窑无往而不胜，疾病放他不倒、公社书记奈他不何。他像山神和水精。

这个诨名叫"黑猫"的农家后生，刚一出场亮相就可谓生龙活虎，先声夺人，充满悬念。预示着这个"像山神和水精"的人物将会弄出一番不寻常的响动来。这样的小说语言，的确能使人触摸到小说家"人格的一部分"，同时也能使人明显地把握到"作者对生活的基本的态度"。这样的小说语言是下了一定的功夫的，但是一点也看不出那种刻意雕琢的痕迹。写俗世生活与俗世人物最危险的是不能脱俗。尤其是写乡土风物和乡野人物时，当代很多小说家最难以避免的就是陷入低俗和媚俗的泥淖。写俗世生活与俗世人物能轻捷从容地抵达如此素朴雅致的境界，应该说，这是相当不容易的。《黑猫》当中的另一小节也十分精到。描写小说里面的那个农家少女柳柳不俗的心思和性格特征：

> 每当有送亲的队伍，从小路上匆匆而过的时候，地里的社员就都停下手脚，放肆地、开心地品评。只有柳柳不稀罕这场面。她背过身去，挖她的地，一面想，来一个媒人，送两包礼，然后呢，就当别人的妻，别人的娘，自己呢，渐渐地没有了，就像一块香皂，沉到了堰塘底。

以上这些语言片段，明显可以窥见他向汪曾祺、向赵树理、向孙犁学习的痕迹。他并没有兴师动众地来描画甚至渲染柳柳的这种非同凡俗的品格，而是"轻描淡写"，所谓"轻"却是举重若轻，所谓"淡"却是天高云淡。柳柳的不俗并非是那种"挑战"世俗传统的激烈姿态，而是惧怕自己重复世世代代乡村女性的那种封闭古旧的人生："来一个媒人，送两包礼，然后呢，就当别人的妻，别人的娘。"语言极其简洁素朴，但是其经验内涵和人格内涵的丰富却是伸手可触的。他不说"渐渐地老了"，或者说"渐渐地失去了自我重复别人"，而是说"渐渐地没有了"。因此，语言的创造力，特别是语言的悲怆性感染力、震撼力一下就迸发出来了。

二　小说写作的实质其实就是"写语言"

莫怀戚对语言有一种特殊的敏感。这是许多写作者所不具备的。《白沙码头》有个细节，写八师兄仰望星空，其实就吐露出了莫怀戚对语言的那种痴迷状态。八师兄用荡气回肠的语调感叹："看到了小时候的那些星星，他们全都在。"然后又说道："有一种类似语言的东西在空中升起来，又散开去。"可谓不落言筌，而又妙不可言。由此可见莫怀戚对语言的醉心和敏感。从莫怀戚的写作实践可知，语言对小说家来说是相当重要的。首先，小说家的写作实质上就是"写语言"，就是创造出自己的语言个性和风格；其次，人们往往是通过语言进入故事的。许多人有一种误解，以为故事编排得"精彩"就大功告成了。事实上，用什么样的语言叙事才是最重要的；语言出了问题，将彻底破坏读者的审美情趣、败坏读者的阅读兴趣。莫怀戚对此深有体会。

语言是小说的基质和本原，同时也是小说的出发点和归宿地。因此，语言不能出问题，至少不要出明显的，甚至是低级的问题。立足于"语言本体论"写作，这在他生命的最后几年成为了小说创作的语言境界和审美目标。特别是在《孪生中提琴》、《草地遗事》、《国骑》、《皈依》，以及《教案》等小说佳制中体现得更为明确。就这些作品的语言而言，当然具有文学的价值意义，有文学所需要的那种所谓的"思想感情"。不过，这种"思想感情"与任何一种"形制化"意图都没有关系。这些小说当然也并不缺乏叙述所必须的那些人情世态、日用口常之类。但是，语言的本体意义在小说当中得到了充分的尊重和体认，这才是最重要的。

以中篇小说《教案》为例。有不少人认为，这篇东西是用来影射或者讽刺当年教育部那次荒诞滑稽的"教学评估运动"的。其实这只是小说借用的一个现实的"日用人伦"背景。小说的根本目的，就是要"写语言"。小说写一个教哲学的大学教授，突然决定要出家。于是，有了一些乱七八糟的多少有些意思的想法：

　　主啊，我在你的面前是没有秘密的。我的所谓思想，都是你的意思。哈姆莱特说"倘若一切都是命中注定，那么思想还起什么作用？"思想本来就没有什么作用。秘密起源于思想，那么秘密就起源于主。所以秘密不在我这里，秘密在主你那里。我之所以说秘密是秘密，是因为只有我一个人知道，其他人不知道。今天我要将它们说出来，还给主。我要腾空我的内心，从此不再牵挂它们。它们一共有三起。不严重，主，要论起来呢，根本就不算个事，细想起来呢，还有些有趣……为什么说有趣呢？就是真相——真相是永远不为人知的。我就是想到这个，觉得很有趣的。

某种意义上，我更愿意将哲学教授的这一番内心独白看作是莫怀戚对"语言本体论"的一种阐释。"思想本来就没有什么作用。秘密起源于思想，那么秘密就起源于主"，秘密是什么？谁又是主？我认为，其实说的就是语言；语言就是小说的全部真相："真相是永远不为人知"；但是，只有真正的小说家知道。具体而言，在这篇小说中，语言是怎样摆脱惯常的作为工具、载体、形式的从属地位的呢？请看哲学教授的另一段独白：

> 我喜欢山东人。武松是山东人，诸葛亮也应该是山东人。我从小到大读的书看的电影，对山东人的描写都不错。解放战争，山东老百姓用独轮车浩浩荡荡支前，让解放军打败了中央军——这种历史镜头我看过数不清的次数。我的祖辈属于国民党阵营，是解放军的手下败将，但奇怪是，我偏偏喜欢帮助解放军打败了我祖父的山东老乡。山东也有很多坏蛋的，但是他们在我心里扎不下根。我无法解释，但事情就是这样。在现实生活中，我一碰上山东人就往跟前凑，套近乎。
>
> 那段时间我被"我的班里有一个标准的山东女人"弄晕乎了。我总是没完没了地哼《嫂子》。嫂子，借你一双小手，先把鬼子埋了……哼得家人有点奇怪了，我只好改哼了一种。哼了一阵我才发现是《沂蒙颂》。那是我很小的时候看的电影，是舞剧的电影。一个山东女人为八路军的伤员熬鸡汤，还挤了自己的乳汁喂他……但是如果你以为我喜欢山东女人是受了艺术作品的影响，那也过于简单了。那是因为什么？我说不清楚。我真的说不清楚。甚至，我想到了潘金莲。本来我很恨这个人，但我现在想到她也是个山东女人哪！我就不怎么恨她了。真的，从此以后，我还喜欢上了潘金莲。

这么一大段关于"我喜欢山东人"的胡思乱想，已经达到了天马行空、"胡言乱语"的活色生香的境地。你以为他仅仅是在解构某种道德文化形态吗？你以为他是仅仅在戏弄"教学评估运动"吗？你以为他仅仅是在进行自我反讽，甚至是在自我解构吗？其实什么都是也什么都不是。这一切，都是因为一个名叫"鲁沂"的山东女学生彻底搅乱了他的思绪。因此，只有作为"本体"的语言才能在此刻充分体现其作为"心理实体"的特殊意义。于是，语言的感觉化、心理化奇迹就突然呈现出来了。在这种"语无伦次"、胡思乱想当中，语言突破了自身"一般化"的缺陷，尽收"含不尽之意于言外"的奇异效果。

　　然而，这篇小说中因为另一个堪称"绝色"的女学生珠兰的出现，却一下子将哲学教授的情思搅动得几乎不能自持。同样是天马行空，同样是活色生香，但这一次却不是胡思乱想，而是兴趣盎然，幽默生动。与其说是用"哲学"在感受珠兰的内在和外在之美，不如说是语言本身在此自然流露出的感觉化、心理化奇迹。这正印证了伊格尔顿的一个观点："当人们凭借感情活动时，他们的激情总是有限的；而当他们深受想象影响时，他们的激情却是无限的。"① 是什么使他们深受想象影响？其实就是语言，语言的魅力——

　　　　她看去还像个希腊女人。我小的时候读过《希腊神话和传说》，厚厚的书里有很多插图。她也让我想起了苏格拉底、柏拉图和亚里士多德。当你说"哲学"的时候，你容易想到德国，不错，这很正常；但是你如果只能想到那块所谓欧洲的腹地，想不到掉在西南一隅的希腊，你最多只能是个爱好者，而不能是个"干"哲学的。全校的共识：哲学系的女生素来不好看。心照不宣的共识。我想这个应该很好理解。只有不漂亮的女人才愿意思考。但这次例外来了——也该来了，就是根据概率也该来了。我的意思是：美女，又愿意思考的，来了。

　　　　本来，说"像个希腊美女"就应该说清楚了，但还是想再说一说。她那微拱的鼻梁不可多得，她那微瘪的嘴唇不可多得，她那微翘的下巴不可多得。最不可多得的是那种气质，或者说神韵。当我知道她就是我们重庆本地的孩子时我完全惊呆了，有点神志不清的感觉。

---

① 伊格尔顿：《美学意识形态》，广西师范大学出版社 1997 年版，第 17 页。

按照海德格尔的说法："语言，凭借给存在物的首次命名，第一次将存在物带入语词和显像。这一命名，才指明了存在物源于其存在并且到达其存在。这种言说即澄明的投射。这种投射的宣告即刻成为了对一切模糊混乱的取消"；他还说，"诗意于此得到广泛地运用，因为语言在本质意义上是诗；语言保存了诗意的原初本性。"① 严格地讲，女学生珠兰和鲁沂，在她们被"哲学教授"发现之前，作为"存在物"是没有被"带入语词"，也没有被"显像"，因此也就没有被谁"命名"。只有在遭遇到"哲学教授"之后，她们才"介入"了这一重要的"语言事件"当中，作为某种"存在物"被教授用他那独特的、具有"诗意的原初本性"的语言予以"首次命名"；这种由独特的审美语言构筑的"混乱的思绪"，其实是一种"澄明的投射"；其最终产生的奇效是"对一切模糊混乱的取消"——珠兰也好，鲁沂也好，都在语言的"诗的本质"当中被"首次命名"。这样的"语言事件"在莫怀戚的小说叙事当中是经常出现的，似乎已不足为奇，似乎已成了他的叙事性格和语言习惯。

三　叙事节律中洋溢着语言自身的乐感

以上这种言说情形，同样在小说《国骑》当中产生了文化的和审美的奇效。李国骑为了寻到那个"聊斋女子"——狐狸精一样的农妇潘桂花，整天不务正业，满世界一通乱找。这样的一个小说故事有什么意义？"澄明的投射"与诗意的"首次命名"，在小说语言的呈现中自不待言。然而，我们在阅读时，显然已经被小说语言的妙趣横生牵引着而不能自拔。李国骑是如此的魂不守舍、寝食不安，搅得母亲的心绪也疼也乱——

　　唉，母亲大大地长长地叹了一声，你真的是我的儿啊！我不是我妈的儿，我还能是哪个的儿？儿子笑了起来。母亲没接这个话，却突然说我来帮你找，我是很能找人的。儿子想起，父亲爱说这句话：你妈最会找人了。原来母亲是东北人，十多岁时因躲日本人到了重庆，认识了父亲。抗战胜利后就随家回了东北。"你妈最会找人了"，这话小时候听着不大明白，后来才知道说的是当年母亲突然从东北来到重庆寻找父亲——已经过去了好几年，她不知道父亲给调动到了那里，也并不知道

———————————

① 海德格尔：《诗、语言与思想》，文化艺术出版社 1991 年版，第 186 页。

父亲是否已经结婚，居然给她找到了。父亲居然还没有结婚，就像在等着她似的。

儿子相信，母亲虽然没有见过潘桂花，她一见了她就能认出来。但是母亲毕竟老了。他说这个活儿还是很累人的，你吃不消。母亲把儿子盯着。盯了一阵，突然笑起来，说，我儿这个样子，的确像个职能部门的。像工商、像税务、像城管，还像便衣警察。哈哈，你要是剃成光头，真还像个便衣警察……但是你把头发留长了呢，就有点像个艺术家……这样，你的头发还没长长呢，我陪着你找。有我这个老太婆在你旁边呢，人家就不会怀疑了。等你的头发长长了呢，你就弄个画夹子背着，像个到处写生画画的。你说这个办法好不好？好。妈妈你真聪明，我要有你那么聪明就好了。儿子叹着气说。你有你的聪明，母亲坚决地说。于是母子俩开始一起寻找潘桂花。

要认识和品味到这段语言的绝妙，在此可以用汪曾祺先生的体会来进行解析。他说："使用语言，譬如揉面，面要揉到火候，才软熟，筋道，有劲。水和面粉本来就不相干的，多揉揉，水和面的分子就发生了变化。写作也是这样，要把语言在手里反复抟弄。"[①] 这些似乎都是日常的甚至家常的琐屑的语言，但是在小说叙事当中，这些语言却是既熟悉又奇特的，真正达到了"陌生化"的效果；语言的"软熟，筋道，有劲"也在人们的品读中充分地体味到了。"你真的是我的儿啊"与"你妈最会找人了"之间的语言诡秘性，以及"于是母子俩开始一起寻找潘桂花"的语言陌生性和奇异性，特别是阅读时引发的惊异感，都在这样的语言中藏着，真是妙不可言！这就是诗意的"首次命名"的成功例子。诸如此类的"语言本体化"追求，在他的小说当中可以说是处处埋伏着，使人处处有惊异的捕获。

事实上语言是小说的本体，语言本身是具有"内容性"的。许多时候，小说家写作并不是为了刻意去寻求什么"意义"或者"思想"。原因很简单，他们就是因为主动接受语言的支配，充分去享受语言给他们带来的种种乐趣，或者说"乐感"。汪曾祺先生将这种受语言支配的自由快乐的书写状态称之为"空灵"。王安忆注解说："汪曾祺的小说写得很天真，很古老，他很愚钝地讲一个闲来无事的故事。"在进一步阐释语言的"本体论"意义

---

① 汪曾祺：《"揉面"——谈语言》，《汪曾祺全集》第三卷，北京师范大学出版社1998年版，第182页。

时，她特别列举到小说家阿城的《棋王》，她说，那里面有"一种精神状态的东西……说王一生对下棋着迷，是说'呆在棋里舒服'；'呆在棋里'指的是进入境界，进入化境了。'呆'是个动词，是实的，'棋'是个名词，也是实的，却描绘了一个虚幻的状态。"① 对莫怀戚而言，与其说"呆在棋里舒服"不如说"呆在语言里舒服"；"呆在语言里舒服"，而只有"舒服"的感觉才真正进入了"化境"。这似乎是一种无价值无意义的"虚幻的状态"，但唯其如此，更高的审美价值和文化意义才得以呈现。

"呆在棋里"和"呆在语言里"是同一个意思。如果不特别在意叙事的功利性，或者小说的"思想性"，似乎没有什么"意义"与"价值"可寻，好像也没有什么结果。其实那故事的结果就是"空灵"！事实上，这样的"空灵"在沈从文那里有，在赵树理那里也有。莫怀戚对这几个优秀小说家十分佩服，同时也认真研究过他们的小说，并且向他们的这种"空灵"学习，力图抵达这种境界，充分享受小说语言给自己带来的种种乐趣。我记得，他曾经在虎溪，在上新街，在界石，好几次都深情地谈到他对沈从文，对汪曾祺，对赵树理的神往和感激。他还表示对德国汉学家顾彬的赞同。顾彬说："文学是语言的存在；要是语言没有了文学性，就不应该称其为文学。如果仅仅是追求故事情节的离奇，语言却粗陋不堪，那就只能叫作垃圾。"② 他唯一不同意的是顾彬过于愤世嫉俗、全盘否定中国作家的"西方中心主义"态度。他认为，这些年来，中国小说家对语言本体论相当重视，他们在语言上的努力和进步应该是有目共睹的。他早年的《月下的小船》、《天地之间》、《黑猫》，以及后来的《孪生中提琴》、《草地遗事》、《国骑》和《皈依》等等，可以说，都是努力向这些小说前辈学习"空灵"的产物。

比如，《黑猫》写黑猫和柳柳的种种情感纠葛以及心绪的种种变化。写"现实"景物，写山乡夜晚的空灵，同时又是写人物的心境，写生活的空灵，写一种诗一样的韵致："夜深了。鸡鸭牛羊，全都寂静无声。只有天上的残月，梦游一般地独行，将竹木，田坎，茅房和瓦舍，统统隐在它淡薄的清辉里。拂晓前比夜黑，却有白天的生机在躁动。门在开，风箱在响，狗叫得懒了，鸡叫得勤。"又如，"太阳变成月亮了吧，那光照着，全无暖意。黑猫以前不知道，人活在世上，竟是这样的没有意思。"再如，"过了一阵柳柳来了。她一路走，一路割猪草。她一眼看见了黑猫，便呆了一下。缥缈

---

① 王安忆：《小说讲稿》，第 95—96 页。

② 顾彬：《中国作家应该沉默 20 年》，《中国新闻周刊》，2007 年 4 月 6 日。

着的惜别之情，急速地浓重了，像山里的雾。"如是等等，可谓随物赋形、空灵通透；整个语言呈现简约素朴、飘逸游荡之感。

这种空灵悠远、古朴清新和绘形传神的小说语言，其感觉化、心理化的奇效在小说《皈依》里面，给人留下的审美印象更为出色，也更为深刻。他写知识青年夏长江被那个叫作"越溪寒女"的团委书记搅得心绪不宁："当天夜里，夏长江不能入睡。他脑子里总是响着那《春江花月夜》。事实上从地脚上醒来，他心里就一直在哼着这个，没有间断。当时夕阳漂浮在波浪一般的浅丘之上，盆地的雾霭渐渐升起，四野迷蒙，一派温柔。他不睡了，拿起那支阮琴，叫中阮的，搬只长凳坐到屋檐下，弹。半个月亮正在中天，春天的夜风像温凉的水。"不光是空灵悠远，古朴清新，这段小说语言，不仅景物美，情感美，而且更为重要的是，它还有视觉美，特别是那种不可多得的音韵美。中国语言自来富有内在的音乐性，即沈约之所谓"前有浮声，则后有切响"，就是指这种来自语言自身的乐感特质。莫怀戚是真正懂音乐的小说家。深爱着农家女梅梅，并为梅梅所爱的夏长江走夜路时的一段描述，不仅具有生活的质感，而且还有源自乡土的"美的事物"和"美本身"的诗画质感，以及语言的"本体论"质感——

> 夏长江上路不久，天就黑了。没有月亮，繁星满天，被叫作大路的机耕道依稀可辨。他舍不得用梅梅的手电，就这么走。夜风清凉，鸣虫欢快，星光下的原野是模糊的，但那些模糊的起伏也很美。这块地方被称为浅丘地带。那些小山都像是浸在水里的，就像父亲的朋友送给他的水墨画——突然他明白了，这个就是晕染。难怪中国古代的画家们要用这种画法！他们一定是见惯了这夜里的山峦啊！中国夜里的山水，本来就是这个样子的啊！偶有还没插秧的水田，被夜风撩着，闪着星星一样的光芒。空气清新，就像流进胸膛的泉水。奇怪，知青们碰头的时候．有各种愤懑，有各种哀怨，也有各种笑话，就是没有任何人提到乡村的空气——乡村比城市可爱，他想，乡村真的比城市可爱。

这是一段具有淳厚优美品质和意境的诗画语言，在小说的叙事节律中洋溢着语言自身的乐感，并且与小说中的情景交融为一体，真正进入了萨丕尔所说的那种"绝对自由的幻觉"。①

第二节　语言创造要依循"日常生活"的逻辑

一　用现实和日常材料创造出神奇的世界

　　语言作为叙事材料在莫怀戚的小说创作中已不再被我们所觉察。在他的许多叙事段落中,文学的超语言性和语言的超文学性都得到充分的诠释。更加令人惊喜的是,柏拉图所揭示的那"两种美":即,美的事物和"美本身"都在《皈依》中夏长江的视界和心境里融汇到了一起,美轮美奂、难解难分。柏拉图认为,所有个别的美的事物最终都将汇集到"美本身"的至高境界。因为,"这种美本身的观照是一个人最值得过的人生境界。比其他一切都强。如果将来有一天,你看到了这种境界,你就会知道,比起它来,黄金、华服等,一切曾经使人沉醉迷恋、难舍难分的东西,都微不足道。想一想,如果一个人有运气看到那美本身,那如其本然、精纯不杂的美、神圣醇然之美,你的心境会是什么样呢?你朝着这境界走去,凝视它,直至和它契合无间,浑然一体。"② 夏长江和小说家莫怀戚一样,都全然融入到"美本身",这一至高境界中,"契合无间,浑然一体"——美的事物和"美本身"全都汇聚到乡村的景物中,"就像流进胸膛的泉水";当你充分感受到"乡村真的比城市可爱"的时候,其实,是在说你已经进入到了"美本身"——因为,柏拉图还认为:最高的美,就是最高的真。这对语言来说,也是如此。

　　比如,《陪都就事》写刑侦处长单延昭邀请"大律师"到"长亭"茶园一叙的一处闲笔,于日常物象的描写中,也隐约可以捕捉到类似的美和真。简直爽极了——

　　　　"长亭"是近百年的老茶园了;地处市中心的边缘,从解放碑步行十分钟,翻过一个山梁子即到,闹中倏然取静。这是人民公园一隅,竹木葱茏,鸟声清越。居高临下,可以俯瞰下半城。车流徐缓,长江逶迤,对岸山影绰约,文峰塔一带那永远的神秘……间或汽笛一声,苍莽

---

① 萨丕尔:《论言论》,商务印书馆 1997 年版,第 198 页。
② 柏拉图:《柏拉图文艺对话集》,人民文学出版社 1961 年版,第 273 页。

沉寂的山水便一个呵欠似地醒过来。

凶杀案调查过程中,这一处描写景物和心境的"闲笔"确实有着某种"空灵"的感觉。尤其是在"那永远的神秘"的笼罩和诱惑之中,"间或汽笛一声,苍莽沉寂的山水便一个呵欠似地醒过来",这样的相由心生,堪称绝妙,而且是妙不可言。为什么?重庆人的幽默、机灵和洒脱都一下子有声有色地凸显出来。在小说叙事推理被阴谋和种种人性的幽暗牵引着,似乎摆脱不了"现实世界"的压抑之时,突然,一种"山重水复疑无路,柳暗花明又一村"的明亮和欣喜,使人一下冲破现实的困扰,进入了片刻的"最高的美"和"最高的真"的幻境之中。又比如,在《寻找假人》中,这种描写景物和心境的"闲笔"所营造的"空灵"的感觉,既具有叙事的文学意义,同时也具有语言本身的"玩味"的特殊意义。

> 向老板和大叔汇报了情况。欧阳说:"有趣有趣。也就是说,可能存在着一个假人,在柳眉处叫周沧海,在何小姐处是戏剧教师。老板不愧见识独到,说出话来非同凡响。《剑客》也罢,《访隐者不遇》也罢,都是贾岛的诗。'松下问童子,言师采药去。只在此山中,云深不知处。'贾岛青年入寺为僧,故有'僧推月下门'、'僧敲月下门'之奇异之举。最重要的是,贾岛法名'无本'。故而有此一假人。无本人之谓也。"

当然,莫怀戚很多时候还是居于"文学本体论"的立场来看待和使用语言的;或者在写作中也时不时带有"语言本体论"的企图。这是没有办法的事。因为,小说写作首先面临的挑战是,小说所营造的那个世界与所谓的"现实世界"在本质上不是一回事。但是,这个由小说家营造的世界,它所使用的基本材料,也就是故事情节也好,叙事语言也好,都必须取决于"现实世界",而且通常又必须以"现实生活",特别是以"日常生活"的面貌出现。也就是说,小说既在叙事情节上要依循着"现实生活"的逻辑,同时它还必须在创造语言时要依循着"日常生活"的逻辑。因此,对小说家来说,他必须迎接这个挑战;他必须在依循"生活"的逻辑的过程中真正抵达小说的逻辑,抵达那个用"现实"和"日常"的材料所创造出的神奇的世界。

小说《孪生中提琴》有一段关于制琴技艺的绝妙的叙述,就形象地道出了这个奥秘。制琴师傅手里的这截槭木十分"现实",也很"日常"——"因为琴板是竖着取的料。如果横着取料你看见的就是年轮,那是树木长粗的痕迹。只不过没人会横着取料,那个承受力不行。"优秀的小说家就像优秀的制琴师一样会因材施技,化日常为神奇:"由于那节木料稍微短了一点点,就斜着取的料。这样就让我们既看到了虎纹,又看到了云纹,就是说在这两支孪生中提琴的背板上,我们既能看到长高的痕迹又能看到长粗的痕迹。这很少很少。而且虎纹和云纹叠在一起,有立体感,真是美丽极了。"

他写重庆小镇的"冷酒馆"的"冷酒",使用的语言都是重庆人日常的"口水话",但经他的"口"一说,"味儿"可就"爽"了:

> 所谓冷酒,就是没有热菜的。一点炒货,花生、胡豆之类的下酒菜。真正的酒鬼菜也可以不要这些。一只小土碗,打二两白酒,称之为冷单碗。说来个冷单碗,口气还相当自负,傲视众生似的。

关于语言"味儿"之"爽性",汪曾祺先生对此深有心得。他曾谈到老舍、林斤澜等"京味作家"的语言风格时说"他们并不都是用北京话写作,只是吸取了北京话的一些词汇,尤其是北京人说话的神气、劲头,特别是那'味儿'"[1]。莫怀戚的小说也并不是纯然在用重庆话叙事,但是,重庆人说话的神气、劲头和那"味儿"却是那么的地道、那么的有意思。妙不可言的是,这个"口气还相当自负,傲视众生似的"人物到底是谁呢?用不着坐实,他已经呼之欲出,在我们的眼前明亮、高大起来。当然,你也可以将其视作一个泛指,指那种具有乡土秉性、嗜酒如命毫不讲究的重庆男人。《寻找假人》里面,写到一个重庆本土的"款爷",那神气、那劲头和那"味儿"也相当"霸道",也相当的令人叫"爽":

> 那天,独坐一厢"卡座"的周沧海引起了柳眉的注意。这个男人将一只高级手机侧放在茶几上,慢慢呷着"人马头";满身名牌,头发锃亮——这一切跟所有的真假大款毫无二致;离去时他开着银灰色的"宝马",这个也不稀奇。但这个独坐的男子高大英俊,而且气度不凡;他身材修长瘦削,不似其他真假大款那样故作营养过剩的发福状,甚至

---

① 汪曾祺:《"揉面"——谈语言》,《汪曾祺全集》第三卷,第194页。

故意暴露"款肚";他点歌独唱,老歌老唱法,新歌新唱法,全部很漂亮,每次都迎来由衷的而不是例行的掌声;他的普通话比中央电视台的还标准。他不说"谢谢大家",而说"各位助兴,我很高兴",其音质明净而深沉,真是"说的比别人唱的还好听"。

明褒暗贬都不重要,重要的是莫怀戚用"现实"和"日常"的材料,不仅创造出了一个神奇的人物,而且还创造出了一个别样的世界。《经典关系》中,还有一个叫"摩托"的民营公司老板不幸进入了他的小说世界。这种钱不少、文化却不多的重庆老板较为普遍。"朋友多,敌人也多,笑话尤其多——有别人说他的,也有他说别人的。骑个烂摩托,满城找老婆。是别人形容他的。逑钱没得,又爱闹热。是他说别人的。"仅以这个小角色为例,重庆味儿就相当的足:

> 摩托说:"自从有了夜总会,结不结婚无所谓。"人们就快活地笑起来。大家都喜欢这个胡扯大王。事实上,这也是一座胡扯之城。

由"这个胡扯大王"陡然引出"这也是一座胡扯之城"的定论,可谓神来之笔,极为有趣而且精到。重庆语境中的所谓"胡扯",意味深长,意蕴诡秘,意趣盎然。既是形容这些巴人后裔的滑稽幽默,自由自在之情状,又是形容他们的信口开河,素朴粗豪之秉性。小说中,这个胡扯大王文化浅薄但是却不乏公德心、有正义感。他恶狠狠地高声咒骂那些在休渔期偷偷打鱼的男男女女:"狗日的!白天破坏生态环境,晚上破坏计划生育!"重庆性格真可谓活灵活现,精彩极了。"摩托"的神气和劲头,特别是那种味道,与这个城市的性格、味道融为一体,难解难分。

二　语言是小说内在文化品质的自然呈现

以上写的是小说人物的"日常"重庆味道。莫怀戚小说当中的各种各样的动物也相当有意思。他写得最好的动物我认为是狗。他笔下的狗同样有着浓酽的重庆性格和重庆味道。《白沙码头》那条名叫"杠炭"的狗,其实已经不仅仅是一条狗,而是白沙码头上的一个重要"人物"。它是一条"快乐而知趣的大黑狗"——

> 杠炭有个外号,叫性冷淡。自从它进入青春发育期,众人就想看它

做那事。但它没有兴趣。有好几次，大家把发了情的母狗弄到河滩上，把它也牵来，拉郎配。一次也没有干成。母狗喜欢它，有的竭尽讨好，还有的用牙和爪子威逼，杠炭一律假装懂不起。

在此，我们实在无法分清，这到底是在写狗，还是在写人。叙事中，"杠炭"是一条极通人性的重庆本地土狗。它后来因为奋不顾身地去追求自由恋爱而惨死在暴力之下。这一段叙述中的每一个句子，如果拆开了看都十分平常，谈不上什么"味儿"，什么性格。但是经莫怀戚似乎漫不经心地组合到一起，味道呀，性格呀，神态呀，一下全出来了。就像做会川菜的厨子，面对的都是极其普通的食材。莫怀戚很早就擅长于写狗，写重庆性格的狗。他曾经写过一组以"狗事荟萃"为题的小说。那里面的几条狗无论是在形体描绘和精神刻画上，还是在价值评判和审美激赏上，都鲜明地表达了作者植根于乡土的那种审美趣味和人伦立场。《人仗狗势》中的大黄"是只随遇而安的狗，敬业精神颇佳"。由于"文革"动乱，使它的"所属频繁变动"，混迹市井，巧取豪夺、朝秦暮楚。在追随一群失学少年的游荡生涯中"匪气越来越重"，给人的感觉"像三国的吕布"。但就是这样一条形同野狗的生灵，却压根不是那种有奶便是娘的角色。有一天它突然邂逅了两年前的主人，即作者本人，竟"没命地扑上去亲热得不得了"。这种不期而遇终使作者在它纯真的眼光逼视中，发现了自己的平庸和无聊。似乎这条狗比他更像人，更有人味。莫怀戚深刻地揭示出：在"文革"呈现的物质乱象和精神乱象当中，最具有人性和人情的恰恰是狗，而不是人！因此，在这一类小说当中，语言的内在文化品格不是通过人的人性来凸显的，而是通过人的反人性和狗的"人性"立场、"人性"情怀而凸显出来的。

在《为主捐躯》和《"黑龙"犯了死罪》中，名叫"瓦块儿"和"黑龙"这两条狗，其出演的悲剧让人惊心动魄。这是两条屡屡遭人误解的倒霉的狗。"瓦块儿"每一次被主人锁上，"眼里都流出委屈和悲哀，让人看了心酸"。"黑龙"则更为不幸：在人们阴险地布设陷阱要处决它时，它竟天真得像个孩童，以致"母亲在一旁突然大哭：'天哪，它还不知道真相噢'！"读来令人心悸不已，悲慨不已。在莫怀戚笔下，这些充满性灵和挚情的动物朋友，它们一个个具有鲜明的人性和人格，我们只能无可奈何地目睹它们一个个走向"天劫"般的悲剧结局。由此联想到小说家峻青在《老水牛爷爷》里面刻画的那条悲壮的狗。莫怀戚小说叙事中的这些狗，它们在人类的悲剧历程中所贡献的文学意义和文化价值意义，它们给我们带来的人间感怀和审美感动，却是我们这些现实中的人所丢失了的……也许正是因为这些永远活在小说中的狗，才使如今那些形形色色身价不凡、养尊处优的人和狗显得格外的滑稽和苍白。由狗观人，由狗而洞察人生世相，莫怀戚幽默含蓄的叙事中深藏着他的冷峻和悲悯。莫怀戚与狗关系，正体现出了他与文学、文学与世俗人生、语言与叙事的复杂关系，特别是语言对小说内在文化品格形成的独特理解等。

语言是小说内在文化品格的呈现，还体现在莫怀戚小说的写景方面。莫怀戚写景，实际上又是在写人、写人的感受、心境和性格，同时也是在创造和欣赏语言给他带来的莫名的惊喜。《美人泉华》里面，写陷入情爱阴谋中的泉华心绪繁乱，不得要领，他是这样写景的——

> 三月初的一天，她突发奇想，要独自在重庆胡逛一天。从南温泉到北温泉，那天天气很好，阳光照得人毛根儿舒展，血脉畅通。空中的一切声响都是春天，春天，春天。树枝冷不丁布满了嫩芽，像张开一面面绿色的纱网。

可是，在小说《金神》里面，那个叫作"金神"的年轻女子心境也有点烦乱，有点惆怅，但此情此景却大为不同：

> 她靠在长江大桥桥栏上，可以清楚地俯瞰珊瑚坝。重庆四月初的太阳也很威猛的，不过此时已柔和，霭霭地斜在城市之巅，浑然一体，参与一种酝酿。山城又朦胧。重庆是没有风景的，只有风光。重庆之美，只有脱身出来才能发现。

《第四律师事务所》写被人谋害但大难不死的厂长崔白山从白天想到晚上："到底是谁在谋害他呢？远远有汽车轰隆隆地动作起来，那种震动隐隐透进人的胸膛；窗外夜色尤其深重而迷茫，黎明前的黑暗让人不知所措……"幽暗的夜色，隆隆的车声震动，心绪愈益迷蒙。所谓景由心造，所谓触景生情，即此。《午夜鞭影》中，写大律师苦于一时无法找到破案的线索，他"盯着窗外，树叶摇出午时的风，形单影只的麻雀箭一般从窗前掠过"，一下豁然开朗。似信笔一抹，简洁明快，但却情景交融，美不胜收，恰到好处。《花样年月》写道，"去年冬天一个傍晚，关西骑个车在小街里找点东西。从蒙古吹来的风将树叶一扫而光，树枝都像伸向天穹的巫婆的枯手。天色灰暗，行人逃命似的匆匆归家。关西却实感凄凉，突然不想回去。他将脚支在地上，双手插进裤兜左边看看，右边看看，就看见有个招牌很晶莹地亮了起来：哦，是枝子酒家。"

自古以来，中国文人特别讲究"文气"。这在莫怀戚的小说语言当中也得到充分的体现。无论从"语言本体论"立场，还是从"文学本体论"立场出发，在小说叙事中，他对文气的追求和灌注，都是十分专注和醉心的。"文气"，在他看来，主要不是用来表现作家有多高的文化素养，有多高的文学技巧，它不是用做作家自身显摆的文化饰物；它是小说内在文化品格的自然呈现，是小说叙事逻辑的"自主性"体现。当然，也是小说家与小说内在文化品质及文章品性的浑然天成。

我们都知道，即使小说是在创造一种具有审美意义的，也就是说特殊的"现实"的时候，其实，也同时是在创造一种具有文化认知意义的特殊的"历史"。它一刻也不可能脱离现实社会的日用人伦，器物肉身来凭空创造。也就是说，小说的"文气"也必须通过"形而下"，即对这个现实社会的"肉身"的真切描述，才能真实地表达并得以呈现。小说家首先必须有还原日常人伦、人情世故的本领。莫怀戚在《诗礼人家》当中有一段写"昌家"怎样做菜，在菜品制作时有怎样的讲究，语言此时营造出了"雅致"的世俗意味，同时也营造出了"文气"的特色氛围：

> 中午菜单：黄瓜拌腰花、鸡丝豆芽、平菇清蒸仔鸭和豆腐耳菜汤。菜都躺在景德镇的高底葵花盘上；汤是用青花四耳细陶鼓子盛着，素雅而考究，使母亲想起自己的父亲来。那位行医的老先生曾说过：美食不如美器。这些"昌家菜"都是公众菜谱上没有的。譬如那平菇清蒸仔鸭，就是昌怡的创造。他还命名曰凤凰涅槃，冬天用鸡夏天用鸭。配料几经实验，最后连花椒、味精都淘汰，快起锅时才把平菇直插汤面，金黄的浮油给吸掉大半，而平菇则蓬勃，汤味非常鲜美。

小说写做菜吃饭，乃十分普遍的日常行为，但要写好，写得精准，写得符合人物的文化身份、文化习惯及文化性格，却不是那么容易做到的。须知，昌家是世代的书香门第，不是普通的底层"劳动人民"，其在文化上的讲究，在日常生活的种种细枝末节都会体现出来：不仅是在食材的选用和搭配、烹饪的技巧，而且在餐具的选用和摆放等等方面，无不氤氲着浓郁的文化气息。关键是，作家在叙述时语言及文气的流畅贯通，与这种文化的讲究融为一体，堪称妙绝。《天狼星下》写"黑皮"带钟未鸣去寻找饭馆，其叙事语言也很有些特色：

> 天然居酒家！好像报纸上吹过一通，黑皮想。那好那好，就去那里！他扫了一眼月洞门。门面是用苹果绿的瓷砖贴的；有黄杨木的匾联，右边一联是：客上天然居；左边一联是：居然天上客。黑皮笑起来，觉得很巧妙，很有意思，而且那种又狂又骚的字体，似乎也在暗示着酒的成色。

还没有进去吃饭，就已经先吃出了"文化"的味道，吃出了饭馆老板的"文化"品味和人格性情；吃出了"黑皮"自己的酸腐和世俗情趣。《六弦的大圣堂》写男主角打的去找吃的，也相当有意思。叙事步幅在这里稍稍放慢，但语言的魅力却将世俗生活的细微区别以及妙不可言营造了出来："石坪桥一带的吃食，被农民式的将将就就完全抑制了。"于是，杨维智索性打的去杨家坪。因为，他的品位要求是"菜不能太高档，否则露俗，但要干净，味道要好"，关键是那菜能达到的美感效果是："长情绪不长思想"。高档的酒楼高档的菜，俗不可耐；农民式的将将就就又不能"长情绪"；到那些刻意进行"文化"装修涂抹一进去却只"长思想"但"不长情绪"的所在，又不合杨维智的文化身份和文化口味。男主角的"穷酸"文化个性，通过语言的"针脚"缝制得如此贴切而妙趣横生。

三 热爱世俗物象体现小说家的道义立场

同样是写做菜吃饭，但是在小说《国骑》里面却是另一番韵致和感受。城里的干部李国骑，鬼使神差地骑车拐进了一个偏僻而神异的农家小院。那个神秘的农妇为他做出了一桌风味独特的饭菜。欣喜与感激之余，他与那个始终不见真面目的农妇进行了一番对话，不仅很有意思，而且也很有"文化"的意味；但这是一种完全不同于"诗礼人家"的日用格调和文化情趣，叙述中流贯的文气充满诱人的乡土文化气息——"她就在他背后的黑影里，手上编织着什么，或者缝补着什么，有一搭无一搭的和他说话。隔一阵，就有她身体的气味传过来，说不清是什么香，只觉有一种温软，和着酒，吞了下去，又吞了下去。嗨——他深深叹了一口气。"于是，他们开始对话：

　　她问，咦，吃得叹气了？不不不，他赶紧说，不是叹气。不是叹气是什么？啊，是什么？嘿嘿，深呼吸嘛。哦，你是个运动员。他大吃一惊，开口不得。菜的味道和不合口味？她又问。他说很好，咸淡恰到好处。他想，这个女子同其他的农民还是不一样。一般农村人的问法是"有没有盐味"。她问的是"合不合口味"，这种问法是科学的。而且这些菜都没有多放了盐。一般说来农村人的口味是很重的，因为他们要下力流汗。那么她是看得出来他是运动员，又看得出来他不是下体力的人。她很聪明。他很感动，不觉摇起头来，嘴里发出声响。

　　又比如，《陪都就事》有一段写文化人吃"砂锅"的讲究也很有意思。单延昭说："烫，很油腻，味重麻辣烫，是典型的冬令菜肴。即使要在春夏吃，也当选个阴雨天。重庆的五月，三晴两雨。此刻，门外的阳光亮如锡箔——的确有些别扭。"单延昭说，"真是明晃晃的吃什么砂锅！"小说的日用人伦之细节，最能体现小说家的人文情怀和道义立场；最能暴露他是真有文化还是装有文化。"世俗即道义，道义即世俗。这是中国文化的最特殊之处。"① 钱穆先生立意很高，虽然他是从哲学的立场来诠释中国文化与世俗人伦的密切联系，但是，对中国小说家来说也是相通的。其叙事的立场当然也是文化的立场，同时也是世俗的和道义的立场。"有没有盐味"与"合不合口味"，并不是刻意要裁定两者之间的"文化"差异，而是从中品味不同的世俗趣味，小说的道义也就自然蕴含在其中了。

　　文气不是刻意可以营造出来的。对世俗生活的热爱和尊重，是一个小说家最基本的道义立场。《花样年月》里有一节关于做菜吃饭的叙述，就形象生动地说明了这个素朴的道理。依然是乡野农家，但是，其行文却似明清笔记小说的笔调和情韵——

　　餐桌是依了南海的意思，就摆在太阳照耀的院坝里。那些菜肴虽是粗碗大盘子，但冒着冬天的热气，闪着春天的光，让开酒楼的栀子想着，这个才是食物，酒楼里的只能叫商品。柴草的炊烟和着田地上的微风，诱人深深地呼吸，竹林里有好听的鸟叫，一问，是画眉。一只老牛站在坡背上长长地哞了一声，一只小牛就跳着来到它的面前。老牛低下

① 钱穆：《谈诗》，《中国文学论丛》，三联书店 2002 年版，第 112 页。

头去，舔小牛的脸颊……栀子看得呆住了，心中充满了无法形容的感动。

说是田园牧歌、人心古朴也不全然，这是现代人偶尔才享有的一种具有返璞意味的田园生活。因为有了比较，所以栀子才有了食物与商品的不同感受，以及不同的心境；与其说，他们是在享用乡野食物带来的愉悦，不如说主要是在享用乡野风物带来的精神快乐。此情此景，的确是"心中充满了无法形容的感动"。

除此之外，莫怀戚还非常擅长于描写小说故事中形形色色的世俗物件。这是一种了不起的写作本领，它不仅能体现一个小说家对世俗物象的关注与热爱，而且更重要的是，它还充分体现了一个小说家的经验积累和实证功夫的"厉害"。当下，一种普遍的悲哀是：许多所谓的小说家，已经不会惟妙惟肖地描写世俗生活中的各种物象了。他们不知道，读者对一部小说发自内心的信任和敬佩，主要不是编排故事的本事，而是脚踏实地的写实才能，是那种画虎是虎、画猫是猫的真功夫。

莫怀戚写过各种不同风格和不同性格的自行车，但是小说中李国骑的这一辆，非常特别。没有亲见亲历的实证功夫，甚至是考据，根本无法写出这个叫"库尔克"的尤物的神韵来：

> 他座下所骑，不是那种专业的赛车，一般人叫跑车的，而是一辆普通的加重车。但是这辆加重车跟一般国产的又不一样——一眼就能看出不一样。因为它是洋货，捷克斯洛伐克造，它还有个名字叫库尔克——是一个老名牌，相当于我们的凤凰、永久，诸如此类。这辆车是蓝色的。那种蓝色无法形容，好像只有欧洲而且是中欧的国家才能造出那种蓝色，那种蓝色的机器。当然，自行车还不能叫机器，自行车只能叫机械。捷克的机械业是世界有名的。欧洲人高大，所以这辆车比中国造的同类车要稍微长一点。

这段关于"库尔克"的描述，并不是刻意卖弄知识和经验，而是对小说叙事的尊重，对小说当中世俗物象的神圣注目和精神读解。莫怀戚写的第一辆自行车是在《诗酒生涯》当中，其个性特色很不相同："是永久12型，28吋，体型修长像纯种赛马。就在这辆大永久身上，我开始了诗酒和流浪的文学生涯"；第二辆又是另一种性格："是在同事手里买下的二手货，名牌，小凤凰，26吋。这辆车陪伴我十年，我骑它上下班，最终将他送了人，因为后来又买了一辆山地车和一辆赛车。送掉之后，才发现，那小凤凰是我的第一心爱。我曾经全拆全装，一丝不苟干到不知东方之既白。"由此可见，关注和热爱一些"卑微"的世俗物象，才真正称得上是热爱生活。小说的逻辑并不复杂，但是，在叙事中必须时时处处遵循小说写作的纪律，忠实地履行它与俗世生活达成的写作契约，绝不能违反写作纪律、撕毁写作契约而一意孤行。下面是小说《教案》关于订书机这一世俗物象的一段实证性描写：

> 我到了系办公室的时候，小老师已经把试卷交给了教学秘书。教学秘书用了一把很大的订书机，将几十份试卷订在一起。我这才发现世界上竟然有如此巨大的订书机——大得就像杀害刘胡兰的铡刀。试卷稍微厚了一点，所以教学秘书的动作简直叫人毛骨悚然。

"大得就像杀害刘胡兰的铡刀"，可谓神来之笔。但是这种含纳着某种文化蕴意和反讽趣味的语言，用在这里特别贴切到位，即曲涵着"我"内心的恐惧，又似乎表现出"我"的大义凛然。的确，这不是普通家庭日用的订书机，而是小说叙述者第一次见到，并且完全出乎意料的那种具有权力隐喻的订书机；由于"我"暗藏"不可告人"的目的——怎样才能在这装订得"密不透风"的几十份试卷当中找出那"像个希腊美女"的女学生珠兰的卷子来，所以，这个日常物件就有了非同寻常的心理威慑力；恐惧也可以产生幽默，只不过是"黑色"的。

四　语言能够带给读者以陌生冲击与震撼

莫怀戚笔下写得最多的、集"形而下"和"形而上"为一体的世俗物件是种种乐器。当然其中描述的最多的要数提琴。之前，他很多次写过小提琴，而在《孪生中提琴》里面，他却以世俗的，同时又以超世俗的笔调和心境写实了中提琴、写活了中提琴。琴与人，人与琴，在写实和超写实的语言建构中难解难分，互为注解——

> 只有专业团体才用中提琴。而中提琴手，一般的说法是，由不称职的小提琴手改任。这其实是偏见，但由不得你解释。所以每一个中提琴手都只能坦然面对偏见。也因此产生了一种世界性的人文景观：中提琴

手都是心胸宽广的人。中提琴是提琴之最——最先出现的提琴是中提琴。在意大利，中世纪时就出现了中提琴，也只有中提琴。而且多是贵族家的孩子在操练。后来不知道是些什么人追求穿透力强的高音，把尺寸做小了，遂有小提琴。小提琴的张扬很为贵族看不起，以至于如此责骂孩子：看你再敢和街上拉小提琴的家伙玩?!

　　以上这些世俗物件，大多是和平年代带有雅趣或者日用趣味的东西。事实上，莫怀戚的小说当中还写过不少的战争场面，描写过不少的战争物件。比如，他写"文革"内战枪声的密集，可谓别开生面，非战争亲历者不能描绘得如此的别致与真切："枪声很稠，连绵不断，像数不清的自来水龙头同时打开了。"战争这种叙事对象本来也是具有世俗性质的，但是，人们通常并不将其视作世俗，可是莫怀戚不这么看。他认识到，若要取得读者对战争叙事的信任，故事本身的"人间性"是必要的，但它必须建立在战争的世俗性逻辑和小说叙事的创造性逻辑双重基础之上，这当中又必须以世俗物件描摹的准确、形象和生动为首要。《天狼星下》一开笔就极为不凡。它写"文革"时期重庆的战争场景：写枪的神貌，写用枪的技巧，写这种战争的日常性和诡异性、幽默性。没有经历过和深深体味过这种特殊战争的人，是根本不可能写出种种细微动人的战争生活质感来，尤其是这种细致的刻画给人感官和灵魂的陌生感和冲击力——

　　　　有人踢钟未鸣的脚跟，他醒了，坐起来。其实他本没有睡着。他神经衰弱，尽管才十七岁。他扭头去看枪，是一挺老式的捷克式轻机枪，如一只苍老的黑狗，蹲在他左侧，忠心的样子，正像他本人。这时他想起这枪其实架错了位置，因为教官说过，枪应该架在右侧，这样便于快速持枪、集合。有人挨着女生边上便撒尿；女同学也不动声色。因为这是战争。这是一九六八年三月二十八日凌晨。

　　枪的神貌和战争的质感，既可以是"如一只苍老的黑狗"似的捷克式轻机枪的静卧，也可以是动如"一头挣扎的狗"似的狂啸。《第四律师事务所》写"文革"战争中崔白山端着重机枪扫射的细节，非战争的亲历者是绝不可能写出如此的惊心动魄，而又令人感到如此的真实可信——语言带给读者的陌生冲击与震撼是如此的强烈：

　　崔白山守住大楼一头的窗口，远远望见一人一枪在躲躲闪闪地跃进而来。旁边的重机枪手伸长脖子在犹豫。崔白山一把推开他，提起机枪就是一梭子。崔白山对机枪很生疏，枪身抖得像一头挣扎的狗，急疯了似的要挡住那人。

　　那人自然被狂泻的子弹"挡住"了。"子弹从下腹进去，从臀部旋了一个大洞出来"，很快，崔白山发现打错了人，是烧锅炉的师傅。让人痛心、恐惧和悔恨的是，那濒死的人"苍黄的脸上挂着惭愧的笑容"。他竟然向崔白山表示歉意："我不该举着这根扁担。"简直不可思议："好像开枪的人没错，挨枪的人错了。"如此诡异多端的战争，如此神神叨叨的枪手，如此质朴厚道的中枪者。

　　而在《神枪手八岔》当中，同样持枪的八岔却并不知道什么是战争，他离战争很远。"他同女友五妹上山打鸟，过星期天。八岔实际上不想去，所以走路没有速度和激情。"这与处于战争中的钟未鸣患上神经衰弱截然不同，八岔尽管心情有波动和起伏，但是人和枪整个都处于放松状态。应该说，这种特定情形下世俗物象和世俗心境的写实，是小说伦理的基本要求，也是小说写作的基本纪律：

　　　　八岔认识一个老神枪手。他的儿子说当兵的都明白打仗要死人。但一方面有纪律不上不行，另一方面也想或许死不到我头上。但是老神枪手的儿子还是牺牲了。（难道真的是命运或者运气）八岔打起精神，于是立刻去想破除迷信，封建迷信，精神立刻好了。他将枪下了肩，提在手上。

　　《南下奏鸣曲》中桑彦的父亲是一个经过战争洗礼的"老同志"。在获得了战争给他带来的种种好处之后，人已渐渐进入老境。于是，抚今追昔发表了一大通与"身份"不完全和谐的世俗感喟。这样的世俗心境的写实，同样符合小说伦理的基本要求，同时也遵循着小说写作的基本纪律和世俗人伦的"基本纪律"。这个"老同志"感慨万端地说：

　　　　回头来想"前途"二字，不禁好笑。人用了那么多的克制与牺牲，来权衡掂量，以谋一个精彩的将来……人是地球上智商最低的动物。因此，难免不去试想：如果当初同秦毅梅一起回了绥德老家，会怎样？这种问题是没法回答的，但有一点可以肯定：会获得一些普通人的欢愉与烦恼；是自己在生活，而不是只在安排和评价别人的生活，同时自己也被别人安排和评价着。

"安排和评价别人的生活"，这是一种行使和享用职权的美好"生活"，也是令他非常满意的"生活"，同时也是战争给他带来的光荣和回馈。如今这一切都显得不重要了，特别是当一个人失去了职位之后，一个人步入了衰老之后。这不是在消解什么神圣的东西——一个曾经视战争和理想如生命般神圣的老同志，在自己的生命快走到人生尽头的时候，终于悲剧般地大彻大悟了。当一个人真正回归到世俗的、具有百姓人伦属性的人的立场的时候，他对战争的认识和理解才谈得上是深刻的和苍凉的：

> 患病之前，时时都想在什么地方哎呀一声碰见秦毅梅，而现在，最害怕的就是她闻讯也来探望；与这个相比，死亡也算不了什么。生命是同步的，她自然也老了，这个他有准备；老了自然不那么美丽。这个他也有准备；何况还比他设想的好，依然有动人之处。

> 但是，他仍然隐隐失望。因为她的——怎么说了？说是她的内心世界也好，精神面貌也好，气质也好，风度也好——总之她的"味儿"有了变化。恋人们如果分别得太久，不宜再相见——世人应当记取。桑父在一团乱麻的大街上默默自语。然而问题总有其另一面，就是失望之后宁静便到来，从此以后桑父再也没梦见过秦毅梅。心如止水，便也渐渐地品出了日月星辰，风霜雨雪，花鸟虫鱼，以及少年老成、老而还小若干寻常中的韵味来。

必须承认，桑父是《南下奏鸣曲》中刻画得最为成功的一个人物。在某种程度上，远比男一号桑彦更加血肉丰满，其心灵世界更加丰沛复杂而又真实可信。这个老同志其实也是世俗中人。但是许多小说叙事当中，那些"老同志"几乎成了文化形制化的符号或者替身，他们严重缺乏世俗生活的"生命质感"，缺乏真实可信的人伦属性。因此，小说家始终找不到语言"落实"的基地和"语言行走"的方向。也就始终无法在塑造人物时给读者以陌生的冲击力与震撼力；因此小说内在文化品格也始终无法呈现。对照莫怀戚的语言创造实践经验，就可以看出高下来。的确，桑父是莫怀戚小说人物画廊中不可多得的典型人物。这个人物"陌生化"的成功，与其说是叙事支配语言的结果，不如说是语言牵引叙事的一种必然——小说的日用人伦细节，特别是世俗物象和世俗心境的写实，离开了语言的独立性和独创性，小说家的人文情怀也好，文化立场、道义立场也好，终究是难以体现出来的。

第五章　莫怀戚小说历史叙事的主体意识

第一节　个人叙事觉醒与重构历史的内心冲动

一　怎样避免小说"掉到它自己的历史之外"

怎样在主体立场上确立"个人"与历史的关系，的确事关重大。因为只有充分觉悟到将"个人"作为历史的"主体"，才能够确立小说叙事自身的主体地位。与宏大的群体化、集约化的历史明确性和必然性叙事完全不一样，"个人"主导的"微观叙事"往往使历史呈现不确定性和不可知的面貌，因此"个人"在历史中的真实处境往往是无助的和无方向感的。这也就是现代小说所面临的真实处境。严格地讲，个人主体化的历史书写更能够深刻地将历史的隐秘性和荒诞性揭示出来，并且，个人化的历史书写也更加符合小说的伦理与纪律，体现小说作为审美意志主体的尊严。因为，具有独立品格和意志的文学"它与规训总是处于对抗的局面"。[①]

和 20 世纪 90 年代初期的许多小说家一样，莫怀戚叙事的历史自觉意识逐渐苏醒并且日益强化，其显著标志是：莫怀戚和他们一样，都产生了重新建构历史叙事的内心冲动。因为，在这一特殊的历史时期，曾经占主导地位的那种小说历史观受到来自新一代小说家个人经验和创造意志的挑战；与那种小说历史观紧密联系的一整套历史表象体系和叙事策略也相应发生了戏剧性的演变。正是这种产生于超个人意志体系外部的叙事观念的变革要求日渐强烈，才使新一代的小说家们质疑、抗衡以至重新书写历史的"叙事革命"得以产生；所谓重建历史叙事无非是针对传统历史叙事的观念突围和叙事出走行为罢了。过去那种一体化历史叙事陈规被小说家们大规模的反叛行为所

---

① 赵毅衡:《苦恼的叙述者》，第15页。

颠覆：历史在小说家非常"主观化"的个人叙事中复活，并且呈现出前所未有的奇异面目，过去那种非常"客观化"的主流叙事历史被非常"主观化"的个人叙事的历史所取代。也就是从那个时候开始，历史叙事在莫怀戚那里不再是"客观化"和一体化的附庸，而具有了"主观化"个人叙事的独立意志属性。

　　基于这种觉醒情状，他那时在《逆反者德华兄》中提示说："因为世上不是什么事都能说清的，何况情感本是一种不自觉的内心体验。"他认为，小说家个人叙事中的历史也应该是这样的——关于什么是创造历史和推动历史前进的力量？他在《大动作的小动机》中是这样宣讲的：

> 　　英国著名的前首相温斯顿·丘吉尔说过："一个事件的走向和成败，所有原因都在起作用。"屏小蕾、毕小昭的结局不正是这样吗？假设没有屏小薇的告密，还有因失眠而买的安眠酮，屏小蕾也不会对生活丧失信心，绝望地自杀。告密和安眠酮是机缘巧合吗？没有人知道。那么毕小昭呐，被所谓的毕媛堂姐设计和怂恿，没有回旋的余地。而这些人都是跟他们最亲近的人，一个为了所谓的良心和爱情，让姐姐走了绝路；另一个为了金钱，赌上了堂弟的爱情和事业。到底是社会的黯淡所致，还是欲望的唆使，已让人难以分辨。我想，世态炎凉不过如此。

　　"一个事件的走向和成败，所有原因都在起作用"。但是一体化叙事中的历史，也就是"客观化"的历史却不这样认为。这种"历史观"笃定：历史是完全按照"既定的"发展方向和"客观律动"在运行；在所有的历史导因当中只有"主要导因"在"起着决定性的作用"；在外因和内因的比较中，只有内因在"起着决定性的作用"。外因也罢，次要原因也罢，所起的作用都不大。但莫怀戚却不这样认为。"告密和安眠酮是机缘巧合吗？没有人知道。"那么，到底告密是"主因"，还是"安眠酮"是主因？这二者哪一个是"内因"？哪一个是"外因"？谁能够分得清？"到底是社会的黯淡所致，还是欲望的唆使，已让人难以分辨。"这就是历史的"隐蔽性"和"不确定性"——哪怕一个细小的不起眼的因素，都可能影响历史的面目和走向。莫怀戚的意思是：在"真——假"和"对——错"二元对立的历史观之外，还有第三种乃至无数种历史面目；也就是说，还有第三种乃至无数种"真实"的历史存在。当然，小说叙事中的历史面对的"真实"不仅是世俗人间的物质性客观性问题，而且，它还要面对精神性主观性"真实"

问题。称职的小说家通过创造性的写作，在力图"还原"一个生动可感、真实可信的物质世界的同时，还要力图"还原"一个生动可感、真实可信的精神世界。亦即"精神的历史"，并且是个性化和私人经验意义上的历史。就像尼采说的那样：真正的小说家和真正的历史学家内心是相通的。他们深知，写作必须拥有一种权力，那就是将众所周知的东西重新创造成为一种闻所未闻的东西。因为："你只能用当下最强有力的东西来解释过去"，不可能有什么唯一的描述，任何一种撰述历史的行为都是一种权力行为。① 因此，小说写作的实质也是一种权力行为，是一种体现小说家个人历史意志的主体行为。

不过，在莫怀戚看来，小说首先必须面对的是：怎样避免外力所导致的死亡。这个外力就是那种文学意志之外的异质力量。为此，昆德拉是这样提醒小说家的："小说的死亡并不是一个狂想，它已经发生。我们现在知道小说是怎么死的；它没有消失，而是掉到了它自己的历史之外。问题是，它的死发生得很平静，不易被觉察，也不使任何人有丑闻的感觉。"② 对此问题，我曾经与莫怀戚先生有过多次的讨论。他承认在早期写作时，并没有从主体自觉的意义上认识到这是一种权力行为，但是，权力对写作的影响却是一个重要的事实。只不过这种权力不是来源于自身，而是来自小说叙事之外的那种异质力量。那时，我们对小说的死亡进行了深入的讨论。小说的死亡之所以是丑闻，我们认为主要是它偏离甚至背叛了小说自己的历史。这就是说，任何一个小说家必须意识到，小说必须忠实于它自己的历史，而不是去屈从甚至迎合那种异质化的历史。就中国小说界当时的情状来说，我们深感其最大的悲哀是：每天都有许多小说"平静"地死去，但是却很少有人意识到。不仅如此，反而有许多人经年累月地在这条死亡的路上狂奔。

不可否认的事实是，莫怀戚很早就对这种来自小说伦理和法则之外的胁迫进行了有限的抗争，到了后来，这种"争夺"历史叙事主体掌控权的抗争逐渐由潜隐变为公开。在初步有了主体意识之后，他的小说在书写历史时，其叙事立场的"主观化"和叙事视角的个人化也日渐清晰了起来；同时还具有了通过叙事去"发现"历史的偶然性和解读历史的隐喻性等审美特征——这是在20世纪80年代末期才开始出现的"新历史主义小说"的种种特征，而在莫怀戚写作《天狼星下》的时候，这种"新历史主义小说"

---

① 尼采：《历史的用途与滥用》，上海人民出版社2000年版，第50页。

② 米兰·昆德拉：《小说的艺术》，第14页。

尚未大行其道，但是他的小说就已经具备了这样一些特色。由此可见，莫怀戚小说叙事的"新历史主义"前瞻意义。"没有人能够超越意识形态而直接经验'历史现实'。而批评性阅读的目的，正在于揭示意识形态与历史运动的矛盾造成的文本扭曲。"① 显然，《天狼星下》也罢，《诗礼人家》也罢，在批评性阅读的视角中，都是一种被扭曲的文本；而这种文本的扭曲是由"意识形态与历史运动的矛盾造成的"。这是我们在对莫怀戚小说文本进行解读时，必须特别注意的一个重要的视角和立场。

　　正是为了避免自己的小说陷入"平静"死亡的愚蒙境地，莫怀戚多次对我表示，他必须在自己的叙事当中忠实于"小说内在的历史"。但同时他又说，这是一个令人困惑而又痛苦的过程。不管怎样，得强迫自己绝不能背叛小说自己的历史，也就是作家自己的经验历史和观念历史。从他90年代以后的小说中我们可以看到，他不仅在书写"现实世界"的喜剧和闹剧时依循的是这样观念立场，而且在书写"历史世界"的悲剧时，这种"争夺"主体话语地位的叙事博弈就显得更为急切和紧张。莫怀戚的小说醉心于挖掘"现实世界"喧嚷表面之下埋藏得很深的历史主义情愫。在他的小说世界中最深刻的两段历史：一段是20世纪40年代，另一段是20世纪60年代。事实上，对绝大多数重庆人来讲，这两个特殊年代是构成重庆历史个性特色和充分展示重庆文化性格的最为重要的段落，同时，也是构成重庆小说历史个性特色和小说中重庆历史性格特色的两个相当重要的方面。尽管这两个历史段落都具有国家属性，但是，由于重庆地域文化历史和风土民性的特殊，使这两段历史在重庆的演进呈现出与中国其他的城市及地域不同的性格和面貌，即，历史的"重庆经验"和"重庆性格"。因此，小说家在通过小说书写这两段历史时，也必然涉及如何真切可信地书写和描画出这种独特的地域文化"经验"和"性格"的历史面貌。这是其一。其二，即使是历史的"重庆经验"和"重庆性格"，但也必然有"公共"与"个人"的联系与区别。因此，莫怀戚小说写作的重要"历史意义"也就凸显出来了。当然，这两段历史所提供的"重庆经验"、所凸显的"重庆性格"在莫怀戚小说叙事当中并不是等量齐观的。相比之下，60年代叙事明显更受其重视，而且在他的小说中有大量的描述和阐释；而40年代叙事通常只是作为小说叙事中一种沉痛苍凉的历史背景而以隐隐约约的面目出现。比如，在《白沙码

---

① 赵毅衡：《苦恼的叙述者》，第12页。

头》里面，那些与 40 年代历史密切相关的人们，莫怀戚把他们叫作"旧人物"；他们中有"旧军人"、"旧公教人员"、"旧知识分子"等等。这些形形色色的人物，随着他们赖以生存的"旧政权"的覆灭和带给他们荣耀的那段历史的被否定，漂浮性和悲剧性就成了这些人物在小说中的历史基调和审美属性。莫怀戚 60 年代叙事之所以成为本书关注和研究的重点，主要在于内中所提供的那种特殊的"重庆经验"和"重庆性格"内涵，特别是其中所含纳的历史、文化、审美，以及人性的丰厚、复杂、幽邃和诡秘等等信息内容，是其小说中的 40 年代叙事所不可比拟的。然而令人不解的是，直到今天，莫怀戚这种历史叙事的独特内涵和特殊意义，竟然没有引起文学评论家足够的关注，他的这类小说对历史的特殊贡献就也自然没有得到足够的承认。这无论如何都是令人非常不解非常遗憾的一件事情。

二　"计划生产"模式之外的个体经验和记忆

莫怀戚本人有着丰富而且奇异的 60 年代经历。他属于"老三届"。60 年代中期，他正进入青春期；70 年代中期，他快进入而立之年。在狂飙突进、洗心革面的那 10 年当中，他扮演过不少具有悲喜剧意味的社会角色；所有这些角色都与这段历史有着重要的政治文化联系，都具有韵味无穷的荒诞感和毁灭感。从某种意义上说，莫怀戚能成为一个小说家与这段历史有极大的关系。或许可以说，没有这段历史也就没有作为小说家的莫怀戚。

严格意义上说，70 年代末期开始的中国当代小说写作，是从"反思"的历史主义立场出发的。小说作为一种特殊的历史产物，从一开始就置于那个叫作"新时期"的特殊年代的集体意志之下，集中表达了社会普遍的"公共经验"、"群体心理"和"集体愿望"，同时也集中体现了小说家描述和解释历史的那种群体性的宏大愿望。虽然叫作"新时期"，但究其实，那个时期正是中国的文化和艺术陷入危机的历史时期；而"当文化濒临危机时，文学的骚动不安往往成为社会生活最先暴露的部分"。[1]

当然，这种骚动是通过文学，特别是小说叙事的繁荣得以凸显的，而这一时期的小说几乎都集中到"60—70 年代叙事"方面。因此，这种"繁荣局面"不过是"文化危机"的哈哈镜折射出来的一种审美幻象。当然，这种具有明显的文化反思的叙事热潮前后持续了很长的一段时间，以充分满足

---

[1]　赵毅衡：《苦恼的叙述者》，第 6 页。

来自社会公众，以及文学生产者的"经验"反刍、情绪宣泄和精神抚慰的公共性需求。许子东先生指出："这些小说在一定程度上兼有历史记载、政治研究、法律审判及新闻报道等等功能，而且这些'故事'的写作与流通过程，也不可避免地受到历史、政治、法律、传媒乃至民众心理的微妙制约。"因此，"当小说家以文学的形式将他们个人的历史经验变为大众叙事时，他们实际上有意无意地参与了有关这段历史的'集体记忆'的创造过程；这种'集体记忆'，与其说记录了历史中的这段历史，不如说更能体现记忆者群体在这段历史之后想以忘却来'治疗'历史心创，想以'叙述'来逃避历史影响的特殊文化心理状态。"① 不能说"集体经验"和"公共记忆"没有存在的合理性和历史真实性，而是说，不能以此来轻视、漠视，甚至取消"个体记忆"和"个体经验"存在的合理性和历史真实性。许子东的意思是说，那个时期"伤痕文学"所创造的有关这段历史的那种"集体记忆"，表面是"大众记忆"和"民众心理"，但事实上与主体意义上的底层的"个体记忆"和"个体经验"没有更加真切的关系。

直白地讲，那种被小说家"创造"出来的"集体记忆"，或者"公共经验"或多或少带有历史的荒谬性。因为它完全是按照类似"计划经济"的指令和生产要求创造出来的叙述模式和审美情感。然而，它却得到小说家们的热忱响应和读者的倾情接受。并且这种叙事模式和审美情感，从创作和阅读两个方面得到极大的鼓励和鞭策，因此，在小说家那里掀起了"扩大再生产"的叙事热潮。当时，几乎每一个小说故事都是依循"计划"的模式来设置情节、设置矛盾冲突以及分派角色功能等。许子东先生研究了50部影响甚大与此相关的这类"小说"后发现，这些小说无论从叙事的表层结构还是从叙事的深层结构来看，都存在这种"批量化生产"的毛病。他在这些小说"创造"的"千奇百怪、变化多端的灾难故事当中归纳出"几十个基本情节功能和四个基本叙事阶段，以及五种人物角色，即：受难者、迫害者、背叛者、旁观者、解救者。他的研究成果，使"计划"可以创造和解释历史，并且还可以"创造"各阶层民众的"集体记忆"和"集体经验"这一基本事实得以揭示。这一切，就像福柯指出的那样，包括历史在内的所有的知识形式无不具有"文化权力"的功利性。因此，所有的知识行为同时也都是"文化权力"行为。小说叙事在本质上是一种知识行为，

---

① 许子东：《重读类型小说50部》，人民文学出版社2011年版，第3页。

因此它也必然是一种"文化权力"行为。这样一来，历史与"文化权力"、知识以及各种不同的审美意志的关系就凸显了出来。

莫怀戚有关这段历史的小说叙事作为一种知识行为抑或"文化权力"行为，之所以显得"意外"和可贵，就在于他的这种写作行为不完全是按照"计划生产"的叙事模式，试图去讲述某种"既定的历史经验"和"符合文明要求"的"普遍记忆"。当然，他在开始进行叙事训练时，还是深受这种"计划生产"思维模式的影响，创作了一些具有"普遍记忆"和"公共经验"的中规中矩的小说。但很快，他就陷入了叙事的苦恼当中，苦恼的结果就是与这种"计划生产"流行模式逐渐疏离。因此，许子东归纳出的那些基本的情节功能、基本的叙事阶段，以及模式化的人物角色安排等等，都似乎与他关系不大；因此，也就无法将其纳入这种"计划生产"的历史思维套路和刻板的叙事模式当中。这无疑是一个奇迹。如果许子东先生那时能读到莫怀戚的这类历史小说，我不知道他会有什么样的想法和反应。

对莫怀戚这一代小说家来说，要回避这段历史，或者与这段历史记忆和经验完全拉开距离，是很不容易的。但是，"直面"这段历史最大的困难在于，小说家必须时刻警惕"计划生产"的思维模式和叙事模式的干扰。但是，那时很少有小说家能觉察和自觉地规避这种干扰。不是说他们对这段历史没有"公共经验"之外的独特而隐秘的私人记忆和特殊的个体经验，而是他们往往不由自主地陷入宏大的历史叙事模式当中，并且尽情地陶醉在这种"集体记忆"的审美图式当中而不能自拔。许子东的研究认为，有关这段历史的小说可以分为四种基本叙述类型，即：灾难故事、历史反省、荒诞叙述和特殊记忆。其中以"灾难故事"居多；这类叙事为将历史简化为反派给正派带来的灾难，"坏人"给好人制造的人生困局——其特点是，大多依循替无辜的受害者鸣冤叫屈并追踪事态由坏变好的发展过程，最后以典型的"正义战胜邪恶"收场。[①]

莫怀戚的叙事与这四种类型都没有关系。在他看来，这是一个宏大的灾难故事，这个故事所蕴含的那种深刻的荒诞性是中国历史，特别是近现代以来的中国历史的一种逻辑延伸，它需要小说家对其进行历史反省。莫怀戚还认为，这段历史的荒诞性与西方现代派所谓的荒诞性不在同一个层面，因此两者不可以等量齐观。那么，这段记忆到底是什么性质的"记忆"？它到底

---

① 许子东：《重读类型小说50部》，第15页。

需要我们记忆什么？在这些基本问题上，莫怀戚与众多的此类小说写作者其实有着明显的分歧；而他们之间的分歧主要在于：作为知识行为和"文化权力"行为的"私人记忆"和"个体经验"是否可以受到应有的尊重？是否可以讲述"集体记忆"和"集体经验"之外的另一种带有"个体经验印迹"的历史的"真实"，并且承认这同样是一种知识行为和"文化权力"行为？就像"计划设置"的经验和记忆之外，还有一种具有"市场化"属性的经验和记忆——这两者都有存在的理由和"文明"的意义。

莫怀戚不习惯将时间和精力投入那种无休止、无结果的文学争论中去。他认为，最好和最有力的方式就是以自己的个体经验视角来宣示这种叙事的合情合理性，并且通过写作的这种"文明行为"引导读者去发现那些被"计划生产"遮蔽的历史记忆，从而赢得读者对这种历史叙事的确信和尊重。从20世纪80年代中期开始，他就创作了为数可观的这类历史叙事小说，以此来默默地抗衡那种泛滥成灾的"计划模式"的侵扰。与其早期的叙事策略不大相同，90年代以后，他笔下的历史叙事主要是以推理小说或者侦探小说的面目出现。

三 具有地域文化特色的叙事性"知识体系"

莫怀戚早期小说中相当一部分都可以称作"60年代叙事"作品。它们或直接或间接在叙事当中激活了沉潜于读者内心深处那种带有个体性质的"历史经验"和"历史记忆"。这种叙事主要由"60年代记忆"和"60年代经验"两部分组成——这构成了一种特殊的个人化的"知识体系"。他早期的《天狼星下》、《都有一块绿茵》和《诗礼人家》，中期的《陪都就事》、《美人泉华》、《无主导驱动》以及《第四律师事务所》等等，都堪称是此类叙事的典范之作。这也是他试图以私人记忆、个体经验与"公共记忆"、"集体经验"力争平等地位的一种难得的努力，或者说是一种可贵的精神姿态。特别值得提及的是，莫怀戚笔下的"60年代叙事"所展开的特殊历史场域是重庆，因此他小说中的历史是打上了鲜明的重庆地域文化个性色彩的历史。以那段历史中的战争叙事为例，我们会发现，那里面活跃着的小说人物，既狂野地张扬着巴曼子、余蛮子那样的古典侠义精神，又恣肆地挥洒着邹容、双枪老太婆那样的旧时袍哥加现代激进主义式的暴力激情。也就是说，从先秦到晚近，从民国到"新中国"，千百年来绵延不绝，积淀深厚的重庆地域文化特色都在这个特殊的历史时期，以激进的暴力的、敢打敢闯、敢生敢死的方式充分展现了出来。

先说《天狼星下》。这是一部具有鲜明的重庆性格特色的"历史小说"。"60年代叙事"当中直接以激进主义派别的战争行为作为叙事主线的并不多。最著名的此类战争小说首推那位已经淡出公众记忆的小说家当年创作的小说《枫》。作者在这篇小说当中所呈现的激进主义战争图景,尽管表面上具有"私人记忆"的标记,但实质上却是典型的"集体记忆"和"公共经验"的模式化产物。因此,这就与莫怀戚的小说至少在深层结构上,即,作者在对世界和历史的认知倾向上拉开了距离,同时也形成了精神向度上的差异。因为,从小说人物的角色地位以及人物与行为之间的内在语义关系来看,莫怀戚与包括该作家在内的许多小说家的叙事"风格"不属于同一个类型。

《天狼星下》刊发于1986年《清明》第4期。《清明》在当年的大型文学杂志中颇具社会影响。它发表了大量的"伤痕小说",但像这种类型的历史小说此前还没有刊发过。可能是因为作者当时比较年轻,难入评论家的法眼。更大的可能是作者偏居西部老化的重工业城市重庆——那时,这座城市的工商业产值和文化整体处于低迷的情状。总之,这部作品没有得到当时的文学界应有的重视。现在回过头来看,可能是类型上的"野性"和"不入'计划'之流",所以导致了这样的结果。如今回过头去审视,这部小说的历史和文化认知意义应该是比较清晰的了。

客观地讲,这部小说并无什么特殊的叙事策略和诡异的叙事图谋,它采用的是人们通常所见的那种叙事的方式,讲述了一个多少有些怪异的"重庆经验"和"个体记忆"中的战争故事。这个故事告诉人们:应该把这段历史放在整个中国历史,甚至应该放在世界历史的演进过程中去考察和认识。

将这段历史与它之前漫长而复杂的"文明历史"完全切割开来,不仅在逻辑上是荒唐的,而且在历史经验意义和文化认知意义上也是相当荒唐的。就其本质而言,这段历史是反文化、反文明、反人性的;其更深刻地凸显出来的罪恶是,它在肆无忌惮地侵犯和践踏人的自由与尊严、严重侵犯人的精神境域的同时,更多的是残酷地触及人的身体,并且将一切不符合"激进主义"意图,甚至敢于提出异议的人们从身体上实行"专政"。私人化的身体在这段历史中是不存在的。观点和立场对峙的激进主义派别双方,他们的身体也从来就不属于他们自己,而是始终被那个巨大的"计划系统"所掌控着。然而,吊诡的是,这些身体从来就不属于自己的人们,他们每一个人的身体被"计划"操纵着,不由自主地疯狂地投入"战斗";他们以野蛮凶残的手段去伤害或者消灭别人的身体的同时，自己的身体也被别人以同样的手段去伤害或者消灭。当然，莫怀戚是通过他的"重庆经验"来逼真地画出那时的战争面貌，以及战争中人的动物性残忍行为的。除了《天狼星下》那种血腥残酷的战争情景，以及战争中人性泯灭兽性张扬的历史画面的经验描述，《美人泉华》等小说中对身体的操控与被操控、身体的否定与被否定都有深刻的揭示和细致的刻画。《第四律师事务所》中通过"大律师"的指点对这样的"经验历史"有一段形象化的揭示。其中特别谈到了当时的历史词汇里面用得最频繁的一个概念"自卫"。并且指出："恐怕在自卫这个主导动机的后面，还埋藏着自己都难以察觉的伤害欲吧？"于是叙述者进一步揭示道：

> 这种伤害欲，其实是一种动物性。再深入一点，就会发现这是生存的本能所派生的。动物的残忍，仅仅是因为求生存。对于没有高等智慧的动物来说，是无可指摘的。而人类的残忍，则在动物式的求生本能上加入了高等智慧的指点，所以残忍到了很高的档次。但是不管怎么说，人类应该朝着成为人的这个方向发展；如果始终摆脱不了动物性生存本能的控制，那么，人类就还没有真正成为人类。

以上这段小说叙事之外的关于历史和人类动物性的评点，应该说，在当时的此类小说中是很少见到的。其对特殊历史情景下人的残忍性的深刻剖析是相当准确的。"在动物式的求生本能上加入了高等智慧的指点，所以残忍到了很高的档次。"一语点破了那种操纵历史，并且善于运用"高等智慧"把控庸众的神秘力量的某种心理真相。在那个特定的历史时期，人人都在参与和制造恐惧，然而人人都时刻陷于恐惧当中。这种由某种神秘力量制造的恐惧情形，我们还可以用《银环蛇之谜》中"大律师"的一段话予以揭示："如果一定要理出逻辑来，那么就是羞辱、气恼、狂怒及抑制、受伤、自我暗示、臆想，或者因为恐惧而试图摆脱恐惧，意欲消灭'恐惧源'，大致可以这样说。但是，也很难说。总之，人的精神，人自身很难完全掌握。"岂止是精神，连同身体自身都根本无法掌握。因此，莫怀戚在此类小说中提到"群众"这样的"超文化"概念时，常常报以辛辣的嘲讽和苦涩的讥刺。在《经典关系》当中，莫怀戚让男一号茅草根说出了这样的历史真相："不要认为群众只是受害的角色，群众可能也是有辜的……"

关于当时的激进主义武装冲突在小说叙事中的定性问题，我们俩曾经在磁器口"龙隐门"边上的茶楼里花了半天的时间进行广泛深入的讨论。莫怀戚对当时流行的某种修辞术非常反感。他认为："激进主义派别所有的做法不仅都是对着人的精神境域去的，而且也是肆无忌惮地对着人的身体去的——触及人的身体，侮辱、践踏人的身体，直至彻底取消人的思想主权和身体主权才是他们的反人性本质。激进主义发展到后来直接采取'武器的批判'的方式从肉体上教训人取消人！而且规模是那么的大，持续的时间是那么的长，又是那么的惨烈。它不是战争又是什么呢？"我说：既然你给它定义为"战争"，那么它应该是什么性质的战争呢？他毫不迟疑地说："我看，沿袭中国历史的思路，最恰当的说法应该是'莫名其妙的战争'。"我不解地问：为什么呢？他回答说："你想想看，你能把这段历史排除在中国历史的演进之外吗？这段历史难道不是中国历史的有机组成部分吗？通过'武器的批判'的方式夺取权力，难道不是中国历史一贯的行之有效的做法吗？千千万万的参与者难道不是浑然不知历史为何物的庸众吗？你不认为把它叫作'莫名其妙的战争'更加符合中国历史的逻辑和经验，更加符合历史的真实吗？"莫怀戚进一步指出："其实，这种称谓也似乎有点滑稽，好像在开玩笑。可是，我必须告诉你一个基本的历史事实：当年，许多积极投身这场激进主义战争，在战场上冲锋陷阵、出生入死的年轻人，比如我小说当中的钟未鸣、崔白山，以及雷宇的母亲这些人，他们之所以敢提着脑袋，无所畏惧地浴血奋战，就是在思想上、在骨子里，甚至在历史主义基调上，的确是把这场战争与过去那些有着'英雄主义浪漫情怀'内涵的战争，在理解上是等量齐观的；他们确信其战争性质完全是一样的。否则，就无法理解他们的这种舍生忘死，这种大义凛然。"通过那次讨论，我感觉到，莫怀戚不是一个寻常意义的小说家，他除了具有丰富的历史情感和现实感受力之外，他还具有许多小说家不具备的深深的历史忧思，具有比较清晰的逻辑思维和善于抓住事物本质的能力。

莫怀戚小说中的这种战争是人类历史上罕见的，具有某种神秘诡异性质的战争；莫怀戚称之为"莫名其妙的战争"，表面上似乎有调侃之嫌，但骨子里却无疑是相当严肃而且中肯的。特别是按照"社会进化论"的历史观以及激进主义叙事逻辑来看确实如此：其一，其产生的意识逻辑与过去许多大规模的历史运动产生和运行逻辑是一脉相承的。所以它叫作"历史的继续"。其二，这场战争与过去许多的历史运作一样，其本质是激进主义哲学指导下的"新的历史运动"。具体而言，激进主义暴力并不只是进入战争阶段才"误入歧途"，它从一开始的所谓"文明"阶段就毫无遮掩地露出其暴烈的真实面目。其三，通过激进主义运作又一次将"分子化社会"的人们重新发动、组装成一架庞大的机器，去毫不留情地摧毁"异质成分"，并通过种种暴烈手段"推动历史"朝着既定的方向前行。其四，这种以大规模庸众参与的方式推动历史进步的"文化"逻辑深入人心。因此，大凡投入这种宏大"文化"运作的人们对其正确性和必胜性深信不疑，同时产生一种"全新的美学"意义上的审美期待和道义美感。莫怀戚相当一部分小说里面都生动细致地刻画了此类战争的种种面貌。尤其对这种源自"分子化社会"狂热的暴力互害情景及其审美感动的揭示，其眼光相当独到和犀利。即使在重庆地域文化，特别是在重庆人侠义豪勇、冒死犯难、达观幽默性格禀赋的审美视角之下，他对此类战争血雨腥风覆盖之下的这种"分子化社会"的人性审视，依然是明察秋毫，并且一以贯之地持守严肃的批判立场。

四　历史态度和战争审美趣味是怎样形成的

莫怀戚一生当中唯一亲身经历和深刻感受到的战争就是这场莫名其妙战争。这场战争对莫怀戚人生观、历史观乃至文学观的形成影响重大；同时也深刻地影响到他小说叙事的历史态度和战争审美趣味的形成。在小说《和平时代》的开篇有一段看似不经意的叙事闲笔。认真审视，我们会发现那里面实际上深刻地反映出了他的战争观和历史观审美倾向以及反讽立场：

> 在这个和平的时代里，我们平静地挣钱，生活，外加思考生活的意义。哈哈！如果是战争年代，我至少该是个团长了，如果没有战死的话。团长不会考虑挣钱的问题，上面会发的。这是战争很大一个好处。战争还有一个好处，就是人和人之间不会这么计较。国家说，喂，全体怎样，全体就会怎样。没有那么多的话。因此我总觉得，战争时期还单纯些。和平久了，有些东西就要自己生出来，就像废墟上的野草……我们需要战争。和平太久了，心里要生事的。生来生去，心都腐烂了。人越来越不快乐。和平太久了，人不能快乐。

然而，当年的莫怀戚就如同他小说中的钟未鸣一样，就是带着这样的非常"正面"的审美态度、立场和趣味投入这场"莫名其妙的战争"的神圣战场的。他们坚信：激进主义的"斗争哲学"的最高体现就是积极投身到枪林弹雨中去认识和体验这种"战争美学"的痛快和"绝妙"！正因为如此，莫怀戚小说中的那些"战争英雄"认为，他们全身心投入的这场战争是"自己的战争",是弘毅悲壮的、具有革命正义和理想主义神圣意义的战争;当然,他们后来才知道这场战争其实是"别人的战争"。后来这些战争中的英雄一夜之间统统成了被历史定性的犯罪分子或反面人物。因此后来法定的"战争叙事"拒绝将那段特殊的历史纳入"激情燃烧的年代"进行正面的评价和颂扬。但是,在相当一部分激进历史小说,特别是知青小说当中,不少写作者仍然一厢情愿将其认定为"激情燃烧的年代"。很少有人意识到,这种曾经熊熊燃烧的"激情"是"分子化社会"狂热群体的必然产物。"它以一种宿命论取代了个人的道德责任,用历史目的代替个人的良心,人不需要承担道德义务和责任,无须承担人类法则的义务甚至把这些法则施加于自然的责任,只需要顺应所谓的历史发展的规律和潮流,积极投身其中。"他们盲目自信地按照所谓的"历史必然性"的神秘指令去战斗去搏杀;在暴力美学精神的激励之下,这种战争行为被赋予了浪漫而崇高的神话内涵。老崔告诉我们:"战争是一个故事,是前面的故事;战争之后如何处理战争,是另一个故事,是后面的故事。"① 这是因为,如何处理战争的后遗问题,包括如何找寻战争的真相、追述战争中那些隐秘的"历史细节",将直接或者间接影响到未来社会的走向,特别是未来人性的走向。《天狼星下》就是这样一部关于战争,以及如何寻找到历史真相的小说。让我们重新回到小说叙事的诡秘情节当中去——

　　故事发生在1968年早春的重庆,那个地道的"激情燃烧的年代"。重庆某中学高二学生钟未鸣和他的"战友"们在夜色中攻打被"敌人"盘踞的有色金属研究所,他端着一挺老式的捷克式轻机枪向对面大楼的走廊扫射,没想到"打死了一个无辜的技术人员,让一个做临工的年轻女人和两个孩子失去了亲人"——这是"组织",即那个年代无处不在的那种"专案组"在1969年清查时下的"结论"。但钟未鸣从一开始对此就非常怀疑。因为当时在慌乱中开枪,感觉中对面的一号楼走廊里"一个人也没有",同时在场的"战友"黑皮和靳阶也证明确实没有人。但事发的第二天,"有关方面作过周密的调查",确认打死一人,打伤两人。奇怪的是,现场竟然留下27枚捷克机枪弹壳。而钟未鸣清楚记得自己只打完了一个弹夹,弹匣里只有20发子弹,那多出的7发子弹的弹壳是谁留下的呢?因此,故事一开始就丢下了一个诱人的悬念,沉重地压在钟未鸣和读者的心头,并由此拉开

---

① 老崔:《生活在真实中》,外文出版社2013年版,第61页。

了主人公发誓要追寻"历史真相"的序幕。但是，追寻"真相"就如同追寻"真理"一样，扑朔迷离，险象环生。莫怀戚的诡异和狡黠就在于，他并没有让小说叙事朝着"探案"的方向发展，而是带领读者随着钟未鸣锲而不舍地去追寻历史的"真相"和世俗的"真理"。因此，这篇小说实质上已经成了一个重要的话语事件。它想告诉人们的是：寻找"事实"与制造"事实"相比，前者可能比后者更具有悲剧性；在历史与现实的变幻当中，"事实"往往并不重要，重要的是对"事实"的指认和解释，以及解释权在谁手里。一场曾经被他们认定为"正义的自卫战争"竟然引出了这样诡异的后果，这不仅严重颠覆了钟未鸣和小说作者的历史观，而且还严重颠覆和败坏了他们原有的战争观和战争观审美趣味。

小说写道：1969年夏天，钟未鸣已经下乡"当了半年的农民"。此时，"全国性的清查已经开始了"，正打算积极靠近组织的他，突然被公社叫去接受"组织"的调查。钟未鸣想不通：当初为什么要发枪给我！黑皮开导他说："发枪给你是要人打仗，说你报复是要人垫背！"在这个过程中，他逐渐被"历史"和"真理"搞得晕头晕脑，不得要领。而在苦苦追寻"事实真相"的整个过程中，钟未鸣最大的收获是，他逐渐发现了隐藏于历史和现实乱象中的种种惊人的"真相"——

是的，他渐渐发现了激进主义风潮中人性的诡异性，以及"真相"与"真理"的荒诞性。同时钟未鸣在追寻"真相"的过程中，也完成了世俗社会和他对自己的"启蒙"。当黑皮问到他何以产生"靠近组织"动机时，他坦诚地说，是为了让组织内部多一个正直的人，好把组织内部的窃贼挤出去！而且解释说，这是受了苏联名作家谢甫琴科的启发。但他真正的"人性"动机却是："我们有污点，我们忙得连呼吸都紧张，还得腾出手来擦这些污点。"然而"污点"越擦越黑，他的前途自然受到了影响，而且还严重影响到他的婚恋和整个人生。另外，他所鄙视的靳阶，居然因为"不诚实"而一路顺风、仕途坦荡——这深深地刺激了他。特别刺激他的是，靳阶有足够的能力负责让他转正，却未能帮助他转正。当黑皮提醒靳阶说，"他要的不是转正，而是公正"时，靳阶觉得十分可笑："钟未鸣这个人，这么多年了，还这么小气，那个年代，谁不受点委屈？"寻求"公正"，简直是不谙世道人心，作茧自缚，自找烦恼。

请注意：表面上看，在历史的变幻当中，钟未鸣和靳阶因为地位和身份的不同而产生了"价值观"的冲突，但究其本质而言，他们都不过是当时那个"分子化社会"当中被操控而不由自主的可怜的"分子"罢了！靳阶的人生得意并不是因为他道德如何卑劣，而钟未鸣处境的不妙也不是因为他品行如何高尚。原因在于，这个运动的所有参与者似乎都明了"历史的规律"，但是历史并没有按照所谓的"规律"在运行，运动会导致什么样的后果，他们其实根本无法预测和把控。因此历史的这种"无法预测性"，在莫怀戚的叙事中大量呈现。小说叙事中，没有哪一个人物知道，他们所积极地投身这段历史、这场战争到底意味着是伟绩还是罪孽？到底意味着是幸福还是厄运？不得而知。上上下下，几乎所有的人，对幸福或者厄运何时降临自己头上也不得而知。于是，在这个宏大的历史运动中，每个人既被"激情燃烧"着，同时又随时可能被这种"激情燃烧"所灼伤，甚至被焚化为历史乱象中的灰烬。也正因为如此，莫怀戚才在《母亲的心思》里面以母亲的人生经历吐露出了这样一种悲剧般的人生观和历史观感喟：

> 我觉得，人类的历史是一条长河，人生不过是水面上的浮萍，依水而东西，何苦如此认真。先前也没有什么悲哀的，而今也没有什么值得庆幸的。

这难道不就是无法左右历史却反而时时处处被历史所摆布的小人物对"分子化社会"的朴素体验和痛苦感知，进而陷入人生和历史"虚无"的悲剧写照吗？

第二节　让历史功利意志服从文学的伦理意志

一　"没有一滴雨会认为是自己造成了洪灾"

与绝大多数中国人的人生经验一样，莫怀戚的青年时代就是一直被裹挟在"运动"中；对他们来说，历史似乎就是"运动"，"运动"似乎就是历史——运动，无休止的运动是"分子化社会"得以存在和始终呈现向前发展的动力，同时也是这种社会形态始终充满救世主义激情的审美源泉。这是他在认真反思这段历史悲剧以后获得的觉悟。莫怀戚在小说中揭示了"文革"运动的那种荒诞逻辑，并且指出，正是这样的荒诞逻辑才促使"分子化社会"中的芸芸众生信心百倍地推动这段历史运行。在这种怪异的社会形态笼罩之下，普通百姓对自身命运的把握和预测自然是"天方夜谭"。《陪都就事》中的霍沧粟，以及《六弦的大圣堂》中的杨维智，他们都是历经这段历史"洗礼"的过来人，但是其灵魂和行为的荒诞性，可以从这种运动思维的深入骨髓和主动自觉中找到答案。这就是所谓的"历史的后遗症"。在小说叙事里面我们得知：通常这种"分子化社会"主要以显性的群体性的运动形式大规模地运行，这是人们比较容易辨识的。但实际上，在更多的时候它还可能以隐性的个体性的运动形式呈现。杨维智和霍沧粟出于民族主义义愤和一种"崇高的历史使命感"，对他们的女性"假想敌"分别实施身体暴力。表面上看，这似乎是一种与群体无关的随机性、即兴式个人行为，事实上"分子化社会"正是通过这种深入骨髓的运动意识，特别是这种"个人行为"，显示出无所不在的隐性的群体性暴力意志——难道不是吗？在杨维智和霍沧粟的随机性个人暴力行为的背后，不是有一个隐秘而强大的群体意志在矗立着吗？直白地说，杨维智和霍沧粟在实施即兴式的个人暴力"复仇"时，他们意识里非常清楚：他们"不是一个人在战斗"；他们并不仅仅是代表个人或者家族在"献身"于这种"神圣"的事业，而且更重要的是代表"国家民族"在用身体投入一场神圣的肉体战争。在这种情形之下，任何一个代表群体意志的个人是不需要承担任何道德义务和法律责任的；所有的人类法则在他们眼里都是"无效"的，当然也是荒诞的。因此，以个体面目呈现的运动思维依然以生机勃勃的态势在杨维智和霍沧粟那里发展着，表面上不再具有大规模群体运动思维的迹象。但是，以"个体"的面目出现的这种荒诞性，它把大规模的群体喧嚣的荒诞实质隐藏了起来。这无疑是更加值得我们警惕和反思的。这种个体面目就其实质而言，无非是"分子化社会"的另一种潜隐的表现形式罢了。杨维智和霍沧粟在小说叙事当中的暴力"复仇"在读者那里得到普遍的欣赏和赞同，更进一步证明这种"分子化社会"的现实存在，以及"分子化"群体意志的潜在性和恐怖性。

莫怀戚的历史叙事很少涉及政治层面，即官场的权力争斗。这是他区别于大多数历史叙事的一大特征，也可以说是一种难得的叙事品质。以权力争斗的胜负，或以争斗的胜负来判断"正确"与"错误"，特别是以这种简单化思维来判别忠奸与美丑，他没有这种叙事习惯，也没有这种"历史主义"的叙事爱好和能力。在他的历史记忆和经验当中，他深切地感到："人类天性中的缺陷在下层民众中更突出。"况且，下层民众"天性中的缺陷"更能够深刻反映出社会和历史的"底色"，反映出"运动"或者"斗争"的群众基础。"分子化"群体意志的恐怖性的突出表现是，暴力施虐的个人是没有任何法律意识和道德自责意识的。这种与所谓的"极端之恶"相辅相成、互为表里的"平庸之恶"，往往在"分子化社会"里大行其道，却很少有人为此而自审自责。西谚所谓"没有一滴雨会认为是自己造成了洪灾"的悲剧性揭示，在莫怀戚的历史叙事中得到了残酷的展现和印证。

小说叙事当中，钟未鸣始终认为自己遭遇了"冤屈"，因而执着地去寻求历史外在的"真相"，而根本就没有立足于宗教式的"忏悔"立场，转向自己的内心去寻找"灵魂的历史真相"。这种荒诞的情状一直延续到《第四律师事务所》中的崔白山那里仍然毫无改观。与钟未鸣不同，崔白山在那场"莫名其妙的战争"中确实"误杀"了校工冉师傅。在后来的"新时期"，他因为遭到不明杀手暗算而求助于"大律师"希望查明真相。"大律师"居然如此开导说："在那样的情况下打死了人，自然是无罪的。"同时，又以死者的儿子年轻"没有认识到造成这惨剧的本质原因"为其开脱。于是崔白山得到心理的平衡，罪恶之感随之荡然无存。《子夜鞭影》中，"大律师"在对陷入神秘"奇案"的当事人卫国进行分析时，不经意道出了"分子化社会"癫狂的真相："有时候，恰恰是那些似乎没有实际价值的原因，才能构成异常强大的动力。"但是，在分析的末尾，他却以"这世上每个人都是值得同情的"为理直气壮的理由，轻松愉快地为每一个"分子"指出了一条自我宽解之路。

这样的普遍的社会"宽解"心理，其实早在小说《枫》发表时就已经成了气候。尽管有评论家认为，这是一部从激进主义者本身的视角完成的历史叙事，"它提供了独一无二"的理解这段历史的"内在眼光"。但是小说的男女主角卢丹枫和李红刚，由过去的恋人在这段诡异的历史中彼此成了仇敌。这两个所谓的战争英雄后来在惨烈的攻防战中短兵相接，女主角以过去教科书上革命战争女英雄的"玉碎"之举为榜样毅然跳楼身亡。在这段历史结束之后，李红刚被新的组织机构指认为"拿枪逼卢丹枫跳楼"，因而被绑缚刑场枪决。两相比较，莫怀戚小说中的钟未鸣和崔白山就幸运多了，因为他们毕竟在战场上真枪实弹杀过人！相比之下李红刚的"情节"却明显轻微得多。所以，当时的读者对李红刚这个被历史抛弃的战争英雄居然给予极大的同情。问题的严重性在于：不管这些战争英雄是出于"失误"错杀了"无辜革命群众"，还是"胸有朝阳"英勇无畏地在战场上"击毙"了对立派战斗人员，其罪恶的本质都是一样的！如果是前一种情况，即"错杀"，在被"追究"时还有依稀的愧疚之意和罪孽之感的话，那么，后一种情况对大多数当时的战争英雄来说，就根本谈不上有丁点的愧疚之意和罪孽之感了。因此，李红刚赢得广泛的社会同情就是理所当然的了。与之相比，钟未鸣又有什么"冤屈"可言？

尽管莫怀戚没有对这些被迫穿行在两个历史时期，同时被历史和现实的"真相"弄得魂不守舍、精疲力竭的人物进行理性评判，但其杰出的认知意义却不可忽视——"分子化社会"里，"平庸之恶"与"极端之恶"难解难分，不辨你我；很少有人能认识到："平庸之恶"是"极端之恶"最普遍最日常的表现形式；而所有的人都没有犯罪感，都十分轻松愉快地将罪恶的责任推到"极端之恶"那里，或者反过来推诿到"平庸之恶"那里。

于是，所有的"荒谬就不荒谬了"。在《白沙码头》中叙述者有这样一句说辞："做正确而无用的事情，那就是不正确。但你要生活下去，你就得做。"这就是荒诞之所以变得"不荒诞"的悲剧原因。由此想到英国小说家威廉·戈尔丁的间接反映战争的小说《蝇王》。戈尔丁当年是英国皇家海军的士兵，是代表"正义"的"广义的战争英雄"。奇怪的是，他对"正义的战争"却充满了质疑。认为战争毕竟是人类的灾难和人性的耻辱。如果不从人自身内部被激发的黑暗来予以认识和指控，而将这种认识和指控轻易地推给外部因素，这可能比战争本身来说是更加耻辱和恐怖的事情。在《银环蛇之谜》中，大律师也如此这般地发表了一通"宏论"：

> 如果一定要理出逻辑来，那么就是羞辱、气恼、狂怒及抑制、受伤、自我暗示、臆想，由于恐惧欲摆脱恐惧而消灭"恐惧源"，大致可以这样说。但是，也很难说。总之，人的精神，人自身很难完全掌握。

莫怀戚提示到，有一个重要的问题我们必须面对：究竟是谁的荒诞历史？是别人的荒诞历史，还是包括每一个"分子"个人在内的自己的荒诞历史？如果是自己的，或者是别人和自己共同的荒诞，怎么可以简单地把一切责任都推给别人，或者推给别人的历史，而让自己轻轻松松地走上自我宽解之路呢？因此，钟未鸣的所谓的自我"启蒙"和"深刻"的觉悟也就具有了十足的悖论性质。他似乎揭示出了令人揪心的世俗真相和激进式"真理"的秘密，但实际上他也只揭开了极为浅表的薄薄一层。表面上看，莫怀戚似乎是在反讽和批判什么，但认真寻思，却会发现他并没有刻意反讽和批判什么，而只是不动声色地呈现了什么。

二　让生活自身来言说，让人性自身来回答

莫怀戚历史小说中的基本言说，并没有什么明确的宣喻目的。和绝大多数的"反思"和控诉激进主义的小说截然大异，他并没有将他的文学思考

与普遍的现实功利的指导性意向完全达成一致；也没有使小说的"主题"与呼唤"民主与法制"的时代焦虑完全达成一致，而是有意识地隐去这种非艺术的宣喻目的，让历史的和现实的功利化伦理意志服从文学的伦理意志。直白地说，在面对既定的价值理念的诱导时，他扮了一个怪异的"鬼脸"。他更乐于选择让生活自身来言说、让人性自身来回答——这样的叙事路径。毫无疑问，这种选择世俗生活来探寻特定历史时期"分子化社会"的鲜活复杂意蕴的叙事策略，所获得的接受美学效应，远比那种抱着明确宣喻目的的、被既定的价值理念主导和框范的"生活"和"真理"，更具有审美的诱惑力、感染力和穿透力。而且，这种似乎具有"新历史主义"或者说"新写实主义"双重美学特征的叙事风范和"启蒙"意图，自《天狼星下》开始，一直延续到他后来的"大律师现实录"的基本言说当中。甚至可以说，在他的情爱小说和推理小说当中，这种美学特征日益显得鲜明而又大胆、坦诚而又自信。

仍然以《天狼星下》来说事。这篇小说原先设置的悬念是"历史的真相"在哪里？到后来读者才发现，作者暗中预置的悬念却是：什么是世俗人性的真相？什么是超人性力量规训之下的人性的真相？小说情节中有一段是这样述说的：钟未鸣收到当年的"敌人"——对立派头目邬由景写给他的一封信。内中写道："这么多年了，人人都在变。我的看法是，谁好，谁对社会更重要，就保护谁。总之，对历史问题的处理，一定要对现实有利。"尽管钟未鸣非常讨厌邬由景的种种做派，但是，他不能不对这个从前的对立派头目的这种"卑鄙见解"认真进行思考。他当然不知道，谁对现实有利？谁对社会更重要？本质上是社会根据它自身的超人性意志对社会人群重新进行了"有用"或者"无用"，"有害"或者"无害"的分割使然。而这种分割标准又是根据不同历史时期的"现实需要"而制定的。因此，在钟未鸣一步步接近"历史真相"的当口，我们才恍然大悟，原来，莫怀戚一开始就摆在明处的那个叙事"悬念"其实是一个幌子，他玩的是一个世俗味十足的花招，真正的悬念却被置放在叙事隐秘的"暗处"。这就是贯穿在"乱世"和"治世"循环往复中的那种历史观。这才是远比"体制"之类埋藏得更深更复杂更具有生命活力的"世道"与"人心"的真相。具有反讽意味的是：这"真相"又未必是具有本质意义或者"终极"意义的"真相"。"钟未鸣"——最终还是未明！这才是小说"历史写实"的结穴之处。显然，传统的"真实观"和"价值观"被这种"新历史主义"的美学观念所质疑；"历史的真实"和"文学的真实"在变幻无常的世俗生活的

"原生态"面前，显得极为幼稚和可笑。钟未鸣千辛万苦，以为已经寻找到了历史和人心的真相，后来却终于发现，人们对"真相"的寻觅远非如此简单。但是，莫怀戚小说中的这种"客观冷静"的"历史"呈现，却无疑为米歇尔·福柯的规训理论提供了又一生动而有力的依据。

小说中，钟未鸣面对的那种势力不是具有契约性质的法理力量，这种力量不仅掌握着"真相"，而且根据现实的需要还可以生产"真相"；更加重要的是，它还可以随时将每一个个体进行身份的分割和定位。在这种社会关系中人们通常看到的那种主体力量，实际上并不是真正的主体——"专案组"是主体吗？"公社"是主体吗？"混得不错"的靳阶和"活得比较安全"的邬由景是主体吗？在福柯看来，他们都是，也都不是——但这种全能式的力量却无所不在。整个社会通过成功的规训俨然成了一张神奇的大网。人人只能在主体规定的时空之内以规范性的动作进行自我的规训。看看这些置身于"天狼星"之下的人们，谁又能逃脱疏而不漏的这张由"历史"编织的恢恢大网呢？小说中那个叫何光池的"神秘人物"开导钟未鸣的一番话，就生动地印证了这一切：

> 人，就是这点不好：搞武斗时深怕别人小看你，说你怕死不亡命，自己还吹。一清查起来又吓得屁滚尿流，赖账，个个都说自己是怕死鬼……于是"革命队伍"立刻发生分化。有的互相揭发，有的互相包庇，有的有事也跑脱了，有的没事也出来当了替死鬼……

这就充分说明：任何一种超人性的力量其实都根本无法与世俗人性较量，因为趋利避害是人性的本能；在全能主义操纵之下的"历史"，其局势往往变幻无常，因而导致"群众队伍"立刻发生分化是理所当然的。应该说，这也是历史"无法预测性"的本来面目。同样，《第四律师事务所》里面那个被"阴谋"和"暗杀"搞得狼狈不堪的崔白山也渐渐明白过来，并对昔日共生死的"革命战友"姜秋有了全新的认识："他插手每一个细节，固然为了帮助朋友弄清真相，同时也是为了掌握材料，或者说证据。事业上的敌人把他弄不垮的——至少短期内如此。但两肋插刀的朋友却可以轻而易举地收拾了他……"世道人心，原来如此啊！

其实，说某一特殊年代把人心和人性搞坏了，似乎是历史事实，但是这种说法不仅流于肤浅可笑，而且既不符合事实，也不符合历史和人性的逻辑——因为它将因果倒置了。莫怀戚认为，首先是已经被搞坏了的人心和人性，然后才搞出了这段荒诞的历史；而它又进一步把人心和人性搞得更坏。不过，它之前人心和人性之坏与它大行其道时的人心和人性之坏相比，通常是不大容易看出来的；或许这种"坏"是以"并不坏"的面目出现的。如果说荒诞时期的人心和人性之坏与之前的"并不坏"没有一点逻辑联系，很明显，这种说法是完全背离马克思主义的逻辑理路的——这是我与莫怀戚在龙溪镇的一间茶楼上讨论出的结果。具体到小说当中，莫怀戚的"阴毒"和老辣在于，他并不简单地将人性中的"平庸之恶"与"极端之恶"截然划开界限，也更不是简单化地将这两种"恶"阈限于所谓的"荒诞历史时期"；他断然拒绝将这一荒诞时期从历史的演变逻辑关系中剥离出来。在他的叙事逻辑中，"平庸之恶"往往潜隐在日常的普遍的人性历史当中。在《银环蛇之谜》中，动物学教授卢光宗在破解"蛇毒谋杀案"时有一段关于人性的独到见解："人们爱说'毒蛇猛兽'。其实毒蛇一点也不可怕。蛇只要感到有人，自己便要逃走；倒是人，常常将毒蛇用作种种不可告人的目的。"因此，将人性与蛇性加以比较，他认为：人性往往不如蛇性。天下的蛇，哪一条怀有不可告人的目的？《南下奏鸣曲》里有一个细节也披露了人们见惯不惊的人性隐秘的真相：

　　真正让桑父感慨最深的就是下级的探望，所有的下级都来过医院，那些同他相处甚好的，仰仗他日后提携的，都流露出真诚的担心与忧虑，就是曾有误解与隔膜，甚或另一个"党派"的，也带来人之将死前嫌尽释的宽容谅解。但是，无论是谁，有一种东西都是共有的——怜悯。谁也没说"您真可怜"，说的都是"没有问题"，但大家想的都是"您恐怕要完蛋了"。那种怜悯在眉宇间在眼神里。

　　问题是，人往往深陷于这种日常的普遍的人性迷乱当中，没有谁会认为这是"平庸之恶"，更不会将其与"极端之恶"联系起来反省或者自责。即使是在写人性比较朴实洁净的《诗礼人家》当中，小说人物也自然而然暴露出这种可怕的人性逻辑。昌家的老大昌怡有一定的人生历练，他的人生哲学是："人只对一种人绝对负责，就是决定自己命运的人。这种统一的秉性来源于统一的本能，就是求生存。"看看，还是动物性、平庸性战胜了朴实洁净的人性吧！不仅如此，昌怡还笑起来阐释道："在我看来人没有什么好指责的，什么都能理解，能原谅。"《隐身代理》中，通常被人们抱以同情的"弱势人群"也不可避免地陷于"平庸之恶"而自以为理所当然。面对此情此景"大律师"不禁哀叹:"简直让人心灰意冷,不知该对人这种东西说什么好。尤其不知该对所谓'弱势人群'说什么好——谢代斌这一跑,的确让人怀疑和动摇。同情、悲悯和道义、公理,一切的崇高都被一个弱者亵渎了。说政府不讲法治,也不尽公平吧?说民众呼唤法治?没钱的时候希望法治,拿到钱了立刻担心法治……当钱的问题用不管什么方式解决了以后,友情又回到心间。活在社会中的人,谁能真正拒绝共谋?要人在大堆金钱面前保持正常,决非易事。"阿门!

三　个体立场私人经验和小说的"野史精神"

我们看到,这一时期莫怀戚绝大多数的小说,都或多或少地将审视的目光从某种狭隘局促的历史视野,扩展到更为广阔的人性历史和更为幽秘的人心世界当中,呈现某种程度上的"新历史主义"倾向。即使是他的一部分具有"现实主义"和"新写实主义"风格的小说,也或多或少体现出他的这种"新历史主义"叙事倾向。以《天狼星下》为例,钟未鸣对"历史真相"的执着追寻和叩问,是居于地道的民间立场和个人化行为;其对来自组织,即小说叙事中的"专案组"给出的"历史结论"表现出极大的怀疑和抵触。因为"组织"认定的"历史事实"具有某种"正史"性的含义,而对"正史"性结论持怀疑态度的钟未鸣,无疑就成了一个具有"野史精神"的怀疑论者。这样一来,所谓的"组织"以及组织认定的"正史"性的"历史真相",必然在钟未鸣的质疑和困惑中轰然倒塌。

在莫怀戚的小说中,这种来自个体立场、私人经验和"野史精神"的日常化、生活化叙事,还有一个显著的特点:就是叙事者所持守的"价值中立"的立场。如此一来,通过规训而建构的那种所谓的阶级关系、阶级身份、阶级情感以及阶级斗争等等虚拟的历史和现实,都在小说的视界和理念当中被质疑,甚至被消解了;而普遍的世俗的人性和人心的真相,特别是对人性世界种种复杂隐秘角落的探询,成了莫怀戚相当长的一个时期中小说叙事的审美兴趣和教化目的。在《六弦的大圣堂》和《经典关系》、《白沙码头》以及"大律师系列"中,这种"野史精神"生机勃勃地焕发出人性的幽光和独立的质疑锋芒。比如,作者借小说中日本女人的口,直捣荒诞历史中"阶级身份"的虚拟性和谎言性:"人民总是善良的。只要能够彼此熟悉,人人就能够友好相处。无论怎么说,都是人类啊!"他还借茅草根的口揭示出"善良的人民"的另一面"历史真相":"有钱的想要别人的老婆,没钱的想要别人的钱财。这是从古到今就有的事……所以,好人坏人不能以穷富而论，自己得当心点。"《经典关系》里面，他借小说叙述者之口对人性探秘用"搜寻"二字作了独到的阐释：

> 这种搜寻，也让他对"行业"一词有了了解。行有行纪，帮有帮规；每个行业都是一个内部有争斗，对外又团结的利益集团，从而又有了认识上的升华，即社会是由若干个利益集团构成的。

关于小说的"野史精神"，我和他曾经有好几次对话。记忆最深刻的一次是在青木关老街的一个豆花馆。莫怀戚认为，真正的小说应该而且必须介入到历史中去，自觉地成为历史的发现者和创造者，而不是满足于像过去那样，盲目地去做别人创造历史的工具和附庸。小说的历史化过程，必须体现为自主自觉干预和创造历史的过程；小说的尊严和自信就是敢于和善于将被传统的历史观所忽略、蔑视和遮蔽的世俗人事和人性归位到历史的重心里面来；小说家必须有勇气有才气将这些小人物小事件刻画和提升为"大人物和大事件"；将被忽略、蔑视和遮蔽的历史书写成文学不仅是小说家必须肩负的神圣职责，而且也是一种很高的历史境界。因为具有独立的民间"野史品格"的小说，才能活画出历史的肉身情态，并且能够让我们嗅到历史的活的气息。因此，在他的历史叙事以及"后历史叙事"小说中，特定时期重庆历史的肉身状态和活的气息才是那么的伸手可触，才是那么的惊心动魄、扑面而来。

当然，"野史精神"观照中的人性，在莫怀戚的小说中也并不都是幽暗和阴险的。即使是在"分子化社会"中，一个人政治身份和经济地位的强势，也并不可能完全遮蔽人性中那些美善的部分。甚至当"平庸之恶"盛行的时期，也有超越"现实功利"和"阶级友爱"的质朴人性闪现出动人的光彩。《第四律师事务所》写崔白山与姜秋在荒诞战争中结下的深厚情谊，就不是源于什么"阶级友情"之类，而是源于一种古老的民间义气的浸润。战火纷飞，两人被另一派追赶到汹涌的江流中，"姜秋挨了一枪打在腰上，石头似的往下沉，崔白山赶过来抓住了他，看一眼水面上升起的血团荡起一朵玫瑰。崔白山很快就支持不住了，姜秋叫放了我吧，死一个总比死两个好，但崔白山就是不放。姜秋越想挣脱，崔白山越是捏紧。"后来他们侥幸逃生。20年后，姜秋尽管"被生活的现实"所改变，但他仍然感慨不已地说："你救过我的命。重要的不在那条命，而在于你宁可同归于尽也不丢弃朋友。"这种古老的民间侠义精神，在莫怀戚的"野史"叙事里面随处可见。尤其是在《白沙码头》中，民间的道义准则和处事风范更是以无比顽强的势头展示出其生命活力——"这里的人认为，偷窃并不坏，抢劫也不坏，杀人放火都不一定坏。但说了话不承认，坏；告密出卖，坏；同朋友的老婆好上了，尤其坏"——这样的民间伦理，在人性的历史中往往经久不息，感人至深。

值得注意的是，小说叙事中所强调的这种"野史精神"，本质上是真正的小说精神。表面上钟未鸣是力图想弄清"历史真相"，但在深层意义上，钟未鸣却是执着地在寻找自己。就像昆德拉所指示的那样，"所有时代的所有小说都是在关注自我这个谜"；尤其是，对一个小说家来说，"你只要创造一个想象的存在，一个人物，你就自然面临这个问题：我是什么？通过什么我才能被捉住。小说就是建立在这个基本问题之上。"① 可以说，莫怀戚的绝大多数小说都是围绕"我是什么？通过什么我才能被捉住？"这一永恒的历史主题而展开叙事的。一切都像昆德拉揭示的那样，本来，人试图"通过自己的行动，走出那个人人相似的日常的、重复的世界，并且通过行动把自己与他人区别开来"，区别的目的是为了"揭开自己的面貌"。② 然而，钟未鸣就像莫怀戚许多小说中的"行动者"一样，他们最终发现，自己揭开的那个"自己的面貌"竟然是那么的陌生和可疑、那么的悲凉和荒唐。

《天狼星下》的那种具有颠覆旧历史观审美观意义的探索，其实在更早的《都有一块绿茵》中就得到了较为细致深入的审视和揭示。《都有一块绿茵》叙述的不是一个发生在"当下"的故事，严格地讲，这是一个"历史故事"；其对"新时期"这一特殊年代世俗生活"原生态"的"纪实"描摹，却明显有着十分浓重的"新历史主义"意味。小说讲述的是一个发生在"新时期"初期城市普通"知识分子家庭"的情感纠葛和家庭危机故事。但是它的视角和立场无疑都是"新历史主义"的。如果说莫怀戚在尚未完成由一个剧作家向小说家转型的那个时期，还曾一度沉迷于较为宏大的历史叙事的话，那么，在他初始转型为小说家的80年代初期，实际上，就已经很快将小说叙事的视角投向民间"被湮没的历史人群"和"沉默的大多数"。于是，普通的平民百姓和凡俗的各色人等的人生遭际、人性变幻、人格迷失以及种种的悲欢离合、吃喝拉撒，无不被他纳入小说叙事的时空，予

① 米兰·昆德拉：《小说的艺术》，第20页。
② 同上书，第20页。

以同情、抚慰、调侃、反讽甚至解剖和鞭挞。同时给予他们应有的历史地位和价值评估，并且顽强地表达自己所持守的那种民间的和个体的历史观价值意义。

《都有一块绿茵》刊发于《红岩》杂志 1985 年第 5 期。这不仅是一个与激进年代有关的历史叙事，而且还是一个始终笼罩在激进话语阴影之下的、受到了那段历史深刻影响的"现实主义"叙事。历史与现实在叙事当中交织融汇，纠缠不清。当然，这又是一个多少有些诡异色彩的"寻常故事"。如果有人误以为它仅仅是着眼于对"激进年代"的反思，或是对"伤痕"的揭示，那就是看走了眼。一如作者惯有的叙述策略和"写实"意图——他要反思的不仅仅是"那段特殊的历史"，而更重要的是要揭示"历史与凡夫俗子命运"的那种诡秘联系。具体而言，是要揭示所谓的"时代风尚"对普通人的世俗生活的严重侵犯，以及对普通人身体主权的剥夺，甚至对普通人婚恋及家庭关系建构的粗暴掌控与随意切换的历史事实；小说叙事的着眼点不仅仅是去透视现实社会或者历史境域中普通人的"人性的弱点"，而是深刻地揭示出某种超人性的力量在建构普通人的历史和日常生活秩序，特别是在干预普通人的"情感婚恋秩序"时的野蛮性、粗暴性和荒诞性。

这部小说一发表就引起社会读者普遍的关注和喜爱。戏剧性的是，它被当时的一些评论家归入"伤痕文学"或者"反思文学"中大加阐释。普遍的理解是：作者的叙事目的是应和着当时社会的主流价值观的召唤，用带有悲剧和荒诞意蕴的"底层叙事"策略，揭露和控诉"反动的血统论和出身论"给芸芸众生设置的生活和命运困局。甚至断言，作者是在"按照生活的本来面目描写生活"；是在对"封建专制主义"和"极左路线"进行深刻批判的同时，使小说叙事"回归"到了文学现实主义的道路，因而是"遵循现实主义美学原则"所获得的一个积极的艺术成果。这种断言在今天看来实际上相当可疑。毋庸讳言，莫怀戚早期的一些小说乃至话剧作品，可以毫不费力地从中找到不少"现实主义"和"浪漫主义"的痕迹，但仔细辨识，我们还是会发现：莫怀戚在揭示和"反思"历史创痕、反映新旧历史转变时期的社会矛盾、情感纠葛和家庭变异时，在描述和记录前后两个时期"底层生活"的伦理关系、价值理念和道德秩序所发生的明显而又隐蔽的变化时，既没有循照"现实主义"所要求的选择重大题材来宣示"主流价值"，以及通过"创造典型形象"来反映与"主流价值"合拍的"历史的真实"，也没有试图以此鼓舞人们"积极地去认识"和投入创造"新的美好生活"的"伟大的社会实践"这样的主流文化律令。譬如，像刘心武们那样，借用文学手段去揭示"封建专制主义"给普通百姓带来的精神上的"内伤"，从而对某段历史的"正确性和必要性"予以质疑、批判和否定。由此看来，《天狼星下》就明显不是一部质疑、批判和否定某段历史的小说，《都有一块绿茵》也同样不是。

那么，作者所遵循的"美学原则"又是什么呢？仔细寻究，我的结论是：他所采用的其实就是同时具有"新历史主义"与"新写实主义"混交的"美学原则"！这种混交的"美学原则"其最主要的特点是：其一，小说惯常以"中性状态"而呈现人物和事件；其二，作者在叙述时不再采用简单的道德主义视角，对小说中的人物和事件几乎不作一般意义上的情感宣泄和道德批判；其三，作者也没有无意识地依循超文学意志的暗示对不同的社会阶层、不同的职业人群进行政治和道德归类。总体而言，作品力图以小说的本色对应生活的本色；以小说的伦理评说历史和现实社会的伦理；以小说叙述的个体话语取代旧历史主义的集体话语。

第六章　莫怀戚小说历史叙事的重庆品格

第一节　真正的小说家其实也是"历史学家"

一　小说中世俗生存状态和历史文化心理

莫怀戚小说的个性化主体化历史追求和书写，不仅表现在对世俗社会和凡俗人物心理的"新历史主义"刻画方面，它还更着眼于对世俗民间的"本真"历史面目的挖掘与呈现。因此它势必在观念形态以及审美趣味上呈现出一定程度的"零度情感"。像"伤痕文学"和"反思文学"受到非文学意志影响，刻意依循的那种"创造典型形象"、"选择重大题材"乃至"反映重大的社会主题"、"体现主流价值观"等写作法则，都是莫怀戚成熟期小说竭力规避乃至弃置不顾的"老旧原则"——小说叙事当中的私人经验和"主观意志"此刻开始在他的小说中大行其道。当然，这也是那一时期小说界兴起的一种历史叙事新规和一种新异的美学原则。在他那时开始的小说叙事当中，世俗百姓的生存状态和历史文化心理的种种微妙变化，基本上是以莫怀戚个人化主体化的历史经验视角，于不露痕迹中自然而然地显示出来；"集体经验"和"集体记忆"尽管在叙事中留有明显的痕迹，但往往被"个体经验"和"个体记忆"所嘲笑或者予以同情。不过需要指出的是，在他的小说世界中无论是"集体经验"还是"个体经验"，其历史叙事中的重庆性格却是非常鲜明的。因此，读莫怀戚的小说，我们对特定时期重庆历史的触摸与了解，可能远远超过某些历史学家的那种皮相粗劣的涂抹和描画。

为什么会产生这样的阅读效果？从小说叙事学着眼进行探究我们会发现，在莫怀戚的叙事中，特别是在"大律师"的叙事系统当中呈现出这样的文化特征："在很多情况下，叙述者信心十足。他是在叙述世界中组织反叛的领袖，对旧有的文化体系和审美秩序进行挑战；他成功地颠覆了旧有的叙述秩序，让新的价值占领了叙述世界。这种价值虽然不被过去的文化体系所承认，却可以使叙述世界成为独立王国。此时，作者可能因为险象环生而胆战心惊；小说人物也可能在新旧冲突当中备受折磨。叙述者却以新的叙述秩序支持新的价值，以他的信念稳定反叛队伍的军心，成为旧文化体系的挑战者。"① 赵毅衡先生的这段描述仿佛就是针对莫怀戚而生发的。读莫怀戚的许多小说，我们的确会深刻地感觉到当中的叙述者完全成为了"叙述世界组织反叛的领袖"，并且"成功地颠覆了旧有的叙述秩序和审美秩序"，让这个独特的"叙述世界成为独立王国"。尤其是在"大律师系列"当中，叙述者所揭示人性的种种历史真相，所托举的那些新的价值理念，的确对"旧有的文化体系"形成了一种叙事意义上的挑战力量。

不仅如此。在莫怀戚看来，这种挑战还具体表现在通过全新的叙事逻辑与"旧有的文化体系"和旧有的叙事逻辑争夺历史的掌控权方面。因为真正的小说家其实也是"历史学家"；具有历史担当和"历史感"的小说，不仅是观心之作，而且也是观情之作；小说是人类"柔软的心史"，不仅是对普遍的人性历史重新进行打捞，而且也是对特异的个性历史进行重新建构；还对特定时期重庆历史文化的个性化、人性化情景进行重新描述、阐释和评估。这是莫怀戚自觉遵循新时期的兴起这样一种"主观律令"而作出的选择。具体到他早期的不少小说，几乎都体现出了这种既具有时代个性，同时又具有地域文化个性的叙事特征。不妨先介绍他早期的重要作品《都有一块绿茵》——这篇小说虽然将人物和事件置于特定时期的"历史"和"后历史"这样的"新旧转换"的宏大背景下，也作出了某种历史反思的姿态，然而，作者并不打算怀抱当时流行的所谓"正确的"道德主义情愫，也不打算居于稳妥的"现实主义美学原则"立场来揭示或警示什么。小说的整个叙事态度比较"中性"，甚至有种"零度"的色彩。此"历史"也罢，彼"历史"也罢，莫怀戚提示：历史季候的转换给底层百姓带来的往往是生存和命运的变化无常、循环往复，无所谓质疑或者批判——就看你的"运气"如何！"阶级论"盛行时期，出于生存的考虑，谢青鸥选择了汪国华。所谓"旧时王谢堂前燕，飞入寻常百姓家"，这"恰好是她嫁给汪国华的写照"，就如同汪国华后来顿悟到的那样：当年"青鸥母亲嫁给她父亲，

---

① 赵毅衡：《苦恼的叙述者》，第4页。

是因为那男人富；她嫁给我，是因为这男人穷"。小说以"中性立场"启示读者：母女两代人在不同历史时期的选择，主要是出于世俗人性趋利避害的考虑，百姓诸如此类的选择与不同历史时期的社会风尚当然有关，但究其实，似乎又没有太大的关系。在他看来，这种世俗的婚恋选择与阶级属性与否以及个人的历史选择之类似乎不太巴边。

小说叙事中，世道人心的无常变化让谢青鸥"明白了这样的道理：人一辈子，有时值价，有时不值价，如果刚巧在你最不值价的时候得结婚，人生便就此定了级，给拨拉进了次品堆。"其实，这是权力社会当中普遍存在的一种"身份的焦虑"。所谓"值价"与"不值价"的变幻无常，实际上就是芸芸众生不断陷于"身份的焦虑"的历史困惑的那种悲剧感喟。用汪国华当了一辈子工人的父亲汪老头的人生经验哲学注解："哪个工人又不想当老板呢？不过是有的当上了，有的没当上。"工人也好，资本家也好，在世俗的人生观、价值观上又有什么"本质"的区别呢？世俗人性的结论是：完全取决于"运气"！什么叫"历史"？历史就是运气——"运气"让你撞上了，你就扬眉吐气，"干净而又清爽"；"运气"让你没撞上，你就活该倒霉，一身晦气。对谢青鸥来说，过去"由于那顶资本家的帽子，她多年来对父母很冷淡，心里还怨恨他们"。可如今，历史季候突变，资本家摘帽后，改叫"企业家"或者"实业家"，居然成了香饽饽，谢青鸥和汪国华的世俗心理自然产生了微妙的变化。过去汪国华喝酒厉害，是工人阶级本色的具体表现，是具有身体文化学意义的豪放、耿直和大气。但新的历史时期对谢青鸥所属的阶级进行了全新的解释之后，双方的身份地位，尤其是"运气"似乎打了个颠倒，随之而来的是双方的心理也发生了奇异的变化。当汪国华仍然将能喝酒视作可资炫耀的能耐时——

青鸥说："喝酒厉害算什么厉害？下等人！"她不知从啥时起，用起这个旧词来。汪国华扫了妻子一眼，心想："下等人？不是国家想通了，你老子还是夹尾巴狗，你一家都是下等人！"但他没开口。

作者就此写道："青鸥和汪国华就像小孩儿玩跷跷板一样，这头下去了那头又翘了起来。"这样的"反思"和顿悟的确揭示出了世俗生活的"本来"面目，特别是世俗百姓命运的"真相"，当然这也是所谓的历史"真相"和"本质"。显然莫怀戚与同一时期大量的"伤痕文学"和"反思文学"在认识价值和审美价值的寻求上拉开了相当大的距离——"时易矣！

汪国华一切称得上优势的东西，都在不知不觉中失去。"造化实在是捉弄人啊！"季候"变了，谢青鸥也"成熟了"。这种"成熟"指的不是政治觉悟的提高，或者与"世俗趣味"的无原则靠拢，而是她终于明白了人生的道理："如果刚巧在你不值价的时候结婚，人生便就此定了级，给拨拉进了次品堆。最让人难受的是，这些体会你没法对别人说"；"这既然是命运，这命还就得认。这不是冤假错案，没法平反的"；"这社会就像孙悟空翻跟斗似的，能和它较劲吗?!"只是因为在他们看来，"世俗的真理"早就隐藏在千百年来世俗的生活中。莫怀戚说：难道不是吗？

作者还借教工足球队中锋晓刚的至理名言强调了这种来自世俗的智慧和"顿悟"的普遍性认知意义："世人哪有什么爱情。爱情就是比条件，爱情就是买卖。"最要命的是，世俗中人必须明白："条件是在变化，社会怎么变，它就怎么变。这就只有看个人的运气了。人真的没法同社会斗。"当然，人也没法同"历史"斗——"历史是人民群众创造的"，但是颇有意思的是：这句具有重要历史文化分量的名言恰恰是一个伟人"创造"出来的。如果以为这种具有宿命论性质的民间哀叹，仅仅是身为教工的汪国华和球队队员信奉的世俗哲理，那就错了。作者告诉我们，其实"有文化"的知识分子也一样认同这样的反思结论。因为，在莫怀戚笔下，每一个人其实都是历史流逝中的身不由己的"浮萍"，是现实社会中无可奈何的俗人。比如，小说中那个以"大学教师"身份频频现身的汪国华的"老同学"就十分赞同这类世俗哲理的"正确性"和普适性。他认为，爱情必须依循随行就市的原则，不管在什么样的历史季候之下，"等价交换"——"两不亏"就是"真理"。不同的历史季候决定了"爱的可能"和交换的灵活性，因此，"爱只能建立在可能的基础上。一个理智的人只能向有可能接受自己的人表达自己的爱。"什么是"可能"，说穿了就是寻求"爱"的双方，是否懂得随行就市的原则，是否懂得活在当下，该如何去把握"两不亏"的世俗技巧。如此而已！

几乎所有的"伤痕文学"和"反思文学"都热衷于控诉和批判，着眼于在"客观审美律令"的引导下，鼓舞人们"去积极向往和创造新的生活"，甚至执着于坚持文学应当"喊出人民的心声"之类的宏大意图。当然，我们在莫怀戚的小说中的确能够看到这种具有时代风尚性质的悲情和义愤，也能够看到这种正确昂扬的姿态和面容。但是他所追寻的价值意义并不仅仅止步于此。特别是，在他的小说叙事当中几乎不用"人民群众"这样的具有特定历史文化含义的"大词"——他以敏锐和老到的目光，捕捉到了社会和历史变动不居、诡异费解表象之下世俗生活和世俗人性的某种"真相"和有限的世俗的"真理"。应该说这是在更为"本真"和坦诚的意义上"喊出来人民群众的心声"——我认为这才是莫怀戚最真实而且是最具有"思想性"和艺术性双重价值的美学贡献。

二 历史叙事细节的重庆性格和重庆面貌

如前所述。由于重庆地域文化历史和风土民性的特殊,因此,莫怀戚小说中历史叙事的重庆性格和重庆面貌显得格外醒目。当然,莫怀戚历史叙事的"重庆经验"当中除了具有比较突出的"个人经验"品质外,特定历史时期的"公共经验"部分也具有重要的认知意义。如果说,我们在《天狼星下》已经领略过了莫怀戚激进主义历史叙事的重庆性格和重庆面貌的话,事实上,更为醇酽的重庆味道和最为张扬的重庆性格,却是充分展现在90年代前后他所创作的一大批以推理和侦探面目出现的小说当中。《美人泉华》、《第四律师事务所》、《无主导驱动》、《被误伤的渡者》等,就是其中具有代表性的重要篇什。这些小说所讲述的故事虽然都展开在特殊语境中的"后历史"时期,即改革开放初期的"当代生活"当中,但是,所以这些故事在"发生学"意义上都明确指向这种"后历史"的前生。因此,"前生"作为一种具有生命体征的历史文化"活体",在作者的讲述中并没有完全休眠或者死去,而是以各种各样的诡秘神异的方式潜行在当下社会的日常生活当中,活跃在一些普通人的肉体和精神世界当中。

《美人泉华》在书写策略和艺术手法上并无标新立异之处,但明显具有重庆民间社会传统说书人的讲述风范,以及浓郁的江湖传奇色彩。小说讲述的这个故事的基本线索是:"大律师"受重庆富豪管新潮所托,去刺探其美丽的未婚妻泉华嫁给他的真实用心何在?当"大律师"初次约见泉华,为其惊人的美貌所暗暗赞叹不已时,"后历史"的前生这一历史文化活体依附于"山城一枝花"的传奇故事,开始在经验和记忆中复活。而这个"当下"的重庆美人就是"那个"时期貌倾全城的"山城一枝花"的女儿——显然,"山城一枝花"隐喻重庆的"历史",而她的女儿却隐喻重庆的"后历史",即这个"当下"!

在莫怀戚的笔下,历史,或者说重庆过去的历史与当下的历史,就是以这种奇异的亲缘传接方式,以肉身和性感的方式与"现实"紧密纠缠在一起。小说家经验和记忆中的那段历史与历史学家、社会学家笔下的那段历史有着完全不同的质感和面貌;之所以迥然相异,就在于小说家能够描画出世俗社会的肉身，也就是"历史的肉身"。小说家固然要用心灵去感触和揭示历史的精神情状，去发现和揭示那些只凭借肉眼所不能抵达的"历史的真实"。然而，若离开了"历史的肉身"，所谓"真实"的历史情状是根本就不可能描画出来的。且看小说中这样一幅特定历史时期的重庆世俗生活画面：

> 当时还是小伙子的大律师，也站在荷枪实弹的卡车里，冒着生命危险，从远郊驶往市中心，意欲一睹芳容。那时的"山城一枝花"，也就是几百万人的大都市重庆的第一美人了吧，只是一家餐厅——皇后餐厅——开票的。那时的规矩是先买票，然后凭票自己去端饭菜。现在的年轻人很难想象那情景。一枝花高坐门口，仿佛存心让人参观，不惊不诧。几十个武装到牙齿的"兵团战士"拥进餐厅，顾客立马离去。二支队的天正，那个沉默寡言的亡命之徒，却突然走上前去，严肃地对"山城一枝花"说："牙齿，我看看你的牙齿！"说着自己示范似的呲开嘴唇。她抬手就给了他一耳光，全体大惊。大律师想可能要出事，准备拦腰抱住天正。天正那种人，就是兵团头儿也不敢重言相加的。但是天正笑一笑，摸摸脸颊，心满意足地走开了。

这段描述生动展现的不仅仅是世俗生活中"历史的肉身"的具体情况，重要的是，其所展现的激进主义战争历史的这些细节是非常具有认知意义和审美意义的。而在通行的历史叙事中，这些生动的细节往往被遗忘或者被删除。特定历史中世俗生活和底层人群的这种人性化日常化的奇异情趣，对小说叙事来说简直是太珍贵太重要了。这无疑是得益于重庆"地方经验主义"和小说家个人记忆的积累。是真切可信的具有深长历史韵味的"文化细节"。小说中，在"战斗"不断升级呈现白热化的战争情势下，激进派的战争勇士们，为了一睹"重庆的第一美人"的芳容，竟然冒着生命危险，"荷枪实弹"驾车而去。这样的传奇故事最能体现出那段特殊历史的重庆性格，而这样一种地域文化性格若从先秦寻溯，无疑接续着巴人冒死犯难的古老传统；若从晚近考察，无疑是对旧时袍哥文化的一种传承和光大。诡异战争、荒诞历史中凸显出的这种"罗曼蒂克"韵味，除了重庆恐怕很难找出这样的精彩而又怪诞的地域文化性格来。通过这段传奇性描述，"山城一枝花"和"战争英雄"天正的重庆性格及"审美趣味"凸显无遗而且精彩无比。我们甚至可以从这两个性格鲜明的年轻男女，就重庆的激进主义历史"性格"与民国时期重庆码头的袍哥文化性格和交际花文化性格联系起来，直至抵达重庆历史悠远的文化性格纵深——这就是重庆的历史性格和重庆的历史经验"不同凡响"之处。

不仅如此。诡异莫名的是，那段特殊历史的重庆性格还体现在这部小说叙事的后续部分：挨了美人"赐予"的耳光之后，满意而归的天正在回去的路上，突遭对立派的偷袭，死于非命。小说中的这个战争英雄天正，他的性格是典型的重庆袍哥和"天棒"的性格。内中既有重庆地域文化古朴的历史积淀，又有特定历史时期暴力美学的文化特征。小说写道，"大律师那时已读过荷马史诗，他无端地发现，天正成了引起战争的美人海伦的牺牲品"。由此想到米兰·昆德拉在《小说的艺术》中对战争诱因的一段论述。他说："在荷马和托尔斯泰那里，战争具有的意义完全清晰：人们是为了美丽的海伦或为了俄罗斯而战。可是，到了帅克和他的战友走向前线时，却不知道为了什么；更加令人吃惊的是他们对此毫不关心。"[1] 天正和他的战友们与帅克十分相似：他们并不是为了海伦而战；他们以无知无畏的气概走向前线时，自以为明白了为什么而战，其实这些"分子们"根本就不知道是为了什么。不过就天正而言，挨了美人一耳光，也算是死而无憾了。这就是袍哥性格在特定历史时期暴力文化语境中的荒诞呈现。以上这段精彩而典型的"新历史主义"情景书写——我们很难在其他讲述此类战争的小说中找到这样的世俗细节，因此，我们一下就被这种真实可感的历史的肉身所打动，并且为之感叹不已。须知，这并不是作者为了玩弄叙事技巧在装神弄鬼。事实上，这是一部关于肉身在"历史"和"当下"的传奇和演义，是关于历史肉身和"历史欲望化"的奇异展示和心理剖析。

小说故事延展中，那段特殊的历史虽然退隐到叙事的暗处，但它的影子却无处不在。小说在女主角泉华登台亮相时写道：

> 她的确是"山城一枝花"的女儿。大律师不禁唏嘘，脑子里只有历史、历史、历史。掐指一算，天正挨了一个孕妇的耳光，真是委屈之至。而眼前这个姑娘当年蹲在美女母亲的子宫里窥见了那一幕，她没有声张……聊起她母亲才知道，那位倾城的美人也姓泉。让女儿跟自己姓，大律师立刻感到了两代人的不幸。

---

① 米兰·昆德拉：《小说的艺术》，第 8 页。

为什么要哀叹"两代人的不幸"？这样的哀叹明显具有某种历史文化之类的隐喻意图。作者哀叹的应该是这两段具有深刻内在联系的历史，哀叹历史内在的深刻的悲剧性。不是说"山城一枝花"的女儿有什么"激进主义遗风"之类的做派，或者说管新潮与往昔的激进主义有什么思想情感上的瓜葛。作者实际上是在叙事中感叹历史和人生的诡异与无常。按照此类小说通常的叙事套路，往往会展示出一种坚信不疑的"历史必然性"理路。因此，这类历史叙事的第一主题常常是"灾难"，第二主题必然是"拯救"——其叙事功能"兼有控诉灾难的政治责任和安慰歌颂英雄（与灾难斗争的幸存者）的社会责任，所以灾难和拯救同等重要。具体来说，前者是指主人公获得某种精神力量（相当于'魔法'）得以忍受、战胜灾难，而且这种精神拯救还将使主人公在灾难以后获得新的生活乃至新的生命；后者是指主人公获得现实解救，如政治平反、出狱、回城、重新做官，等等"。特别是，"拯救力量则主要来自'爱情'"。① 莫怀戚的此类叙事可以说与这种"灾难"与"拯救"的书写模式大相径庭，因此，在叙事策略和美学观念上与之完全不搭界。首先，他的小说是将这段历史置放在中国漫长的历史演进中，置放在传统的"治——乱"循环的历史叙事中加以考察。因此，他认为简单地将这段历史从"大历史"的承续递进有机体中抽离出来，不仅十分可疑和可笑，而且显得很不符合历史生长演变的"大众逻辑"。他还提示说，从"哲学意义"考察，这段历史既是具有特殊性质的人性"灾难"，但是，它又是具有普遍性历史记忆和经验的"灾难"。莫怀戚认为，它当然是历史，只不过它是中国人历来所说的"乱世"。你碰上了只能是你运气不好；所谓"拯救"，在莫怀戚看来"基本上属于扯鸡巴蛋的事"。《都有一块绿茵》中汪国华对那段历史的一番思考和顿悟，就反映了历史的这种"扯鸡巴蛋"的无常性和偶然性：

> 他将自己认识的好多对男女都细细地想了一下，终于发现了：我们这一代人，是在乱世道里安家的；是在错误、误会、不平像下饭的小菜一样伴随着我们的命运的时候，一对一对配起来的。这就免不了将将就就、不公不平。配上了也就配上了，很少有人说什么，这是因为我们这代人能忍、能牺牲。

---

① 许子东：《重读类型小说50部》，第15页。

面对历史和命运的无常，个人显然是渺小的、失去价值意义的。因为没有谁能够与强悍的历史风尚和非理性的历史运动相对抗。因此，屈从就是最明智的选择；最糟糕的命运是：有时，你还得被迫服从历史的指令去牺牲个人的一切。甚至你还得发自内心地将这种奴性的屈从说成是了不起的美德。莫怀戚在叙事中暗示：还有什么比这种情景更荒诞更吊诡的呢？

与《美人泉华》有异曲同工之妙的还有《被误伤的渡者》。这部小说叙事中特定历史时期的"重庆经验"和"重庆性格"同样给人留下了深刻的印象和启悟。小说的传奇性和荒诞性一点不亚于《美人泉华》的历史叙写。故事也是围绕母女两代美人的传奇经历而展开。在那场战争最血腥最残酷的时期，当时年轻貌美的"雷母"是四川外语学院的学生，同时也是一个敢于出生入死的"战场一枝花"。当时，她在硝烟弥漫之际，正与同班的一个男生——姓郝的武斗队长热恋着。后来，遭人诬陷郝队长被当时的"公安机关"逮捕，关在监狱里。视爱情和事业同样神圣的"雷母"，不仅有民国时期女袍哥的侠义气概，而且她还刻意效仿"双枪老太婆"的侠义之举，策划了当时震惊山城的劫狱大行动。虽然最终劫狱未成功，但是却因之而名扬重庆，成了当时的传奇女英雄。事实上，在郝队长被捕之前，雷母和郝队长之间还产生过一段"可歌可泣"的恋情故事。郝队长对雷母说，因为触碰了当时的"大当权派"，所以遭到了"迫害"。小说写道："总之，将刚刚二十出头的她弄得悲壮起来。义无反顾的他激发她也义无反顾起来。她就在那时毅然决然地委身于他。不紧张不害怕，毫无顾虑，反倒有些许崇高的使命感和浓烈的浪漫情调在鼓舞着她。"后来听说郝队长在越狱时"英勇牺牲"了，于是："她的脑海里浮现出这样一种景象：他精心组织策划越狱行动。在最危急的那一刻，为了掩护战友，他勇敢地用自己的身体挡住了子弹———一切都同电影里一样……"

小说中的"雷母"的行动和想象，尽管具有特定历史时期中普遍的荒诞性经验意义，但是，只要我们细细加以咀嚼，就会感受到其中所含纳的重庆经验和重庆味道。尤其是小说叙事中的各色激进主义人物，他们所谓的"革命行动"和革命思维当中潜隐着的码头文化、袍哥性格，特别是具有江湖气质的敢生敢死精神。这正是重庆性格具有穿越不同的历史时期、超越不同的社会体制和文化形态而生生不息、感人不已的"肉身化"证明。

三　历史无常和偶然中人是无助和无辜的

莫怀戚的历史叙事还有一个显著的特点：里面既没有正义凛然的斗士或

遭受迫害的英雄，也没有明显的反派人物；他认为，试图去追究"灾难的责任"，就像去追究历史的具体责任一样，是庄严而滑稽的。就像当年"山城一枝花"的出现，压根就不是为了反思什么，也并不是为了用"爱情"去"拯救""战争英雄"天正；泉华在小说中出现，也并不是为了用"爱情"去"拯救"身心陷于双重残疾的富豪管新潮，更不是出于"批判现实主义"的崇高目的。因为这姑娘压根就不相信有什么爱情。"女人需要爱"，但那不是爱情，"除了情爱、性爱，还有最重要的——怜爱，就是保护"。在无常和充满种种偶然性的历史变幻中，本能、需要、欲望，还有"摆脱不适"等等，才是最寻常最普遍的人性。在莫怀戚看来，何谓正面人物？何谓反面人物？在历史的无常和偶然之中，似乎所有的人都感到自己是无助的和无辜的，因而也都无可救药地陷于诡异和荒诞的历史困境当中而不能自拔。

这样一种"新历史主义"观念在暗中支配着小说情节或人物心理性格的发展、变化，于是，不仅无常和偶然牵动着小说叙事的历史走向，而且小说人物的心理性格乃至他们整个的人生、命运的发展、变化也时时处处在历史不确定性的掌控之下处于亦真亦幻、扑朔迷离状态。因此，深陷于这样的一种历史不确定性旋流中的男男女女，其身体内部的阴性品格就以不可阻遏之势，奇形怪状、多姿多彩地生长起来。莫怀戚进一步指出：

置于这样的历史情景之下，男人困惑于"你追求女人，她退却；你退却，她跟你来"；女人习惯于"有权利爱时绝对地不爱任何男人，无权利爱时反而对男人有兴趣"；他还俏皮地提示我们：你是否知道"有些很出色的人之所以独身，是为了永远品尝一种权利——任意地追求"。追求"卓越"为什么是愚蠢的，因为"平庸就是宁静。歌德正因为妻子平庸，过着宁静的生活，才得以完成艺术"；知道什么是"虚荣"吗？"所谓虚荣，只是一种证实，即自己的生存能力强于他人的证实。人出于本能需要这种证实。"他还刻意虚构了一个叫"汉斯豪斯"的德国人，借他的口发表了这样一通关于人类"历史"演进的简明扼要的理论总结：

> 汉斯豪斯说，上帝作为一个牧人，为了他的畜群——人类不断繁衍，叫女人服从男人，即接受性行为；又为了畜群优良，便叫女人抗拒男人，只选择她合意的来接受。这就是女性的二重性：接受和抗拒。

但莫怀戚认为：人之所以为人，就在于明知世事的无常和偶然，却又不甘于被身体之外的那个巨大的"历史"所掌控，而偏偏要动用身体内部那些阴性品格与之抗衡。管新潮是一个性无能者，他告诉大律师，他本"打算结婚，但是拿不定主意。那个姑娘太漂亮，可以说是本地最美的，但这并不要紧，问题在于她既像存了心，又像闹着玩"。总之，实在搞不清她到底是想"接受"，还是想"抗拒"。因此，他觉得她在开玩笑或者另有企图。他猜想，她想同他结婚可能是因为他的钱。他想让大律师替他决定要不要同她结婚？真是可悲的富豪啊！面对如此美妙的肉体，却惧怕收不了她的灵魂。大律师深知两人都明白对方在动用自身的阴性品格在与个人的历史，也就是命运较劲儿。《白沙码头》中有一段以叙述者视角作的点评也相当有意思："你不知道人的心情是个什么样的状况。人的心情是个很奇怪的东西，它明明是你自己的吧，但你根本管不住它。你的脑袋里想得头头是道，该如何如何，但是你的心情就是办不到。"这就微妙地道出了个体与命运与历史较劲儿的疯狂与无奈。

同样在这部小说中，作者还借八师兄的口感叹道："我整天写哲学论文。当学生的时候，觉得神秘，高贵，现在，越写越觉得无聊。因为这些东西虽然正确，但是无用。对我一直做着正确而无用的事。做正确而无用的事情，那就是不正确。但你要生活下去，你就得做。"这番关于"正确"与"无用"的哲学感喟，莫怀戚显然是将其放到历史演进和人物命运当中去品味的。于是他发现了，与人是无助和无辜存在处境一样，历史实际上往往也是无助和无辜的——和人常常处于神秘和高贵的幻觉中产生自恋和自大的情绪一样，历史也往往以神秘和高贵的面目出现，其所产生自恋和自大的情绪，也是建筑在这样的文化幻觉之上。

《美人泉华》中有一段管新潮去南山打靶的细节描写，不仅活灵活现了这个性无能的富豪的性心理变态情状，同时，也具有某种历史的隐喻性。那就是管新潮始终沉溺在主宰自身历史和命运的幻觉中自恋和自大。他似乎充满着必胜的把握，但大律师看出了他性格中的破绽。大律师问泉华："他有什么爱好？"答："吃火锅，打靶。""打靶？"答："真枪真子弹。"他买的是那个特定历史时期的子弹。小说解释说：的确，那时有大量的子弹散落在民间。用历史遗留的子弹打靶娱乐，其包含的历史文化意蕴非常明显。关键是，这个性无能者"他在山谷里专门向女人射击，因为他只能这样。弗洛伊德还说，男人之所以踢足球——凶狠地把一个什么弄进什么里去——这其实是'用另外的方式满足性欲'。所以他建议应该挑选具有女性气质的人当守门员。幸好各国的教练都没这样做，否则这世界上还要少许多许多进球……他知道自己无能，但他暗暗希望碰上一个让他有能的女人；他希望你就是。性无能者有那个或然率，就是概率或基率，就是很小的可能性：如果'碰上相合的'——这是弗洛伊德的原话，即《星相学》所谓的'死灰复燃'。他性成熟十几年，他巨富，他赌，他打枪，但他不睡女人。其实他睡过，但没睡成，于是给了钱叫人家不声张。命运待他也太薄了！"叙事中所谓的概率或基率，其实说的就是历史和人生的偶然和无常；既不可预期又难以逃避。

但是，这个性无能的富豪竟然推断出泉华的"居心叵测"。后来，大律师知道泉华去意已定，告知她如果一定要结婚，婚后抱养一个女婴，这个婴孩会救她。于是转而打电话给管新潮说泉华不会谋财害命。因此两人在春节举行了婚礼。事实上，"山城一枝花"的这个女儿相当不简单，可谓"青出于蓝而胜于蓝"。在"阴谋与爱情"的级别上远比管新潮高好几个档次。小说中有一段出自大律师的心理点评非常精彩：

> 姑娘你居心叵测。你已经知道了他性无能，你偏要嫁给他。你主动，你坚决；他叫你来接受审查，这种侮辱的指使你也听从。你居心叵测！他得不到你，你得到了他。你想借他的无能控制他，用他的钱来干你的事业，假如真的有事业的话。他的无能就是你的自由。你甚至可以用他的钱跑到国外。你悄悄地学英语……的的确确你可以打天下。你美丽，聪明，而且十分年轻——你急于"结婚"正是为了争取时间；你的天资很高，你甚至知道华、花通假；你考不上大学是故意的；你看出了中国知识分子没有出息……假如这一切都不成功，你也没有失败——你可以堂堂正正提出离婚，那样坚实的理由！妾本洁来还洁去，还得了一笔可观的赔偿费。

我之所以多花了一些笔墨，详细叙述了这个既隐喻着两段首尾相接的历史，又试图与历史较劲的重庆美女的行为和心理走向。是想说明：这是一个与谢青鸥、南月一、东方红完全不同的重庆女子——如果说，谢青鸥身上充满着"新时期"转型的那种历史文化气息，那么，在泉华身上这种浓重的具有积极意义的历史文化气息已荡然无存！消费主义的时代气息充斥在"阴谋与爱情"的另一种全新的历史行程当中。

莫怀戚历史叙事的独到和深刻之处还在于：人的无助和无辜，往往是因为不由自主、无可救药地陷入了历史的无常和偶然中。因此，我们会发现，他小说中的那些颇有心机和谋略的男男女女，在与历史和命运的较量中常常大败而归，狼狈不堪。他们百思不得其解："具体步骤都没有错，但是整个做错了！"这到底是因为什么？这不光是对钟未鸣、杨维智、泰阳或者谢青鸥、南月一、东方红他们而言显得如此的诡异多端，其实对小说中那个全知全能的"大律师"而言，甚至对自以为能够全然操控"宏大历史进程"的大人物而言，又何尝不是如此呢？这不是文化隐喻，而是所有的人——世俗之人和"超越世俗之人"置身于历史文化中的共同处境。《廿年天合》中莫怀戚如是写道："然而人的遭遇最能打动，甚至击碎人心，这是规律。大律师虽然洞察一切，但抵挡规律的力量还相当孱弱。他控制不住。"这个所谓的"规律"，就是历史的无常和偶然；就是人在这个"规律"的支配下陷于无助和无辜的真实处境。这不是历史的荒诞，而是由人与生俱来的荒诞"属性"所决定的——人们总以为"具体步骤都没有错"，结局自然是正确的。怎么会"整个做错了"呢？人无法摆脱的荒诞性就全然揭示出来了。

四 永远尘封在内心深处的"自己的历史"

中篇小说《夏天的七巧板》既没有阴谋，也没有爱情，只有两个女大学生对人生和历史的重新认识和独特感悟。这两个女学生，一个叫里蔚，一个叫区红；她们是美术学院学油画的。她们的"特立独行"是大胆地采用猪血作为颜料进行油画创作。经过一次诡异的巫山之旅，两人变得成熟了。成熟的标志就是这段经历进一步强化了她们的叛逆性格，同时她们也深切地感受到处于无常和偶然的历史运行中，每一个人无不具有作为"社会人"和"自然人"的双重属性。然而，绝大多数人对此却浑然不知：

> 他们不知道，"社会人"逃开了自然的追捕却成了自己的俘虏；他们的所谓幸福只是因为糊涂；人们的思想到不了那一层，所以等待"社会人"的只是厄运。其终极表现为死亡；其连续形式表现为对死亡的恐惧；恐惧的派生就是罪恶——在死亡之前捞一把以取得心理平衡。作为"自然人"是没有死亡的，如果有所谓归宿，那就是与自然共存亡；而自然是无始无终的，有的只是外部形式的变化。

作为"社会人"，他们置身于历史的无常中，以为自己能够逃脱"自然的追捕"，却使自己陷入了"社会"即权力规训的囚笼当中。可悲可笑的是，他们并不知道这个秘密，反而将厄运当作幸福。"社会人"对死亡充满恐惧，却对自身一直作为"社会"的俘虏的悲剧处境一无所知。莫怀戚提示人们：从理论上讲，就如同"自然人"是没有死亡的那样，历史的诡异之处也是如此：当人们误以为它已经死亡的时候，它却"不动声色"地在我们身边顽强地活着——无常和偶然，就是历史喜剧般、闹剧般活着的日常状态。人与自然共存亡，同样，人也与历史共存亡。离开了人，哪有什么"历史"？如果说自然是无始无终的；那么，作为"自然人"所"创造"的历史也应该是无始无终的。这就是莫怀戚揭开的又一个文化秘密。明白了这个道理，所有的"庄严的历史"在日常生活面前都显得黯然失色。因为"生活的意义就是生活本身；所谓幸福就是快活。所有的玄乎都是骗人的。"在《假手神明》里面，历史和现实却各有各的"属性"和"处置"的方式："如果说历史是属于各自的，可以任其淡出，但现实肯定是属于共同的，不得不正视。"

《绝招》是莫怀戚逝世前两年发表的一个短篇小说。小说由"姗姗"、"老师"、"那家伙"、"妻子"、"父亲"以及"绝招"几个小节组成。主要讲述大二女生姗姗千里迢迢跑到江西去见网友、一个"有妇之夫"。之后两人发生了关系，直至搞得怪谷稀奇。故事发展到后来却不动声色地朝复仇的方向一路狂奔。姗姗的父亲在内心中拟定了精密的复仇计划，具体而言就是采取"温水煮虾"的手法，将那个男人的家庭一举搞垮，彻底毁了他的生活。所谓"温水煮虾"，就是把"虾子放进凉水中慢慢加温，让虾子在不知不觉中死去"。于是，故事就真的按照这样的"历史逻辑"发展下去了。"复仇目的"如期实现之后，姗姗的父亲志得意满地回味说："你老爸越是善待他们，显得对方行径越是恶劣，而且外部越是没有压力，内部越是容易分裂。你笑眯眯的就搞垮了人家的婚姻。"关键是这个老爸还笑眯眯地论及了一套他所奉行的人生观和历史观。他告诫姗姗母女俩说：

> 这件事从现在起要永远尘封，终生不要对任何人提及。尤其是以后的男朋友，不管他怎么信誓旦旦不计较你的过去，都不要提。他一旦真的知道，会很不舒服的，实际上他未必真想知道你过去的挫折。每个人都是会自欺欺人的。所以保住了自己的秘密也就是保护了对方的心情。再说历史都是各自的，现在和将来才是大家共同的，所以一个人也没有义务向别人报告自己的历史。

姗姗一不小心"创造"了自己荒唐的性爱历史，随后，她老爸又和她一道共同"创造"了复仇的历史。然而，这段快意恩仇的历史却成了他们这一家人的难言之隐。表面上，在整个复仇计划实施的过程中，他们在左右着自己的历史和复仇对象的历史，但实际上却是面对"无常"的历史，出于"无助"的无奈之举。这就是"历史都是各自的"一说的真实隐含。面对每个人各自的历史，小说叙述者认为"自欺欺人"恐怕才是最好的自我保护手段。因为，"保住了自己的秘密也就是保护了对方的心情"，同时也就是保住了自己的历史；更因为，"一个人也没有义务向别人报告自己的历史"，所以，历史由自己严密封存起来最好。故而，小说家言：能够向别人报告的"自己的历史"，其实都是经过认真筛选和精心打扮过的"历史"。而真正的"自己的历史"却永远作为秘密而严密尘封在内心深处——对一个人是这样，对一个社会群体甚至对一个国家来说也是如此。

在许多作家的小说叙事当中，往往明确划出"治世"与"乱世"的界限。然而，在莫怀戚的小说叙事中却完全不是这样。很多时候，"治世"的与"乱世"的界限似乎全然消失了；无助与有助，有常与无常也让人感到扑朔迷离，很难得到要领。这样的"或然率"不仅遍布在历史和人性的复杂脉络之中，也隐伏在命运和情爱的幽暗和诡秘当中。小说《南月一》无疑就是这样的一篇关于命运和情爱幽暗和诡秘的"历史启示录"。

这个中篇实际上是后来的《白沙码头》的前身。叙述者说，重庆有个叫红砂岩的地方，那个乌托邦世界里有众多的师兄弟。"南月一"是大师兄最喜欢的姑娘。他的师傅知道此事之后，意味深长地告诫他说："这个女人对你不合适。"大师兄本想听从师傅的忠告，撇开跟南月一的关系，谁知师傅又说了一句："有一种女人是男人不能亲近的，任何人也不能。"殊不知竟然撩起了大师兄想挑战师傅的兴趣。他执意要去证明师傅是错的。就这样，他和南月一的"历史"汇流在了一起。当然他们无须结婚，在一起生活就好。有一天众师兄去劫货，南月一竭力阻止，但他们并没有听她的话。结果大师兄死在了河里，死之前叫了一声"南月一"。二师兄对此百思不得其解：这一切到底是必然还是偶然，是无常还是有常？他始终没有搞明白。但他还是像大师兄一样，执意想去论证师傅是错的，因此南月一就归了他。谁知翌年秋天，二师兄竟然死于风湿性心脏病。二师兄死之前说："要怪就怪老汉儿，不能怪别人"；还说"很有意思、真的很有意思"，然后就死了。后来，三师兄也想接着论证，就跟南月一做了夫妻。当又一个秋天来临时，三师兄竟然被查出得了绝症，但他没有把病情告诉南月一。

日子就这样在恐怖和诡秘中流逝。有一天，南月一邀他去野餐。那晚他们饮酒唱歌，欢乐无比。三师兄很想把"论证"的意图告诉她，但是南月一却突然对他说："老师找过我"。原来她自己也执意想要论证师傅是错的。那天夜里，她且哭且唱且舞。第二天，三师兄被人叫醒的时候陡然发现，南月一已经摔死在岩下，悄然而逝。小说似乎表明：命运和情爱的确是如此的幽暗和诡秘。小说世界中的人们，被历史的"必然性"和"或然率"搞得昏头昏脑不知所措——无常和无助缠绕着历史和人生，到底是"治世"还是"乱世"，谁又搞得清楚？难道师傅真的把握了历史和人生的"必然性"？谁只要敢于挑战"必然性"，谁就注定死于非命吗？更加诡秘更加令人不解的是：这个在小说中早已死去的南月一，怎么又重新活了过来？莫怀戚竟然让这个早已在之前的小说当中死于非命的女子，又莫名其妙、毫无征兆地在《经典关系》中横空出世，情欲奔流、兴风作浪。这到底是在"论证"历史和人生的无常还是有常？到底是在挑战"必然性"还是在嘲笑"或然率"？的确非常神秘，令人不得而知。

第二节　他发现历史具有的"二重人格"属性

一　面对"历史的阴影"与"现实的阴影"

在"肉体的历史"抑或"性爱的历史"面前，是否真的还有"历史本质"和"历史必然性"存在？莫怀戚不断地在叙事中发问道。当今，在小说叙事和小说研究中，人们早已经从对历史现象的那种定式思维转向了与个性化、多元化时代相匹配的发散性思维。在莫怀戚的小说叙事中，对人类身体和人性主体历史的探访与挖掘就是"发散"的一大成果。"新历史主义"叙事理论认为，人类的活动场所其实就是捍卫世俗和抵抗世俗两种力量交战的战场；而双方交战最激烈的战场，恰恰就在日常生活的"微观政治学"这一领域当中，而突进到这个领域也就深入到了"社会改造的最深层，即，最少被质疑，最难以触及的部分——关于我们自身作为人性主体的改造部分"[1]。"新历史主义"的"自我塑造"理论，不但体现了其对人类主体，特别是对人性问题以及身体问题的深切关注，而且还突出揭示了主体的非稳定性、非同质性以及可塑性这样的特质。《美人泉华》讲述的其实就是一个面对"人类身体和人性主体历史的探访与挖掘"的"当下故事"。我们只要

---

① 张进：《新历史主义与历史诗学》，中国社会科学出版社2004年版，第212页。

稍稍有耐心剥开这篇小说都市言情叙事的谜障，以及"阴谋与爱情"之类的情节模式的外衣，就会发现，在日常生活的"微观政治学"当中，人类身体和人性主体历史的变换不居，是多么的复杂和深广。

小说《第四律师事务所》与《美人华泉》一样，是莫怀戚"大律师现实录"系列中的一部；同样是以侦探小说叙事面目出现，而其实质却是在质疑那种肤浅的"历史本质论"的同时，还质疑了所谓的"历史的客观性"的僵化思维模式。小说认为，并没有一个绝对客观的历史存在，尤其是在小说世界中所建构的历史就更是如此；因为历史有各种各样的"真实"。就像"唯一的神的真理"解体之后，变成了无数个"相对的真理"一样，莫怀戚小说叙事中的历史，也由过去的"唯一"和"神圣"变为了"多元化"和"世俗化"的书写。就类似于解体前后两种完全不同的东西。这样一来，其小说面貌发生了根本的改观。在他的小说世界里，"相对的真理"远比"唯一的神的真理"似乎更加具有真实性和真理性。当然，这与《天狼星下》那个既憨厚又单纯的钟未鸣还不太一样。他试图寻找唯一的"历史真相"，试图让"历史的客观性"为自己证明清白、主持公道，结果却发现"历史"实际上有着各种各样的真相，因而陷入深深的困惑而难以自拔。

另外，在莫怀戚的小说中，随着叙述者身份及文化视角的变化等，小说人物和我们所看到的"历史真实"也呈现各种不同的面目。小说家在创造一个独特的心灵世界的同时也在创造一种独特的"现实"和独特的"历史"真实。何以如此？这是因为："现代小说心灵世界的景观与以前的古典主义，或与我们习惯所说现实主义时期小说的景观大不相同。由于现代小说的本质越来越现实，因此其外表的奇特性就越来越强烈，其内心也就越来越现实，与古典小说正好走了个对面。"① 因此，莫怀戚的这类小说在本质上是"现代"的，其最大的特色是，更注重"小说心灵世界的景观"的细致描绘和深刻指点。可惜，人们往往只注意到"其外表的奇特性就越来越强烈"的方面，而对"其内心也就越来越现实"却视而不见，或者根本就发现不了。

《第四律师事务所》与《美人华泉》都属于外表越来越奇特，而"本质越来越现实"的现代小说，但是前者在叙事策略方面稍有不同。这部小说讲述的是一个疑似"暗杀"的恐怖故事；和《天狼星下》一样，这个诡异

---

① 王安忆：《小说讲稿》，复旦大学出版社 2007 年版，第 43 页。

的故事自始至终隐伏着那个可怕的"历史"阴影，也就是"激情燃烧年代"的影子当中。因此，侥幸逃脱"暗杀"的皮鞋厂厂长崔白山就必须面临两种困局：一是，他绞尽脑汁试图寻找到"现实"中的真凶，但是一时头绪繁多不得要领；二是，因为"暗杀"这一非常事件，使他不得不陷入那个无法躲开的"历史"，也就是"唯一的神的真理"的迷雾当中。更为心烦意乱的是，现实与历史紧密缠绕在一起，那个"客观的历史"和"客观的真相"到底在哪里？病急乱投医。他只好求助于"大律师"，期望能破解这宗迷案，寻找到"客观的真相"。于是，在大律师的揣测和指点之下，各色人等的心灵世界的景观几乎无所遗漏地被揭示出来。

当然，"大律师"自诩智力过人，能分析推测出"客观的真相"。但事实上，大律师所谓的"客观的真相"，无非是作为具有特殊身份、目的和兴趣的叙述者所体认的那种"真实性"。他的分析推测"合情合理"，而且有新意，能够给人以惊喜，人们往往以为那一定就是"客观的历史"和"客观的真相"。为什么？就因为人们相信他是"专家"，是"权威"，而且是具有"民间身份"的权威——他掌握了"科学"，还有"专业技术"，所以他能洞悉种种"客观"，他能揭示种种"真相"。说白了，莫怀戚小说世界里面的这个"大律师"，几乎就成了"客观的历史"、"客观的真相"的化身，甚至完全是"客观真理"的揭示者、解释者，甚至是这一切的化身。崔白山初次见到大律师时感觉"这是一个自信到狂妄的人"。但是，很快他就被大律师的超常智慧、料事如神，特别是对世道人心的透彻解释所征服。到第三次见面时，他和好友姜秋就已经把大律师视为神人了。他们似乎对谁是"暗杀者"已没有兴趣，"感兴趣的倒是大律师本人"。因为他就是"科学"或者"真理"的化身。

当然崔白山最焦虑的是，他在那场奇异的"内战"中因为误判而开枪打死了中学烧锅炉的工人冉师傅，因此他怀疑"暗杀"他的人可能就是冉师傅的儿子。因为，当年那年幼的孩子曾经说过"我长大了要给爸爸报仇"。就此，他求救于大律师——于是，这个"客观历史"和"客观真理"的化身启导他说：

> 在那样的情况下打死了人，自然是无罪的；之所以耿耿于怀，恐怕主要还不是担心死者的儿子要报仇吧！那时候突然向隔得很远并没有构成威胁的人开了枪，而且如你所说，打了整整一梭子，恐怕你是在自卫这个主导动机后面，还隐藏着自己都没有觉察的伤害欲吧！……这是不

是实际上也有相当的快感？这种快感，实质是伤害欲得到了一次满足啊！

崔白山惊叹于大律师的心理探微能力，又不禁为他的料事如神所深深地折服。接下来，大律师更进一步从"客观历史"和"客观真理"的立场，向他"深刻"分析了这种在特殊的历史时期，特别是在这场荒诞的"内战"中带有普遍意义的暴力伤害的"性质"。其目的是能使崔白山从深深的负罪感中解脱出来。他说——

　　这种伤害欲，其实是一种动物性，再深一点就会发现是生存本能所派生的；动物的残忍，仅仅是因为求生存；对于没有高等智慧的动物来说，是无可指责的。而人类的残忍，则是在动物式的求生本能上，加入了智慧的指点，所以残忍到了很高的层次。但是不管怎么说，人类应该朝着成为人的这个方向前进；如果始终摆脱不了生存本能的最终控制，人类就还没有进化为人类。至于死者的儿子，在他六岁时说要报仇，仅仅是感情的驱使；在他二十岁时还说要报仇，就有了理智的成分了。但他这种理智是不健全的，因为没有意识到造成这惨剧的本质原因。随着岁月的流逝和他自己眼界的开阔，这种私仇是会淡化的；尤其是知道你的境况不妙，他的心理便会获得平衡。但如果他有一天知道了他的仇人有了高于常人的地位，过着超出常人的幸福生活，仇恨就会重新强烈起来，在有机会的时候，顺便伤害你，也是可能的。

当崔白山因此而大大地松了一口气时，大律师接着说道："置之不理是可以的，但不是最好的方法。仇恨总是可以化解的，有时候只需要一句话就行，但人们往往不愿意去说那样的话，好像一旦说了就等于承认了自己的罪过似的。"这就揭示出了为什么许多当事人宁愿保持沉默而不愿意忏悔的文化心理原因——大律师由对"历史"及"历史仇恨"的权威分析阐释，逐步深入到对"现实仇恨"成因的深刻揭示，应该说其分析读解非常具有说服力。小说中的那个谢氏皮鞋厂厂主，是崔白山揣测的三个潜藏的"暗杀者"中的一个。因为崔白山在商业竞争中整垮了他的企业，于是"历史仇恨"与"现实仇恨"相互缠绕。因此，大律师又进行了指点：

　　这件事比上一件要严重一些。上一件，那仇恨毕竟是历史的，而这个仇恨却是现实的。而且从农民的眼光来看，倾家荡产似乎不比死人轻松。你弄垮别人的厂，如果在美国，就是天经地义，因为那个社会已经有了普遍的竞争意识，和市场规则。人们对这一套已经习惯了。但是你身处的是中国，人们一方面开始了竞争，一方面还不习惯，对于竞争的残酷还处于被动领略阶段，杂有大量的人情因素，所以谢氏老板不可能像外国的破产老板那样，泰然接受对手的胜利，而是习惯性地，亦即中国农民式地对你怀有强烈的私仇。他可能因犯罪而锒铛入狱，不过，一旦出狱后"走投无路"，那么，他还有可能把复仇"作为他生活的重要目标"。

最后，大律师将讨论上升到历史哲学和文化心理的高度——"一个绝望的民族不足挂齿，而一个绝望的个人却是非常可怕的！"这一切就如王安忆所指出的那样："古典小说的外壳是现实的，内心却总是有圣光在照耀。现代小说则好像不断地往下堕落，就像一艘沉船，圣光照耀的景象是没有了，取而代之的是地平线以下的景观。"① 说得好极了！莫怀戚这类小说的"现代性"特征就是如此。大律师系列几乎所有的叙事都指向"地平线以下的景观"。那是怎样的一种景观呢？王安忆称其为"世纪末的情绪"。因此，叙述者、"大律师"以及小说中几乎所有的男男女女都笼罩在这种"世纪末的情绪"里面，他们费尽心机却无法逃离。

二 "就像一艘沉船"在"不断往下堕落"

仍然以《第四律师事务所》为例。在整个"追凶"的过程中，崔白山也在制订并且实施自己的复仇计划。但是，关键时刻，大律师"真理般的声音突然响了起来"："想象一下报复的情形倒是很痛快的吧！被人谋害的担忧解除了，报复的欲望就会抬头的。"他一下领悟到大律师指点的用心之良苦："让自己在想象中去体味报复的快感，获得一种心理的平衡，这虽是提供了报复的方法，实际上却阻止了报复的行动。像自己这样有一定文化素养，又肩负重任的人，明白了'我随时可以报复你'，基本上就不会付诸行动了。"崔白山的这种心灵景观和大律师"真理般"的心灵景观，究其实质都远离了"圣光照耀"——感到整个世界"就像一艘沉船"在"不断在往

① 王安忆：《小说讲稿》，第52页。

下堕落"，简直是灰暗极了。

在相当一部分历史"灾难小说"当中，那些小说的主角往往是负有一定灾难责任的人。他们的精神世界也"就像一艘沉船"在"不断地往下堕落"。莫怀戚小说中，这样的人也不少。他们虽然生活在现实中，但他们的灵魂却一直被历史所纠缠，处于剪不断理还乱的精神境地。因此，他们既是"现实"中的心理病人，也是深陷于"历史"渊薮中的精神病人。他们病得不轻，是因为社会病得不轻、历史和现实病得不轻。大律师所撕开的那些现实和历史景观，其实都是人病得不轻的心灵景观。为此，莫怀戚干脆跳出叙事直接发表对历史的意见：

> 所有的隐私都是病灶，条件够了就会复发的。这样就造成了人的一种心态，容易将偶然的事件同必然联系起来；世上许多事，人人都明白是怎样的，可是谁也拿不出证据来。这就是所谓的社会啊——什么都在人心里；现代人类的多数行动，都是以分析为根据，而不是以证据为依据的。所以，我说你们的事已经完了。

一般认为，只有先锋派小说关于那段特异历史的"荒诞叙事"，在"本质上"比正统的"伤痕小说"（包括"知青小说"和"右派小说"）更接近历史的"真实"。但事实上，谁更接近历史的"真实"，并非要看它是不是先锋派小说。莫怀戚的"大律师现实录"系列小说当然不是先锋派小说，可是，其荒诞性却是非常显著的，其历史的"真实性"，特别是在对历史心理的"阴性品质"的揭秘方面，也是具有相当的可信度的。因此，就所谓的历史"真实"而言，它的接近程度一点也不亚于先锋派小说。不同的是，莫怀戚的小说叙事不像先锋派小说那样，习惯于通过打乱历史和事件之间的逻辑关系来揭示这段历史的荒诞性；相同的是，它们都将此段历史叙述为一个无法解释的荒诞"事件"。不过，莫怀戚更为独到的贡献是：他同意这是一个无法解释的荒诞"事件"的说法，但反对将其从历史和现实中活生生剥离出去的做法。他觉得"历史从哪里来，又到哪里去"的追问才是真正有叙事意义的问题。所以，这并不是一个难以解释清楚的荒诞"事件"；这个荒诞"事件"既来自于历史的深处，也来自于现实中人心灵景观的幽暗、芜杂与莫测。因此，在莫怀戚的此类小说里面，历史和现实往往"勾肩搭背，里应外合"，处于彼此难解难分的荒诞情况。《银环蛇之谜》有一个情节很形象、很精彩，也很有文化的隐喻性。小说中男一号常祥麟习惯于将自己的原配鄢萍称之为"历史部分"，而将后来的情人吕玉音称之为"现实部分"。小说写道：

> 仲春的一天，吕玉音突发奇想，要同常祥麟的"历史部分"一起游玩。他不禁吓了一大跳，然而，小情人却笑嘻嘻地不肯罢休，于是，他只好答应了。下一个星期天，阳光温润，海风轻柔，在小梅沙所处的大鹏湾，海波粼粼，宁静而生动。多么美妙啊！"历史部分"与"现实部分"同驻在巨大的彩色罗伞之下……常祥麟不由往后一仰，将手指插进松软的海沙中，遥望那空灵得不可比拟的蓝天，梦呓般地："生活真他妈值得过呀！"

小说《无主导驱动》在莫怀戚的"荒诞叙事"当中可谓别具一格，诡异多端。小说讲述的是神奇的历史中下乡知青偶然捡拾一个弃婴的故事。那个叫作"工布"的知青收养了这个可怜的女婴，并将她养大。可是，后来他发现这个小女孩竟然是个私生子。在大律师的分析揭示之下他得知，这个私生子的亲生父亲竟然有可能就是工布本人！这可把工布吓得不轻，百思不得其解——这到底是怎样一回事？那段奇特的历史作为一个无法解释的重大"事件"的极端荒谬性，在这个极具寓言性质的故事中得到充分的展现。现实中的工布，其身份是西南纺织学院的职工，他实在是想不起当时作为知青的他到底和谁"发生关系"生下了这个女孩？实在难以理喻，在当事人记忆中完全没有和谁"发生关系"，但"科学"却证明这个女孩千真万确就是他的！陷入"历史"和"真理"困局中的工布无奈之下只好求助于大律师。经过大律师的一番阐释，历史的荒诞性终于得到了"科学解释"。这个"科学原理"在叙事中叫作"无主导驱动"，又叫"格罗尔斯二重人格"。与其说，大律师是在向工布解释其"个人经验"中历史荒诞的"合理性"，亦即荒诞的"科学性"，不如说，他是在向读者解释"集体经验"中的那段特异历史——其表面荒诞性的背后掩藏着的"合理性"，亦即"科学性"中隐伏着的荒诞性。大律师是这么解释的：

> 知道著名的英国探长格罗尔斯吧？那是一个典型而罕见的二重人，但是这家伙和我们一般所说的二重人格不一样。格罗尔斯的二重人格是没有自主意识的。就是说，有一些事，他自己干了，他自己并不知道。心理学教科书上叫作无主导驱动。简单地说，格罗尔斯白天是探长，忠

心耿耿地为社会打击罪犯，而在夜里却成为罪犯，干着货真价实而且十分高明的犯罪勾当，但他自己根本就不知道。

小说指出：这表明格罗尔斯的"意识与行为是分离的"。这种分离必然导致吊诡的结果——后来在一次海滩谋杀案中，格罗尔斯竟然自己侦破了自己——他精心侦查获得的全部证据都"科学"地证明了这个十恶不赦的罪犯不是别人，正是他自己！最后，他只好自己逮捕了自己。当年的知青工布就如同这个格罗尔斯一样："意识与行为是分离的"——他在完全无意识的情形之下，"梦游"到了女知青的房间，与其发生了关系。有意思的是，法院对格罗尔斯的判决相当具有创意性和想象力：白天，让他以警察的身份照常去履行公务；晚上，则让他以罪犯的身份回到监狱老老实实服刑。

莫怀戚通过这个荒诞得似乎不可理喻的故事深刻地揭示出：不仅一个人可能具有这种二重人格，对一个国家、一个民族，甚至对人类社会而言，也可能同样具有这种"二重人格"属性。进一步而言，具有"二重人格"的还有格罗尔斯一样的历史！具体到特殊的历史而言，这两种性格和行为完全不同的情景，到底哪一个是真实的？——是"白天"的历史更加真实？还是"夜晚"的历史更加真实？人们难道只乐意承认"白天"的历史是真实的，而否定"夜晚"的历史的真实性？粗浅来看，那段历史的参与者与"创造者"的意识与行为似乎是统一的。其实稍加深究即知，这些狂热的人们在这一段宏大的历史旋流中，他们的意识与行为真的是严重分离的！比如，他们在意识上认为他们是在创造一种全新的人类文化，然而他们的行为却暴露出毁灭人类文化的实质；又比如，他们在意识上认定他们是在创造一种人类前所未有的美好的社会形态，然而他们的行为却暴露出他们是在疯狂地将人类社会引向野蛮和恐怖的历史中去。应该看到，莫怀戚的这个揭示，在我们所读过的此类"历史小说"中是从未见到过的。这对我们认识历史和现实，特别是对我们如何去认识人性乃至人类历史无疑具有醍醐灌顶般的开智意义。

格罗尔斯集执法者和加害者于一身，但是，他往往是以执法者的"正面形象"出入在历史和现实中；他压根就意识不到自己的加害者身份。因此，小说深刻地隐喻了那段历史在国人普遍的自我意识中的那种文化心理镜像。几乎每一个历史的参与者都始终认为自己是个"好人"、"正常的人"——总之，是"白天的形象"。他们并未意识到，也根本不认为自己曾经加害过别人——因此，我们看到的小说景观往往是这样的：在一些小说叙事中，我们看到的全都是"白天"的历史形象；而在另一些小说叙事中，我们看到的又全都是"夜晚"的历史形象。能够将"白天"和"夜晚"的形象同时在历史和人物的"二重人格"延展中进行透视的小说，并不是很多。许子东对50部这种类型的历史小说的研究就有力地证明了这一点。

其实，莫怀戚在叙事中还一再指出：比格罗尔斯事件更加荒诞的历史景观是：其一，任何一个加害者都不会认为自己是加害者，因而也就根本不会自己逮捕自己或者向自己问责；其二，也没有任何一家"法院"会判决加害者对自己"夜晚"的行为负法律责任；其三，"白天"的历史镜像和"夜晚"的历史镜像有什么样的逻辑关系？对加害者来说，"白天"的和"夜晚"的历史镜像，是两个截然相反、完全可以分离的镜像吗？面对这些疑问，小说借大律师的口讲述道：

> 人是这世上最为复杂的生物。你看多么奇妙！人的谜团之多，人根本来不及解释。科学还在为人的过去莫衷一是，人的现在又在不断地制造新的谜团。

这本身就是人类历史上一个巨大的谜团；如今，不少的此类叙事却又在制造新的更大的谜团。读了莫怀戚的"大律师系列小说"，这样的感受更为强烈。

三　若离开了荒谬就找不到"真理感"了

"伤痕小说"习惯说"噩梦醒来是早晨"，可是，在莫怀戚的历史叙事中，"噩梦醒来"其实面对的是更多更复杂的"新的谜团"。"伤痕小说"基本上是依照一种古旧的伦理，或曰"庸俗的社会文化伦理"那样一种历史文化逻辑来解释历史，因此，它的"荒诞性"与真正意义上的现代小说所呈现和揭示的那种"荒诞性"不属于一个层面、一种性质。历史的谜团和新的"现实"的谜团牵扯萦绕，难解难分——你中有我，我中有你。那种将"白天"的历史附着于"正面形象"，而将"夜晚"的历史归罪于"反面形象"的历史文化逻辑，在莫怀戚的小说叙事中是不可想象的。《无主导驱动》中对此有非同寻常的深刻揭示。小说中的人们始终被置于巨大而无边的人性荒谬之中。小说叙述者认为，这是女知青覃筱萱利用她对男知青工布的"历史模糊感"所导致的。但是，关键在于，起决定作用的是"现实需求感"——因为，现实需求永远是强大的。所谓"现实需求"其实就是那种"庸俗的社会文化伦理"的需求，它需要"历史模糊"，这样才对"现实"有好处。具体说来，像"伤痕小说"那样，采用一种符合庸俗伦理需要的模式将那段历史，以及小说中的那些历史人物进行"清晰"归类的做法，本质上就是在刻意制造这种"历史模糊"。所以，大律师才会说这样的话："啊，老兄，我们人类不是有一种精神本能吗？就是让历史为现实服务！我们常常说，'忘掉那噩梦般的过去'。"可是，我们真的可以忘掉吗？为现实服务的历史和为历史驱动的现实水乳交融，有谁分得清楚？看见了吗？连全知全能的大律师都陷入了深深的困惑之中。

　　根据许子东的小说分类研究归纳的结果，先锋派小说的"荒诞叙述"，其基本的叙事模式及功能特征主要有：一是打乱情节功能的顺序，也打乱"事序结构"的因果联系；二是叙事模式中结局并不一定比"初始情景"好，辩证法在这种叙事情景中是行不通的；三是叙事重点为第二阶段的"情景急转"，没有所谓的"反派"形象，往往是"无意"酿成灾祸；四是"情景急转"之后意外发现"历史"和人性并不一定走向"正面"；五是高人指点，使陷于历史心病的人得以解脱。[①] 仔细对照发现，莫怀戚的基本叙事模式和功能特征与先锋派小说大体相似。在"大律师系列"小说中，除了第一个特征外，其余四大特征都完全具备。

　　具体到莫怀戚的此类历史叙事，我们发现，不仅故事的结局没有按照"坏事变好事"的所谓"辩证逻辑"发展或者运行，而且故事的"初始情景"也并不怎么好。《天狼星下》的战争"英雄"钟未鸣等人在故事一开始就摊上了麻烦事；《第四律师事务所》的崔白山在叙事中刚一露面就遭遇车祸，差点死于非命；同样，《美人泉华》一开始就让那个叫泉华的美人陷入了历史的暴力阴影和现实婚恋的困惑与矛盾缠绕之中。并且，这些人物面临的结局无一不是陷人更为复杂难解的"新的谜团"。

　　最为显著的是，在这些历史叙事中，基本上没有庸俗伦理和简单逻辑给定的那种"正面形象"与"反面形象"；几乎所有的小说人物都具有"中性"的形象特征。《天狼星下》的钟未鸣如此，其他人物如黑皮、靳阶，甚至如邬由景等也是如此。《第四律师事务所》的崔白山、姜秋等人同样是这样的"中性人物"；那些被怀疑会加害于他的人，像谢氏皮鞋厂的老板、被崔白山误杀的锅炉师傅的儿子，甚至包括叙述者"大律师"等等，他们既

---

① 许子东：《重读类型小说50部》，第180页。

谈不上是"正面人物",也谈不上是"反面人物";《美人泉华》中的泉华、残疾富豪管新潮,以及"山城一枝花"和战争"英雄"天正等,他们中的哪一个人又称得上是庸俗伦理指定的那种"正面"与"反面"泾渭分明的道德文化形象呢?

关键是,这些小说叙事在"情景急转"之后,都意外地发现"历史"和人性不仅未走向"正面",反而走向了使人更加困惑的"谜面"。即使经过高人指点,陷于历史心病中的小说人物暂时得以解脱危机,但终究并未真正走出历史和现实的迷雾,尤其是人性的迷雾。在《无主导驱动》中,大律师最后的一番"科学分析",尽管具有毋庸置疑的"历史真理"的意味,可是,这非但没有使小说中试图寻求确定性"历史答案"的主人公走出人性的荒谬,反而陷入了更加深沉的人性迷局之中——

> 肯定地说,将他们二人解释为无主导驱动下的事实夫妻,从而在不知不觉中媾合,直至有了孩子,当然是荒谬的。但是,问题的关键在于:双方都并不需要证实这一点,他们需要的恰恰就是那个荒谬。当只有荒谬能投合需要时,荒谬就不荒谬了。当荒谬能生下根,持续一段时间,它就变成了真理。这时如果要再怀疑它,反而不可能了。

"他们需要的恰恰是那个荒谬"!从更为宏观的历史文化和社会心理的视角来看,这个"他们"无疑就是陷于现实或者历史幻觉中的芸芸众生,当然也包括现实和历史本身。由于许多的荒谬都是在"无主导驱动"之下产生的,因此,没有人会意识到这是荒谬。进一步而言,仍然是在"无主导驱动"之下,人们已经习惯将荒谬视为"真理"。因此,就如同离开了"真理"人们就找不到生活的意义一样,离开了荒谬,人们的"真理感"就完全消失了——因为没有人能够接受这样的事实。大律师直面历史和人性的荒谬,然而,他本人也无法置身于这巨大而且无边的荒谬之外。他说:

> 虽然"无主导驱动"这个概念是我灵机一动制造出来的,但是,只要人能够制造,人自然就会接受。这就是人类的伟大,或曰人类的悲哀。

面对这种情形,我们发现:将荒谬视为"真理",而且是确信无疑的"真理",这就无比真切地描画和揭示了历史和人性深处种种惊人的真相。

学者们通常认为，这只是在某一种历史境域或者某一种文化境域中，人们所必须和坦然接受的那种荒诞的处境，其实，莫怀戚小说更为深刻的隐喻却是针对整个人类和人性的悲剧处境而产生的深深的忧虑和怜悯。他并不认为某段特殊的历史与人类的其他历史段落有什么截然不同的"本质"区别。

四　平庸的荒诞和神圣的荒诞在相互缠绕

我们还发现，在小说叙事中，莫怀戚基本不用"人民"或者"人民群众"这样的具有文化修辞意味的"大词"。即使提到这些概念，他也是带着反思、敬畏和质疑的姿态或者语气。他认为，在他的小说叙事里面，没有能力设置那种辽阔宏大的历史文化时空，因此无法让"人民"或者"人民群众"在里面昂首阔步地行进。一般来说，莫怀戚小说叙事中所提供的时空相对而言，是比较狭窄的，虽然莫怀戚本人认为已经足够宽大了，但还是无法把"人民群众"安放在里面。当然，按照现代小说的时空伦理要求：叙事的空间一般而言是留给"个人"的，特别是那些身心受到伤害而无助无告的"个人"，这种理论认为，现代小说与传统小说最大的区别就是，叙事所提供的时空范围日渐细微与狭窄。因为只有这样"小"的时空才能够将"个人"或者"个体"在叙事中安放进去。甚至认为，只有"小人物"才是现代小说真正的主角。当然，莫怀戚一度认为这种理论观点非常可疑，甚至是错误的。后来思考再三，特别是通过辩证思维，一分为二地看问题，他终于发现这种理论当中的合理因素。他的理由是，自己不是书写"史诗"的能手，写"小人物"还勉强可以拿捏，那就按照"现代"小说理路办事吧！

正因为如此，莫怀戚的小说在关于历史的叙事中，一直非常清醒地将"个体化"的历史与现实有机地联系起来，便于进行精神把脉和心理透视。他将纷繁复杂的社会现象，特别是现实当中"个体化"的男男女女的心理活动，都置放到历史和现实的流变中进行独到的人性考察和辨识；他擅长于从历史和现实的个案入手，观察各色人等，特别是社会中层以下的市井人物的声容举止，逐渐深入到各种各样的"小人物"的心理世界，通过发掘人性的多面性和复杂性，发现隐藏在现实背后的历史影像，以及历史是怎样通过曲折多样、生动诡秘的方式来强有力地显示其"现实"存在的。他这样的叙事逻辑与传统的现实主义叙事逻辑形成了鲜明的对照。正因为如此，莫怀戚深刻地洞悉到缠绕在"个体化"历史中的"微观世界"的荒诞性，并将其与群体化历史的"宏观世界"相对照。他还将这两者作了文化心理视角上的区分，称之为"平庸的荒诞"与"神圣的荒诞"。在"大律师系列"
中对这两种本质相同表现各异的荒诞都作了生动具体的展示和透视。比如，
《银环蛇之谜》中，大律师用"失重思维"一举破解了一直困扰历史和现实
的这一难题："所谓失重思维，就是对一个问题的思考，看起来超出常人的
水平，非常缜密无懈可击，但总是忽略了该问题存在的前提。而存在前提是
一种外延非常简单，内涵却十分重要的东西。例如地球上一切生命存在的前
提并不是空气、阳光和水，而是地心吸引力。"随后话锋一转，大律师以
"伟大的荒诞者"希特勒为例，对那些执意要创造"宏大历史业绩"的行为
作了辛辣的嘲讽和尖锐的批判：

> 若从大脑的生理角度剖析希特勒，应当说，他对战争的所有策划都
> 是科学的、有创造性的，综合了日耳曼民族特有的思辨力和高度发达的
> 艺术想象力。但是，他认识不到那个最简单、最重要的存在前提。那就
> 是：全世界要反对他！借用基督的话来说：上帝是不会答应的！

不仅如此。莫怀戚还借大律师之口进一步揭示了这种"神圣的荒诞者"
在心理和病理上存在的严重问题。同时，也就揭示出了那些被刻意制造的
"人类历史的伟大进程"与若干个体"神圣的"心理和病理因素之间的逻辑
联系：

> 失重思维者通常既是智力超常者，又往往是智力残缺者。社会应当
> 识别他们，妥善安排之，发挥其潜能，遏制其破坏性。遗憾的是，人类
> 目前还缺乏这样的识别能力。因而无法形成应对自如的社会意志。整体
> 而言，人类还是学龄前的儿童，离真正能够认识自己的那一天还早
> 着呢！

几乎所有的像希特勒这样的独裁者都悲剧般地陷入了这种"智力怪圈"
当中。他们"既是智力超常者，又往往是智力残缺者。"吊诡的是这些独裁
者和被他们成功规训的"群众"，比如德国的"人民群众"，他们往往只看
到自己"智力超常"的一面，而根本就看不到他们自己"智力残缺"的一
面。更其悲剧的是，这些被"群众"顶礼膜拜，山呼万岁的"失重思维
者"，竟然豪情万丈地为历史"指定"发展规律，为人类"指引"行走方
向。莫怀戚的这种着眼于心理和病理视角的"历史观"表现为：他弃置了

现实主义小说习惯于用理性关照统领一切的文化自信和真理确认，并不认为叙述世界就一定高于现实世界，而是清醒地认识到这是两个既有千丝万缕的联系，但又是有本质区别的完全不同的世界，或者说是两个完全不同的"现实世界"——按照这种叙事理路创造的"现实"和"历史"，有可能比我们肉眼看到、肉身感触到的那种"现实"和"历史"更加真实，更加具有撼动人心、楔入人性内部的特殊力量；人类从自身的荒诞性中看到的自身的历史，可能远比从自身的"正常性"中看到的自身的历史，要真实可信得多。通常，"平庸的荒诞"与"神圣的荒诞"往往相互纠缠，难解难分。以"成功的大老板"为例，这类人其实就是集这两种荒诞为一身的人：

> 成功的大老板心明如镜：自己只是狡猾，或者说，是聪明，但没有真正的才华；文化就更不用说了。这样的人，别人可以怕你，求你，但未必真正看得起你。当然啰，人未必善待自己敬重的人，但那是另外一回事。没钱的时候只想钱；钱要太多了，才发现被人看得重才是人的感觉。

他还进一步阐释道："看透，只是万里长征走完第一步。看透，应该能帮助人会获得轻松的心态，视一切为自然。否则不如不看透。倒奸不傻的不如一个纯傻瓜。……愤世嫉俗者主要是心胸狭窄，加半截子眼光——他没有傻子的乐天，又没有智者的旷达，除了自我折磨，对社会一点作用也没有。"《经典关系》写的是当下的"现实"，但历史的魂魄却始终像幽灵一样在故事中游荡，让人无法分清"现实"与"历史"的界限在哪里？当"现实"中的人们正充分而任性地感受着"和平时代"的种种刺激，品尝那种不可言状的"趣味"时，"历史"竟突如其来，以一种惨烈血腥的暴力自裁方式，强有力地楔入"现实"并且将其捅出了一个巨大的"历史窟窿"——

一天，茅草根的岳父、高级工程师东方云海突然闯入公安局会议室举枪自杀。而导致这个优秀知识分子和令人羡慕的一家之长死亡的这支枪，原来是1967年夏天，东方云海从一个神秘的、来自重庆大学的学生寄放的包裹中发现的。然而，那个大学生从此"杳如黄鹤"，一去不返。之后，他细心留下这"武器的批判"，将其作为历史见证，同时那段历史也强有力地楔入东方云海的生活和收藏爱好当中。这是一支德国名牌手枪，令他爱不释手。小说写道："人类将自己的智慧和才华献给了兵工事业。没有比杀人的东西更精美的艺术品了——它甚至可以让人为了落实对它的所有权和体验艺术参与感而无缘无故地杀人。"东方云海就是揣着这种神秘的艺术体验和审美感觉,偷偷地将这支枪从那个年代带入了改革开放的"新时期"——就这样,历史和现实以暴力文化隐喻的方式紧密地缠绕在了一起。

东方云海一直在策划一次谋杀,以此"落实"和体验这个"精美的艺术品"——这个精妙绝伦的暴力尤物的价值意义。他后来才明白,这策划长达近40年的谋杀对象竟然是他自己!这无疑是一次成功的谋杀。表面看来谋杀的对象是收藏者自己,但实际上,中枪的却是历史和现实。或者可以说,是莫怀戚用小说对历史和现实同时进行了一次成功的"谋杀"。

莫怀戚小说叙事常常通过叙述者表面平易但骨子里居高临下的姿态,对历史和现实中的男男女女、林林总总进行全知全能式的俯视和情智规训。并且通过这种俯视和规训对历史和现实进行解构或者"谋杀"。这种情景在他的"大律师故事系列"中表现得最为突出——其居心叵测,可谓众所周知。"大律师"叙事围绕着的那些推理和破案情节,不过是莫怀戚吸引人们的诱饵或者花招。实际上,他意欲通过这些罪案小说的叙事策略达到对陷于历史和现实当中,而又始终分不清哪是历史哪是现实的人性处境进行破解,或者说进行残酷的"谋杀"。在小说中,"大律师"并不是所有罪案的在场者,但他却是一个全知全能的叙述者。他俯视和洞穿历史和现实的目光无处不在。他似乎就是历史和现实的智慧化身;他对历史和现实的"谋杀"其实就是对他自己的"谋杀",他对人性的解构和嘲讽其实就是对他自己的解构和嘲讽——反讽和荒谬是"大律师"阅世和叙事的基本主题。

就像东方云海成功实施了对自身的谋杀一样,东方云海的老婆也非常诡异。东方云海死后,他的老婆竟然平静地说:"其实我一直知道他藏了手枪"。当儿女们大吃一惊时,她竟然又淡淡地解释说:"我知道,他是那么喜欢那枪。"毫无疑问,这里面隐喻着对全知全能谋杀者的荒谬性的理解和同情。在莫怀戚的小说中,所谓"荒谬",已不仅仅是叙事手法和叙述者外在的反讽表情,而是包括叙述者、"大律师"在内的所有人的精神处境;当然,也是小说家对历史和现实的特异理解,以及对人性和人心基本的悲悯立场和批判态度。

《子夜鞭影》里,"大律师"在分析推理"甘科长"的犯罪心理时说:"有人犯罪杀人,把凶器和血衣往床下一扔居然倒头大睡,一般人能行吗?显然,其犯罪的心理机制异于常人。"事实上,在历史记忆中我们知道:当一群人,甚至一个国度所有的"群众"在某个特殊的历史时期,在某种

"历史欲念"的鼓舞下，怀着一种莫名其妙的幸福感和使命感去实施暴力犯罪时，这种心安理得就已然成为了一种"常态"。根本的原因就在于，"荒谬生下了根，变成了真理"！社会上形形色色的人能不心安理得吗？最精彩的是，"大律师"在《无主导驱动》中对"有位同学"行为心理的一番解析，其文化心理隐喻性可谓绝妙！"大律师"从遗传与变异的原理引出了他对人性荒谬的深刻洞悉与悲悯。他表面上似乎在讲解普及"心理科学知识"，但实际上却另有所指。他说："父母生理特征在子女身上体现出来，就是遗传；如果没有体现出来，那就是变异。"然后话锋一转，反讽的锋芒露了出来：

> 我有位同学，他的相貌身材一点都不像他的父亲。他又是独生子，因此他父亲便有了一种"我其实没有后代"的强烈感觉。所谓繁衍本能，究其实无非是"复制"自己，以造成"本体不死"的错觉。因此，儿子完全不像自己的父亲，使得父亲终日闷闷不乐。这是可以理解的，但不免有些荒唐。

其实，"大律师"所指涉和讽刺的这种普遍存在于人类历史和文明世界中的荒唐的心理镜像，并不为工布这位同学的父亲所专属；以为社会文化繁衍的本能，就是在"复制"自己，甚至应该和必须"复制"自己，否则就是大逆不道，就产生"我其实没有后代"强烈感觉和焦虑；就怒不可遏地产生非把那"一点都不像父亲"的家伙赶出家门，甚至产生除之而后快的念头。这不仅是人类所普遍遭遇的人性和人心困局，而且也是历史和现实普遍遭遇的认知困局。问题是，又有多少人能够从这种荒谬的文化心理困局中脱身而出呢？

小说叙事的精彩和独到还并不止于此。莫怀戚躲在历史和现实的身后扮了个鬼脸之后，又唆使"大律师"出来讲述了更为吊诡的一幕。仍然讲的是那个同学的故事：

> 我的这个同学到了十八岁后产生了一个现象：他刷牙时，只要牙根稍稍触及舌根，便哇哇地干呕。去看医生，说没有病，是"假声带肌过敏症"。他父亲听说后欣喜若狂。因为他本人正是一个"假声带肌过敏症"患者……

对此悲喜剧情景，"大律师"不动声色地讥刺道："他父亲总算在一片撕心裂肺的干呕声中，发现了遗传，从而发现了自己为父的有力证据。"普通百姓从这样的生理或者病理迹象中寻找遗传的"有力证据"，从而安顿自己的内心，让自己"本体不死"或家族"本体不死"的良好感觉保持下去。这只能称得上是平庸的荒诞。而神圣的荒诞往往充斥在浩大的历史叙事当中。类似"假声带肌过敏症"的喜剧性寻找和发现，不仅成了古往今来帝王将相乐此不疲的心理癖好和生理本能，而且更成为了许多文人墨客穷究不舍的特殊嗜好。《经典关系》也进一步解析了这类为父者的内心隐秘："父亲已经是亲人了，结婚只是造就亲人而已。在水没有变成血的时候，血永远浓于水。"以荒诞来解构荒诞，以荒诞来反抗荒诞，是莫怀戚小说叙事的惯用手法，因而，也是莫怀戚塑造的这个大律师的惯用手法。

关于平庸的荒诞与神圣的荒诞，莫怀戚深刻地认识到：这是两种互为表里、相辅相成的荒诞，它们在本质上是没有什么区别的；如果硬要说这两种荒诞之间有什么区别的话，那就是"眼光"与"视野"的区别。在《大动作的小动机》中，他通过毕大昭和毕小昭这两个人物性格的差异，深刻地揭示了人性和历史的这种"玄机"。他说："突然想到了一个故事，可以用来形容他们：两只狼来到草原，一只狼很失落，因为他看不见羊，这是视力；另一只狼很平静，因为他知道有草就会有羊，这是视野。视野能超越现状，使人能看到人生目标。人生，是一个不断修炼的过程！眼睛只能看到当下，眼光才能看到未来。"然而，无论是"只能用眼睛看到当下的狼"，还是精于"用眼光看到未来的狼"，它们在本质上其实都是狼。毕家这两兄弟就像这两只狼，毕小昭因为缺乏"视野"，最终鬼迷心窍失去了他的那份财产，从而远走他乡。而毕大昭因为"超越现状"，终于闯出自己的广阔天地。一个落寞于"平庸的荒诞"，另一个却成就于"神圣的荒诞"。在莫怀戚看来，他们其实都是荒诞历史悲剧中的悲剧角色——尽管他们人生经历和感受是那样的不同。但是，荒诞的本质却是完全相同的。

第七章 莫怀戚小说"身体叙事"的特点

第一节 "小说的问题应该从身体的问题开始"

一 "无身体写作"中的"身体文化"悬疑

从 20 世纪 90 年代开始，莫怀戚的小说中出现了大量的"身体叙事"。为什么他之前的小说很少有"身体的在场"？他为什么突然对身体表现出了强烈的书写兴趣？他通过身体书写想达到什么样的目的？小说中大量的身体叙事对莫怀戚而言又意味着什么？接下来的问题是：在那以后他是如此地醉心于身体书写，这会使他和他的小说都陷入消费主义的窠臼而不能自拔吗？通过对诸如此类疑问的解析，将会使我们对这个风格特异的小说家能有一个较为深入的认识和理解。

"世界的问题，可以从身体的问题开始。"这是梅洛·庞蒂的名言，也是近年来被中国文学界广泛引用的关于身体写作的一个著名论断。事实上，站在小说的立场，我们完全可以说：小说的问题，可以，而且也必须从身体的问题开始。莫怀戚先生在世的时候，我和他探讨过这个问题，他表示完全赞同。他说："我是一个小说家，小说的问题，不从身体问题开始，又从哪里开始呢？"对那些蔑视身体，甚至敌视身体、消灭身体的写作，他认为不是真正意义上的文学写作。因此，对莫怀戚文学世界的研究，一个十分重要的视角或者说切入口，那就是身体写作。

文学可不可以理直气壮、堂堂正正地书写身体？很长一段时期在中国当代小说叙事中竟然成了问题——这本身就是一个严重的问题。身体曾经被视作不信任不放心的对象；特别是作为个体化的身体更是被传统的叙事逻辑所极力贬低、敌视和批判；唯有群体化的身体、祭献式的身体，亦即符号化的抽象的身体才具有价值意义，才有被历史所接纳的合法性地位。也就是说，个体化的身体不仅在文学中，而是首先在社会生活中是没有合法性地位的。如此一来，身体在文学中完全处于边缘化，即使偶尔在叙事中出现，也是偷偷摸摸、躲躲闪闪，甚至呈浮光掠影，一鳞半爪之窘态。与个体化身体密切相关的"性"更是成了被那时的主流叙事所放逐和囚禁的对象。因此，对小说界而言，所谓"思想解放"，如果不包括身体的解放，特别是个体化身体的解放，那就不是真正意义上的思想解放和真正意义上的文学解放。小说家莫怀戚身体书写的重要意义，就在于此。

　　必须说明的是，莫怀戚将自己的小说世界纳入"文学身体学"的范畴，并且醉心于身体写作，并不是出于追风赶潮，而是出于一个小说家的职守和生命的本能。当然更重要的，还有深刻的社会文化原因。自20世纪80年代以来，随着中国社会"现代化"转型世俗渴望的强烈，特别是随着民间社会对极左政治长期控驭世俗肉身反抗的加剧，"文学身体学"自然而然从理论走向了写作实践，身体，也自然而然从幕后走向了前台。因此，用身体叙事反抗压制身体的极左叙事成了文学写作革新的主潮。1985年，小说家张贤亮推出了后来成为名篇的中篇小说《男人的一半是女人》，在中国当代小说中率先闯入了"身体写作"禁区的大门。二十多年后，莫怀戚谈到这一重大的"历史事件"时内心依旧激动不已。他说："如果没有张贤亮以极大的勇气和智慧挺身而出，把日常生活中男男女女的肉身、性爱等重新找回来，给身体以合法性地位，并且让身体成为文学叙事的主角，成为堂堂正正的书写对象和正面形象，我们这些既呆又傻的'无身体'写作者可能直到今天都还不知道'身体写作'是何物。所以，我们必须永远感谢张贤亮，永远记住张贤亮！"尽管张贤亮是以"明修栈道暗度陈仓"的计谋而混入"身体写作"的禁区的，但是，这一举措非同小可。

　　从那以后，中国的作家，特别是中国的小说家共同加入了这场具有颠覆性意义的集体行动，那就是由公共写作的立场转移到了私人写作的立场，由"无身体"和反身体写作立场转移到了回归身体和尊重身体的写作立场。莫怀戚不赞成把这种回归说成是所谓的"伟大的行动"。他说："回归嘛，就是回到原初的立场，回到常识和本真。哪里是什么伟大？我们只是强调身体应该在文学当中有主体地位罢了！"

　　"小说的问题应该从身体问题开始"，是他在认真回顾和检视自己多年来的写作经历，特别是在总结经验教训的基础上，获得的重要觉悟和深刻启示。在20世纪80年代末以前，莫怀戚的绝大多数中短篇小说几乎很少涉及"身体"，处于"无身体写作"，甚至处于"无性写作"的蒙昧状况。当然，也就谈不上进入真正意义的"文学身体学"的范畴，更谈不上从事真正意义上的身体写作。对莫怀戚而言，那个时候，小说与身体到底是什么样的关系？他并没有认真思考过，因此也就谈不上"身体革新"意义上的觉醒。

莫怀戚早年的小说有相当的篇章是叙写青年男女的情感生活，而且重点是叙写青春浪漫的男女大学生的初恋和热恋，以及他所热衷的"师生恋"。这与他中后期的小说热衷于叙写商品社会男女情欲相比反差相当的大。一个重要的特点是：他早期的小说中，身体书写对他而言还基本处于沉睡状态，至少是处于羞羞答答的暧昧状态。因为在那时他根本就没有"身体叙事"的概念。甚至在《月下的小船》、《神枪手八岱》、《南月一》和《金神》、《公平的惩罚》这样的情感叙事中，也很少可以寻觅到男女身体书写的明显痕迹，以及试图"触摸身体"的动机。比如，像《公平的惩罚》这个短篇就具有标本意义。这篇小说的叙事构架并不复杂，"主题"也比较鲜明而且"正面"：是一篇用文学的面目来"形象化"地宣讲时政文化逻辑的"传统故事"；简言之：在宣传"五讲四美"的道德文化语境中，他认为：无论国人还是老外，都应该将自己的身体纳入这一社会道德伦理的规训当中。否则，就应该受到"公平的惩罚"！

非常有意思的是：莫怀戚的小说中常常出现一种特殊的叙事对象，那就是改革开放后来到中国帮助或者参加"现代化建设"的外国女人。即中国当代修辞语汇中的"外国朋友"，或者叫作"国际友人"。他对这种角色一直保持着浓厚的书写兴趣。但奇怪的是，他对这些来华工作学习的"洋女人"从来就没有正面的描述和评价。他很早就学会了用中国"文化人"的民族主义"审美眼光"来审视这些洋女人的身体，同时对她们的"思想道德"面貌进行"中国伦理"或者"中国逻辑"价值尺度上的评判。莫怀戚一生当中写得最多的洋女人，是在重庆高校从事教学研究工作的"女外教"。而且这些特殊的书写对象都比较年轻，浑身上下充满"现代化气息"，即中国的改革开放最渴望吸纳的那种文明气息。《公平的惩罚》里面的凯蒂小姐，是莫怀戚小说中出现的第一个"女外教"形象。或许是当时由于作家的身体意识还处于蒙昧的状态，抑或是作家强烈的道德文化意识窒息了身体意识的萌发。因此，凯蒂小姐有幸逃脱了身体描述上的劫难——小说当中几乎没有一字叙写她的身体——因而她就完全避免了像后来出现的"洋鸡"安菲迪，或者日本女外教池上荷子以及"长的像洋女人"的团委书记等所遭受的具有"文化强权"蕴义的性暴力之蹂躏。从身体叙事的角度来看，凯蒂小姐无疑是悲剧的。她在小说中走了一遭却连身体的痕迹也没有留下，完全可以说是一个"无身体"的女人；但是，如果从"传统叙事"的角度来看，凯蒂小姐无疑是幸运的，至少她没有因为自己的身体缺乏"中国范"而遭受暴力美学的审视和鞭挞。

不过，小说中对那个"外语系女学生"简略粗疏的身体描写，还是可以看出那个时期的莫怀戚"身体认知"的基本状况：其身体审美的评价逻辑与当时的国家审美趣味基本是一致的："总之我一见到她，就要想起两个人的诗：一是鲁迅的'美目盼兮'，另一是张衡的'我所思兮在桂林，欲往从之湘水深'。"在当时的国家文化评价谱系上，鲁迅是"无产阶级新文化的旗手"；而张衡则是中国古代"先进文化"的代表人物。因此，这两人对女人身体的审美评价自然与当时国家的审美趣味是相当吻合的。他在小说当中对学校青年部那个女部长身体的正面描述，既不见"性"审美的痕迹，更难以窥见身体暴力肆虐的那种"任性"式的酣畅淋漓书写："她虽然已不是青年，可是身段依然秀美，面容依然明净。她同你说话呀，口气又温暖又柔软，像刚刚弹好的棉絮。"这个女部长的身体倘若进入莫怀戚中后期的小说叙事当中，很可能是悲剧的，至于会遭遇到什么样的文化暴力风险，根据莫怀戚后来的叙事脾性和审美逻辑，是完全可以想象的。但是，谢天谢地！由于那个时期，他整个的写作状态还处于"无身体写作"的蒙昧当中，特别是那时他的"身体认知"水平相当低，因此，他笔下的女性整体而言处于"无身体"的状态——关于身体的"暴力叙事"似乎离这些无辜的女性还很远。

以他那个时期的代表作《诗礼人家》、《猜谜的人们》、《都有一块绿茵》为例，就可以知道，身体在他的小说当中至少还处于暧昧的隐匿的状态，真正意义上的身体写作还没有开始。对于小说与身体的关系莫怀戚还没有搞清楚。比如，《诗礼人家》有一大段是关于昌迩的婚恋叙事。大致情况是这样的：昌迩的对象是他的中学同学。60年代末期两人响应号召一起到西双版纳支边，在热带雨林当中两人感情炽烈。但"革命"到第三个年头，与之热恋的这个姑娘招工回城去了，这让昌迩日思夜想，痛苦万分。谁想"新时期"突如其来，昌迩竟然考上了大学，于是那姑娘又回来与之重续前缘。照理说，这正是小说家展开"身体叙事"的大好时机。遗憾的是，直到昌迩要结婚了，我们也没有见到字里行间有任何与身体有关的迹象。当然，我们并不奢望莫怀戚能够像小说家王小波那样施展酣畅淋漓的身体叙事才能；不能指望昌迩和那姑娘像《黄金时代》中王二和陈清扬那样，以畸形的身体自主意识去讥刺和反抗那种无视和践踏身体的极左势力。相比之下，昌迤和那姑娘同样在西双版纳走了一遭，却连个与性与情与欲有关的身体动静都没有。这与后来的莫怀戚小说叙事德性相比，简直令人难以置信！

严格地讲，莫怀戚这一时期小说人物的身体是缺位的，至少是暧昧的和残缺不全的。因此，这就构成了与"身体文化"密切相关的一个重要的叙事"悬疑"。显然，长期以来，那种压抑身体的话语机制已经在潜意识中深刻影响了他的叙事策略和叙事趣味。尽管私下里，或者说日常生活中，莫怀戚和那时绝大多数中国男人一样热衷于谈论女人的身体，进而在内心中燃烧着渴望进行"身体实践"的熊熊烈火。可是，具体到小说叙事中，他还是相当的拘谨，一直小心翼翼地规避着身体。因为，身体写作在那时似乎还是一个审美雷区。《都有一块绿茵》中有一处差点快写到女一号谢青鸥的身体了，谁知叙述者却十分扫兴地将笔触突然宕开，饶有兴致去谈那些与时政叙事合拍的大道理了。因此，"无身体写作"是考察和评估莫怀戚早期写作精神状况的一个重要指标。

二 小说叙事中的个人"身体主权"问题

《猜谜的人们》原本是一个与身体有密切关联的婚恋故事，但遗憾的是，由于作者那时缺乏起码的主体自觉和身体意识，尽管小说的思想文化含量和社会信息含量相当大，却无可救药地陷入了遮蔽身体乃至逃避身体的写作窠臼。小说讲述的是父子两代人在婚姻上的遗憾。在当时这是一种具有社会普遍意义的事关"权利缺失"的遗憾。作者揭示出，在这种婚恋悲剧的背后是那种反人权、反人性的"极左政治"在操控；种种荒诞和吊诡皆由这种极左霸权的规训和凌压而催生。小说中的父与子原本有自己的"真爱"，却根本无法支配自己的身体，最终因"长辈"的"指导"而跌入终身难以摆脱的悲情之中。小说中的"我"与立春，一个是医学院毕业的大学生，一个是邮局的送信人。具有深刻的反讽意味的是："我"最了不起的能耐是：能将找不到主人的"死信"变成有主的"活信"。吊诡的是，这种能耐却不能帮助"我"找到真正的爱情与幸福。"作品立意的可贵在于：人的真正价值绝不决定于宿命论的出身和表面的学历、地位等，而在于自己的创造。"① 说到作品的这种"立意"，这在当时的语境下无疑是可贵的。可是，这种可贵完全是时政叙事意义上的而不是文学意义上的，更不是小说逻辑和

---

① 李敬敏：《读莫怀戚》，《涪陵师范学院学报》2000 年第 4 期。

小说伦理意义上的；当然更谈不上是"身体写作"意义上的。

其实，长期以来极左政治对普通民众婚恋，乃至对普通家庭和家族繁衍施加的干预和规训，一个最重要的事实是对民众的身体，特别是对个人身体选择权和身体支配权的干预和规训。无论是从宏观文化的层面，还是从微观文化的层面来看，个人的"身体主权"基本上处于被规训被剥夺的状况；简而言之，世俗民众的婚姻成了极左政治控制和支配个人身体的强力手段。在"长辈指导"的背后，隐匿着的是那个无处不在的主角，那就是极左政治！为什么这些在世俗生活中多少有些"办法"的普通民众，他们在日常生活中却始终无法为自己的身体找到真正的爱情与幸福？原因是：由于"历史的局限"作者没有这样的主体意识，所以就根本不可能在"身体主权"视角上进行深入的开掘，从而进一步将思考引入到"文学身体学"的纵深境域。

在《都有一块绿茵》中，我们还会发现：婚姻的荒诞往往是通过支配身体的某种宏大的"历史法则"在编演。因此尤为凸显出人生的无常、无奈和被"忽悠"的性质。较之《猜谜的人们》，《都有一块绿茵》似乎具有更加令人"费猜"的信息含量以及荒诞而深刻的反思意义。但是，这种所谓"荒诞而深刻的反思意义"，也是仅仅止步于对极左政治的揭露与批判层面，几乎没有触碰到身体的层面，即故事的核心人物谢青鸥的身体的选择权和支配权到底由谁做主？这样一个重要而且不可回避的问题。谢青鸥是否有权支配自己的身体？是否有将自己的身体交付给自己所爱的人的处置权？因为，整个小说叙事的核心问题是紧密围绕谢青鸥的身体而产生和发展的。也就是说，悲剧的核心问题聚焦在此：谢青鸥的身体是一个什么样的身体？那还是她自己的身体吗？

莫怀戚将谢青鸥人生的曲折起伏归结于"时势"和"命运"。那么，"时势"和"命运"又是通过什么样的"无形的手"在操纵着谢青鸥的身体呢？作者就此没有作出任何思考和回答。如前所述，莫怀戚早期的小说对女性的叙述和描写极为粗疏和简略，几乎看不到身体的具体情状，使人感到似乎有一种逃避女性身体描写的暧昧或者淡定。这种写作情状完全可以用他在后来的小说《透支时代》中的一个细节加以描述："面目冷漠，内心激动"。对谢青鸥的所谓描写，作者仅仅强调了她"漂亮"、"相当漂亮"，至于谢青鸥的身体，却语焉不详。也就是说，谢青鸥的身体在小说当中基本上消失了，最多处于朦胧漂浮的状态。在思想意义和社会意义大于或者高于文学意义的那个时期，小说对身体普遍呈现一种无知和漠然的情状。虽然张贤亮等少数"胆子大的作家"具有了"文学身体学"的自发性觉醒，但是，对当时绝大多数作家而言，即使是这种自发性觉醒，还是相当缺乏的。当然就更谈不上进入身体写作的主体自觉阶段了。这说明身体主权的被剥夺，在当时已经普遍涉及社会生活的各个方面；文学叙事不能理直气壮、大大方方地书写身体，实质上反映出"身体主权"在文学写作中已经被剥夺。更其悲剧的是，当时许多的作家并未意识到这种主权的被剥夺，是多么重要和悲剧的一件事。

现在，我们必须回到"谢青鸥的身体到底是一个什么样的身体？"这个核心问题上。而要揭开这个谜底，又必须从文化与权力的逻辑关系上去寻找答案。按照现代身体社会学或者身体文化学的观点，人类社会一直处于"身体社会化"和"社会身体化"的境域当中。身体具有二重性，即自然的身体和社会的身体。但是，自然的身体在人类的文明历史行程中逐渐被塑造为了社会的身体。在这一塑造的过程中，身体与"文化"的关系尤为密切；"文化"成了规训和塑造身体的主宰；"文化权力"使自然的身体成为了文化的身体、社会的身体，乃至被操控、被使用、被观看、被消费的身体等。福柯在深刻批判西方世界对民众身体控驭和规训的普遍情形时，是这样说的："'文化权力'总是在直接控制它、干预它，给它打上标记，训练它、折磨它，强迫它完成某些任务、表现某些仪式、发出某些信号。"[1] 由此看来，谢青鸥的身体已经不是自然的身体，而是被极左政治这种"文化权力"所塑造的，亦即被控制、被干预、被打上标记的社会的身体。因此，这个身体不属于她，是一个基本的事实，同时也是她必须面对的一个基本的现实处境。

"出身资产阶级家庭"，这就是极左政治给谢青鸥的身体打上的文化标记；她的这具身体与"出身无产阶级家庭"的汪国华的身体的结合，自始至终笼罩在这种"文化"威权的巨大阴影之下。对谢而言，在当时的时代语境下，她似乎是幸运的——她为自己的身体找到了幸运的"处置之所"。可是时过境迁，时代语境又发生了微妙的变化，谢青鸥的"出身"又重新被时代所解释所形塑。于是，她的身体不仅不再卑下，反倒成为一种"时代的优势"。相形之下，其配偶汪国华的身体却在丧失"身份优越感"的同时，兼之文凭较低，与时代要求的各项"现代化指标"相去甚远，因而只

---

① 福柯：《规训与惩罚》，三联书店 2012 年版，第 72 页。

能在学校当一名毫无"文化地位"可言的电影放映员。这种社会落差所爆发的"反制力",终于在谢青鸥升任为文化馆舞蹈队长后,导致成了不可逆转的婚姻裂变。

从"客观上"来说,谢青鸥身体的俊美和汪国华身体的健美,作为自然的人、自然的身体并没有发生太大的变化,变化了的是文化语境,或者说是时代对身体形塑的需要及解释发生了变化。尽管小说用大量篇幅去叙述和描写汪国华如何应对时代语境的荒诞变化。比如,他如何白手起家组建起了教工足球队,又如何因训练有方而深受球员们的尊敬与爱戴等。总之,汪国华的一切努力,都是为了挽回身体在时代重新形塑和解释中的劣势,但是,其自然身体在强大的时代语境面前终究是无奈和弱小的。作者明显是为了抚慰汪国华和读者,在小说叙事的结尾,让他最终在与实力强大的足球队的对抗中巧妙地赢得胜利,进而使其重新找回了所谓的自尊和自信等,也就是将劣势转变为了某种"优势"。但是,无论对谢青鸥,还是对汪国华而言,都始终难以逃脱"文化"对身体的形塑和解释以及对其命运的安排。这一点却是无可置疑的。

三　生产主义和消费主义双重规训下的身体

到了写作《透支时代》时,莫怀戚无疑已经真正进入了自觉意义的"文学身体学"写作阶段。但是,对"新时期"以前身体与"文化"的逻辑关系,他依然保持着持续的关注状态。在这篇小说当中,叙事的主题稍微有了一些变化。可以看出他对身体作为生产工具的历史境遇的关注,特别是对身体被"解放"以后又不由自主跌入消费主义的历史境遇产生了浓厚的兴趣。按照福柯的解释:"身体遭受惩罚的历史、身体被纳入生产计划和生产目的的历史,以及将身体作为驯服的生产工具的历史,即整个生产主义的历史"已经逐步让位于"身体处于消费主义的历史"[①]。这一历史时期的显著特征是:文化格局已然发生了变化,"文化"似乎悄然隐匿,它换了一个庸俗的消费主义的马甲。但是身体依然在它的操纵之下;身体的历史面貌也随之发生了变化——我们面临的是"身体成了消费对象的历史,是身体受到赞美、欣赏和把玩的历史。身体从生产主义的牢笼中解放出来,不可自制地陷入了消费主义的陷阱"[②]。现在我们来看,身体是如何在逃离了生产主

---

① 福柯:《规训与惩罚》,第139页。

② 汪民安:《尼采与身体》,北京大学出版社2008年版,第38页。

义的控制之后，却被一种新的文化机制，即消费主义的温情脉脉所控制的——这样一幅世俗风情图画：

《透支时代》当中，男一号泰阳原本有一个美满的家庭：妻子王静漂亮而且颇具才华。与谢青鸥相似，王静的自然身体形貌和社会身体优势相当突出。在极左政治对女性自然身体的敌视或刻意遮蔽逐渐式微之后，王静的自然身体得到了消费主义的承认与欣赏。小说的身体叙事意图十分明确：作为知性妇女，王静的美非同一般：

> 王静很美。这样美丽的画家是不多的。她眉毛漆黑，面色红润，瞳仁如水晶，牙齿像玉石；加之她面若满月，耳垂敦厚，所以路边那些专业的和业余的术士和星相学家常常追着她走，坚持免费给她看相。他们众口一词地说她"貌好，相也好"。

即使这样的身体描写仍然潜隐着某种文化意志固有的"知识话语"意涵，但毕竟进步到了不再敌视或遮蔽女性身体的"正常审美"时代。然而，吊诡的是，情人吴越的身体远不如妻子王静，可是从消费主义的多元化审美，特别是多口味需求着眼，吴越身体的优势居然为王静所不如——按照泰阳的说法："这个我不应该爱上的女人……但是她迷人"。面对吴越的身体，泰阳感叹不已："问题就在这里：迷人的不一定美丽，美丽的不一定迷人。"这样的感慨和觉悟，只有在消费主义时代才有可能大胆地生发出来；而在生产主义时代，女人身体的美丽，如果再加上迷人，就只能成为被极左政治敌视并且纳入规训的对象。那个时候，"普通群众"即使对女人身体的美丽、迷人产生浓厚的兴趣，也只能在私下里偷偷感慨，更多时候只能默默地埋藏在心里。否则就是思想情趣不健康。

耐人寻味的是：沉醉于消费主义中的泰阳，面对这两个女性的身体，其注释是："我爱王静，但我需要吴越。"和泰阳一样，吴越也爱自己的丈夫。不过泰阳明显能感觉到："我显然不如她的丈夫重要，我只是那个男人的补充。"就这样，双方的身体"行动"起来，在你的"需要"和我的"补充"中，他们开始积极地卖力地注释和创作自己。在生产主义与消费主义这两个"不同"的时代，始终处于文化"求真意志"和"审美意志"支配、形塑中的男男女女，他们的身体表现有何区别呢？莫怀戚借泰阳父亲的嘴揭示道：

　　以前是男人要疯，只是女人不敢疯，所以疯不起来；现在是女人也敢疯了，还更疯，所以现在要疯起来了。要疯得血淋淋的，每个人都伤得很重才算事。

　　真可谓入木三分，准确而深刻，但有点恐怖。这所谓的"男人要疯"或者"女人也敢疯"等等，其实说的是世俗的肉体欲望像潘多拉的盒子完全被打开了。而且，女人的肉体欲望因为禁锢得实在是太久，其爆发力就非同寻常，所以伤得也非常厉害。值得注意的是，泰阳父亲关于身体的这番高论，是站在清教徒式的伦理立场而生发的。这个父亲是个"老干部"，但他在身体问题上并不僵化保守，也不独断专行，对女性自然身体之美的"自发性"赏析能力自来就没有丧失。这个"老干部"虽然在其精神深处已经被过去那种清教徒伦理所占领，但是他的肉体却游离于这种古旧的伦理之外。或者说，他非常清楚什么时候和什么场合应该用清教徒伦理来批判"肉体享乐"，什么时候和什么场合可以堂堂正正地享用组织分配给他的具有肉体享乐性质的"胜利成果"。不过，与儿子泰阳不同，他一方面暗暗享受着"时代"带给他的"消费主义"好处。另一方面却始终保持着对消费主义的警惕——他常常以调侃的方式去玩味和批判消费主义时代男男女女的身体，以及灵魂。这是一个眼光很毒的杰出的"身体审视专家"。他时刻以文化全能主义眼光来打量和洞悉各种各样的身体。比如，他说："瞄一眼我就能看出这人的过去、现在和将来。"这种本领来自于"他管了几十年的人"；又比如，他对什么是"交际花"的洞察明显比儿子高明："我儿莫以为交际花就是电影里那珠光宝气的样子。真正的交际花是不妖精的，还有些人格上的魅力，不一定很漂亮，但很能往男人心里钻。"因此，迷人的女人身体以及内在气息，站在清教徒伦理的立场来看，这是相当有害和相当危险的——这样的身体在任何时期都应该是监控和防范的对象。因为这种身体对"文化"和"秩序"来说太具有挑战性和杀伤力了。

　　更值得注意的是在这篇小说当中，莫怀戚以"生命中不能承受之轻"的从容和淡定，讲述了一个比谢青鸥的身体更加具有荒诞性和悲剧性的故事：泰阳对母亲当年处置"自己身体"的方式，以及父亲挟文化之威仪"合理合法"接管母亲身体的历史情形，一直有一种难言之隐。"当年我妈是被组织劝说嫁给我爹的。我妈不敢说那人太丑，只说年龄相差太大。组织说那个男人是为了革命事业耽误了个人问题。那时管婚姻叫个人问题。"诡异的是，泰阳披露说："其实组织并没强迫我妈，是我妈自己想加入组织。"

在本质上，这种处置"自己身体"的方式和对方"合理合法"接管女性身体的情形，在相当长的历史时期当中，是一种普遍的社会时尚和身体处置法则。问题是，女性的这种处置"自己身体"的方式，竟然成了当年许多"有想法有抱负"女性的难言之隐和终身遗恨。请看小说叙事中对母亲内心隐秘的揭示："我妈嫁了我爸后就加入了组织，而且调了好工作。但是她闷闷不乐。问她为什么不快乐，她总是说没有不快乐。几年前她生了场病，以为自己要死了。她居然对我说了这么一句话：'其实一个女人不喜欢男人又老又丑，是正当的想法'。"今天看来，这的确是一种"正当的想法"，而且是女性择偶的一种基本的审美常识，如果放在过去也基本是这样，即使这个男人笼罩着种种耀眼的光环，披上了光闪闪的铠甲，在女性择偶的常识面前他还是个"又老又丑"的男人！几十年来，"我妈"就在这种矛盾中痛苦地挣扎而无法解脱。具有深刻悲剧意味的是："我妈"这种几乎是出自女性本能的"觉悟"，是在"闷闷不乐"地隐忍几十年，人生已入老境之际，才如回光返照似的吐露出来。"时代文化"形塑着每一个凡俗的身体，并且在实质上对其拥有至高无上的处置权，但通常它并不直接出面，而是以女性"自己"处置"自己身体"的方式，把它那种蔑视和规训身体的意图深深隐藏起来。与小说《都有一块绿茵》不同，莫怀戚在《透支时代》当中，通过自觉而积极的身体叙事揭示出了"合情合理"的世俗社会中身体支配的历史真相和文化法则："时代文化"一直是通过规训或曰改造的路径，从而达到形塑身体目的，并且使被规训者自觉交付自己的身体。归根究底，生产主义和消费主义在规训手段上尽管有很大的差异，但在本质上这两种不同的"时代文化"却是完全一样的。

四　沦陷于民族主义美学趣味中的女性身体

在告别了极左政治敌视身体和明目张胆地操控身体，使之改造成为符合其审美趣味的"文化的身体"以及"劳动的身体"之后，置身于消费主义围困中的世俗世界和文学世界对身体的热情急剧升温。在这个消费主义高歌猛进的时代，身体成为了最令人专注和亢奋的大众话题。以感官刺激和快感体验为主旨的身体文化，使性和暴力成为这个"泛文化"时代的主角。在20世纪90年代以后的小说叙事当中，莫怀戚在描述消费时代的文化特征及本质时，对这种混杂着性和暴力的感官刺激和快感体验的时代进行了广泛深入的揭示。需要注意的是，女性身体已然沦陷于这种新型的文化趣味和暴力美学的围剿之中。对此，莫怀戚不仅作了淋漓尽致的描述和展示，而且还对高扬在这种美学趣味之上的极端民族主义正义感和合理性进行了毫不留情的嘲讽和批判。对于一个在现代化艰难转型过程中曾经惨遭身体暴力和精神暴力凌虐的民族来说，这样的民族暴力复仇心态以及由此建立在性征服心理基点上的身体美学观念，无疑是真实的、愉悦的和具有普遍意义的，同时也是危险的和可悲的。

具体到这一时期的身体写作实践中，以《陪都就事》和《六弦的大圣堂》为代表，最具有文化认知的标本意义。男权主义道德文化意图由于裹上了民族主义正义性、合理性的面纱，这样一来，其对女性身体及灵魂的凌虐似乎就不再是野蛮和罪孽了。这种心态及其理论与一些西方马克思主义理论家，如詹明信等人的暴力美学理念不谋而合。在《陪都就事》这部以推理小说或侦破小说面目出现的身体叙事作品当中，由于莫怀戚深谙中国人，特别是重庆人的地域文化性格及世俗文化心态，因此，在诡异多端、扑朔迷离的叙事延展当中，将"银娘"号旅游船暴力复仇事件的策划者和实施者霍沧粟的心理发生、发展以及成长、壮大的过程，描述和刻画得淋漓尽致，一览无余。可以说，霍沧粟这个文学形象的塑造不仅是相当成功的，而且也是具有"开创性"的和不可多得的。在此之前，我们在别的小说家的笔下还没有看见这样的小说人物出现。

小说叙事的背景线索是：霍沧粟的母亲在民国三十七年，即1946年，被驻扎在陪都重庆的美国大兵所强奸。这个身体暴力事件与发生在北平的"沈崇事件"一样，迅速注入了符合"时代需要"的民族主义道德文化内涵。母亲的身体在那时已经不再是她自己的身体，她已经成为了时代的身体、民族的身体——成为了负载着复杂丰厚的政治文化内涵的符号化的身体。毫无疑问，这个符号化的身体是被美国大兵和自己的同胞合力想象并塑造出来的。因此，母亲的身体在当时既具有遭受凌辱的民族悲剧的道德文化特征，同时又具有控诉和反抗帝国主义、殖民主义的国家意识形态特征——总之，这个身体是正面的，具有"文化正确性"特征。不过，这个身体是不属于她自己的，而是成为了负载着民族主义道德文化内涵的一个抽象化的身体。

因此，历史文化和民族心态的种种复杂和吊诡也正体现于此。"解放以后"，母亲曾经被"帝国主义"和"殖民主义"玷污的身体，却陡然从正面形象变成了反面形象，成为了中国人的"耻辱的象征"。于是，身体暴力叙事中施虐的一方由美国大兵转为具有民族主义正义感的同胞。不仅母亲供职学校的男男女女每日饶有兴致地争相传播这个发生在"解放前"的"大丑闻","更有甚者,连在'官茅厕'里挑粪的粪夫,也要来看'美国大兵究竟搞了哪个婆娘'?!这个婆娘到底长得是啥样子?""这个婆娘的身体何以能够引起美国大兵强烈的兴趣?"等等。尤为恐怖的是,这些知识民众和非知识民众的暴力施虐心态如出一辙——在这种通过性和暴力的偷窥和想象当中,民众获得了普遍的感官刺激和心理快感满足。由此可见,民众建立在极端民族主义情绪基础之上的暴力美学理念,其荒诞、丑陋以及无耻下流暴露无遗。且看这两种民众的隐私窥探和快感体验性评论:其一,"美国大兵如狼似虎,她哪里跑得脱?"其二,"母狗不摆尾,公狗不爬背。"理由是"想找个美国如意郎君托付终身,别人却只将你当鸡看。"尽管也有女权主义者在学校为母亲打抱不平,然而,终究劳而无功,根本无法抵挡极端民族主义情绪所掀起的汹涌世俗浪潮。莫怀戚饶有深意地感喟:

> 她实际上是被自己的同胞逼得走投无路。……我们这个民族,自己人待自己人怎么总是那么苛刻、那么凶狠呢?!

然而,依照詹明信等人的暴力美学理念,身体从来就是一个文化问题和哲学问题;身体自始至终深刻着理论暴力的烙印。他们认为,只有这样身体才能够获得意义,即具有了作为前瞻性文化力量的理论质态。在文化的演进过程中,身体只有作为针对资本主义和帝国主义的颠覆性破坏力量才具有存在的价值;同样,性、暴力以及感官刺激、快感体验等,只有将其理解为一种政治文化行为时,身体才因之赋予了某种历史的高度。在小说叙事中,莫怀戚形象表达了对这种极端民族主义暴力美学的不适和质疑。在他看来,这种身体文化学和身体伦理学的确是值得批判和整肃的。

小说中,历史上的美国大兵和现实中的自己的同胞接力般地轮番施虐伤害母亲,因此遭到精神创伤最深的应该是母亲,但在叙事逻辑延展中我们发现,受伤害最深的却是儿子霍沧粟。尤为吊诡的是,作为"自己的同胞"精神施虐对象的霍沧粟,其复仇的文化心理动因和逻辑,居然与施虐者所信奉的极端民族主义暴力美学形态别无二致!特别荒诞的是,他居然毫无任何文化心理障碍、顺理成章地由精神施虐的对象,变成了穷凶极恶的身体施暴者!而且,其身体复仇施虐的对象竟然是自己的同胞女性。尤其让人不可理解的是,其身体施暴理由竟然是这个叫姚云梅的女团委书记"长得好像一个洋女人"。为此,他还特意从苏联生命心理学家缅图采夫那里找来了理论依据——"半真半假的强化,自欺式的确认"。当然,这个女领导并不知道自己已经被霍沧粟强烈的爱国主义激愤所锁定，被幻想成了一种诡异的意识形态的身体象征："她的头发是栗色的，她的眼珠也是栗色的，眼眶也深，鼻梁也高；她的皮肤白皙，但不是东方式的润白，而是西方式的——刷白。"当然，她更不知道，自己的身体竟然鬼使神差成为了霍沧粟报国恨家仇的替代物，或者叫假想敌——

　　霍沧粟进厂时还是个普通的不求上进的小青年，但仍然经常被召集到单位参加学习。就在学习室里，他第一次见到了这位漂亮的女领导；这位需要新徒工们仰起头来看的女领导。霍沧粟就只看了那么一眼，那种要"干掉她"的念头便从内心里疯狂地滋生起来。

不仅如此，霍沧粟寝室墙上还贴着一张美国女影星的剧照。姚云梅第一次看到这张图片时，她压根就想不到其中所蕴含着的民族主义和爱国主义的道德文化玄机。小说写道："已经初具政治文化素养的这个女领导永远也不知道，那个袒胸露乳的美国女人根本不是什么'资产阶级思想'，而是她本人的一个'参照物'——霍沧粟在干她时，眼睛盯着那美国女人，感觉上就成了'干'那个洋女人了。霍沧粟自己都说不出这'美感'来自何处。"这难道不是诡异之极吗?!

五　个人犯罪怎样变为"正义的文化行为"

詹明信等人的暴力美学理论在霍沧粟的身体暴力实践中得到了审美贯彻和执行；女领导的身体成为了他战胜"帝国主义"为国家民族，也为母亲和他自己报仇雪恨的替代品和参照物。姚云梅原本是专门来做后进青年霍沧粟的思想转化工作的，却万万没有想到她的身体反倒被偷放入茶水里的药物麻翻——

　　当她突然反应过来，本能地开始反抗时，她感到无能为力：既喊不出声，又动弹不了。他双手抱住她的头，拇指压住她耳后什么地方，慢慢地，冷冷地将她放倒了。鲜血糊满了她的大腿根，染红了床单。这第一次会出这么多血，是她想不到的。这说明了他的粗鲁：岂止是"占有"，简直是屠杀。其时不知怎的下起了雨。仲秋已过，居然还有这样的骤雨，也是奇怪。腥湿的风吹开了窗户，扑进室内，墙上的西洋美女发出呻吟，同床上这个东方美女的呻吟混为一谈。

这段关于身体暴力的实践性描述意义重大。尽管与文化全能主义盛行年代大规模、群众性参与的"身体想象"与身体施虐狂欢情景完全不同,霍沧粟的行为仅只具有非组织非理性的个人暴力施虐特点。但是,莫怀戚的这段具有悲喜剧甚至闹剧色彩的身体叙事,其独到性和深刻性却是毋庸置疑的。如果说,霍沧粟在"干掉"单位的女领导的"身体想象"当中承载了如此复杂丰厚的民族主义群体性暴力文化内涵的话,那么,这样一种源远流长的关于女性身体的"身体文化"想象,却无疑反映了具有普遍意义和典型意义的某种历史文化心理的特性,同时也反映了隐伏在底层民众世俗心理中的某种真实的文化动机。与过去年代流行的针对"身体内部的斗争"的叙事方略不太相同,"身体内部的纠结"在今天已然成为了消费主义时代叙事的强大动因——身体,尤其是女性的身体一而再再而三地被戴着各种面具的消费主义所征用,女性身体已然成为了工具或者消费品。表面上看,仿佛是小说家在随心所欲地征用或者消费她们的身体,实际上,真正的征用者和消费者还是那个隐伏着却又无处不在的文化体系,还有被这种文化意志成功规训的普通民众——他们的这种诡异的审美趣味与由文化意志所派生的审美趣味竟然达到了高度的一致。

"干掉这个女领导!"这一叙事逻辑具有十分芜杂诡异的文化反讽和解构意味。本来是一桩蓄谋已久、彻头彻尾的个人犯罪行为,但由于施暴者意识深处充满极端民族主义身体复仇的义愤。即,一种被某种文化意志暗中鼓动的身体暴力行为,因此,这种身体暴力行为就不再是个人行为,而是具有文化意志内涵的潜在的群体行为。最深刻同时也最有意思的身体叙事及文化解析发生在施暴后的第二天。在此,我们必须将霍沧粟的身体暴力叙事与鲁迅笔下的阿Q联系起来审视,才有可能洞悉这种奇异的身体伦理及其审美趣味的奥妙。霍沧粟的这种明显的个人犯罪行为是怎样变为"正义的文化行为"的呢?在小说《和平时代》里,莫怀戚从文化心理的视角作了微妙的剖析:

> 实话说,犯罪,或者干不道德的事,有两个档次。低档的也就是本能所驱,高档的则有观念做依托。一个人,这里指一个留学生,他要干的事,都是"想好了的"。当我们说"想好了的"的时候,说的就是观念了。当然,政治家的说法是"蓄谋"。
>
> 有了观念,或者说有了"文化"作为强大的依托,一切都顺理成章,

毋庸置疑。就如同一场突如其来的文化暴雨，霍沧粟不仅终结了他自己以及
民族耻辱的历史，而且通过这场由他策动的"文化暴雨"，他，及他的族群
从这种来自性和身体的暴力占有征服当中，获得了前所未有的精神刺激和快
感体验。然而，就如同思想家常常忧虑的那样——真正的难题在于"暴雨
冲刷洗礼后的第二天"。霍沧粟在充分享受"文化暴雨"的刺激之后都做了
些什么呢？这无疑是需要我们认真寻究的。"身体暴力"实施后的第二天，
女领导充分体现了一个青年干部的良好心理文化素质。她执着地想要搞明
白，由霍沧粟带来的这场猝不及防的"文化暴雨"，其真正导因是什么？她
原以为自己的职位和地位决定自己是天然"正确"的，殊不知盘踞在"文
化正确"制高点上的不是她，而是主动实施"身体暴力"的施暴者和后进
青年霍沧粟！在霍沧粟"文化正确"逻辑的一番猛烈的击打之下——

> 　　她渐渐明白了，寝室里那张美国影星照片……那不是什么资产阶级
> 思想，如果一定要上纲，倒是反对资产阶级的……她想明白了：他在心
> 灵上干的是那个美国影星，只不过是借了她这个仿佛洋女人的中国女人
> 的肉体……一时间心绪复杂，无与伦比，她发出一声情不自禁的长叹。
> 一个团委书记会如此这般地长叹，连她自己也没想到。

"反对资产阶级思想"，无疑蕴含着那个特殊年代特有的道德文化内涵。
于是，年轻的女领导自觉调整了自己的立场和思想认识视角。她突然顿悟
到：自己的身体能被这伟大的道德文化进程所征用，从而汇入这具有崇高审
美意义的历史潮流。因此，她一下子情绪大变："他的民族正义感让她十分
感动：'能像你这样的年轻人实在是不多。'她真诚地说，'但你要能控制情
绪，否则对身体不好。'"当他提出要和她结婚时，她不仅深深地表示理解，
而且感动得一塌糊涂。可是，"她永远不知道，他真正动机是：这样就可以
使他一直将像她这样的'美国女人'干下去！"

显然，"文化暴雨"冲刷后的第二天，"身体革命家"霍沧粟与女领导
在民族主义道德文化的框架中达成了一致。重要的是：他在理直气壮地阐释
自己的"身体暴力"的理论体系时，同时也完成了他和她的"肉体意志共
同体"的"文化建构"；更加重要的是：他的"文化意志"根本就没有松
弛；他怀抱宏大的"肉体乌托邦"理想，决心"继续战斗"：除了要实现
"战斗的近期目标"，从肉体上彻底消灭民族主义宿敌美国大兵老施鲁德的
儿子戴维之外，更加弘毅的"战斗的远景目标"是：要"干掉"各种各样

的洋女人！

　　叙事中，霍沧粟的下一个首选目标是："洋鸡"安菲迪。此时，霍沧粟已是大学三年级的学生。已经成为他妻子的女领导总是心情复杂地在赞美他："每次放假回来，都比上次年轻"。她压根就不知道，她的老公在校园里瞄上了一个女外教——美国女郎安菲迪。在小说的身体叙事中，霍沧粟既充满性的想象和激动，同时又充满极端民族主义的审美批判激情——

　　　　她短发齐耳，灰蓝的眼珠一片单纯，皮肤白皙，汗毛茂密，女性的曲线比东方人夸张——由于手上吃力，身体略倾，就更夸张。她着长袖衫，着肥大的短裤，都说不准算什么颜色。总之那种随便不是中国人能扮演的。她滚圆的膝盖，在他看来，就像屁股。

　　"霍沧粟盯着她突然一阵发怔，全身失去知觉，周围的声音也消失了。在这一怔里，一个已经沉睡到近乎死亡的东西苏醒过来。"显然，发怔以及全身失去知觉，是因为这个美国女人的性感冲击力所致；那个"苏醒过来"的东西，就是民族主义的文化暴力意志啊！在极端民族主义"文化正确"的道德审美眼光里，任何一个洋女人，除了她们那种撩人的性吸引力能充分地激发身体复仇的强烈欲望之外，无论从自然审美还是社会审美意义上，她们都不是正常的、科学的、良善的和正确的——"他嗅着她的气息，这气息很浓，而且不同于任何中国女人。这或者可称为食肉动物的膻腥之气。"——这段心理描述充分说明：在身体暴力实施者霍沧粟眼里，洋女人，乃至所有的洋人，无论在身体进化的阶段上，还是在文化进化的阶段上，都处于"食肉动物"或者"史前文明"的阶段。霍沧粟将安菲迪定位于"洋鸡"，即可见他的种族主义文化立场和审美态度是如此的鲜明、如此的坚定不移。

第二节　关于身体和性的价值判断和符号预设

一　性的想象与话语的文化规定性相关联

　　福柯所揭示的那种认识论上的二元对立情状，在霍沧粟这种极端民族主义身体复仇者那里得到了充分的印证。因此，居于二元对立的"文化正确"的一方必须从肉体上占有和战胜这些洋女人——嗅着安菲迪的气息，霍沧粟

"心绪隐隐沸腾起来……电影中出征前的战马就是这样，或者现实中种公牛被牵到某处而有了性兴奋的预感时就是这样。"于是，他巧用"中国式的泡妞经验"，使其身体复仇的预谋终于实现。在这一段关于身体暴力的叙事细节当中，霍沧粟出于某种"文化"预谋而显得积极主动、狂野生猛；而浑然不知所谓的"东方智慧"和民族主义身体复仇为何物的"洋鸡"安菲迪，却显得愚不可及、挨打被动："他将她摔倒在床上时，她眼里闪出惊讶。这一瞬使他痛快；一种舞刀的屠宰的痛快。但跟着她就嗤地一笑，万种风情地说，我还以为中国男人很文雅。这使他愣了一下，有种搞错了的感觉在心里一闪，但他还是扑上去，撕开她的衣服。她咯咯地笑，笑得像个中国女人。这又使他一愣，喃喃地说，是上帝派你来的吧……他感到不能让她错误地快活地说下去了，他用嘴去封她的嘴。她以为这是来接吻了，便更加兴奋，嗷嗷叫着，张开大口来旋转般的啃咬，而且将她那食肉动物的舌头（他感到那上面有毛刺）捅进他的口腔。他撕开她的胸罩。她倒主动地将那发了水似的乳房挤拢，迫不及待地奉上。"

福柯在《性经验史》中提示我们，所谓身体，所谓性等，在人类社会当中都是由话语生产出来的。本质上话语并不压制性欲，相反它发明性欲，并赋予性欲形式；它指定何为正确的性欲，何为错误的性欲。比如，过去在传统的道德文化叙事模式当中，"我方人员"无论男女，只要是具有"文化正确性"，他们与"他方人员"抑或是三教九流的男女发生身体接触，这在道德文化评判上都是正确的和正面的，同时也是正义的。反之，倘若这男男女女的身体行为不具有"文化正确性"，那么，他们在这种道德文化叙事中的地位就非常低下，在道德文化评判上自然是错误的和负面的，同时也是反正义价值观的。总之，我们所有那些关于性的想象，无不与这种话语的文化规定性有关。我们正是沿着它指定的方向去感知和评判身体和性的好坏、对错、升华还是堕落。由此，文学和整个社会一样，它对身体和性的想象处处布满了这种道德与文化的符号陷阱。正是在这种情景之下，霍沧粟和"洋鸡"安菲迪同时都掉进了这样的符号陷阱当中。霍沧粟先验的"正确性"即是由此而来。他所假想的那种道德文化共同体，似乎早已先期认定了这种身体暴力行为的"正确"文化属性。同样，"洋鸡"安菲迪由于先期的"不正确"，因此她在道德文化属性上注定处于被贬抑被嘲弄的地位，由此可见，这样的局面的确是由这种具有先验文化属性的话语框架所决定的。值得提醒的是，这种身体暴力叙事中的二元对立情状，还隐隐含纳着种族文化的贬抑成分，甚至具体到"她那食肉动物的舌头"。这里面也有着身体文化的奇妙内容；而具有种族文化优越感的一方"感到那上面有毛刺"，因此既刺激，又非常不适——仿佛是人兽在交合。

事实上在这种二元对立的关于身体暴力叙事当中，由于身体暴力主动实施一方往往代表正确的文化符号，因此，在暴力实施过程中的好坏、对错、升华还是堕落就一目了然。用不着我们去苦思冥想，因为答案早已预设。"一切戛然而止。他将她扔到床的那边，就像一个屠户将已死的猪交给他的下手。"这个叫安菲迪的洋女人也因为这样的道德文化符号预设，从一开始就被逐出了正常、正确以及良善和真理的范畴。

如果说，这种关于身体和性的道德文化符号预设，仅仅是针对金发碧眼的白种人，对同样是黄皮肤黑头发黑眼睛的黄种人应该有所区别吧？但是，错了！因为我们很快发现，在接踵而至的《六弦的大圣堂》中，男一号杨维智的身体暴力叙事表明，这种关于身体和性的价值判断和符号预设，完全是根据道德文化语境的需要来进行建构的；这种建构既有随心所欲，即所谓灵活性的一面，同时又有顽固保守，即所谓坚持原则性的一面。与《陪都就事》里面的霍沧粟极为相似，大学教师杨维智阴谋设置的极端民族主义文化复仇陷阱，以及整个身体暴力叙事的过程与霍沧粟如出一辙。唯一不同的是，杨维智正义凛然、一往无前实施身体复仇计划的对象，却是一个来自日本的女外教池上荷子。本来，像池上这样的"同文同种"的黄种女人，虽然来自曾经侵略过中国的国度，但她本人并没有参与侵略行动，而且是为了增进"日中友好"到中国来执教的。同时她还虔诚地学习汉文化。即使如此，在杨维智二元对立的身体暴力叙事的符号系统中，她仍然属于真理和常识的对立面。于是，小说中关于池上荷子的身体书写就成了如此这般模样——身体复仇预谋之初是这样的一番观感：

　　如果不是已经知道，无论如何看不出池上荷子是个日本女人。作为女人，算是大个儿。杨维智很想说像个运动员之类的恭维话，但给噎住了。浓黑的眉毛又长又弯，如果是中国姑娘，可能会稍事修拔，让它细致一点。鼻梁不算高，却有一点拱；上唇厚了一点，还微微上翘……论起来池上老师的每一个器官都说不上美，但合起来就不错了。

临到实施身体暴力复仇的前夕，杨维智陪她去南温泉时，关于池上的身体书写依然没有从杨维智的道德文化符号系统中，得到丝毫的朝"正确方向"进行价值改判的迹象：

池上兴致勃勃。她的黑红白三色比基尼泳装很打眼，裤头上印有两只盛着饮料的杯子。"贼死贼死一身肉！"与洪波相比显得笨拙，尤其是小腿太粗，所以显得很短。作为亚洲人，乳房也太大，就像正在奶着孩子。脚板也大。大腿皮肤好像有些小籽儿，摸上去会硌手吧！杨维智不禁怅然。

尽管在杨维智的身体审美评判和身体伦理谱系中，池上荷子引发这种"怅然"是不可避免的，但是值得注意的是，杨维智的这种"怅然"不仅具有极端民族主义的文化自觉含义，而且更具有男权主义"动物性"的原始本能自觉含义。在莫怀戚的身体写作中，这种男权主义"动物性"的原始本能叙事肆意泛滥着。《白沙码头》中的八师兄也是如此这般的"怅然"："他一路闲走，慢慢地发现云南的女人不漂亮。实在是不漂亮。仔细研究过后，明白了是因为皮肤：黑，还泛黄，而且干瘦，远不如重庆的白皙水灵而且丰满——重庆式的丰满并不是块头（重庆话说的是：堆头）有多么大，而是捏摸着有那种感觉，当地的说法是，看起消瘦，摸起有肉。"不仅如此。他在很多时候打量女人时都是用那种动物寻找交配对象的目光。因此，他常常又不禁要自责："这哪里是个人呢，完全是个淫具。"这就不经意道出了杨维智们内心中的秘密。事实上，莫怀戚小说中男性打量女性的目光，也彻里彻外透露出"动物性"的身体审美眼光；同时在价值评判方面，男权主义的"文化"粗野和霸道也表现得十分明显。在泰阳眼里："这个女人又黑又瘦，颧骨高耸，眼眶大得可怕；腿杆细得像鹭鸶，而且有一条是弯的……我竟然为这样一个女人心碎，我可能是吃错了药……她的眼睛很美丽。确切地说是它们在反映某种心理活动时很美丽。美丽这玩意儿因人而异。有人不动声色时很美，一有表情就砸锅。而有人是动起来才美。吴越就是这样。"等等。

还是回到杨维智那里。"怅然"归"怅然"，问题的关键并不在此。对杨维智来说——池上"毕竟是健康丰满的年轻女人"，是身体复仇的绝佳对象！当晚，在昔日民国要人曾下榻过的"孔园"，蓄谋已久的杨维智终于"干掉了"这个在身体文化图谱上处于"卑贱"地位的性感十足的日本"丑女人"。而且整个身体暴力复仇过程非常的野蛮和凶残：他"排山倒海地扑上去……池上拼命地挣扎"——"别，杨君，哎！俄马瓦里尚"——"别说警察，宪兵也没用！"——"真卑鄙！"——"这就是皇军干的活儿……过去你们赢得够多了，现在让我们也赢一回。"

对照霍沧粟身体暴力复仇的对象：女团委书记和"洋鸡"安菲迪，杨维智在对日本女人池上荷子的性暴力征服过程中，所使用的暴力手段和暴力语言，更加深刻地隐含着道德文化掌控者和阐释者随心所欲地为身体划界、排序，进而强化其对身体的占有、征服和利用的文化意志——对文化全能主义者而言，只有能够驯服的身体才是最好的身体；对杨维智来说，干掉池上荷子，等于"代表我国人民"打赢了又一场抗日战争！简单地将肉体意识形态化或将意识形态肉体化，明显是错误的和荒谬的。然而，这正是霍沧粟、杨维智们展开这场新型的道德文化战争的一大显著特征。池上荷子也好，杨维智也好，其实都是二元对立价值观谱系中的肉体意识形态符号罢了！

二　女性身体叙事中的城乡二元对立情状

其实，福柯所揭示那种"身体文化"语境中的二元对立情状，并不只是在莫怀戚小说的暴力叙事当中才有充分的体现。事实上，这种关于身体叙事二元对立的道德文化情状，在他描述城市和乡村的各色人物，特别是在描述城市和乡村的女性时同样有着审美和价值评判上的明显的分野。在莫怀戚画出的这种二元对立的文化审美谱系上，城市女性美得肉感十足、情欲四射，内心复杂，充满种种折腾的欲念；乡村的女性则美的质朴天然，内心明净，没有那么多世俗的杂念。

具体到莫怀戚小说叙事中，凡是涉及城市和乡村女性的性想象方面，就明显可以看出这种二元对立的审美立场和道德文化评判态度的截然不同。城市女性往往一出场就被叙述者和小说的叙事逻辑逐出质朴、良善和纯美的范畴——我们不妨将分别代表不同审美倾向和道德文化评判倾向的两类女性作一个对比，足以看出其中的奥妙。《银环蛇之谜》中的城市知识女性吕玉音在情欲生活中是这么一般模样：

> 浴后的吕玉音只穿了一层，跳跃着上了床，嘻嘻哈哈地笑着。那种坦然打动了常祥麟，使他也轻松起来。然而，还是看见了她身体的曲线……要说呢，她无论是容貌还是身段，都比不上妻子鄢萍，但她比鄢萍白、嫩，浑身肉嘟嘟的，质感极好似的。乳房和臀部都有些肥大，而且状如毕加索后期的立体派油画……这一瞬间常祥麟产生了一个困惑的美学命题：女人丰满的臀部用来起什么作用？

再看《透支时代》中以小说男一号泰阳的视角对情人吴越的一段漫画式描述：

> 她额头饱满（这是高智商的象征），颧骨较高（权力欲的象征），骨架挺直如一张风帆，嘴大唇薄（但给她的口红弄厚了一点），她的眼睛太大了……总之一切若再发展一下，她只能扮演林中女妖，在童话中骑着扫帚飞来飞去。

其实，小说中对吴越的审美和道德评判倾向还不仅仅停留在漫画式的外形上，更加"恶毒"的是还进一步深入到与男权主义混合的某种道德文化层面。泰阳的心理活动是这样的："一想到这可能是个风骚女人，我更激动。这样，我发现了一种男人的心态：对于风骚女人既是鄙视的又是好奇的，既是防备的又是欢迎的。"但是，请注意，同样是莫怀戚小说当中的男人，奇怪的是，他们面对小说中的乡村女人时，这种男人的心态竟然没有了！怪哉怪哉！

审美倾向相似的城市白领女性的身体描述，还大量出现在莫怀戚的侦探小说当中。比如，《被监听的女经理》中对女经理晓蔚的身体描述就是如此：

> 她的穿着与昨天完全不一样，有点嬉皮士的味道：休闲短袖衫，牛仔背心牛仔裤，墨镜挂在领口上，吊儿郎当，一团手绢塞在屁股里（现在谁还用手绢啊），满不在乎。她的胸脯鼓鼓的，臀部鼓鼓的；她的大腿和膀子圆滚滚的；她的眼是桃花眼（眼角是上勾下挑的那种），嘴是性感大嘴巴（俗话说男看鼻子女看嘴）……这娘们儿，说得好听是尤物，说得难听是荡妇。

类似的描述还出现在《情人的结局》中。那个叫作伊人的女人，虽然不是什么"知识女性"，但却属于地道的城市白领。她一出场竟然是这番模样：

> 伊人的胸脯高高的，臀部圆圆的，身体比例接近欧洲人。她并不很年轻了，但仍然相当性感。她大腿圆活，小腿秀美……"如果她的眼睛不受损，至少还有十年风流。"三空说，将伊人脸部特写定格，"生

活条件好了，人的生理年龄向后延展。"

同样是这个伊人，她与安明第一次见面后，三空是这样来评价她相貌的："这个女人狐相，那双眼睛，内角往下钩，外角往上翘，专钩男人魂魄。这种眼睛，相学上称桃花眼。"更加刺激感官和"生理反应"的描述是在《经典关系》中。代表城市公务员形象的"第一性感"竟然是如此这般的让茅草根既给予了颇高的性感审美评价，同时又给予了颇低的传统道学式的文化评价："她脱掉制服，穿上短袖运动衫，鹅黄底子咖啡条，衬得肌肤白嫩如瓷，那胳膊直叫人想咬；牛仔裤紧绷在大腿上，起伏的小腹和饱满的阴部就像炸弹。这个女人对他来说，简直太犹抱琵琶了，应该直接叫她'淫具'。"

在莫怀戚二元对立的审美评判谱系中，城市女性与乡村女性的对立是属于绝对性的价值判断，而知识女性与劳动女性的对立是属于相对性的价值判断。比如，《南下奏鸣曲》中写那些纺织女工："披着长发，面色绯红，似乎总是刚刚洗浴过的纺织女工让人心烦意乱。男生们普遍发现'色度'与文化程度成反比，而且，女工们世俗，粗野，轻佻，使她们更像女人，而我们的人则更像女学生"。显然，文化程度越高，"色度"，即美感度则越差。具体到纺织女工"7号"："她恼就恼，笑就笑。7号就要发球了，大概习惯于远距离，便用臀部开路，让观众退，退，桑彦就这样不经意地触到她的身体，立刻像触了电。不由惊诧女人与女人的不同。"这里的不同，是指知识女性与劳动女性身体美感属性的不同。可是，当纺织女工"7号"下海到了深圳被城市文明濡染以后，在道德审美评判上，莫怀戚对她的身体以及精神品位的评价就全然发生了改变。小说结束时桑彦和"7号"吵得不可开交。作者是这样描述的：

> 7号自然还骂。事实上她骂得更洒脱无逻辑，也更刻薄。最后她收了自己的东西出走，走进深圳那辉煌的夜色中。收东西时她说，我高兴上谁的床就上谁的床。那是你有本事，我上了你的床。谁有本事我上谁的床。

显然，经过"现代文明"的濡染，作为"前劳动女性"的"7号"，在莫怀戚二元对立的道德文化价值天平上，其美丑评判已经发生了颠倒。《第四律师事务所》里面有个"米脂婆姨"小陆，受市场经济诱惑离开了陕北黄土高原来到深圳"闯荡",在一间酒楼里当上了"招待小姐",因此,也被纳入了这种二元对立的审美谱系中,原本质朴清纯的身体也变为负面描画的对象:

> 米脂的婆姨绥德的汉。他还听说,貂蝉就是米脂的女人……这个小陆,标准的丹凤眼,内外眼角一勾一提,隐隐有些妖气;头发乌黑细软如云;中等身材,细腰丰臀,圆滚滚一身肉。他很想问,米脂的婆姨都是这样的吗?以便弄清这是不是一种典型形象。

最冤的要数《山水回旋曲》中那个城里托儿所的女教师"一托"了。她以"女朋友"的身份第一次到男一号周沧浪家,就悲剧般地受到这种二元对立道德文化的"身体审判":

> 一托是个美人。周父说:只是那种"标准型美人";哥哥沧海说:"可以批量生产";周母说:"没有缺点,所以也就没有优点"。总之是长发如瀑,高挑袅娜,鹅蛋脸;明目皓齿,鼻梁挺直;现在不兴樱桃小嘴,她就长成了性感的大口,诸如此类。中国的电视剧中频频出现的那种。

极尽调侃挖苦之能事。小说叙事中,这个"一托"与村姑出身的燕红形成鲜明的反照——二元对立的文化审美立场使这种话语的规定性体现得非常明确。以上这些知识女性或者白领女性,甚至是因"南下"而沾染了商业气息的劳动女性,在这种话语规定性中被小说家、叙述者以及小说人物感知和评判时,其身体的美丑、对错、真假等,早已经先期认定了。因此,对于城市女性与乡村女性的身体和性的想象毫无悬念地笼罩在了这种道德文化的符号规范之下。在《透支时代》中,泰阳感叹道:"有的女人天生丽质,但只能给男人感官的满足,易招厌倦;有的女人外表平常,却能达人心底,让男人为了她抛头颅洒热血在所不惜。"事实上,在莫怀戚的叙事中,前者往往指的是城市女性,而后者常常指的是乡村女性。

我们再来看,在这种二元对立的女性身体叙事当中,乡村女性在审美和价值评判上与城市女性形成的强烈反照。这种描写明显包含着道德文化符号预设的意图。乡村女性在莫怀戚笔下,只要一出场就理所当然被纳入质朴、良善和纯美的范畴。比如,《黑猫》中的乡村少女柳柳。她一出场竟然就成了质朴、良善和纯美的化身:"黑猫很爱柳柳。但是,柳柳只有在井边提水,脸儿涨得红红的时候,只有站在地里,菜籽苗刚刚齐拢胸口的时候,她的美丽才没谁能比。"再请看《皈依》叙述者视角中的乡村女性的身体描述。请注意,这不是特指乡村个别女性的身体,而是指"那个农村"所有的女性身体的道德文化美感属性:

> 夏长江插队的那个农村,女子很漂亮:普通的特点是脸色红润——当地的说法,水色好——腰身尤其好:细腰、圆臀,而且身材柳长,又苗条又柔软。

至于夏长江在田园日常生活中随处遇见的"个别"的乡村女性,那就更是质朴可爱,美不胜收了。有一天,夏长江在山路上行走,就像发现奇迹一样,发现一个乡村女子,竟然使得他乱了方寸——

> 结果拐到一处,看到一个女子在刷牙,冷不防让夏长江呆住了。一时间像是收了胆子,脚底下有些乱。那女子很是动人,刚刚起床吧,头发蓬松着,面孔红润就像婴孩。她的眉毛浓浓的,嘴唇红红的,也许是听见动静,抬眼看过来,黑色的眸子水涔涔的,看见夏长江,有点什么在眸子里动了一下。

乡村女性的质朴美善,在莫怀戚笔下几乎是全方位的。不光是身体内外的审美和伦理属性是"正面"的动人的,就连说话的语气,乃至身体的气息都是那么的特别,那么"正确"而直入胸臆。同样是在《皈依》里面,写那个偶遇的乡村女性的友爱和坦荡:

> 那种非常随和的语气,和那种说不出来的友爱,就让夏长江想横了似的,坐了下来。她也一坐,带过一点风,她身体的气味透过他的胸膛。

《山水回旋曲》描写那个"来大城市生活已经十多年了,似乎还有意无意保留着那种田园风"的村姑燕红,竟然是这样的清纯如故:

> 燕红面若满月,牙如润玉;人长得很干净;她的脾气极好,两眼总

是含笑。这往往引起城里男人的误会。有时候，即使是在豪华的场合，她也会认真地说："我是村姑"。别人反而不相信，恭维她"适合扮演村姑"。

最让人迷醉的是燕红在乡下挑谷时的身姿简直"美到极致"了："燕红挑谷的姿态极美。总之，所有的靓女，所有的舞蹈，都远远不及她。燕红的腰特别的细，臀部特别的圆，看得沧浪心旌摇荡，恍兮惚兮。"莫怀戚非常欣赏、流连乃至醉心于乡村女性的气息，以及"女性的乡村气息"；质朴美善的乡村女性不仅身体"柳长，又苗条又柔软"，而且身体的气味、"口里的气息"也远非城市女性可以比拟：

> 在初夏的田野里，田里刚插的秧苗，地里待收的小麦和豌豆，全都散发着梅梅口里的气息……好像嗅到了人的气味，女人的气味，女人身体的气味，女人口里的气味……

最令人称奇的是，竟然连看不清身体的乡村女性，感觉中也居然是美不胜收的。小说《国骑》写暮色中完全看不清楚身体的那个乡村女人潘桂花就是如此。由此可见，立足于二元对立文化审美立场，乡村女性的身心之美早已先期"感觉到了"。因此，在莫怀戚二元对立的文化审美规定性"原则"当中，哪怕"并没真正看清楚她"的身体，那她必然也是质朴的、善良的、美丽的——从身体直到她的内心。否则，李国骑害怕什么呢？又有什么说不出来呢？显然，他早就被这种有关城乡女性二元对立的道德文化符号预设搞晕了：

> 李国骑突然僵在了那里。他的眼里没有狗了。他看见了潘桂花。虽然那天夜里在国道供销店的小院坝里他并没真正看清楚她，但他可以肯定那就是她。她正在小小的柜台后面，像是在算账什么的。狗的叫声好像并没有引起她的注意。李国骑转过身去，让自己平静下来。他感到非常的害怕。害怕什么，说不出。

当然，我们知道；莫怀戚习惯于用城乡二元对立的审美和道德视角来评判女性的优劣和美丑，其实，根本原因在于他那根深蒂固的乡土"乌托邦"观念。在他看来，乡村的风土人情、花草树木、山光水色，一切的一切都是美的、善的、质朴元真的:"农村里的人比城市里的人实在。对你好就好到你身上。这是人最美好的德行。其实一个人聪不聪明,学问多不多,或者是不是身怀绝技,并不重要。"具体到乡村女性,那就更是如此。城市里的那些知识女性,那些职业女性,你再聪明,学问再多,有什么用?与乡村女性的质朴、善良和美丽相比,完全不在一个审美档次和道德文化档次上面。

三　"性"是身体文化的重要目标和内容

莫怀戚小说当中,由霍沧粟和扬维智引发的这两起著名的"身体复仇"事件,自然使我们联想到捷克小说家米兰·昆德拉著名的讽喻小说《玩笑》,联想到小说里面那个试图通过"身体复仇",达到解构某种道德文化体系目的的男性复仇者路德维克。路德维克刻毒的复仇计划具体而言,是通过勾引和最终占有他曾经的"好朋友"泽曼尼克的妻子海伦娜,来达到羞辱和报复那种奇异的道德文化体系的目的。

海伦娜是广播电台的记者,在采访中与路德维克相识。当路德维克知道她就是泽曼尼克的老婆时,他一下兴致高昂,难以自制。海伦娜徐娘半老,但风韵犹存。就这一点来说,颇似杨维智见到池上荷子,霍沧粟见到女领导和"洋鸡"安菲迪的那种情欲发动的状态——于是他十分老到地把她勾引到他的家里。之后的一切都按照路德维克的卓越设计而如期进行。尽管行为十分粗野,但由于本质上是意识形态复仇,因此,起初他的"性欲燃点"并不太高。后来当他突然想到自己的仇人,竟然一下子格外亢奋起来。正是怀抱着身体复仇这个神圣的使命,他出色地完成了性爱复仇计划。与霍沧粟和杨维智真理在手、大获全胜完全不同,路德维克在实施"身体暴力的第二天",通过和海伦娜聊天得知:原来这个女人早已被泽曼尼克所冷淡,而且对方正为如何甩掉她而大伤脑筋。因此,他的心境一下变得非常糟糕。尽管如此,路德维克仍然不失为一个勇敢而荒诞的堂吉诃德式的道德文化斗士。反观霍沧粟和杨维智,却发现他们不过是在灵魂深处有着极端民族主义暴力阴影,而在实质上却是比路德维克至少要低好几个档次的陈旧道德文化意识的"肉体斗士"罢了!

两相对照,我必须指出:在霍沧粟和杨维智这类普通知识分子内心深处埋藏着的那种民族主义性暴力复仇意念,从性文化心理上分析无疑是义和团式的;从身体文化的视角考察无疑是"文化全能主义"属性的。"性",是身体文化最为重要的目标和内容。"身体文化的核心目标是避免为我论的身体变成为他论的身体。这个目标同样会表现在人类的性文化行为当中:性快感，如何是为我的而不仅是为他的；它如何免于被剥夺、被压抑、被他者利用和主宰？"因此，"性文化中天然地包含着某种给予和剥夺、占有和被占有的风险"。① 从理论上讲，通常只有两个相互配合的身体才能使性快感具有伦理学的价值和意义。但是，这种符合一般社会文化伦理的合作关系产生的性快感，与符合"传统文化伦理"而产生的性快感，其性质是完全不同的；尤其是在保守落后的文化伦理笼罩之下，普遍呈现的那种性快感，以及促使其产生的文化心理"机制"，恐怕或多或少具有"斯德哥尔摩综合征"的性质。霍沧粟对女领导的性暴力占有，具有义和团的暴力复仇文化意义。但是，女领导在被性暴力占有之后却因此而同情、理解，甚至深深地爱上了施暴者，这就具有"斯德哥尔摩综合征"的"感人"性质了！同理，杨维智与池上荷子的身体占有和被占有关系，特别是在这种交互作用当中彼此心里所发生的变化，也充分体现了身体文化的核心意义。占有和被占有对双方来说都是有风险的，但是，正因为有风险，对双方来说才有可能获得超常的性快感。

　　"性"是身体文化重要的目标和内容，其蕴义十分隐幽而深广。在占有和被占有的关系上有时既显得匪夷所思，又显得合情合理。《美人泉华》中失去性能力的富豪管新潮之所以执意要娶美女泉华，不为别的，就是为了取得某种"文化符号"资格。这与《经典关系》中代表某种文化意志的处长在性能力丧失之后，渴望通过非常手段而重新恢复性功能有异曲同工之妙——说到底，二者都是为了取得"文化符号"的资格，更进一步说，是为了确保既有的道德文化地位不致丧失。对此，大律师站在历史和文化的高度如此这般地破解了其中的秘密：

　　　　他之所以要结婚，不是要女人，而是要资格——要社会承认他的男人的资格。因为残疾，他遭受社会歧视。一方面自卑，另一方面又暗藏强烈的征服社会的意念。起初本来是为了索取一视同仁，即资格平等。但实行起来却获得了极大的保险系数，造成了一种"超资格"。他知道自己不能行丈夫之事，却一定要结婚，而且要娶最美丽的女人，就是要用这个女人代他向社会证明他的"超资格"。

---

① 　葛红兵、宋耕：《身体政治》，上海三联书店 2005 年版，第 86 页。

从这种意义上说，有财力、有实力，即有能力占有异性，在许多时候并不完全是为了证明占有者有多么强大的性能力，而更重要的是为了向社会证明占有者具有这种"超资格"，或者叫作一种"文化身份"与"文化资质"。因此，可以这样说：身体文化的重要的目标和内容，实质上就是为了证明或者显示这种"超资格"。在叙事中，大律师还进一步揭示道："因此，这个女人仅仅是他的资格。然而，就是这个资格，掩盖了他本质上的'无资格'，于是造成了他作为'合格人'的最重要的心理依据。之所以说性无能更加危险，是因为对你无一般意义上的喜新厌旧，这就造成资格的永恒性。"莫怀戚借大律师之口深刻地揭示了现实世界中那些"有实力"占有他人的身体、"有能力"支配他人的"性"的人的某种文化本质。不仅如此。大律师还揭示了"身体文化"另一个不为人知的秘密。这就是"占有一个系列"的资格和欲望。他将思考探询的目光由小说中的现实延伸到了更为广阔的历史空间。由现实中的美女泉华延伸到了她的母亲"山城一枝花"，从而进行更为深广的考察和探究：

> 你的美丽，还因为你母亲及母亲的母亲的美丽，而得到了一种"加强认识"，即从种姓的高度去认识，也就是将你看成一个系列而不仅仅是你的个体。人们认为，你不仅美，而一定会生产美。理论上说，就是对外形美的认识掺入了政治的色彩——如果占有了你，就等于占有了一个系列。

这番"揭秘"，可谓令人惊心动魄、眼界大开。"如果占有了你，就等于占有了一个系列"。在有关"身体文化"的叙事文本中，至今我还没有看到过如此深入的探幽和揭示。小说《银环蛇之谜》中，莫怀戚讲述了另一个不同寻常的"性文化"故事。作者别有用心地塑造了一个具有"性文化"深刻内涵的洋女人"凯恩小姐"的形象。这个洋妞有一种非常怪异的性心理特点，在性文化理论上叫作"慕雄狂"。

小说一开始讲述男主角常祥麟频繁而愉快地徜徉在婚外恋的场域之中。因为业务关系，他必须经常与形形色色的洋女人接触。不过，他仅止于"深谙于心"，通常报以"东方文化人式的自尊自制，微波不兴地就过去了"。直到有一天他碰到了加拿大某公司谈判代表身边那个"美艳性感"的译员"凯恩小姐"，他的"东方文化人式的自尊自制"，特别是那种超强的民族主义文化优越感遭遇到了难以抵御的"性"的挑战。在"凯恩小姐"

的百般挑逗之下，因为这一辈子还"没有试过异族女人，感到此生似乎有点贫乏，还奢谈什么人类美事"的他，于是带着"领略重于欣赏"的文化策略性考虑，主动去抓住这次难得的"机遇"。在深入"领略"洋女人肉体滋味之初，小说有一段关于身体的性感描述，多少有一些"身体文化"的特殊意味：

> 凯恩小姐身材高大像个排球运动员，卷曲如瀑的长发，栗色中掺一点金黄，镶嵌似的，很生动；蓝色的眼睛活泼又俏皮；鼻子有点尖，没关系；肩也有些宽，也没关系；她的乳房似乎有点夸张，随呼吸而轻巧地弹跃又很真实，令中国女人相形见绌；结实的臀部又大又圆……

的确，这是多么怪异而诱人的洋女人的肉体！从男人"原始"的性本能，特别是性审美视角而言，能强有力地激发男人猎奇和占有的欲望。然而，小说里的这个男一号还在潜意识中多了一层东方民族主义的"性文化意识"内涵：面对这奇异的肉体，他在暗暗地用中国女人的身体特征与之进行比照时，觉得多少有些乖张，但因其"生动"、"俏皮"，特别是"乳房似乎有点夸张，随呼吸而轻巧地弹跃又很真实"和"结实的臀部又大又圆"，终于使他无法抵御代表另一种"文化趣味"的肉体的挑逗，于是毅然决定去深入"领略"，大有易水荆轲似的悲壮感。但是，"文化领略"的结果却使他在男人的性心理和"性文化"这两个方面都受到了打击。因为，他的中国情人是个"医学工作者"，并且对性心理颇有研究。她告诉常祥麟：凯恩小姐是一个罕见的"慕雄狂"。其性心理和性行为特征是：不同于一般的性欲狂："性欲狂只要有足够的性生活就行了；而'慕雄狂'却要遍寻各色男人，像找标本似的。"因此，谁敢"与之交媾，感染艾滋病的可能极大"。这一番"科学解释"其实隐含着不易让人觉察的"性政治"和"性文化"内容。这个洋女人"遍寻各色男人"，不仅有传播艾滋病之嫌，而且更为阴险的是，她那诱人的肉体还隐藏着某种类似于殖民主义的文化战略阴谋。不过，常祥麟还是相当的矛盾：一方面，因艾滋病的威胁，认为"不招惹外国人为好"；然而另一方面，因实实在在是无法抵御这个洋女人"肉体文化"的诱惑，他才决定深入虎穴去"领略"洋女人肉体的"风采"；在这一过程中，尽管"太兴奋太刺激"，可是，双方肉搏的结果让他多少感到作为东方男人真够"吃力"。事后，"不能输给洋枪"的崇高信念又使他显得相当的悲壮——真的，他不是一个人在战斗——他似乎代表着一个国家、民族的文化自尊在深入虎穴！简单地将常祥麟的这种"性文化"心理裁定为"阿Q精神"是相当肤浅的。他的这种荒诞感，应该说远比霍沧粟和杨维智要深刻和感人。同时，也远比路德维克的"堂吉诃德"式的反抗姿态更具有荒诞性，更具有悲剧的力量。特别是，当常祥麟带着民族国家的崇高使命与"凯恩小姐"肉搏被人发现之后，他的中国情人"认真对他说"的一番话，就不仅具有悲剧的力量，而且更有着喜剧的荒诞力量。那个中国情人是这样说的："祥麟，你身为董事长、总经理，但你实质上是个真正的知识分子。我担心这种双重身份决定的双重人格会导致你精神分裂。能否这样认为呢，真正的知识分子，都或多或少有精神缺陷！"言下之意，这种义和团式的性暴力文化较量，由非知识分子来做，其文化心理障碍明显要少得多，而且暴力复仇的效果也自然要比知识分子好得多。在《透支时代》中，表面看来，泰阳和吴越的肉体狂欢似乎是平等的、互惠的，是出于"彼此的需要"，但实际上他们的肉搏仍然潜藏着身体文化的重要内容，那就是男权主义性暴力的"动物性"主宰意义：

> 我俩在屋中央对峙着。我感到立刻就要像野兽那样的撕咬，一齐血肉模糊，奄奄一息……结果却没有。我不知为什么慢慢走过去，心疼地抱住了她。她也猛然一下抱住了我，就这样一直到了天黑。

性是身体文化的重要内容。其实正因为人类在性行为中加入了"文明"或者"文化"等这些"附加"的"重要内容"，才使人类的"性"重要起来；知识分子身处"道德"和"文化"的涡旋当中，尤其是身处道德文化语境当中，他们不可避免地陷入了规训者与被规训者双重角色的困局，其精神缺陷几乎是与生俱来的。但是，在种种精神缺陷里面，最具有灾难性和荒诞性的精神缺陷应该是：他们常常自觉或不自觉地投身到"性文化"的旋流中，去体验作为占有者和征服者的"性快感"，并将其上升到国家民族的"文化高度"，在那里寻找自身的所谓价值和归宿。莫怀戚"身体写作"的一个了不起的贡献是：他揭示了"道德文化的本质其实可以是肉身的"——这样一个历史事实和人间真相。在过去的小说叙事中，作家和读者习惯于接受道德文化只具有形而上的精神属性的观点。当然，早期的莫怀戚叙事也是这样认为，但后来他发现真实的情景并不是这样。

四　文化回复到"物质主义"的肉身本质

在过去的计划经济时代，因为对肉身的高度管控，除了能够取得当时的道德文化体系认可，或者根据"现实伦理"和"某种策略"的需要，允许女人在履行某种"崇高使命"的过程中多元化、工具化、使命化地使用自己的肉身之外，平民百姓、俗子凡夫是无权自由地多元化地决定自己肉身的选择和处置的。然而，时过境迁，风水倒转。"市场经济"打开了肉身多元化选择和多样化尝试的崭新天地。于是，整个社会逐渐放松了对肉身的管控，这在客观上顺应了人性和历史的要求。其实，肉身的"全面开放"或者说"与国际接轨"，在主观上也更加符合"文化全能主义"本身的世俗需要——必须明白，道德文化在本质上其实也可以是肉身的。因此肉身的开放对"文化"可以随心所欲地享有和解释他们或者她们，的确是利大于弊的！这就是"和平年代"允许女人和男人一起"出走"的宏大历史文化背景。莫怀戚以一个老朋友的真情和善意，调侃着反讽着玩笑着一层层揭开了蒙在文化全能主义身上的神圣面纱，使其露出了肉身的形而下本相。这从某种意义上说，的确体现了一种历史的进步而不是退步。从另一方面来说，道德文化内在的自我演变和更新，使其不再阻止和追究人们对全能主义肉身本相的揭示，这无疑是更具有历史和文明意义的进步；并且，肉身化的道德文化的这种进步，也充分体现了"时代"的进步，特别是"时代"朝人性化方向的逐步靠拢——期望与普遍的"人性"打成一片，道德文化的这种进步难道不应该得到我们的欢迎吗？

或许正是因为洞悉了"道德文化的本质其实是肉身的"这样一个惊天的"秘密"，莫怀戚在他的小说中动起了恶作剧的念头：他开始捉弄甚至调戏"道德文化的肉身"了。《经典关系》里茅草根有一段难忘的"金佛山之旅"。本来茅草根此行除了履行与"文化建设"有关的所谓"公干"外，其真正的目的是趁机和南月一好好地偷一回情。没想到，双方的情欲刚刚"发动"，就被破门而入的捉奸者搅局。捉奸的这帮男女竟然是具有"道德文化形态末梢"性质的"执法者"。其中有一个被茅草根暗暗称作"第一性感"的年轻女人彻底搅乱了他的内心。在"执法者"们的"道德文化"训诫之下，他们被迫缴了"罚款"。之后，茅草根开始蓄谋，一定要把这个"性感诱人"、代表"道德文化形态末梢"的女人搞到手。在想方设法接触和不断挑逗"第一性感"的过程中，他把这个非常令他动情的女人带入了肉欲文化的"想象的共同体"：

　　作为舞蹈教师的他想，在舞台上，她的身体确实胖了点，要不得，但在床上却是正合适，够刺激。这种女人非常实惠，他愿意拿一万块钱买她一夜。他沉溺于同她性交的想象当中，身体不由自主地抽动，人也呆了。

　　后来，在茅草根一轮紧接一轮的挑逗攻势下，"第一性感"早已溃不成军，"两人像狗一样"迫不及待地滚进了茂密的草丛中。"她全身都在扭动，搞不清是在挣扎，还是在投入。"这时的"第一性感"已不完全是作为道德文化符号预设而存在了；此时的茅草根也毫无性暴力复仇的"文化正义"取向——把她置于真理和常识的对立面？他压根没有这样的道德文化兴趣。可是，他完全没有想到，他动用自己的肉身蓄谋去挑逗和"搞定"这个女人的行为本身，却是一种不折不扣的文化行为。显然，茅草根将身体暴力叙事的意图隐藏得很深，他明显感觉到代表道德文化末梢的这个女人，是多么急切地需要和主动地迎接他的这种狂野的性暴力——霎时间，与身体和性有关那些的文化的、审美的、消费的价值判断统统见鬼去了。

　　其实，莫怀戚小说叙事中针对"肉身的道德文化"的第一次性暴力反击和戏弄，是在《陪都就事》当中。后进青年霍沧粟以"胸有朝阳，所向无敌"之势，发起了对年轻女干部的"极端民族主义"性攻击，并一举成功。仔细辨认，这个女干部无疑就是"第一性感"的前身。不过，霍沧粟与茅草根向这种"肉身的道德文化"发动的性攻势还是有所区别的。前者使强奸披上了文化形态合法化的外衣，其荒诞感远不如后者隽永而深刻。因为，茅草根比霍沧粟高明的地方在于：他并没有明显的道德文化意图，他通过种种手段将"第一性感"和他本人一道打回了动物性的"原型"——"两人像狗一样"滚进了具有蛮荒原始语符意义的"茂密的草丛中"，相互"撕咬交合"。这就远比霍沧粟挟着道德文化形态的威风而单方面"大获全胜"要更加"阴毒"，更加接近"历史的真实"和"人性的真实"；同时，文化反讽和文化解构的冲击力明显更加生猛更加凌厉。

　　事实上，早在《透支时代》中，陷于肉欲狂欢中的泰阳和吴越曾经就"人的动物性"问题有一番意味深长的对话，就揭示了这种"历史的真实"和"人性的真实"面貌：

　　　　泰阳说，如果说我爱上不该爱的你，是出于男人这种雄性动物与生俱来的那种普遍的野心，那么，你爱上不该爱的我，又是出于什么呢？

动物界遗传法则规定是由雄性展开进攻。她又冲我愣了半晌：是诱惑，
泰阳。坦白地说，想得到尽可能多的异性的爱，这个，男人女人是一
样的。

对"肉身的道德文化形态"乐此不疲地进行反讽和解构，莫怀戚的这
种"勾当"也表现在《双刃剑》的叙事逻辑当中。丛处长与情人南向东相
约结伴"出走"。丛处长代表着肉身的这种文化形态。"市场化"真他妈的
太"人性化"了！它不仅让那个"水性杨花"的女人南向东知道文化形态
除了"铁面无私"的一面，其实如果你有条件有路径有技巧与之亲密接触，
你会发现其实文化形态也是很柔软很有人情味的。

文化形态"很柔软很有人情味"除了其肉身的本质属性外，当然还有
公开和私下之分。在公开场合，文化形态还是一本正经显示出其形而上的威
严，但在私下，它却往往回归到了其形而下的本相。但是，文化形态肉身本
相的频繁裸露以及并不忌讳它所具有的那种"柔软性"，还与一个重要的历
史契机有关。那就是丛处长，以及"第一性感"们所处的道德文化语境和
过去相比已经发生了巨大的变化——这似乎是一个肉身的时代。其最显著的
特征是：几乎所有的人都被降低到生物水平，那样的一种"存在"。与禁欲
主义高张的旧时代完全相反，人的生物性本能和欲望或明或暗地得到来自
"文化"的默许和鼓励。

《经典关系》这篇"成长小说"中的一些细节就非常生动具体地描画出
了文化肉身的动人"质感"。小说中的女一号南月一的丈夫也是一个有着肉
身"质感"的重要人物。虽然只是一个处长，却修炼得十分得体，是一个
很有"人情味"和"分寸感"的人。他向南月一提出离婚时，两人有一段
对话非常精彩、非常具有文化的时尚性深意。处长丈夫说："不是说你有什
么过错，或者我有什么过错。也不是说我们合不来。只是，我想换一种生
活。"南月一说："是换老婆吧？"答曰："老婆不换，生活怎么换？"南月一
打趣道："还讲不讲原则？一个处长说起换老婆好像很轻松自如呢？"处长
丈夫的回答非常严肃认真而且实事求是："原则？原则也要讲个时代性特色
性嘛！原则还不是由具体时空的个人构成的嘛！"调侃、诘难和对答中，男
女双方都"同时笑了起来"。南月一总结说："你说的这种原则，好像比过
去成熟多了嘛！"处长丈夫深表赞同。应该说，这种对话模式实际上是一种
"成长仪式"。当然这也是莫怀戚习惯采用的一种叙事模式。在对话中，对
话双方不仅深刻地认识到文化肉身的"物质主义"性质，同时也对围绕文

化肉身的那些形而上的思想、观念和意志等，作了表面似乎漫不经心，但骨子里却是十分严肃老到的精准揭示。文化回复到"物质主义"的肉身本质，这对"出走"或者试图"出走"的双方是多么的重要，多么的令人留恋和值得回味的啊！

比如，南向东说："有一次，他突然捏住我的手。我慢慢地缩回来，笑着对他说，处座——我们比较随便，以后我就这样叫他，我不习惯你这样碰我。"当时丛处长十分礼貌地道了歉，沉默了一会儿，他说："只是希望你理解一个中国成语：情不自禁。"可见，肉身的文化形态其实是相当温情、朴实和可爱的。又如，另一个代表肉身文化形态的"管局长"也想在南向东那里碰碰运气——"他仍想去见南向东，也许是对她还抱有幻想，也许是想干脆同她敞开了谈一谈。情人不成，还可以是朋友嘛。南向东至少是个蛮有情趣的女人嘛。"所以，肉身的文化形态是相当可爱和可亲的。在莫怀戚的小说叙事中，肉身的文化形态相当重要，倘若离开了它，小说人物的"出走"该是多么的无趣和无聊、无意义啊！更为重要的是，没有它相伴同行，这些人物若要"成长"，并且要走向"成熟"，是根本不可能的。况且，肉身的文化形态自身也在与之同行的过程中一道"成长"，并且走向"成熟"。但更多的时候，它与结伴而行的世俗男女一道"成长"，其含义更多是符合市场化的交易原则。在《被监听的女经理》中，那个叫作晓蔚的年轻女经理是这样说的："女人若是希望在事功上有所建树，不能没有男人对她们的性欣赏，以及或多或少付出的性代价。"似乎可以这样说：首先是代表肉身文化形态的男人对有交易价值的女人的"性欣赏"，当然，也有可能首先是具有性交易本钱的女人"希望在事功上有所建树"——其实，谁先谁后没有关系，关键在于是否达成相互"成长"的默契，是否完成了"成长"的规定动作，或曰"仪式"。

还必须指出：文化形态回复到人间化、肉身化，一个是文化形态本身走向"成熟"的重要标志，更加重要的是，文化形态的肉身化归位，是引发和带动全社会回复到肉身化世俗欢愉盛景的关键和前提。但是，必须明白，文化形态的肉身化归位是由"现代化"或者说"全球化"所引发和推动的。所以我们必须感谢这个从前想也不敢想的"市场化"和"信息化"时代。对此茅草根深有感概地说："现在通信方便，什么事都可以临时凑起来；现在，无论公车私车，都容易了，可以去的地方多的是；现在的人也开明。若是以前，一个处长常常携带女下属外出，不用多久就会被叫去规劝；现在谁来管这种事？只会被人嘲笑为'宝器'！"

何谓"现在"？不就是"现代化"，不就是"市场化"和"信息化"时代的昵称吗？"现代化"是多么的好啊！"和平年代"是多么的好啊！说白了，"和平年代"其实就是文化形态的肉身年代啊！就是不管高低贵贱，不讲身份阶级，人人平等、个个开明、开通、开放的时代。在这个动人并且诱人的时代，"单一主义"被几乎所有的人毫不犹豫地扔进了历史的垃圾堆——凡是跟不上肉身化历史脚步的人，毫无疑问都是被莫怀戚所讥嘲的那种"宝器"！亦即重庆话所说的傻瓜。

第八章　莫怀戚小说"成长叙事"的特点

第一节　特殊文化历史语境中人的"成长"问题

一　"成长"作为文学和文化主题进入叙事

从某种意义上讲，莫怀戚的小说当中有相当一部分是关于人物成长的叙事，因此，我们将这些作品视为"成长小说"，应该是顺理成章的。"成长"作为一个十分重要的文学问题，以及将"成长"作为小说叙事的功能和策略，甚至作为某种叙事模式来看，都并不是一个新鲜的话题，可谓古已有之。之所以在当今引起学界浓厚的研究兴趣，主要是近些年来，"成长理论"从国外引进，一时间成了中国作家发现中国社会形形色色的人生和人性奥秘"新大陆"的望远镜、透视镜；甚至成了描述和阐释一切的人生与人性、一切的历史与现实的"新方法"。通常意义上讲，成长小说就是叙述小说人物肉身和精神成长经历的小说。它往往通过对一个人或几个人，甚至一个群体成长经历的叙事，反映出人物的生理机能和心理世界从幼稚蒙昧走向理性成熟的生长过程。因此，通过对莫怀戚小说的多视角、多侧面研究，我们会发现他的许多小说在严格意义上都应该属于这种"成长小说"的范畴。

一般而言，"成长小说"主要是叙述或者摹写儿童、少年，通过怎样的历史背景、社会条件、人生路径而最终成长为"成人"或者"新人"的这样一种特殊的小说样式。但是，莫怀戚的"成长小说"却大大地超越了儿童少年这种极为狭隘的格局。他将叙事的视野扩展和深入到更为广远、深邃的社会历史空间和人的精神境域；他往往通过重庆地域文化语境中的一个人或者一群人，来反映这个城市乃至这个国家民族肉体和灵魂的"成长"历程。莫怀戚特别热衷于书写现代都市女性的"成长故事"。在论及小说中女性肉体和灵魂的"成长"历程时，莫怀戚曾经这样说过："女人是被自己的身体吓蠢了的。女人要保护的是健康并不是身体，只有身体平等了男女平等才不是空话。"他的意思是：看一个女人是不是"成长"了，关键是看她的身体是不是与男人的身体构成了"平等关系"。而在《夏天的七巧板》中，他就直截了当说得更加"透彻"："生活的意义就是生活本身；所谓幸福就是快活。所有的玄乎都是骗人的。"女人们懂得了"生活的意义就是生活本身"，也就宣告自己"成长"和"成熟"了，也就不会被别人或者这个世界所骗了。《子夜鞭影》中，女放映员与大律师对话时，有一大段说辞，相当精彩，并且富含关于现代女性"成长"的种种秘籍般的信息。女放映员非常自信，似乎根本没把大律师放在眼里：

> 一个女人只要一放开了，就会觉得，其实许多男人都是可爱的。所谓男人对女人的威胁，那是多年来的一个大误会。嘻嘻。你说奇怪不奇怪？自从我第一次将自己放开以后——我说的放开你当然明白啦！我一下子就正常了……

敢于将"自己放开"，自然就"成长"了。而"成长"的检验标准就是自己"一下子正常了"；也用不着何方神圣来启蒙来引导，完全靠"自我鉴定"。反过来说，如果自己始终放不开，那么，任随什么大爷来启蒙引导也白搭！然而，《南下奏鸣曲》中，前纺织女工"7号"成长为"新人"却是通过郗经理的男权主义"正确"的眼光评判来确认的。小说写道："对郗经理来说，7号这样的人是最理想的。她就像一条德国牧羊犬，没有原则，只有忠诚与彪悍。"由此看来，对男人是否忠诚彪悍，是判断一个女人是否"成长"的重要指标。

《白沙码头》中八师兄有一段内心独白："自从公主跟了小工人以后，八师兄一夜之间明白了，没有钱的男人连性别都保不住。一个男人，除非你一辈子不沾女人，否则不可能有你想咋过就咋过的生活。"由此看来，一个男人是否成长为"新人"不仅与金钱有关，更重要的是还与这个男人是否取得与女人"过生活"的资格有关。如是等等，不一而足。

巴赫金认为，成长小说通常采用两种类型：其一是："叙事中成长的是人，而不是世界本身"；其二是："人与世界一起成长，他通过自身的成长反映着世界本身的历史成长；成长中的他已经不在一个时代的内部，而是处于两个时代的交叉点，处于一个时代向另一个时代的转折点上。这一转折寄寓于他身上，通过他来完成。他不得不成为前所未有的新人。"① 因此，从巴赫金的视角来为莫怀戚的成长小说定义和归类，无疑是属于后一种类型。对男人而言，女人就是与他的"成长"有关的"另一个世界"；对女人而言，男人也具有这样的"世界"属性。

自中国的"新文学"，特别是"新小说"诞生的那一天起，成长问题不仅是新文学穷追不舍的文学主题，而且还牵涉这个国家是否能够切实地完成由传统国家向现代国家转型这一历史目标的道德文化主题。"新时期"以来，文学困惑于"人的成长"的迷思中。怎样才能寻找到现代中国人成长的可靠路径，成为了当代小说在实现自身成长的过程中一刻也不能放弃的叙事品格。成长问题在莫怀戚的小说中之所以如此突出和值得研究，是因为这些小说无论是作为艺术符码，还是作为道德文化符码，对我们认识和把握一个小说家或者一个城市人群的文化心理特性，甚至是一个特定历史时期中国人，抑或是一个正处于转型期当中的现代民族国家而言，都具有某种特殊的意义。

莫怀戚小说对重庆地域文化语境中的中国男人和女人"成长"问题的持续关注和探寻，对小说人物"成长"的文学想象和审美表达，不仅在精神面貌上体现了小说家鲜明的个性"成长"特征，而且，某种意义上也反映了莫怀戚自己的小说"成长"的文化路径和嬗变轨迹。当然，更为深刻的是，莫怀戚的这类小说在艺术个性上所展现的人物形象和叙事风貌是非常独特而且醒目的。

之所以先扯出这样一通宏大的议论，是因为，如果我们不把莫怀戚的成长小说置放在这样的历史文化背景中进行考察和审视，我们就不可能较为清晰和准确地认识到他的这类小说产生的历史动因、文化背景、精神取向和审美追寻之所在，因而，也就无法勾画出他的这类小说的嬗变轨迹和基本面貌，从而深入分析其艺术肌理和叙事逻辑，最终去揭示其中隐藏着的当代重庆人的"成长之谜"。

我们还必须认识到，"成长"在作为文学主题的同时，还作为重要的文化主题进入了莫怀戚的小说当中。它们不仅制约着莫怀戚小说文本的意义走向，制约着小说文本的文化叙事取向，而且还广泛和深刻地揭示出了他的小说世界中重庆城乡男男女女的生存情状，特别是他们的精神现状。因而与这

---

① 刘康：《巴赫金的文化转型理论》，北京大学出版社 2011 年版，第 71 页。

个独特的"成长世界"有关的一切，也就统统归结到这样两个最基本的问题，即：其一，人的自我意识的萌发与确证；其二，人对外部世界的认识与把握。和绝大多数具有传奇色彩的小说一样，莫怀戚的小说虽然叙述的是日常凡俗的人和事，但是，由于重庆地域文化本身所具有的传奇性，特别是莫怀戚擅于在凡俗的人间经验中去发现和提炼那些具有传奇性的材料，并且将其创造性地纳入人物的"成长"叙事当中。这样，小说故事的延展和人物的"成长"就始终与地域文化历史的传奇性纠缠混成在一起，这就使莫怀戚的成长小说呈现出不同于通常所见的那种模式化的成长叙事的个性面貌。

几乎所有的成长小说的叙述者都会面临"我是谁？我从哪里来？我到哪里去？"这一连串事关小说叙事走向和小说人物命运发展的问题。小说叙述者和小说人物始终被这些问题所困扰并试图去寻找到"正确"的答案。因此，所谓"成长"，其实就是他们不断地被人生的诸多难题所困扰、不断地从困扰中突围，之后又被新的困扰所笼罩，于是又踏上新的求解之路。也就是在这种复杂多变的折腾和焦虑过程中，最终走出幼稚和蒙昧而成长为一个全新的"自我"。

以《天狼星下》为例——这实际上是一部典型的"成长小说"。小说一号人物钟未鸣追寻"历史真相"的过程，其实就是他被一个巨大的人生难题所困扰，试图去寻找到"正确"答案的过程；同时，也正是在这一过程当中，他始终带着"我是凶手吗？我到哪里去？如何寻找到真相？我能否寻找到真相？我能成为一个清白的我吗？"这样的人生难题——最终得以"重塑自我"。尽管这个"获得新生"的自我具有深刻的荒诞性，但经过这一传奇的寻找过程，带着困扰出发的钟未鸣与小说叙事结束时的那个钟未鸣，已经是完全不同的两个人了。表面上世界已经发生了巨大的变化，起初钟未鸣也这样认为。但在寻找"真相"的过程中他却意外发现，这个世界其实并没有发生实质性的变化，真正发生巨大变化的是此前天真幼稚的钟未鸣自己。发现即成长。从这个意义上可以说，他是通过自身的这种荒诞的成长"反映着世界本身的历史成长"——这就是他自己和世界本身的诡异之处。

二　颠覆和改写了传统的"成长"叙事逻辑

小说当中，虽然钟未鸣并没有彻底从人生的困扰中走出，因为，"他已经不在这个时代的内部"，或者说，他竭尽全力、想尽办法也无法进入到"这个时代的内部"。他始终是一个被某种道德文化形态所牵引和控制的

"局外人"。他的成长始终无法摆脱荒诞对他的尾随和困扰。这是他的悲剧性之一；他更具有悲剧性的处境是："处于两个时代的交叉点，处于一个时代向另一个时代的转折点上，这一转折寄寓于他身上，通过他来完成。他不得不成为前所未有的新人。"本来，按照权威和世俗的解释："告别过去"，历史已经进入了"新时期"。所谓"坚冰已经打破，航道已经开通"，表达的就是这样的清晰明确的历史逻辑。可是，对钟未鸣而言，他却悲剧般地"处于两个时代的交叉点"——他同时被两个时代所拒绝和抛弃，但是他又同时被这两个时代所紧紧缠绕难以脱身。因此，他与别人不一样，他的"成长"轨迹相当怪异。他之所以不得不去面对人世间的种种困扰，而不是积极主动地进行自我选择，完全是出于人生的无奈，出于试图摆脱被两个时代所紧紧缠绕的尴尬和恐惧处境——他原以为自己和别人是一样的，但在成长的过程中才逐渐明白，自己的确与别人不一样：这样，他被迫成为了"前所未有的新人"。而且，这所谓的"新"，只有他自己明白——因为并没有得到来自权威和世俗这两种道德文化主体的认可。

值得注意的是：钟未鸣的所谓"成长"是在迫不得已、万般无奈的情景下进行的。他被迫踏上寻求"真相"之路，但是他并不知道"真相"意味着什么。按照有关专家的解释，"真相"有着两个完全不同的层面：一个是到底发生了"什么（what）"另一个是"为什么"（why）。"前者（what）是一个既成事实，是无法改变和移动的。"[①] 钟未鸣原本的目的就是冲着到底发生了"什么"而来的。因此他与"真相"之间构成的荒诞关系本应是在这个层面上。可是，后来他才发现，"为什么"与他构成的荒诞关系才是更加"现实"和更加"真实"。也就是说，他试图寻求的"真相"与当时的权威部门掌握并认可的那个"真相"并不是一回事。所以他把问题想得太简单了。尽管他对当时的"组织"向他出示的那个"真相"并不接受和认同，但是面对突然遭遇到的这个巨大的荒诞，他不得不屈服。因此，怎样认同那个"真相"是他得以"成长"的重要转机。

还需要说明的是：钟未鸣追寻"真相"从一开始就不具有追寻"真理"的"成长"意义。他只不过是为了摆脱于他不利的现实处境。他原以为只要找到了"真相"，自身处境就会因之改观，只是后来才发现，"真相"早已掌握在"组织"手中；更令人感到窒息的是："真相"什么时候宣布、向

---

① 魏平：《生活在真实中》，外文出版社 2010 年版，第 57 页。

谁宣布以及如何宣布等，都掌握在同一类人手中——他们叫"专案组"，也叫"组织"；他们不仅是道德文化的化身，同时也似乎是"真理"的化身——掌握"真相"与掌握"真理"在他们看来完全是一回事，因为这是"常识"。因此钟未鸣"成长"的另一层含义是：他终于搞"明白"：他原有的那种来自古老经验的常识与"组织"所掌握的"常识"是完全相悖逆的。吊诡的是，为了改变不利的现实处境，他必须放弃甚至背叛原有的经验和常识，强迫自己去接受和认同他们所指定的这个"常识"——因为他内心有难言之隐，所以从一开始他就与"专案组"在私下达成了某种默契。因为他慢慢懂得："真相"除了"真相"的属性之外，关键是它还意味着某种处境、某种罪名或者某种身份、某种待遇。这样一来，无法改变和移动的"既成事实"显得并不重要了，而对"专案组"掌握的"真相"的认同"态度"，以及对他们所给出的解释和定性予以认同的"态度"才是最重要的。小说人物是否得以"成长"完全取决于他对荒诞的反应和认同的程度，是积极还是消极——因为"真相"不仅意味着定罪与否、处境如何，而且还意味着小说人物是否寻找到人生的"正确"答案，乃至"历史发展的客观规律"等等，并且能否取得重新汇入宏大的历史潮流的资格等。

　　这样，通过《天狼星下》的"成长"叙事的诡异，莫怀戚改写甚至颠覆了传统的"成长"逻辑。小说人物原本想依循传统的叙事逻辑，试图通过"专案组"的帮助和指点摆脱自身的处境，重新汇入"火热的现实生活"中去。不幸的是，他原有的经验逻辑在"专案组"那里遭到了毁灭性的打击——于是他对"过去的道理产生了怀疑"——"打也是上面叫打，查也是上面叫查"。于是认知的天平发生了倾斜——至此"他明白自己上当了"。到底上了谁的当？当然不是指组织，而是指上了"那个时代"的当——要知道，钟未鸣他们这一代人是非常奇特的"一个种群"：即使是在"文革"的兵荒马乱中，他们也始终没有动摇过对"组织"的信任。由此一来，在陷入巨大的生存危机之后，他又陷入了巨大的精神危机之中。但是，他不能放弃或者逃避"成长"——识时务者应该怎样做？反正不能被"火热的现实生活"所抛弃。于是蹊跷的一幕出现了：他竟然一口承认了开枪的事实。难道是光明磊落，敢于承担历史责任？其实不是，之所以承认，是源于"人性的弱点"或者说是某种与生存相关的"智慧"——因为此时他才明白：只有通过组织的方式，才能得到组织的信任；而在此之前"他只知道受骗，还没学会骗人"。过去之所以不会骗人，"也并非他天性诚实，他是怕，怕以后得到一个对组织不老实的结论"。而且他深知，如果不按照"组织"的思路予以交代，其后果将更加可怕——后来，他的"诚实"得到"组织"的欣赏和鼓励，就是有力的证明。

莫怀戚的这种"成长"叙事正好印证了文化学者对"分子化社会"的那种解释。钟未鸣所经历的"文革"和"文革"战争，其本质上是一种具有"分子化"特征的社会运动。这种运动最显著的特点是：它将一个个孤立的个人组成为分子化的社会。钟未鸣和千千万万的激进主义派别的成员，本质上都是这个"分子化社会"中的一个个"孤立的个人"。为什么说他们是"孤立的个人"？是因为正常文明社会中那种人与人之间的社会联系被彻底割断了——这是一个奇特的社会形态：它没有正常的民主与法治秩序，没有正常的公民团体，也没有正常的公民意识和公民诉求。每一个人都赤裸裸地暴露在社会面前，没有任何合法机构来帮助个人谋求自身的权益，个人也没有任何正常的诉求途径；他甚至根本无法选择自己的生活方式和把握自己的人生航向。所有"分子"的集合体在运动中被叫作"群众"。群众对什么是"自身的权益"一无所知。荒诞的是，"分子"们最感兴趣的，是事关历史或者"未来"走向的那些宏大的抽象的问题；他们坚信他们所投身的这个运动是一场"史无前例"的什么事业，因此任何与此无关或者悖逆的意念都应该彻底铲除。他们甚至普遍地嘲弄和践踏人类文明的基本常识和规律。

按照"专案组"的期待和暗示：他只要敢于嘲弄常识规律才有可能得到"成长"。但是，对钟未鸣来说，他必须为这种"成长"或者说"诚实"付出高昂的代价：一是招工比别人晚了许多；二是女朋友断然与他分手；三是前途从此更加渺茫。更严重的是，开枪打死人的事，还与父亲的所谓"历史问题"挂上了钩，被认定为"搞阶级报复"。钟未鸣想不通的是：既然如此，当初为什么还发枪给我？！黑皮开导他说："发枪给你是要人打仗，说你报复是要人垫背！"于是，他恍然大悟："历史"和"真相"竟然是如此的捉弄人糟践人。不过请注意：直到这时，他仍然没有对自己作为"文革"运动的积极参与者、对自己投身"文革"战争这种"平庸的恶"产生反思，因此就更谈不上有悔罪的表现。"发枪给你是要人打仗，说你报复是要人垫背！"——莫怀戚的"文革"讲述之所以较当时许多的"'文革'叙事"都具有独到的认知意义，就在于他通过这种本质上的"非虚构叙事"道出了一些小说家所谓的"反思"是何等的肤浅和可笑。他揭示出了那个历史时期的基本社会文化形态依然处于"分子化社会"的真实情状。特别是他揭示出了在新的道德文化形态对旧的道德文化形态进行清算和批判的过程中，每一个"分子"重点关注的不是如何去建立一个民主与法制的社会，进而以公民自身的独立思考去把握真正属于他们自己的历史方向。相反，他们所重点关注的是自己的"表现"是否能够被认同接纳。事实上，钟未鸣寻找"真相"以及寻求"正确"答案的种种意图，归根结底都是为了证明自己的这种"表现"能否被对方接纳；否则像他这种原本孤独的个人就不会在"火热的现实生活"当中找到一个属于自己的位置。这样的"成长"逻辑，我认为在莫怀戚之前，能够如此清晰可信地进行描述的小说家并不是很多。

三　孤独成了一种无法逃避的"成长"经验

任何一个小说人物在寻求人生答案的过程中，都必须通过不断地冲破人生困扰来认识自我和认识世界；这当中的艰难困苦，特别是能否遭遇到巨大的人生磨难乃至历史浩劫，是小说人物能否寻找到"正确的人生答案"，能否走向成熟的重要环节与仪式。艰难困苦的程度以及人生困扰的复杂性往往是评判小说人物"获得新生"与否，或者人生意义大小与否的重要评估尺度。但是，必须明白，这种艰难困苦的程度以及人生困扰的复杂性，都是为了考验小说人物的"忠诚"而预设的；因此重要的是：只有当他们被这个过程或者说被这段历史所接纳，其"成长"才是有意义的，才是具有"历史合法性"依据的。"忠诚"与否和真相无关，当然也与常识无关；它只是与不同历史时期的政治文化形态是否认同和接纳这种"成长表现"有关。在莫怀戚的历史叙事中，我们会发现：在"分子化社会"中群众所呈现的那种声势浩大、万众一心的假象背后，是每一个"分子"时时刻刻都处于自己的表现是否被接纳的担忧和恐惧之中。当钟未鸣历经千辛万苦，抽丝剥茧，一步步接近"真相"的时候，他也一步一步洞悉了这个"分子化社会"中人性的诸多秘密：几乎每一个与"真相"相关的人，在面临生存与良知的选择时，他们都毫不犹豫地站在生存这一边，因为人人都生活在运动的危机和恐惧之中。"真相"也罢，"良知"也罢，在普遍阴柔的人性面前其实显得十分苍白。为此，莫怀戚揭示道："他们疲惫不堪，然而雄心勃勃，他们随遇而安，然而目光炯炯、心机暗藏。"钟未鸣的困惑使他自己恒久地陷入人生的焦虑中而不能自拔，于是鬼使神差地将思考上升到了哲学的层面：

> 他又一次意识到自己的民族是多么的厉害！这个民族顽强柔韧，富有心计，可以退一步而进两步，没有谁可以收拾她。连拿破仑也说，中

国有一天醒过来，全世界都会听到她的脚步声。

多么冷峻的反讽、多么深刻的揭示——在不断运动着的宏大的群体性的脚步声中，钟未鸣发现，个人的脚步声是多么的微不足道，多么的卑贱和可耻！在这段关于内心的叙事里面，莫怀戚不经意道出了"分子化社会"铿锵有力的群体意志中每一个"分子"陷入孤独境域万般无奈的荒谬情状。由此可见孤独是一切恐怖的共同基础是有一定的道理的。因为在那个特定的历史时期，孤独已经涉及社会生活的各个方面。所以，孤独不仅成了不断运动着的"群众"所必须接受的生存处境，而且还成了一种无法逃避的日常经验和"成长"宿命。

不光在《天狼星下》，其实在《诗礼人家》和《都有一块绿茵》里面，那些男男女女也或多或少处于这样的幸福或者困惑体验当中。孤独不仅如影随形地困扰着钟未鸣，而且也困扰着黑皮、邬由景，以及"混得不错"的靳阶。不仅困扰着昌迩一家，而且也困扰着谢青鸥一家——在宏大的群体声势掩盖之下，是每一个人本质上的孤独处境。他们没有真正意义的公共生活和公共意志，时时处处陷于孤立无援只求自保的境地。小说叙述者对靳阶"为人圆滑"的谴责，对"邬由景主义"的不屑等，之所以显得十分肤浅和皮相，就是因为"他"没有洞悉到悲剧的根源在于，这种超稳定的道德文化结构是存在着严重的问题的。按照通常的理解，说"文革"时期是典型的"分子化社会"人们基本没有什么异议。但是若要说别的某个时期也是如此可能会有异议。事实上，从基本的"文明形态"来看，可以得知，"分子化社会"另一显著特征是，它既没有真正意义上的民间社会，也不是真正意义上的法治社会；因而也就没有真正意义上的具有主体性资格的现代公民。钟未鸣真正的悲剧在于，他千辛万苦、绞尽脑汁地找来找去，直到最后也没有找到问题的症结何在？因为他没有认识到：悲剧的根源是：他无法成为一个具有主体性资格的现代文明意义上的现代公民。

《诗礼人家》里面的"昌家"属于"知识分子"阶层。这个家庭在新时期被国家重新进行了身份甄别和阶级认同，于是被接纳为主体阶级的一部分，整个家庭的社会地位猛然提升。但是，由于当时整个社会还没有适时开启"改革开放"的现代化转型的大门，因此，社会暂时处于旧有的格局。"昌家"的父母和子女都是有"单位"有组织的。他们的确在组织或者叫"公家"那里找到了归属感。然而，巨大的荒诞感由此而生：他们有这样有那样，甚至还有"单位"组织的种种"社会活动"等等。不幸的是，他们没有真正的文明社会所具有的那种主体参与性、开放性的公共空间和诉求平台，因此他们时常处于"无根"和无助的状态。比如，在争夺学校"福利房"的搏战中，这个"自我感觉良好"的知识家庭的窘境和无奈就暴露无遗了——所有的老师"都盯着这栋新楼，就像乞丐盯着冒着热气的粥桶"。母亲按"显规则"思维：工龄 20 年一个等级，30 年一个等级，算下来，"结果惊讶地发现自己几乎可以排在第一位！"可是新楼建成后却迟迟不分配，原来"是为了等——等一位姓苟的副校长工龄够上 20 年！"而且，经过等级重新划分，局面发生了重要变化："一个大乞丐最后来，却径直插到了前面去。"于是这个原本体面的"诗礼人家"在现实面前"被搞得晕头转向，母亲的美尼尔氏综合征也发作了。她的数学脑袋理解不了这样的定理"，感觉自己被这"潜规则"和"显规则"耍弄了，可是却"打不出喷嚏"。尽管"像母亲这样的特级教师全市只有八个！"面对如此乱局，母亲被迫抛弃斯文，以世俗惯有的"痞劲"找校领导大闹了一场，因而被校方认为是无理取闹——"一个德高望重的老教师，赌气不上班了！"最后，和父亲一样，母亲依然用"精神胜利法"平息了心中的怨愤和"不理解"。她在妥协与退让中，保存了昌家的"诗礼"风范。显然，他们并不知道，这样的屈辱是源自一种"文化"的必然。表面上这个社会四处散发着公共生活和公共参与的气息，实际上，这些无根的"分子"们面临自己的切身利益时根本没有公共决策的条件和公共参与的资格。"潜规则"也罢，"显规则"也罢，其实都是人们在缺失主体自觉性之后的无奈之举。在这样的社会文化形态当中，不少人对民主与法治之外的各种"规则"深信不疑、顶礼膜拜；而一些文明社会的常识，不仅遭到世俗社会普遍的嘲笑或者贬损，更为悲剧的是它甚至遭到许多人的质疑和怨愤。这正是莫怀戚在叙事中以不露声色的老到笔法对这样的社会人心的冷峻观察和深刻揭示。

　　小说《都有一块绿茵》，虽然给人以"批判反动血统论"的主流叙事积极印象——这也正是当时的评论家们乐不可支，并且给予较高的正面评价的主要原因。现在看来，这种乐不可支的情态和"正面评价"的眼神都是有问题的。这篇小说和莫怀戚 90 年代的许多小说叙事一样，都毫不躲闪地把审视的目光对准了后"文革"时期社会人心呈现的荒诞性和复杂性，对准了这种待转型的社会形态中陷入尴尬境遇的男男女女的分分合合，生生死死，以及爱恨情仇。

第二节 "成长"剧本的编写者是谁这非常重要

一 这是一种"没有选择权的身份认同"

《都有一块绿茵》中，莫怀戚有个不动声色的暗示。那就是："成长"剧本的编写者是谁？这是非常重要的。只要我们深入分析谢青鸥和汪国华之间发生的这场悲喜剧，或者说认真审视关于他们"成长"的这个荒谬故事，我们会发现：这种"成长叙事"剧本的编写者往往不是"成长人物"自己。因为在这样的"叙事世界"里面，角色的指定和角色的转换也不是每一个"成长人物"自己所能够左右的。为此，莫怀戚指出："条件是在变化，社会怎么变，它就怎么变。这就只有看个人的运气了；人真的没法同社会斗。"如果认为，这仅仅是身为教工的汪国华和球队队员信奉的世俗哲理，那就错了。莫怀戚告诉我们，其实作为所谓的"社会精英"的知识分子也一样认同这样的结论。因为，在莫怀戚笔下，每一个人其实都是这种社会文化形态中的"俗人"。比如，小说中那个以"大学教师"身份频频现身的汪国华的"老同学"就十分赞同这类世俗哲理的"正确性"和透彻性。他认为，爱情必须依循随行就市的原则，不管在什么样的历史季候之下，"等价交换"——"两不亏"就是"真理"。不同的历史季候决定了"爱的可能"的灵活性，因此，"爱只能建立在可能的基础上。一个理智的人只能向有可能接受爱的人表达自己的爱。"什么是"可能"？说穿了就是寻求"爱"的双方，是否懂得随行就市的规则，是否懂得活在当下该如何去把握"两不亏"的世俗技巧。如此而已！人们自觉地屈从于自身生物性的需要，"不仅自己屈从，同时也要求别人屈从，屈从成了这个社会最为通行无阻的真理和现实。"而且还居然上升成为了一种"美德"。① 因此，学会了屈从就意味着开始"成长"，更进一步学会了要求别人屈从，这就意味着"成熟"或者叫作"获得新生"。

莫怀戚还提示：小说人物"获得新生"的同时也就意味着宣告"旧我"的死亡。心理学家埃里克森将这种情形称之为"同一性"。"这个理论也被称为认同理论。所谓认同，实际上就是人们对于自我身份的确认，即回答和解决'我是谁'这一问题。"在埃里克森看来，在人类生存的丛林中，没有

---

① 维平：《迷人的谎言》，中国华侨出版社 2012 年版，第 47 页。

同一感就没有生存感。"正是人的认同决定了他的生存感。因此，寻求认同以获得自身存在的证明，正是生命个体在其一生中每一个时期，都必不可少的重要课题。"①

认同理论的前提必须是人的自我意识的萌发与自我身份的确证；然后才谈得上人对外部世界的认识与把握。自我意识的萌发与自我身份的确认，这在成长叙事当中具有举足轻重的功能作用。在《都有一块绿茵》里面，表面看来，小说的男女主角谢青鸥和汪国华在"新时期"到来以后，都陷入了自我身份认同危机，于是自我意识开始萌发；围绕回答和解决"我是谁"这一问题，他们似乎都一下进入了"生存的丛林中"，试图努力去获求"同一感"，同时去获得"生存感"。但事实上，这篇小说的悲剧主角是"出身资产阶级家庭"的谢青鸥，而非"出身无产阶级家庭"的汪国华。小说花费了大量篇幅叙述和阐释汪国华面临婚姻家庭危机，以及随之而来的自我身份认同危机和自我意识的萌发，进而积极寻求认同以获得自身存在的证明等等情节和心理变化；最后汪国华通过"曲折的人生磨难"训练师院教工足球队，甚至"铤而走险"使用了一个置之死地而后生的战术，打赢了实力强劲的锅炉厂队——他以这样的可笑的"成人仪式"来宣告自己的成长和成熟。于是，其自我身份认同危机似乎得以解除，"我是谁"的问题似乎也随之得到了圆满的回答与解决。

这应该是小说家莫怀戚叙事的基调和意义传达的动机。他可能没有意识到，那个真正的悲剧主角谢青鸥在这一成长模式当中，其认知意义远比他刻意叙写的那个汪国华来得更加深刻和酷烈。谢青鸥从她出生伊始就陷入了自我身份认同的危机当中，但是其悲剧性在于，她根本就没有意识到这些。一切就像阿马蒂亚·森指出的那样：我们所处的这个世界的绝大多数人之所以成为"他者"不是他们自我确认的结果，而往往是外力所强加的，是一种"没有选择权的身份认同"；这种实质上的"他人认同"与"自我认同"有着巨大的差异。只是因为，"当我们从自身认同转到'与某个特殊群体中的他人认同'这个问题时，其复杂性大大增加。确实，许多当代的政治和文化争端都与有着不同身份认同群体提出的相互对立的要求有关。因为关于自我身份的观念以各种方式影响着我们的思想和行动。"②

作为小说人物的谢青鸥，要求她像"文革"时期的那个青年思想家遇

---

① 埃里克森：《甘地的真理》，中央编译出版社 2010 年版，第 65 页。

② 阿马蒂亚·森：《身份与暴力》，中国人民大学出版社 2013 年版，第 2 页。

罗克那样去思考去抗争，完全是不可能的。因为她压根就没有意识到她的"阶级身份"从一开始就不是"自我认同"的结果。对这种反人性、反文明的"他人认同"的暴力逻辑，她也就根本谈不上有什么自我意识的萌发，以及自我身份确认的觉醒之类。于是，她只好从"命运"这种古已有之的文化逻辑上去寻求心理安慰。除此之外，她唯一"积极"的努力就是希望通过婚姻来改变自己的"阶级身份"，希望以此得到"某个特殊群体中的他人认同"。然而事与愿违，她并没有因为嫁给了"出身无产阶级家庭"的汪国华，同时抵达"他人认同"与"自我认同"的和谐境地。进入了"新时期"之后，"出身资产阶级家庭"已不再是问题，但吊诡的是，她此时的身份仍然不是"自我认同"的结果，而依然是"他人认同"的结果。"时代"根据现实需要对谢青鸥们的身份作出了新的解释。阿马蒂亚·森将这种身份与暴力的关系称之为"单一主义"。这种"单一主义"完全忽视和抹杀了人的"身份"的复杂性和多样性，特别是人与人之间的那种人性的共通性。"单一划分观念要比多元和多种划分更加偏于对抗。这种理论上的简化主义往往可不经意地助长实际社会生活中的暴力。"① 所以，即使"时代"已经进步了，严格意义上的自我意识的萌发和自我身份确认，在她那里依然没有觉醒；当然，也缺乏主体觉醒的条件。唯一发生变化的是，过去那种"单一身份"逻辑导致的显性暴力已适时演变为了一种隐形的软暴力。原因在于，"单一主义"并没有完全退出历史舞台。

当然，不能说谢青鸥就没有在成长。但是这种成长同样具有某种诡秘性。这就是：在长期"单一主义"的规训之下，她已经学会了熟练地运用"单一主义"的逻辑来顺应和接受"他人认同"理念，并且以此作为确认自己和确认他人的唯一"价值"尺度。她由被动地屈从于"时代"对自己的命运安排和身份确认，到主动地依循外部世界的这种逻辑去审视和安排别人的命运。因为只有这样，她才能证明自己确实是在"成长"，在逐步"成熟"。在《夏天的七巧板》里，叙述者为这种生命力如此强悍的"单一主义"认同逻辑作了不容置疑的注解："世上没有真正期待别人帮助自己作出决策的人。人们要的是附和。每一个征求意见的人心里早有了主意，他们要的仅仅是支持。被问及的人所要做的只是揣摸对方的心思。"对方是谁并不重要，谢青鸥也好，钟未鸣也好，能否"成长"和"成熟"才是最重要的；

---

① 阿马蒂亚·森：《身份与暴力》，中国人民大学出版社 2013 年版，第 3 页。

只有善于"揣摸对方的心思",一切才"皆有可能"。

二　"人与世界一起成长"的一种荒诞模式

事实上,通过小说的叙事逻辑,还进一步揭示了谢青鸥"成长"的荒诞性和诡秘性:"谢青鸥是个晚熟的人,然而她毕竟成熟了。她明白了这样的道理:人一辈子,有时值价,有时不值价,如果刚巧在你最不值价的时候结婚,人生便就此定了级,给拨拉进了次品堆。"而决定一个人是否"值价",什么时候"值价"的那双魔手其实就是"时代"——它所创造的"时势"不仅在决定着每一个人的身份归宿,而且还决定着每一个人是否"值价"和什么时候"值价"!谢青鸥由此感叹不已:"就像小孩儿玩跷跷板一样,这头下去了那头又翘了起来。"她误以为这一次是由她在掌控跷跷板的升降,其实她不完全知道,这一切都是由"时势"在随心所欲地操控和安排。与此同时,汪国华也深陷入身份困惑,也在思考和发问:"我还能干出什么呢?上帝给了每个人一种用途。他想起同学的话,我的用途在哪里呢?"过去,在"单一主义"的安排下,他不是很有"用途"吗?如今怎么一下子就没有"用途"了呢?虽然现如今他和谢青鸥在现实世界重新洗牌之后,都同属于"工人阶级"营垒,在"与某个特殊群体中的他人认同"方面是否没有什么区别。可是,作为"工人阶级一部分"的知识分子身份,在"单一主义"的重新安排之下,明显比纯粹的工人身份要高出许多。然而,确认人的社会身份的基本逻辑没有发生质的变化。也就是说,具有身份优势的一方对屈居于身份劣势的一方施加的影响——在小说中表现更多的是精神暴力——这种状况并没有发生多大的改变。然而,由于身份的变化,施加精神暴力的主动方与被动方戏剧性地"交换了场地"。谢青鸥可以扬眉吐气地对汪国华施加精神暴力了;而汪国华在这种家庭精神暴力的肆虐之下,只好别无选择地去训练教工足球队,以显示自己还有"用途"。试图回答和解决"我是谁?"这一带有终极性的追问,他们似乎已经寻找到了答案,但实际上,答案始终是由现实世界给出的。

由于身份的变化与一个人的成长密切相关,因此就他们两人而言,尽管身份的变化捉摸不定,他们所谓的"自我认同"其实还是本质意义上的他人认同。然而,千万不能说他们就没有在成长——即使这种成长叫作"晚熟",也毕竟是在成长。即依循着"人与世界一起成长"的模式在荒诞性地成长。并且,通过他们的这种诡异的成长模式曲折地"反映着世界本身的历史成长"。这个世界就是变幻不定的现实世界!它依然在按照"单一主义"的逻辑统驭着社会人生，因此切莫低估了它的原则性和灵活性，也就是它的生命活力。简言之，如果没有现实世界的成长，谢青鸥和汪国华两人就根本谈不上"成长"，即使是荒诞性的成长，也是由现实世界的荒诞性所决定的。

通常来说，如果要揭示隐藏在成长小说内部的那些深层的文化含义，还必须从考察成长叙事的话语模式入手，才有可能触摸到它们。无论是从狭义还是广义的成长小说模式来看，它们基本的构架和基本的程式并没有太大的区别：小说中的人物几乎所有的思维和行动都是围绕着"成长"才具有意义的。而他们几乎所有的思维和行动又必须通过"成人仪式"才有可能使自己得以拯救和升华——即从幼稚蒙昧而走向成熟。在原始社会和原始文学叙事当中，这种"成人仪式"具有一个基本和相对完整的动态化流程与相对固态化的模式。简言之，即：第一阶段为分离与出走；第二阶段为磨难与考验；第三阶段为成熟与回归。这一古老而经典的模式从原始人的现实生活逐渐扩展到后世，并且广泛地影响到现代人社会生活的各个领域，尤其是在叙事性的文学艺术作品当中，这种成长模式成为了一种统领性的叙事范型。这一方面揭示出现代人所依循的基本成长模式，其作为文化符码所潜隐着的那种原始的文化基因；另一方面也反映了现代人的成长叙事与传统的成长叙事之间的那种精神的同构性。如果从这样的视角来审视莫怀戚的成长小说，可以说不会有什么歧义。关键是，他的成长小说不是原始叙事的简单模拟，也不是现代流行的那些成长小说"集体成长叙事"的翻版。莫怀戚的成长小说除了具有其一以贯之的重庆地域精神文化特性之外，更为显著的是他的那种特异的"个人经验"价值意义。在他的小说叙事中，传统叙事从分离与出走，再到磨难与考验，再到成熟与回归，都遭到了质疑和戏弄。特别是，通过分离与出走，经由磨难与考验，从而寻找并且抵达"时势"所指定那个"正确"的精神归宿——这种古老而经典的模式所包含的某种道德文化旨意——所有这些在他那里成为了嘲讽和质疑的对象。即，他在表面上依循这一模式叙事，但他又在暗中捣鬼。他在这一模式的掩护之下，从叙事的内部进行荒诞性的偷袭。

按照传统的叙事经验及相关成规，成长叙事的第一步是小说人物的分离与出走。在原始叙事当中，分离即出走。其功能意义在于"以特殊的禁闭性环境考验少年人的意志，达到净化其心灵，促进其更快地成长发育；而少年在被迫隔离期间，可能会得到与其天性势力更加密切的接触机会。"① 因此，在传统的叙事模式当中，所谓"特殊的禁闭性环境"一般是指被一种超乎凡俗的神异的力量，也就是现代人所指称的那种全知全能的权力暗中安排或者规划好了的成长环境和路径。分离或者出走本质上并没有脱离神异力量的控制。传统成长小说尽管也声称小说人物正是通过这样的环境预设才有可能使其踏上"重塑自我"的心路历程，但由于神异力量无所不在的把控，"重塑自我"的实质是"重塑他我"——也就是说，小说人物自始至终是按照某种道德文化形态的预设环境和指定路径在成长，而绝不是按照小说人物自己的意愿或者意志，依循自己选择的环境和路径在成长。我在这里之所以要指出传统成长小说的这一重要的特征，或者说重要秘密，就是因为在这种发现当中，可以比较出莫怀戚成长小说与传统成长小说的重要区别。由此可以看出其独特的美学特征。特别值得注意的是，他对"成长"的理解与传统的理解是有相当大的差异的。

三　身体出走是表象，灵魂出走才是真相

　　一般而言，在传统的成长小说当中，分离或者出走是作为小说叙事的起点而被神异力量所设置的，因而其抵达的归宿也就必然是由神异力量所预先指点好了的那种道德文化归宿。在这类小说中，分离或者出走，主要是指幼稚蒙昧者于冥冥中远离原有的家庭或者家族生活环境而独自外出浪游。只不过这种浪游是有明确的道德文化目的性的。通过离家出走而步入更加广阔、具有巨大风险和无限诱惑力的世界，让自己去充分地迎击这个广袤的世界对身心的折磨和考验。也就是说，如果小说人物能够经受住种种折磨和考验，那么他就必然会得到"成长"的肯定性评价。但是，传统成长小说发展到后来，其对分离或者出走的叙事理解不再局限于走出家庭或者家族生活环境，而往往是指小说中有待成长的人物，或者离开原有的社会生活环境、工作环境，或者离开原有的社交圈或者原有的职业和阶层。但更多的时候，这种分离或者出走主要不是指身体，而是指一个人的灵魂。莫怀戚的成长小说虽然也不乏大量的"成长人物"身体出走的叙事安排，但是其更重要的叙事特征是"成长人物"灵魂的出走，特别是情感的出走和观念的出走。在更加广阔的思想和情感空间中，他小说中的那些"成长人物"的身体往往

---

① 艾瑟·哈亭：《月亮神话》，上海人民出版社 1992 年版，第 78 页。

是在思想和情感的指引之下才肆无忌惮甚至胆大妄为地出走的。所以，在他的小说里面，身体的出走只是表象，而灵魂的出走才是真相。

《诗礼人家》是莫怀戚"成长小说"的"试水"之作。内中的那个医生昌杉的"出走"情状和相关理念就非常有意思——这种着意描述和刻画"成长人物"灵魂出走的叙事风格，在后来成为了莫怀戚小说叙事的基本格局和理念。昌杉已30出头却尚未婚配，然而他却有丰富而复杂的恋爱经历和性生活的历练，而且还"提炼"出了他独特的性恋理论。他认为：

> 首先，试婚是科学的：性生活是否协调，不实践怎么知道呢？其次，如果全社会都试婚，这样一来，社会就不能稳定；所以，应该允许一部分优秀的社会成员试婚，就如同允许一部分人先富起来一样；最后，这些优秀的社会成员应当为社会产生更优秀的后代，成为民族的精英。

昌杉发明的这一套"出走理论"可谓气势恢弘、高屋建瓴。在稍后的《环十字交响组曲》中这套"理论"又被莫怀戚重新宣扬了一遍。值得注意的是，昌杉的"出走理论"在到了《经典关系》中的茅草根那里又得到了进一步的深化，这就是对办结婚证的恣肆嘲讽："这种手续将美好的人生意愿世俗化了。这是对爱情的亵渎。而且，两个人愿共同生活，关别人屁事？却要第三个人来批准，收你的钱，发给你许可证……"

显然，昌杉和茅草根的这种性恋理论既具有政治家高瞻远瞩的宏观视野，又具有哲学家洞悉历史和未来的卓越眼光，同时还兼具诗人的浪漫情怀和社会学家的责任感和使命感。可是，这种貌似正常而且杰出的理论思维却彻头彻尾充满反讽和黑色幽默的意味。但正是这一套"出走理论"在自我预设和自我指导之下，使他们的身体走向了更加广阔的灵与肉纠缠的成长领域和经验空间，而不是奔向"时势"或者神异力量的指定路径和预设方向。与昌杉"英雄所见略同"的还有《寻找假人》中的三空。他坚信"不结婚"才是高智商高情商的表现，才能够保证"出走"的"高质量"和"高水平"：

> 三空对除她母亲以外的所有女人都称小姐，这个人对当代女性成见已深，说她们"只懂交换不懂爱"。他不很年轻了，但不结婚。别人问他，他便尖刻地说："大智若愚，大婚不娶"，言下之意，这样反可以

得到许多女人。

　　《逆反者德华兄》里面的男一号德华兄的"出走"与昌杉略显不同。他几乎没有什么成套的理论。反倒是他的学生兼情人慕容兄有一套比较成熟的"出走理论"。她称之为"一种生活态度"，叫作"保住大本营，寻求补充"！所以，她就比她的老师德华兄更具有"出走"的观念基础和敢于折腾的自觉性、狂热性。而德华兄呢？他之所以要"出走"，主要是其生性喜好自由，厌恶循规蹈矩的生活及喋喋不休的所谓"真理"。"时势"或者神启对他而言简直就等于是扼杀其天性、践踏其自由。德华兄是个教师，其上课风格自成一派，因性情自由而深受学生喜爱。他不但学识丰富，还很幽默生动，善于揭示生活现象的本质；他敢于说真话，对于形式主义和"假、大、空"一向持批评态度，常常把教学内容纳入离经叛道的方向，让学生痴迷，甚至将其视为"懂生活"的楷模。思想理念上的出走必然导致其情感生活方面的出走——所以他被叙述者叫作"逆反者"德华兄。他相信，"世上不是什么事都能说得清的，更何况情感原本是一种不自觉的内心体验，所以他想要离婚的想法酝酿已久。而妻子最终也明白感情勉强不来，便同意与他'和和气气的分手'。"既然有了"出走理念"的强大支撑，就必然有身体出走的具体实践。德华兄爱上了自己的学生慕容兄。慕容兄是一个很有才气的女子，"她爱恋老师，并且愿意为了老师留在艰难的重庆。"当然，他们两人都不知道比"艰难的重庆"更加艰难的是德华兄"出走"以后种种匪夷所思的人生经历。

　　其实，最有意思的"出走"还是《六弦的大圣堂》和《透支时代》中的杨维智和泰阳了。杨维智的"出走"表面上看似乎具有某种偶然性，也就是说没有什么理论或者思想方面的预谋，因此与昌杉和德华兄这一类有着"出走理论"的"成长人物"是有区别的。由于杨维智在内心深处一直渴望情感生活的多样化和刺激性，所以他在妻子因为一个"偶然"的灾难事件——在震惊中外的"2·29"大空难中不幸身亡。于是，他的身心陡然发生了意想不到的"转折"。当时的情景是：反应迅速而机敏的他"下意识的伸出双臂，猛的将姨妹搂住，就像搂妻子一样。在一片恐怖的哭喊中依然感觉膀子丰腴得水汪汪"。很快在"一切又从头开始"的意念引领之下，他开始步入了奇异而刺激的"成长"之路。他认为这是老天爷给了他重新选择、重新安排生活的机会。于是，他周旋于三个女人当中。这三个女人让他真正认识和体会到什么叫生活的多样性，什么叫生命的多元化和文化的丰富性、刺激性——这对一个现代男人的"成长"是多么的重要和必须。

　　和杨维智的"出走"似乎有异曲同工之妙，泰阳的"出走"基本上也没有什么预谋，偶然性相当厉害。没有预谋不等于没有蛰伏着的欲望。泰阳原本有一个美满的家庭：妻子年轻漂亮，才华不凡。泰阳的"出走"是因为业务往来中"偶遇"吴越而产生了婚外情。泰阳"出走"同样没有理论。他综合了灵与肉的感受给出的理由是："我爱王静，但我需要吴越。"和泰阳一样，吴越也爱自己的丈夫。不过泰阳明显能感觉到："我显然不如她的丈夫重要，我只是那个男人的补充。"就这样，双方互动起来，在你的"需要"和我的"补充"中，开始了彼此的成长历程。当杨维智在《六弦的大圣堂》采取"行动"时，莫怀戚对这种"需要"和"补充"是持肯定和赞赏态度的——其实这种"注释"和"完成"就是让自己"成长"的另一种说法。但到了泰阳和吴越在《透支时代》出现时，作家终于憋出了这样一句话：婚外恋反弹过来是有"杀伤力"的！但是，有"杀伤力"的生活，亦即"有风险"的人生才有挑战有刺激。换言之，正因为如此，这样的"成长"虽然没有什么"真理"意义，也无所谓有什么"价值"追寻，甚至没有真正意义上的归宿。然而，他们要的就是这种偷偷摸摸、躲躲藏藏，甚至被彼此弄得遍体鳞伤的"成长"感觉和效果。文化学者谓之"后现代"。阿门！

四　"具体步骤都没有错但是整个做错了"

　　如果说，德华兄和昌杉是具有理论建构的"理性出走者"的话，杨维智和泰阳就是毫无理论建树和毫无理论兴趣的"非理性出走者"。他们没有任何理论，甚至非常讨厌理论。小说当中有一段话，以叙述者视角来揭示了杨维智内心这种隐秘：

　　　　为了争夺女友如此夸张的文治武功，后来想起可笑。其实与其说是功利的，不如说是美学的。事实上现在的年轻知识分子，对爱情上的胜利，看得没有那么要紧。与其说强调结果不如说强调过程。如果细细剖析，是要用那种原始气息来渲染自己的气质罢了。这样反而成了"高层次"——如是而已……杨维智迷迷糊糊的发觉，自己整个做错了。不是单位分错了，不是妻子找错了，不是不该结婚——具体的步骤都没有错但是整个做错了。

　　说得太好了！这段内心表白之所以很重要，是因为它隐含着这样几层意思：其一，在情爱和性爱问题上，"现在的年轻知识分子"强调过程重于强调结果。也就是说，"出走"这一惊心动魄、险象环生的过程远比执意去寻找什么道德文化归宿要重要许多。在这种意义上传统成长小说强调结果或者归宿的重要性就完全被颠覆了。其二，所谓"是要用那种原始气息来渲染自己的气质罢。这样反而成了'高层次'。"其潜台词就是嘲讽许多现代成长小说标榜小说人物是在"现代理性"或者"现代非理性"理念的指导之下而"出走"的。在莫怀戚看来，"原始气息渲染的气质"之所以成了"高层次"，就在于它素朴地反映了人性的原真品质；回归原真秉性，哪里需要什么灵魂的升华？之所谓层次高，返璞归真而已。其三，"出走"即步入社会人生的乱象。"具体步骤都没有错但是整个做错了"，这对传统的历史观、人生观、价值观的颠覆是相当致命的。也是杨维智和泰阳们"成长"过程中重要而深刻的人生体悟。就是说，按照传统叙事的指示和安排，"出走"的"步骤"是正确的，那么其结果也必然是正确的。但"出走"之后为什么会发现"整个做错了"呢？这就是莫怀戚具有文化隐喻性的叙事策略的高明之处。

　　在《叫化烤鸡图》里面，德瑞医药公司董事长隋弘渊有一段说辞非常具有历史文化方面的洞察力和"比较文学"视角的概括力。这无疑是"具体步骤都没有错但是整个做错了"的另一种说法："我没说美国人是傻瓜、但美国人有风险意识。他们不像中国人，凡事要百分之百的把握；他们对于'满怀希望，最终失败'已经习惯了。"

　　其实，美国人并不知道，中国人是最具有"满怀希望，最终失败"的习惯性和"耐受力"的。他们不仅在日常生活中是这样，在面对宏大的历史和事关自己命运的几乎所有领域，都是以这样的心态和性格，一遍又一遍地重复这样的故事。他们不是没有风险意识；莫怀戚说，风险对他们来说，只有承担的义务；不习惯又能怎样？"出走"当然有风险，你以为不"出走"就没有风险吗？比如，乐于"出走"的杨维智与无意"出走"的汪国华，这反差极大的两个人，实际上时时处处都置身于风险当中。不过，两人所面对的风险性质完全不一样。

　　当然，较之《都有一块绿茵》中的那个不曾也不敢"出走"的汪国华，杨维智和泰阳浑身上下充满诡秘的"出走"气息。他们既涉外又涉内，可谓"内外兼修"，因而与诡异的"时势"更为同调合拍。他们在以自己的"出走"注释、完成乃至"创造自己"时，似乎更能让我们触摸到生活和人性的"本质"，甚至是文学的"本质"。如果说，汪国华习惯采取传统的手法和理念，通过"成功"地组织训练校工足球队的方式，重新找到了自己"成长的价值"。这样，既可以达到让学院中人对自己刮目相看的目的，又可以达到使妻子回心转意的目的。可是，这种"价值"到了杨维智和泰阳这两个人登场时，已经没有任何"价值"可言了。杨坚信，只有敢于和善于用自己的行动创造自己的人生，才是真正有价值和通人性的人生。显然，汪国华在莫怀戚小说中行走或者"成长"，并博得读者为之同情与喝彩的时代，已一去不复返了——从汪国华到杨维智，再到泰阳，莫怀戚正是通过这几个人物的渡让嬗变，使他们自己创造了自己——小说云云，也可以视作莫怀戚注释和完成自己的一种"行动哲学"。事实上，与杨维智和泰阳相比，汪国华根本算不上是一个"行动主义者"。他追寻的"成长的价值"就是能够使妻子回心转意、和好如初。或许是出于对汪国华的同情以及对当时读者的审美期待的迁就，莫怀戚为他们夫妻两人设计了一个"大团圆"的结局。由于违背了小说人物自身"行动"的逻辑，因此，当汪国华在小说《胜利大逃亡》中再度出现时，他与谢青鸥的分手已成为定局。也就是说，思前想后，莫怀戚还是依从了现实人物自身"行动"的逻辑。

　　是的，所谓的"出走"，其实就是"行动"，于是就有了"行动哲学"；也就是说，没有"行动"，连"行动哲学"也不会产生，即使产生了也毫无意义。《和平时代》中的叙述者"我"，与杨维智和泰阳一样，就是这样一个坚定的"行动哲学家"。"我"是报纸的专栏作者，一大把年纪了还不想结婚，并且信奉"不结婚才是最大的结婚"的信条。"我"在教育自己的哥们儿时表露了心机："不能真动感情，动什么也不能动感情。感情就是感染；要防止感染。这是和平时期第一生存技能。"显然，在"我"看来，和平时代，真情反而变成了负担，它使人不能充分利用"人的资源"，浪费了有限的生命。而最佳的生活状态则是这样的：

　　　　我们的生活，不管你愿意不愿意，都被分割成了好多段落，一截一截的。这一截子和那一截子，我们都凭着良心过。这就行了。能够这样，就是一个好男人，就是一个好女人了。

　　"我"虽然没有结婚，当然也就没有家庭。但是请注意：在莫怀戚小说叙事当中，没有结婚和没有家庭，并不等于小说人物就没有"出走"的资格或者动机。叙述者认为"不结婚才是最大的结婚"，因为只有"不结婚"

才有极大的自由度，才可以随心所欲地与各种各样的人"结婚"——这样于"出走"更为方便。

不仅如此，"我"还是一个"真情"恐惧症患者。因为"真情"流露可能坏事，有碍于自由自在地"出走"。当然，如果"真情"能够适当地作为谋略的饰物，也不妨用一用。尤其重要的是，"我"深刻地认识到：不管"出走"还是不"出走"，所有的旅程都难以构成完整的"成长"历史，因为生活已经呈现"碎片化"的状态——"这一截子和那一截子"，每一截之间难以找到像过去的生活那样的逻辑联系。不管怎样说，"凭着良心过"也就姑且称得上"就是一个好男人，就是一个好女人了"——这不仅是他们这样的"出走者"对"成长"或者"成熟"的独到阐释，而且也是他们对于"行动哲学"的最为自信的解答。不管有"理论"还是没有"理论"，这些执着于欲望和本能的"出走者"，他们在内心深处都暗暗赞同这样一种"生命理念"或者"生活理念"，这就是《经典关系》的叙述者的一个重要"发现"——"什么事只要一法定，就没有意思了。偷情之所以异常欢愉，是因为新鲜与冒险。这就是刺激"；谈到"出走者"对"法定"的夫妻关系以及夫妻间性生活的看法，叙述者冷峻地揭示道："现在干这种事哪管是不是夫妻；越是夫妻恐怕越不干这种事。"

莫怀戚的成长小说中的"出走者"，给人的表面印象是男性成长人物占有的比例似乎更多，而作为"出走者"的女性成长人物似乎寥寥无几，难以引人关注，其实这是一种浅陋之见。事实上，只有仔细研究就会发现，几乎在每一个男性成长人物"出走"，并踏上"没有归宿"或者"没有意义"的人生"歧路"时，都有一个甚至两三个"出走"或者试图"出走"的女性与之同行——他们在"具体的步骤都没有错但是整个做错了"的社会人生乱象中左冲右突、生生死死。这些女性"出走者"和她们的男性同路人一样，绝大多数都有不错的家庭；都有不错的丈夫或者男朋友。但是，"外面的世界太精彩"——在她们看来，社会进步的多元化特色以及人生的多样化选择与尝试，不应该仅仅限于政治、经济、文化或者文学艺术方面，还应该体现在情爱与性爱，特别是自我肉身的多元化尝试和体验方面。否则，那就谈不上是真正的社会进步和人性的解放。所以，在她们那里，"出走"就是为了多元化尝试和体验的需要——是为了寻找到真正的人生和真正的性爱的选择和需要；即使这种选择带来的是极为荒诞的吊诡的、五味杂陈的后果，她们也在所不惜。

第九章 莫怀戚小说中的
"告别"与"回归"

第一节 "告别人性"要比告别任何圣物更可怕

一 "告别"即"出走","出走"即"回归"

如果要深究，我们就会发现，莫怀戚的小说与传统的"成长叙事"还是有一定的区别的，准确的叫法应该是"出走叙事"。经过这种辨识，我们可以得知，莫怀戚的这种"出走叙事"中的林林总总事关重大。简而言之就是："出走"意味着"告别"——"告别"意味着"出走"——"出走"意味着"回归"；何以"事关重大"？是因为他的这种叙事已经涉及20世纪90年代初期知识界普遍关注的一个文化话题。这是一个务虚性的话题。简而言之，就是关于应不应该告别过去那种僵化保守的"计划经济"体制，以及附丽于其"肌体"之上的激进主义文化审美"形制"的问题。与此同时，这次讨论还涉及如何评价与计划体制密切相关的"伪崇高"的问题。坦白地说，我和莫怀戚是在这场讨论进入尾声的时候，才重新拾起这个话题展开讨论的。当然，我们的讨论没有"学院派"知识分子那样的一本正经和剑拔弩张，而且范围也比较狭小，主要集中在小说叙事，特别是小说伦理的范畴进行讨论的。印象最为深刻的一次是在南岸黄桷垭的一间古旧的小茶馆里。我们针对那个时期一种自作多情冒充"正统文化"的观点——那种观点认为，"告别过去"是意味着历史倒退，是居心叵测的某种阴谋，而且断言过去是根本无法告别的——在他们看来，"告别"就意味着"背叛"。从小说人物的出走来考察，我们深感如果没有精神上的"告别"，小说和小说家就不可能具有写作意义上的精神独立和创造意志。因此，这是莫怀戚颇感兴趣的一件事情。

　　记得当时我们喝的是老重庆人最爱喝的老荫茶。莫怀戚一改往昔温柔敦厚的脾性，有些激动地挖苦道："这是我感到非常奇怪的一件事。一些知识分子、文化人，还有一些所谓的作家，很长一段时间里面，他们对告别人性一点感觉也没有，但一听说谁打算'告别过去'，就马上神经质地跳起来。'文革'中有一个大批判常用语叫作'如丧考妣'，我看用在这些人身上正合适。这些人根本就没有搞清楚，过去生活在计划体制中的人，只要头脑正常就会承认，哪一个人不是通过市场经济使自己的人生回复到正常的人性轨道上来。我小说中的那些'灰色人物'，比如闷骚的茅草根，明骚的杨维智、德华兄等，这些人说白了，就是对告别人性太敏感太不适应，所以才抓着人性不放。他们深知，对人性伤害最大的东西是什么，所以对计划体制这样的'过去'深怀恐惧。说到'过去'必然回忆起那些风风雨雨的'斗争年代'。其实，通过'斗争'的激烈手段重新找回斗争参加者的世俗权力，尤其是重新找回他们的世俗之乐，恐怕才是过去的人们投入斗争的根本目的。所以我认为，所谓'斗争'，其实是人类的一种别无选择的异常行为。说白了，'斗争'的目的就是为了告别'斗争'。不错，'斗争'是过去一种理想主义的生生死死的人生，是一种提着脑袋耍的人生，但它毕竟不是一种正常的人生。"

　　我们知道，莫怀戚小说当中的大部分男男女女都不是过去那种革命者，而是以"告别"为特色的，在"灰色地带"上行走的小人物。这些小人物虽然其身份和精神境域是"灰色"的，但是他们中相当的一部分人或多或少都经历过"斗争年代"，饱尝过"斗争"的滋味，领略过"伪崇高"的荒诞与滑稽。因此，他们宁愿走向人生的"灰色地带"，也不愿重新回到那种人整人、人斗人的"斗争年代"。《白沙码头》里面的众师兄，《经典关系》里面的茅草根和南月一，《六弦的大圣堂》里面的杨维智和姨妹，《逆反者德华兄》里面的德华兄和慕容兄等，都是在充分领教过"斗争年代"那种"伪崇高"的荒诞滋味之后，才跌跌撞撞地迈入人生和人性的"灰色地带"的。莫怀戚认为，人性的"灰色地带"当然不是人类理想的所在，然而，却比"斗争年代"要"爽性"得多，宽松自在得多。

　　对此我深表赞同。我认为，其实不是谁刻意要告别过去，而是过去那些"斗争"的参加者们出于人性和理性的逻辑而产生的"告别"意念与行动。特别是当一个国家从"斗争"的非理性逐渐通过反思转变到理性主义的立场之时，毅然与过去"告别"就是一种历史的必然选择了。比如茅草根，比如杨维智和德华兄等人物，他们的曾经是"革命斗争"的狂热参与者，后来由厌倦而产生困惑，由困惑而进行思考，由思考而冷静下来，然后就是选择躲避，或者叫作颓废。其实，躲避也罢，颓废也罢，都是实质上的一种"告别"；唯有缺少的就是经典文本中的那种"告别仪式"。当然，对他们这些人来说，非常反感社会人生当中的任何具有"仪式感"的东西。所以，我们在莫怀戚小说叙事中，常常看到他们对形形色色的"仪式"进行调侃、戏弄乃至解构。

在石桥铺老街茶馆的一次讨论中，莫怀戚说："就人类历史进程而言，过去那种'革命斗争'是非常态的，而告别'斗争'回复到人性的常态，才应该是合符理性和人性的正确选择。人类怎么可能持续不断地过一种提着脑袋耍的非理性生活?!"他恶狠狠地盯着我说："真实的情况应该不是这样。过去我们有个误解，以为'文化'根本就没有肉身的属性，是一种只有'崇高'灵魂的完全形而上的东东，后来我发现，实际上肉身也是'文化'的真身。人们从事'革命活动'的目的是为了使自己的真身过上更美好更舒服的日子，而不是无休止地把自己的肉身朝'伪崇高'的方向上去瞎折腾。所以，告别过去不是哪个喊口号喊出来的结果，而是过去那些'斗争'参加者的肉身想过正常舒服日子的必然结果。糟糕的是，过去那些激进主义的'斗争'搞到后来竟然走到了人性的对立面，如果还不告别，那不是发誓与人性作对到底自寻死路吗?"事实上，在莫怀戚的许多小说当中，都已经通过具体生动的叙事情节揭示出"告别"与"回归"的"历史必然性"，以及世俗人性的不可阻挡性。难怪《经典关系》中茅草根要为之感叹："一个人要抵抗时代，真是谈何容易!"其实准确的说法应该是："任何人要抵抗人性，真是谈何容易!"比如，《子夜鞭影》里，有一段大律师的精彩说辞：

> 说不上什么新鲜了。享受生命，这种不知道应当如何评价的现代人的意识，已经不可避免地从西方来到中国。现在看来，咱们龙的子孙，老祖宗恩威并重地小心训诫了两千多年，西风一吹，也就风化得如同山崩一般。其实，老祖宗训诫归训诫，老祖宗自己也在偷偷地干啊!古代和现代所不同的是：过去是少数人干，现在是"大众化"干;过去是暗地里干，现在是"公开化"干罢了!

在莫怀戚看来，古代和现代，过去和当下，就人性而言并没有本质上的区别。所谓"斗争年代"或者"光辉的古代"，其实就是按照老祖宗的训诫对人性严防死守的年代，就是只允许少数人偷偷干多数人不许干的年代。在莫怀戚的理解中，所谓"告别"，其实质就是让社会回归到"大众化"干、"公开化"干的人性开放的年代罢了。他还强调："我为什么一直认为知识界有不少人是'宝器'，就是发现他们其实都不是过去那种真正的革命者，这些人也没有正儿八经战斗过，而常常是斗争的对象，经常遭整得瓜分分的，却居然为别人操心忧虑。你看，这难道不是'皇帝不急太监急'的典型案例吗？"与这些人相比，白沙码头的众师兄、众师妹就不是这样的"宝器"，《经典关系》里面的茅草根和南月一，还有《六弦的大圣堂》里面的杨维智和姨妹也不是这样的"宝器"，逆反者德华兄和慕容兄就更不是这样的"宝器"。为什么？就因为他们积极自觉地顺应和投身于这个人性开放的改革年代。与过去相比他们活得清醒、活得自在；尽管他们也生活在迷茫中，也奔命在荒诞中，然而，他们的迷茫和荒诞与这些浑然不觉自以为是的"宝器"不在一个层面上。

谈到躲避"伪崇高"的问题，莫怀戚直截了当地说："过去玩'崇高范'是一种时尚。过去的小说也喜欢玩'崇高'。比如刘心武、蒋子龙，甚至陈忠实和贾平凹这些大腕级小说家，当年都喜欢玩这一套。那是什么'崇高'？其实是假崇高，当所有的人，所有的小说家都热衷于玩'崇高'，哪可能都是真东西？假冒伪劣多了去了。大家一窝蜂玩'崇高范'无非是为了躲避世俗化肉身化欲望的嫌疑。小说当然也不能免俗。因为那个时代，在公开场合谈论'崇高'是'识时务'的'正常'的表现，而谈人性谈享受谈人的世俗需求是下流堕落的表现，缺心眼的表现。所以这就给人一个假象，误以为过去的男男女女真的把'崇高'看作是生活的本质，是世俗男女拼命追寻的目标。哪里是那么回事！况且，那个时代最大的副产品是造就了许多好谈'崇高'的伪君子。比如《天狼星下》里面的靳阶、邬由景，比如《经典关系》里面的处长先生，还包括《假手神明》里面的华总，以及别的什么'总'等等，就是那个年代的精神副产品。现在这样的小说，这样的怪物不多了，偶尔能碰见一个两个，如获至宝。我小说中的人物形形色色，虽然有不少显得稀奇古怪，文化人叫'特立独行'，小说家叫'变形'。其实总体来讲还是属于正常的范畴。他们都在十分投入甚至挖空心思地享受'市场经济'带来的世俗好生活，而且弄得五光十色，响动非常。其实，他们只是回归到了世俗人性的本真而已；像伪君子那样靠'崇高'来装扮打点自己的生活，对他们而言太累太假太恶心了。"我说：当年，知识界许多哥们儿在论及何以要"逃避崇高"时，往往先声明是针对"伪崇高"而言。其实严格地讲，即使是某些号称"不伪"的崇高也必须时刻警惕或者躲避——如果这种"崇高"试图凌驾于世俗人性之上，这时就必须旗帜鲜明地反对了。对此，他深以为然。《经典关系》中叙述者说道："时代的确变了。时代变了，人的德行，甚至可以说人的性质，也就变了……恐怕只有一种东西是不变的，就是变化本身。"这里所说的"人的性质变了"，实际上说的是世俗人等在"告别"后的感受，是指过去那种清教徒式的"人的性质"发生了变化；而"不变的是变化本身"有两层含义：一是指世事"变化"的不可阻挡性，"告别"的历史潮流谁也无法阻遏；二是指人性和欲望的潮流在强有力地推动这种"变化"的产生。

后来，我们进一步讨论到过去那种"理想的追求"与人性的关系，莫怀戚深有感慨地说："不能说'理想的追求'就不是人性；这本来就是一种'特殊的人性'。问题是，'理想的追求'不管怎样发展演变都不能走到人性的对立面。追求'理想的境界'本身是为了解决人性中的那些阴暗低级的东西，可是往往事与愿违。历史经验表明，有一些'追求'非但没有解决那些阴暗，反而与之为伍，把'追求'自身搞得更加阴暗。"说完，他长长地叹了一口气，然后以质询的口气对我说："可不可以这样说，告别人性比告别任何一种圣物都可怕？"我说，当然！他如释重负地回答说："就是这样！许多人一听说告别过去就神情沮丧，而对告别人性却麻木不仁，心安理得。这不是很奇怪吗？我的小说对这种情感倒错有一些刻画。比如《天狼星下》，比如《都有一块绿茵》里面都有。当然'大律师系列'里面就更多了。"我补充说：是否可以这样理解：检验某种"过去"是否应该告别，重要的是看它是不是背离了人性。他毫不犹豫地说："正是！走向人性对立面的'过去'，那不叫真正的'人的历史'，那不仅是人性的灾难，恐怕还是'过去'自身的灾难。能导致人性走向美善的历史当然毋须刻意去告别。我的小说对这种'人的历史'是肯定的，是刮目相看的。"

所以，从更为深隐的文化层面来看，"告别过去"往消极的方面说，就是把历史从非人性的层面拉回到人性的层面。让刀光剑影、血雨腥风的"审美快感"让位于世俗与日常的形而下"审美快感"。于是，就引起一些现代"杞人"的忧惧；往积极的方面说，"告别过去"是历史修成正果真正走上了沧桑正道，是让历史回归到了人性和世俗性的巨大进步。在这种意义上，莫怀戚认为，"市场化"背景之下男男女女从容自信的"出走"与"计划经济"时代男男女女虚张声势的"奔走"是价值取向完全不同的两码事。这就是莫怀戚"出走叙事"所揭示的另一个重要的文化秘密。莫怀戚确信：

"告别人性比告别任何神圣的东西都要可怕"——我认为只有抓住了这一关键,才真正抓住了莫怀戚"成长叙事"的又一要害。小说《隐身代理》中的女编辑安明,她最大的悲剧就在于她始终没有抓住这一关键:

> 她慢慢地发现自己对生活的理解是"反生活的"。她将一切看得过于庄严。这种庄严像棺材一样箍死了她,同时也阻隔了爱她的人。一部分黄金阶段的生命就这样白白耗去了。

这种"庄严"在精神上牢牢地囚禁着安明,使她根本无法"告别"过去。因此她始终处于一种"反生活的"的"生活"困境当中。与此对照的是《和平时代》叙说的那个绝色的"西北美女"庄稼,她与安明完全不同,她是一个暗暗肩负着某种"告别使命"的"出走者"。为什么叫"和平时代"?其实,叙事中的"和平时代"是与过去的"斗争年代"完全相反的多元化时代。莫怀戚认为,多元化就是"现代化",就是体现人性舒张开放的"世俗时代"。小说中,由于"我"特别喜欢庄稼,使出了浑身解数,在她面前卖弄知识,展示所擅长的小提琴艺术等,以诱使其"出走"——"我"坚信"时间长了,什么都可能发生的。恰好和平时代有的是时间"。为了达到目的,"我"甚至还煞费苦心将她男朋友在日本出轨的"情报"透露给她。可是,庄稼没有中"我"的阴招。意想不到的是,在故事的结尾,这个女人味十足的庄稼竟然以成为"同志俱乐部"成员的方式毅然"出走"——"告别过去"之后竟然走向这样的结局?这个女人当然一点都不崇高,甚至有"堕落"之嫌,而且其出走的轨迹相当怪异。但是,在莫怀戚看来,这有什么关系?只要她是朝着自己所选定的世俗的人性方向走,就是合理的就是正常的;一个女人按照自己的意愿选择和行走,难道不是一种真正意义上的人性回归吗?

当然,通常情况下,莫怀戚小说人物的"告别",分为两种类型:一是从精神层面开始进而纵容肉体"出走";一是先从肉体开始然后上升到精神出走的层面。"西北美女"庄稼与纺织女工"7号"就分别代表这两种不同的"告别者"类型。在男性小说人物当中,这两种"告别者"类型的代表人物是杨维智与茅草根。表面上杨维智沉溺于肉体的狂欢中而不知所以,实质上他在精神上非常苦恼,找不到灵魂的去处。比如,对同事关典挖空心思想去进修的那个苏联,他调侃说"我要是你,绝不去苏联!问我为什么?那不就是另一个中国嘛!"因此,他认为,无论在空间意义还是在时间意上,"这里"和"那里"都不是肉体和灵魂应该或者适合去的地方。这与茅草根的入乡随俗、随遇而安而乐还是有区别的。

二 形形色色的"出走意念"与男女"出走者"

《和平时代》里的庄稼以一种奇特而又是非常具有"和平时代"特色的方式"告别"和"出走",是具有重大的人性解放和文化觉醒意义的;这当然与世俗社会的肉身需要没有什么关系。然而,《南下奏鸣曲》里面的那个生长于重庆的"土著美女"——纺织女工"7 号",她的"告别"和"出走"无疑与世俗社会的需要多多少少扯上了一些关系。

在莫怀戚的"南下叙事"当中,所谓"南下",实际上隐喻着"告别"与"回归"的双重意涵。20 世纪之初,"南下"意味着到南方去投奔"火热的斗争生活",将个人"渺小的人生"汇入宏大的"历史潮流"而获取生命的意义;特别是在左翼小说家的笔下,那种"南下叙事"实际上就是"斗争叙事"。然而,时过境迁,风水倒转。莫怀戚小说中的这一次"南下",却意味着凡俗的男男女女到南方去寻找个人的梦想,即"实现自我"。其前提是"告别过去"而回归世俗人性!在个人的梦想面前,宏大的历史已经渐行渐远,显得寂然无光。以人性为坐标,于是这两种面目不同的"南下"和"南下叙事"截然呈现出不同的社会图景和文化价值分野。

"7 号"出身社会底层,在市纺织厂做工,那时还叫"抓革命促生产"。"7 号"本来也没有"出走"的意念和条件。那时"市场经济"还没有完全拉开大幕,赋有"革命"内涵的"计划经济"还没有正式退出历史舞台。因为故事的男一号、"高干子弟"桑彦到厂里来实习,最终引发了裹挟"7 号"出走的"重大事件"。为了能和"7 号"在一起,桑彦不顾家庭的反对,放弃了同样是高干出身的女朋友和令人羡慕的分配名额,与"7 号"住到了一起。可是,"告别过去"之后的世俗生活毕竟是严酷的。为了生存和发展,"7 号"和桑彦被迫南下深圳,去寻找能够"实现自我"的梦想。尽管如此,生活还是沿着世俗的轨道在艰难地运行。理想主义的桑彦过去一直在父母的荫庇之下过着无忧无虑的生活,他与"7 号"的"出走"在意念上是有差别的:"7 号"之所以"南下"与"市场化"的历史潮流有关;而书生气十足的桑彦仅仅是一个带有"浪漫主义气息"的爱情至上主义者。因此,同样是"告别","7 号"很快就适应并且汇入"市场经济"的人性化历史潮流,而桑彦却在这种人性化的潮流中心灰意冷,无所适从。于是,"7 号"与桑彦无休止地发生争吵。桑彦不知道,他们之间的裂痕是人性化的"市场"所导致的：因为"7号"对这个"市场化"太理解太投入太顺应了，桑彦却因为这种人性化的"市场"而陷入了人生的困局。他在理念上就像当年的有志青年满怀浪漫情愫不顾一切奔到南方投身"火热的斗争"那样。令人遗憾的是，那个理想主义的时代已经一去不复返了。桑彦简直就是"市场化"的白痴和落伍者。由于"她奉行的是另一套哲学"，桑彦对她有了一种陌生感。两人因为"文化观念"上的巨大差异，彼此都成为了"熟悉的陌生人"；又因为双方的这种"文化差异"，使"7号"的肉体和灵魂都在"市场化"中如鱼得水，混的相当滋润。相形之下，桑彦却四处碰壁，黯然失色。两人最终导致分手——因为"出走"，出身社会底层的"7号"成了人生的胜利者和"与时俱进"的女强人；而出身"高贵"、学历"高级"的桑彦却成了人生的失败者和时代的弃儿。说不上谁对谁错。

两人都是为了"告别过去"，去追寻梦想的那种生活。在叙述者看来，"7号"是人生的胜利者，因为她实现了个人发财过好日子的梦想。桑彦之所以是失败者，是因为他没能发财。但问题是，桑彦的"出走"与"7号"的"出走"是有着极大的价值差异的：桑彦是真正的"精神出走者"，而"7号"在骨子里还是一个"物质出走者"。从人性的角度来审视，桑彦既然不是为发财而来，而是因为"率性"，那他就无所谓失不失败；"7号"最初的确是为"爱"而出走，但"南下"之后却终于明白自己要寻找的是什么，而最终也追寻到了什么。他们都是执着于各自的人性在"行动"、在回归。因此，在这种意义上，他们都"成长"了，都各得其所了。当然，桑彦的出走其文化喻义更具有悲剧性的深刻意味：他是以断然拒绝父母的荫庇的姿态而毅然"告别"出走的。但正因为如此，作为"干部子弟"的他却一下失去了生存的能力，这与来自底层的"7号"形成极大反差。"7号"出走之后就像鱼儿回归大海那样的怡然自得。桑彦却因"告别过去"而走上穷途末路，这喻示着人性的回归对某一路人而言，可能意味着失去父母荫庇后人生的无助和残酷。由此看来，《南下奏鸣曲》可以说是小说叙事中最早对桑彦这样的"官宦子弟"发出的具有文化警示意义的"诊断书"。

在莫怀戚的"出走叙事"中，桑彦并非唯一出现的干部子弟形象。《经典关系》里面美女东方红大学时期的初恋男友就是另一个"桑彦"，这也是一个死心塌地的爱情至上主义者。这个帅哥家在北京，但为了爱情坚决选择留在重庆。可是，女方的家庭死个舅子不同意。其理由来自观念，或者说原则。小说写道："高干子弟是两个极端：要么纨绔，要么迂腐。"关键是这个为爱而选择去留的高干子弟跟桑彦比差远了！所以遭到了东方家老父亲尖锐的嘲讽："我近年来才对《国际歌》里唱的让思想冲破牢笼，也就是我们常说的解放思想，有了真正的认识。其实当年，不光我的思想，小三和那个高干崽儿也不够解放。你们完全可以私奔嘛！"

因此，莫怀戚"出走叙事"认为，"私奔"是"出走"最高境界，也是通往人性回归的最佳途径；只有敢于"私奔"的"出走者"，才是勇敢坚决彻底的思想解放者。至于他们在社会的功利目光审视中是否属于"成功者"其实并不重要，只要各得其所就好。

只要各得其所。这是莫怀戚小说中大多数"出走者"的共同特点：有的人物即使还没有"得其所"，也都在奔向"得其所"的人生旅途当中。这与《都有一块绿茵》中的谢青鸥和汪国华是完全不同的。由于他们始终没有"告别"和"出走"的意识，因此也就根本无法理解人性"回归"的意义。他们绞尽脑汁，使出浑身解数，但精神却始终圉限在"过去"的羁绊中浑然不觉，可谓"哀其不幸而怒其不争"——因而，较之鲁迅时代青年男女的悲剧更加具有深刻的文化认知意义。《诗礼人家》中有个没有结婚的女性"试婚者"，其典型的重庆女孩性格与上面这个完全"市场化"的"7号"简直如出一辙，她叫尚格林。小说男一号昌杉的那套"男权"味十足的"试婚"理论，没想到却获得了身为"革命干部女儿"的同居对象尚格林的赞赏。她的那套主张"女权"味十足，却鬼使神差与昌杉的这套"男权"理论合流同构在了一起。她积极呼应昌杉道："管他的，先生活起来再说！等到有兴趣让社会承认时再去登记。"双方竟然还约定：任何一方若不愿意了，不论出于什么原因，另一方不得强人所难。尽管昌杉的母亲站在"传统伦理"的高度，对他们的这套貌似"出格"实则"出走"的理论及实践进行了"严厉的批判"，并尖锐指责这是"性剥削的堂皇的借口！"但昌杉的父亲却深知人性化的"时势"不可逆转，因而于无奈中表示了一种"可贵的宽容"，并发出"这是管不了的事"的喟叹。面对种种明里暗里的"出走"，《经典关系》中的那个父亲东方云海倒是比较通达和开明。他说："我当思想家好几年了，终于发现，过去的道理，还不够解释今天的生活。"

这两个父亲的无可奈何之举，隐喻着传统模式的"出走"预设完全失去了效力。传统路径的荒芜，使这个时代的女性"出走者"理直气壮地和男性一样，掌握了自由开辟真正属于自己路径的主导权。但是不要高兴得太早。正因为"历史"在本质上也是肉身的，所以"历史"也会伴随着人的肉身与时俱进，也会因地制宜地隐秘出现，并且很有可能与各种各样的"出走者"激情同行。《花样年月》中那个"气质自然高贵"的教育专家的

女儿栀子，就激情满怀一头撞上了这样的同行者。栀子的丈夫东海十分优
秀，是北大毕业生。"四年前他们结婚，女儿飞飞现在已两岁"，是一个令
人羡慕的美满家庭。但是，"生命力是那样旺盛"的她竟然与一个叫作关西
的北方男人偷偷好上了。关西在重庆读大学时就认识了栀子，不过那时两人
并没有深入的接触。关西毕业后回到北京，朋友给他介绍了一个副部长的女
儿——也就是为他提供了进入"上流社会"的美好途径，亦即展开了无须
"告别"什么的美好前景。于是，关西接受了诱惑。他因此从岳父大人那里
得到了很大的好处：一是仕途畅通，一是海外关系——"关西很快当上了
城乡建设委员会里的一个主任。这个职务在外国人听来不知所云，但在中国
很有实权"。也就是说，诱使栀子激情"出走"的这个男人其基本身份是
"上流社会"中的一个官员。栀子自然不是俗不可耐冲着关西的权力而去
的。但是，他们所面对的这个"市场化"时代，也就是多元化选择和多样
化尝试的时代啊！如此崭新局面多么的人性化啊！这是一个能够让官民共欢
同乐的双赢局面。倘若在过去，像关西这样级别的官员，或者叫作"高级
干部"，是不可能这样放低身段以平等的姿态与栀子这样的民间女子"出走
同行"的。同样，在过去年代，栀子这样的民间女子与关西这样的干部
"好上了"，还可能被视为非情感因素的高攀；如果出身不好，还会被扣上
"拉干部下水"、"阶级敌人搞美人计"之类的政治帽子。而关西也极有可能
被视为"经受不住阶级敌人糖衣炮弹的攻击"，"蜕变成了阶级异己分子"
等等。值得庆幸的是，这一切在"市场化"的"和平时代"都成了过时
皇历。

栀子，她和莫怀戚"出走叙事"中许多的女性"出走者"一样，之前
没有任何"出走"的预谋。但是她在教育家父亲的教导下自幼就"深刻地
认识到"：人的"现代秉性"是：追求生动，宁愿折腾。而过去那种吃饭穿
衣传宗接代、一成不变世俗到老的生活——莫怀戚解释说：那不叫生活，只
能叫生存——在当今时代已被全然抛弃。栀子学术性地称这种"现代秉性"
为"提高生命利用率"。因此她的人生信条，也就是"出走理论"是：
"……折腾→疲倦→休息→空虚→又折腾……直到实在没有了精力。有一种
人注定要如此度完人生"。这就为她日后的"出走"埋下了深厚的"理论"
伏笔。

当然，最厉害最强大的还是这个允许多元化选择和多样化尝试的世俗时
代。栀子某夜于昏暗之中的猛然警觉："这些年中国人突然活跃起来，一个
个死命折腾，一拨拨伤痕累累，有些人已经恢复不过来了。"想想有些后

怕。并且她也很矛盾："作为男人，东海不及关西优秀，但她舍不得东海那份宽厚的善良"。然而，"她同关西就像两座火山，同时爆发起来，简直气象万千。"这样的折腾又折腾的殊异体验使她不得不面临身心的"重创"，但她还是踏上了"出走"之路。何以如此？《白沙码头》里面，八师兄就道出其中的奥秘："他思忖半晌，终是认定，宁愿现在，不愿以往。现在可能是在糟蹋生命，以往则是在浪费生命。浪费不如糟蹋。"糟蹋居然具有如此这般的"现实意义"和审美属性，就是因为它远比折腾更无所顾忌，更醍畅淋漓。当然，与八师兄相比栀子仅仅是折腾，还没有达到糟蹋的审美境界。

栀子的这种复杂的"出走"心境与《透支时代》中的吴越何其相似！吴越也爱自己的丈夫，但她需要泰阳。因为泰阳可以"补充"丈夫的不足，从而提供全新的性爱体验。因此，各种各样的"出走理论"或者理由都在强有力地鼓动着这些不安分的男男女女的那份骚动的心。《寻找假人》里面那个"优秀的男人"三空的理论信条可谓别具一格，相当实惠：

> 三空对除她母亲以外的所有女人都称小姐。这个人对当代女性成见相当深，说她们"只懂交换不懂爱"。他很不年轻了，但不结婚。别人问他，他便尖刻地说："大智若愚，大婚不娶。"言下之意，这样反可以得到更多的女人。

《经典关系》的女一号南月一的"出走"理念也比较"经典"："生活给了我重新安排生活的机遇。真的，守着一个男人过完一生是有些平淡。就算这是个好男人，就算是不可多得，也不值。这是对生命的浪费……"她甚至顿悟到这样的"出走心得"——"突然感到前人的可笑：花了许多心思去恐惧死，就没有想到不如大胆地活。"她所谓的"前人"主要还不是指古人或者过去的人，而是嘲讽那些没有开窍的人——那些成天战战兢兢畏惧死，而浑然不知该怎样轰轰烈烈去享受多元化生命和生活的可怜的人们。

三　具有高度主体觉醒和肉体自觉的"出走者"

和以上这些男女"告别者"不太相同的是，《情人的结局》里面的那个美女伊人的"出走"。从世俗层面上看，是因为在平静的婚姻生活之外鬼使神差与自己的"前缘"遭遇上了，但从宏观背景上看，却无疑是她竭力想"告别过去"的一种人性的必然——这种情景在莫怀戚的叙事中经常出现。

比如，茅草根与南月一也是在有了各自的婚姻生活之后又重新勾搭上的——伊人的情人是一家公司的大佬，叫华总，他们在十多年前就曾经相识相爱，她甚至差一点就嫁给他。不知什么原因，伊人最终嫁给她现在的丈夫。伊人与华总本来已经分开，各自有了家庭，但是两年前他俩偶然又相遇了，于是干柴烈火般续起了前缘，"而且如胶似漆，很难分开"。和此前小说中的大多数女性"告别者"十分相似，伊人在"偶遇"之前同样没有任何"出走"的动机和预谋，也没有相似的"告别理论"。因为"偶遇"而再续前缘，这样的"出走"动机在莫怀戚的小说中并不鲜见，比如《电话有无录音装置》里面那个"长得颇似美国好莱坞昔日的明星玛丽莲·梦露"的女人易金环，就是因为突然意外地与知青时代的男友相遇而一发不可收拾。

相比之下，《美人泉华》中的泉华无疑是埋藏着"告别"的动机和预谋的了，所以，叙述者在故事一开始就以"居心叵测"点明了题意。泉华在暗中谋划种种"出走"的阴谋，是因为她与那个残疾的富翁管新潮在灵与肉两个方面都"不合适"。悲剧或者喜剧的是，当初反差惊人的这对男女之所以要走到一起，完全是因为各自怀揣着"宏大"的阴谋。用叙述者的话来说："姑娘你居心叵测。你已经知道了他性无能，你偏要嫁给他。你主动，你坚决；他叫你来接受审查，这种侮辱的指使你也听从。你居心叵测！他得不到你，你得到了他。你想借他的无能控制他，用他的钱来干你的事业，假如真的有事业的话。他的无能就是你的自由。"

看得出来，泉华的"告别"和"出走"是地地道道、彻头彻尾的"市场化"的产物。其与栀子、伊人、易金环等女性的"告别"和"出走"在性质上还是有区别的。虽然叙事的大背景是相同的，但是在动机和心智用力方向上是完全不一样的。如果执意要找出她们相似的地方，我认为应该有这么两点：一是，这些姿色不凡的女人都不怕"折腾"，甚至渴望"折腾"。二是，她们作为女性，特别是"现代女性"，无疑具有较高的主体觉醒和肉体自觉意识；她们都敢于"告别过去"，从而把自己支配自己身体的"主权"抓在手中——即使像泉华那样充满地道的"市场化"金钱交易世俗味十足的身体支配，我们也不能妄加讥刺而忽视这种交易现象背后隐伏着的"主权"意识及其历史进步意义。

"告别"，亦即分离或者出走。这在莫怀戚的"出走叙事"当中情况比较复杂，不同于传统"成长小说"那样，仅仅意味着"离开家庭或者家族"，初涉人世进入一个全新的经验领域，或者进入一个更为广阔的文化领域。因为叙事传达的意涵两者不一样，所以莫怀戚小说叙事当中的"告别"

或者"出走",其方式和路径也是不一样的:真正离开家庭,特别是"集体大家庭",或者离开原有的情爱伙伴的并不是很多,更多的分离或者出走方式是:其一,在身体上保持与原有的家庭或者情爱伙伴若即若离的状态,但灵魂已经分成了两半,时而出走时而归返;其二,身体还在原有的"空间"维持"现状",但灵魂却已经完全分离和出走;其三,身体出走但是灵魂却始终留在原有的"责任空间",所谓"外面彩旗飘飘,家中红旗不倒"。不能仅仅将此语视为"虚伪"的调侃,莫怀戚认为这是一种"鱼和熊掌兼得"的人性矛盾的反映,是男女在情爱和性爱上的欲望、冒险、无奈和智慧的复杂心理的反映。

不管什么样的告别或者出走,接下来都必然要面临一个全新的经验领域和一个更为广阔的文化领域,"出走者"必须置身其间经受磨炼或者考验。传统"成长叙事"预设的磨炼和考验具有固定的程序化模式。小说中的出走人物只是在按照他们所不知道的神异力量的安排,依循"正确"的方向行走。出走人物所经受的种种磨难,都是神异力量为了对其身体和精神意志进行考验。其目的是:通过"生活"或者叫作"现实"施加在他们身体和精神上的诸多磨难,以达到彻底改换其灵魂的目的;从而使之被赋予一种全新的观念和立场,并最终使其身份被重新确认或命名。在这个过程中,"人的生命被倾空,神的灵满满地进入"是其"成长"的关键;其"成长"的现实结果是:"现在活着的不是我,乃是神在我里面活着。"① 与之相较,莫怀戚小说叙事的成长逻辑可以说是逆向而行的,是一种反经典成长逻辑的逻辑。这种"反向"或者说疏离的结果就是把"被倾空"的"人的生命"重新寻找回来,满满地注入"我的身体";同时毫不犹豫地将曾经盘踞"我的身体"和"我的精神境域"的"神的灵"赶出去!这就是莫怀戚"出走叙事"的要害。莫怀戚"成长小说"里面的人物不管以什么样的方式告别或者出走,他们当然都要面临和迎接这种种磨难和考验。只不过,与传统叙事不完全相同,莫怀戚将这一系列流程叫作"折腾"或者叫作"奔命",甚至不客气地叫作"撕咬"。当然比较文雅的叫法是"提高生命利用率"等等。但是,这种"折腾"或者"撕咬",都是在人性的天地里发生的、有主体意志的"行动",也就是说,基本上没有神灵的参与或者控驭。因此就与经典"出走叙事"按照神的旨意暗中设置的这种"磨难"或者"考验"截然不

---

① 徐丹:《倾空的器皿》,上海三联书店 2008 年版,第 115 页。

同。另外，在经典成长叙事当中，小说人物的成长往往"与历史相联结，而暗喻了历史发展的趋势"①。与之对照，莫怀戚笔下的成长人物却揭穿了这个神话，认为，所谓"历史的发展趋势"，通过这些小说人物的"折腾"或者"撕咬"证明，是根本不存在的。说茅草根与南月一，杨维智与洪波或者池上，德华兄与慕容兄的"折腾"或者"撕咬"竟然"暗喻了历史发展的趋势"，在莫怀戚看来，那简直是天大的笑话！

　　传统"成长叙事"告诉我们：磨难和考验构成了人物成长必要的生活历练和走向脱胎换骨成熟阶段的一个个重要事件。人物能否经受住种种磨难和考验是决定或者评估其是否成熟的重要环节与指标。更为重要的是，这种评估和验证是确认其最终身份的有力依据。莫怀戚的"出走叙事"当然也要设置种种的"折腾"情节或诡异事件，但这与"磨难和考验"似是而非，因此，也无意将这些情节或者事件作为"出走人物"最终身份确认的有力依据。那么，这种种"折腾"的意义又何在呢？那就是"行动"；只有"行动"才意味着"出走"，意味着"成长"——因为只有自主地充分地让自己的灵与肉都"行动"起来，小说中的男男女女才能不断地注释和创造全新的自己。然而，在莫怀戚看来，"行动"当然意味着"成长"；但是"成长"并不等于能够深刻地认识自己，也不等于能够"注释"和"完成"自己。表面上看这似乎是一件十分容易的事情，到后来才终于明白，这根本不是一件容易的事情。他们发现：人愈想用行动"注释"和"完成"自己，结果却愈发糟糕：你以为你已经注释、完成和创造了自己，一觉醒来却发现——"自己"在哪里？居然成了严重的问题。此即所谓"失去自我"或者叫"无归属感"。尤其是在神异力量能够提供归属感，能够指导"自我"融入宏大的"历史必然性"从而获得"生命的意义"方面，《天狼星下》的钟未鸣堪称典型。这个人物的悲剧就是因为他一直陷入寻找"集体归属感"的梦幻当中不能自拔。而像杨维智、茅草根以及泰阳这类"出走者"，他们似乎也在寻找"归属感"，但是，他们不是在寻找钟未鸣那样的"集体归宿"。所以他们的"出走"从一开始就埋下了悲剧的伏笔。然而，这种个体自主的悲剧性与毫无个体自主意识的悲剧性，还是有本质的区别的。

　　比如《透支时代》中的泰阳和吴越，他们在偷偷相约踏上"出走"的折腾之路以后，根本就没有意识到他们已经踏上了一条刺激而荒谬的无归宿

---

　　①　洪子诚：《中国当代文学史》，北京大学出版社1999年版，第107页。

之路。对泰阳来说，吴越并不漂亮，更没有妻子那样的才华，但她是一个很迷人的女人："有的女人天生丽质，但只能给男人感官的满足，易招厌倦。有的女人外表平常，却能达人心底，让男人为了她抛头颅洒热血在所不惜。"而对吴越来说，她何以要和泰阳一道去"折腾"呢？她在回答泰阳的疑问时坦直地说，是诱惑——"想得到尽可能多的异性的爱，这个，男人女人是一样的。"直到有一次，他们各自谈起自己的家庭，说起对生活另一半的不满，于是顺理成章，两个人就在一起了。两人私下的约会和交谈次数也在逐渐增加，于是开始了反复的"折腾"，双方的灵肉关系也在不断升温——总之"一切看起来都是那么美好"。真的，这是个被一些假模假式的道学家称之为"物欲横流"或"肉欲横流"的时代，然而，在莫怀戚看来，这一切是多么的美好啊！"时代"以善解人意的聪明大度逐步解除了对社会肉身的严格管控，这种举措正顺应了人性和历史的要求。从那以后，出走和折腾再也不是什么"作风问题"或者"资产阶级腐朽堕落的生活方式"了，而是人性的回归和人性的胜利。

当然，这种充满物欲和肉欲气息的人性的回归和胜利的确有一种悲剧的意蕴，由此招来许多道学家的围攻和挞伐。但在莫怀戚的小说叙事里面，对这种来自道学家的围攻和挞伐，处处予以辛辣的嘲讽和尖锐的反击。他认为，不管是什么人，只要敢于"告别"反人性的历史而回归人性，谁就是真正的"回归者"和胜利者！莫怀戚还以调侃的口吻说道："就像爱国不分先后一样，谁回归到了人性，谁就真正成长为了人；至于'告别'什么东西并不重要，关键是看是否回归到了人性！在人性的天地里折腾着悲剧着，远比在'伪崇高'的幻境中折腾着悲剧着，要愉快得多幸福得多。"

四　感人的"哲学"情怀与清晰的"行动"逻辑

莫怀戚的"出走叙事"有三个突出的叙事特点：一是，喜欢通过叙述者的口吻描述或者阐释男女人物的折腾感受和体会，以此发现他们"告别"前后的心理律动；二是，喜欢通过男女"出走人物"的内心独白，来揭示他们折腾过程中的酸甜苦辣、人情冷暖；三是，喜欢通过折腾中男女的对话来深入挖掘双方"出走"的种种玄机。莫怀戚小说中的这些男女有一个特点：喜欢在肉体的折腾和灵魂交集中津津有味地探讨一些介于无聊与有聊之间的话题，以此增加折腾的温度、力度和深度。比如，在《透支时代》中，以叙述者的视角描述了"我"的"出走"感受，不仅相当隐秘，而且相当细微和绝妙：

　　这是我第一次单独同别的女人共进晚餐。我心中无鬼，放得很开，双方非常自然，非常愉快。回忆一下，我与王芳谈恋爱时似乎也没有这般快乐地吃过饭。我想原因可能有三条：一是那时没有什么钱，吃饭就是吃饭；二是因为太年轻，不懂情调；三是因为那种"共进"太合法。问题就在这里。太合法了就没有快乐。因为没了刺激。

　　"太合法了就没有快乐。因为没了刺激"，其中的内心感受及其文化蕴义十分诡秘又十分清晰。可谓深入浅出，妙趣横生；又比如，描述"出走"与"幸福"的关系，特别是家庭之外的"幸福"感受是怎样的一种况味：

　　　　一阵刺激来到胸间。那是非常舒服的刺激。我认为这就是幸福。说不清的舒服就是幸福。同不是配偶的异性待在一起，是最好的休息？我环顾四周。不少小格子间里都坐着一对儿。而且肯定不是夫妻……早行的人们早就发现了这条真理。

　　另外，还有如此这般的"告别"渴望以及出走感受："我有我作为男人的魅力，这点我自己明白。我能将王静这样的人弄来当了老婆，就是证明。但那个过程也很折腾的，发散魅力即是奔命。现在老婆稳当了，儿子顺利成长，魅力渐渐恢复过来；它又要活动了。"以男女"出走人物"的内心独白来展示他们"出走"前后中的种种复杂而隐秘的感受，特别是描述他们"一不小心"发现这个既刺激而又危机四伏的灵肉之旅的妙不可言——这种包含着世俗真相和世俗真理的丰富而芜杂的内心情状，在莫怀戚的小说叙事中更是俯拾即是，令人难忘。

　　在真正迈入"出走"的折腾之路，并且打算从此一路狂奔而去时，小说中那各种各样的"我"，他们复杂而隐秘的内心感受的确是异彩纷呈，令人目不暇接。这种"出走秘密"也表现在《双刃剑》的逻辑延展中。丛处长与情人南向东结伴踏上"出走"的折腾之旅一路狂奔。我们知道，按照传统"叙事伦理"及相关逻辑，即使是表面的"私情"也在本质上蕴含着"公共性"和"合理性"。因为丛处长的肉身就代表着这种"叙事伦理"的文化价值取向。也就是说，如果南向东违背了这种价值取向，她能否"健康成长"就成了问题。更严重的是，她将走向危险的人生道路。传统小说，尤其是"新传统小说"的逻辑发展正是如此注解的。

　　南向东搞得丛处长离了婚，她"明白自己闯了祸"，因此，不愿再与丛处长继续折腾一同狂奔。但丛处长坚持邀请她到歌乐山红坊酒楼一起过情人节。就在那里，"丛处长偷偷在南向东杯子里倒了点什么"。他没想到，转瞬间被一神秘人物偷偷调换了两人的酒杯。后来才知道是丛处长自己搞的蕈毒害死了自己。耐人寻味的是小说的结尾：苏科长向老板建议：关于丛处长的死因对外仍称是醉后失足：

> 因为真相太残酷，对任何人，尤其是他的孩子，没有好处。他只是自己退出了生活，事实上对别人没有造成伤害。所以不要责备他，让他安息吧！

丛处长就以这样的方式完成了他的"成长仪式"，至此中止了他的历史使命。而南向东在惊心动魄地目睹了这种恐怖的"成长仪式"之后，也鬼使神差地结束了自己的"狂奔"之旅。叙述者为此进行了道德评判："丛处长对南向东是憎恨的，憎恨她利用他的权力又玩弄他的感情；毒酒是双刃剑，权力也是双刃剑！"

由此可见代表官场的处长先生也是颇有魅力和攻击力的，但在折腾当中处长先生一不小心将那把习惯攻击别人的利剑刺向了自己的肉身。当然，这种与性爱和阴谋结伴而行的"出走"叙事如此血腥凶险，相似的情形在莫怀戚笔下还有不少。但是，他更多的"出走叙事"却与官场无关。其实不管是否与官员结伴"出走"，小说中那些热衷于折腾的男男女女并非都是出于"物欲横流"或者"精神迷乱"。他认为"好奇心"和"虚荣心"这种普遍的人性特点，是诱导和驱使人们敢于去"出走"和折腾的重要因素。他说："好奇心实际上是人的一种精神本能，及生理本能，比如，吃饭和性欲一样是人类行为的强大动力。"包括"新传统叙事"中那些引导别人"出走"与"成长"的全知全能人物，以及被别人引导的"出走人物"，大抵都或多或少受好奇心的驱使义无反顾地奔向某种神异的目标。当然，假如一旦发现自己出于好奇而选择的"出走"道路疑窦重重时，所谓的神异也就会在他们面前轰然倒塌，其"出走"及"折腾"的荒谬性就会一下子凸显出来。因此，莫怀戚在小说中总结道："所谓虚荣心，只是一种证实，即自己的生存能力强于他人的证实。人的本能需要这种证实。"比如《和平时代》里的那个"我"，就通过内心独白谈到了自己的出走心得：

> 我坚信，任何人都经不起一个念头的打击，这个念头就是：人类渺

小，生命短促。在和平时期这个念头会非常清晰，而且常常冒出来。人如果待在惯常的生活程序里，这种明白不会起多大的作用。常常是这念头一闪而过，感叹一下而已，该干什么还干什么。但是，当他到了特殊环境，例如天涯海角，或者戈壁大漠，或者远在异域，这种感叹往往莫名其妙的要一下一下地炸开。在家乡不敢做的事情，现在就敢做了。

这里面有渴望"出走"甚至"狂奔"念头，也有比较感人的"哲学"情怀以及比较清晰的"行动"逻辑。"念头"固然重要，但能否将自己置于"特殊环境"更为重要！如果没有"特殊环境"，那么就必须千方百计地去寻找这种"环境"，甚至别出心裁地创造这样的"环境"——事在人为，什么样的环境不是人别出心裁创造出来的呢?!

再如《南下奏鸣曲》中的这个"我"的一番"出走"感怀也同样有意思："对冲动的迁就是要付出代价的；但是我又认为——成功地堵住了每一次冲动的人生未必是胜利的人生。回头来想'前途'二字，不禁好笑。人用了那么多的克制与牺牲，来权衡掂量，以谋一个精彩的将来……我发现，人是地球上智商最低的动物。"不仅如此。"我"还居然发现这样的秘密："哲学的真正功用只在于让人为自己的需要找个口实。"其实，哪里仅仅是哲学才具有这样的"人为性"呢？人为了自己的需要，有什么不可以成为口实呢?! 当你读懂这一切时，就意味着你在"告别"什么。同时也就意味着你已经开始在"出走"、在回归了——当然，能否回归到人性的基点，那就只能够看你的造化或者运气了。

第二节　他贡献了一种全新的"回归"叙事逻辑

一　"出走"意味开始创造属于自己的历史

必须明白，莫怀戚笔下的这些"出走人物"以及叙述者有一个共有的嗜好，就是喜欢大谈与"折腾"以及"奔命"有关的"人生哲学"。"逆反者德华兄"自然也是这方面的行家。比如，他在情人慕容兄面前大放厥词："将事物简单地一分为二，那时代已经过去。事实上推动事物前进的，并不总是矛或盾，也可能是一种力量。这是一分为三的观点。在西装和牛仔服之外还有一种运动服。它可登大雅之堂，例如电视节目主持人不好穿牛仔服，但可以穿运动服。也可混迹于江湖之间；它可像西装那般干净，也可像牛仔服那般肮脏。"你以为他是在大谈"服装哲学",那就错了!人家是在喻指与"告别"和"出走"有关的哲学感受。没有听出来吗?所谓"在西装和牛仔服之外还有一种运动服",这"运动服"其实指的就是另一种"正常"之外的情爱或性爱人生!而且他认为,这种人生"可登大雅之堂",没有什么不"正常"!在他们看来,这是人性的回归,所以相当正常。德华兄的哲学敏悟独到而深刻,已经达到了挥洒自如的境地。比如他说:

> 谈死之于生,还是有积极意义的;如果没有死,生就成了百无聊赖的"漫生",无边无际,因为"一切都来得及"。

正因为顿悟到"漫生"的无趣无聊而且可怖,所以就产生了对"一切都来得及"的慵懒意念的人性化"批判",鼓励"活在当下"的男男女女奋不顾身地投入"别一种人生"的积极"行动"之中。必须指出,他们的所谓"行动"与过去那个时代的"行动"逻辑完全不一样,是完全不同性质的两种生存状态,或者叫作"生命状态"。这种"行动"多多少少具有自觉自主和积极投入的灵肉主动性,是进入了一种"自己创造自己的历史"的历史哲学境界。请注意,在莫怀戚的小说叙事里面,"创造"二字非同凡响。谈到"历史是老百姓创造的"这句经典套话时,莫怀戚不禁哈哈大笑。他说:"关键是,这句经典名言恰恰不是普通老百姓说出来的。我始终认为,'老百姓'是非常滑稽非常喜剧的一个概念,发明'老百姓'这个概念的人因此是非常了不起的!其实,在漫长的古代社会,'老百姓'只是帝王将相们创造历史的工具或者道具。只有到了今天,'老百姓'才不是作为群体,而是作为有血有肉、有欲望有灵魂的个体,开始创造真正属于他们自己的历史了。这是多么令人激动,激动得想恣肆妄为的时代啊!"想到这些,他居然手舞足蹈起来。

具体谈到小说中的"出走叙事",他认为,具有主体自觉意志的"创造"才能称得上是本质意义上的"出走"和"自我成长";"创造"是完全由俗众个体自己选择、规划和设计"自己的历史"面貌,包括决定自己肉体和精神的走向,而不是像过去那样去充当别人创造历史的工具。过去老百姓总是被动地参与到别人创造历史的大规模"行动"当中。所谓"被动",简言之就是"被动员"去创造"别人的历史"。因此,二者有天壤之别。告别"被动",同样也意味着自我的回归和"历史的回归"。尽管个体创造自己的历史充满风险、荒诞,甚至往往陷入滑稽、困惑和无助、无解的境地,但是，毕竟比被动地傻乎乎地以"老百姓"的幽默身份参与别人创造历史的"行动"有价值有尊严得多。

《电话有无录音装置》中的女一号易金环，她的"哲学"思考来自于女人的肉体敏悟及惊惧——"她知道自己风韵犹存，然而也只是犹存，为期不会很长；过去的黄金时代我们没有抓住——那时我们一无所知，软弱无力——那么，对于现在这个白银时代，就绝不轻易放过。"并且，正是因为获得了这样的觉悟，她的心智才迅速步入了"成熟"，她的肉体才陡然焕发出了无穷的生机与活力："现在回过头去看，过去的生活是多么的贫乏。那只能叫活着，不能叫生活。"她没有德华兄那样的练达和从容、乐观。"一切都来得及"对她的"出走"是不适用，而且是有害的。她必须紧紧抓住当下"这个白银时代"，绝不让这个使人神魂颠倒、气象万千的"现在"轻易溜走。对这种立足于"现在"或者说"当下"的"生命哲学"的思考，在《经典时代》的"出走人物"茅草根那里，是以更为急切的抒情方式宣泄出来：

> 生命啊生命！茅草根遥望着嘉陵江上的朝阳，心绪难平。生命就像朝阳一样鲜活啊！但太阳落下又升起，生命逝去不能再生。生命不能储存，生命是自然消失了——你在想到这一点时，它就正在消逝当中。那么，聪明的人当然是会加紧使用生命的。

易金环当然深知生命的这种奥义。但是，在对生活与生命相关的"哲学"思考上，已然出走的她，其见解与德华兄却有惊人的一致。德华兄认为："生命与生活，谁为主导！当为生活，毫无疑问。生命与生活，到底谁服务于谁？当然是生命服务于生活，而不能反过来。生活的动力，来源于二者：一是人对世俗乐趣的贪婪；二是为心中偶像的奉献。若二者不能居其一，则不如死去。"与谢青鸥和汪国华相比，易金环与德华兄的生命与生活都发生了巨大的变化——简直是不可思议的变化！谢青鸥和汪国华相比于德华兄、杨维智、泰阳、吴越、栀子、易金环等，那能叫作"精神成长"吗？他们连"告别"的念头都不敢萌发，哪里还谈得上敢"出走"敢"折腾"？他们只能无可奈何地这样宽慰自己：

> 我们这一代人，是在乱世道里安家的，是在错误、误会、不公平像下饭的小菜一样伴随着我们的生活的时候一对一对配起来的。这就免不

了将就、不公不平；配上了也就配上了，很少有人说什么，这是因为我们这代人能忍，能牺牲，或者说，讲究良心道德呀什么的。不像后面起来的这批小青年——他们才不管这一套呢？有一点不舒服就闹起来，干什么也不考虑后果。

这样的思考当然显得很"正常"很"正派"也很"正确"，但是在德华兄这一大批"出走人物"眼里恐怕就不太正常，也谈不上什么正确了。因为，在这些"出走者"看来，假如一个人连"生命与生活"的关系都没有搞清楚，那只能叫无趣无聊的"漫生"，是相当可怕的"贫乏"。所以，要强调"生命服务于生活，而不能反过来"；进一步讲，"对世俗乐趣的贪婪"有什么错？"为心中偶像的奉献"有什么不妥？政治家、思想家和文学家、艺术家以及各种各样的"家"不都异口同声地赞同"不自由毋宁死"的说法吗？为什么还是有许多人宁可坐视人性被束缚，甚至视人性与自由为畏途而裹足不前呢？由此可见，从谢青鸥、汪国华到泰阳、吴越等，莫怀戚的叙事理念，特别是生活理念与生命理念已经发生了差异极大的变化，而且这种审美变化竟然是不可逆转的！简而言之："出走"也就是回归："生命服务于生活"就是回归，反之就不是回归。

因此，从这样的视角来观察和评估莫怀戚"出走叙事"的意义，我们还不能仅仅停留在对小说人物"成长"的描述和阐释这一层面上。事实上，有这样三个重要的层面必须引起我们应有的关注和研究：一是，通过重新发现和解读莫怀戚这些长期被忽略的小说文本，并且梳理出其嬗变的轨迹和叙事的隐秘，进而从身体成长、心理成长和精神成长的诗学维度，去发现莫怀戚小说写作的"出走之谜"；二是，通过这些"出走小说"的叙事逻辑和意义走向，去发现作为小说家的莫怀戚自身的"出走"秘密；三是，应该将莫怀戚的这类小说置放在中国现代化转型进程的研究框架之中，去发掘和发现重庆人，抑或中国人"现代性"的嬗变轨迹，并进一步去把握中国现代转型进程中人性复杂的精神脉络。这是因为，莫怀戚的"出走叙事"与中国当代许多此类小说一样，它们围绕人性和人道的问题而导致的文学想象和文学表达的嬗变，不仅在精神向度上塑造了现代中国小说的审美品格，而且在文化向度上丰富和提升了现代中国小说的文化品质。

二　既无"高位策划者"又无"低位演出者"

莫怀戚的"出走叙事"与传统小说在"成长叙事"价值取向上最大的

差异还在于：其对小说中"成长引路人"的理解和设定是完全不同的。小说家王小波的解读比较通俗易懂。他说："我们这个社会只有两种人：一种编写人生的脚本，另一种人只配去演出这些脚本。前一种是古代的圣贤，后一种是古代的老百姓。所谓上智下愚，所谓劳心者治人劳力者治于人。就是这个意思吧。"① 包括"新传统小说"在内的传统"成长小说"，它们与真正意义上的现代小说的本质差异就是：同样是叙说人物的"成长"或者"出走"，传统的经典模式是：这些人物必须严格按照别人编写好的"人生脚本"去"思考"和行走——包括每一个"磨难"或者"考验"的环节，包括"成长仪式"的安排和设定，以及验收、确认等。这当中，"成长引路人"的设定或者指认更是关键中的关键。表面上看，"成长引路人"是在叙事文本中露面的"成长脚本"的编写者，但实际上他仅仅是"低位执行者"或者"监理者"，而非真正的编写者。其职责限定在引导"低位出演者"怎样按脚本预设的方向去"出走"，而真正的编写者却始终隐藏在文本的背后，神秘而且高不可攀。他们才是"成长脚本"的"高位策划者"和导演者。因此，在传统"成长叙事"的逻辑建构中，"人生脚本"的真正编写者，既不是小说作者，也不是小说的叙述者，而是隐身在文本背后的那个巨大的"存在"——那个"全能主义"的"教主"。比如《三国演义》中的刘备、诸葛亮与张飞、关羽的关系，其实就是"低位执行者"和导演者与"低位出演者"的关系。因为真正意义上的"人生脚本"的编写者，即"全能主义"的"教主"，不是刘备和诸葛亮，也不是小说作者罗贯中，而是以道德文化正统面目出现在历史叙事中的儒家教义。这是新老传统"成长叙事"的基本的和法定的道德文化纪律。

与之对照，莫怀戚笔下，那种"出走人物"与"出走引路人"之间的关系，完全不是这么回事了。以桑彦为例，他既不是纺织女工"7号""出走剧本"的编写者，也不是"高位策划者"；同样，他也不是"出走剧本"的"低位执行者"或者"出演者"。尽管桑彦的出走在"7号"看来，是他人生中的一大"败笔"。但是，桑彦却能够洞悉"7号"根本无法触摸到的那些深刻的道理。他并不认为自己的人生是失败的；他把自己变成了一个世俗的思想家，一个重新回归世俗人性的智者。他说："哲学的真正功用只在于让人为自己的需要找个口实。"这句话一下戳穿了传统"成长叙事"中

---

① 王小波：《我的精神家园》，上海文化出版社 2012 年版，第 83 页。

"高位策划者"和编写者的人性秘密。同样是这个桑彦，他还进一步恶毒地揭示道："将世俗的所谓道德良知引入名利场，那就像梅花鹿闯入灌木林，注定了是行不通的。"因此他认为，传统"成长叙事"中"高位策划者"和编写者，他们热衷于干的一件事就是：竭力将梅花鹿赶入灌木林！而莫怀戚"出走叙事"当中的那些男女，他们热衷于干的一件事恰恰相反，就是像追寻自由的梅花鹿，拼命要逃出灌木林！其实，早在《诗礼人家》当中，莫怀戚就借已萌发"出走"意念的昌家老大之口说出了这样的惊人之语：

> 我们这个民族并不喜欢蠢材，当然更不喜欢才华横溢咄咄逼人的人。我们喜欢有一点本领，而又让人有安全感的人。这样的人，领导喜欢他当下属，下属喜欢他当领导。

什么意思？实际上他已经说出了传统"成长叙事"剧本编写者和出演者这两种角色互生共存的荒诞性。"领导喜欢他当下属"，是因为他能够严格地按照剧本编写者的意图，在"成长"过程中出色地扮演；"下属喜欢他当领导"，是因为他能够"出色"地引导剧本演出者贯彻其意图，并且"安全"地指导"成长者"幸福地扮演。在这种极为"恶毒"的挖苦调侃之后，他还继续穷追猛打，表达了对经典"成长叙事"整体格局的道德文化蔑视："当官不一定是种抱负，更多的只是一种出路。有的人去当官只是因为没法干别的。"这样，他一下子就将经典叙事格局中的"成长剧本"的编写者和演出者一网打尽，毫不留情！

莫怀戚的大部分小说都属于现代小说范畴，因此其"出走叙事"在本质属性上就必然凸显出它的现代品格。具体而言：其一，小说中"人生脚本"的编写者和演出者合二为一，不存在一些人在"高位"编写，另一些人在"低位"执行或者出演。也就是说，他们的"成长"不是按照既定的"经典套路"，而是随心所欲按照自身的人性逻辑或者"身体主权"在"编写"和"演出"。其二，基本上没有"经典模式"中必须要有的那种"成长引路人"角色。如果硬要说有"引路人"，那往往是"出走者"本人，或者是一同"出走"的"欲望伴侣"，在莫怀戚的叙事中他们往往是性爱伴侣；有时也可能是如"大律师"之类的民间智者，或者是首鼠两端于体制内外的特殊人物。但是，他们与传统"引路人"那种居高临下、神秘莫测、掌控一切的神异力量有本质的不同。我们不妨将传统的"新传统小说"与莫怀戚的"非经典"现代小说做一个比较，就可以明白这种差异是如何导致它们在文化指向和审美趣味上的分歧。

"新传统小说"成长模式的形成有两个重要的来源。一是中国古代的传统"成长小说";二是外国的近现代"成长小说",特别是苏俄的此类小说影响最为深刻而广远。传统"成长小说"的"出走叙事"特征以《水浒传》和《三国演义》等典型。小说中被选定为"成长人物"的"出走者"主要有林冲、武松、李逵、鲁达和刘备、关羽、张飞、赵云等。他们都具有"自发的斗争倾向"和"朴素的阶级感情";更为重要的是,他们都有待于接受启蒙教育,必须经过种种严酷的斗争考验,成长为社稷所需要的"合格的栋梁之材";而被指定为"成长引路人"的主要有宋江、诸葛亮这样的德智兼具的非凡人物。通过比较我们会发现,莫怀戚"出走叙事"里面的人物,既没有像林冲、武松、李逵、鲁达这样的或苦大仇深、疾恶如仇,或艺高德厚、命运多舛的乱世英雄和绿林好汉;也没有像刘备、关羽、张飞、赵云这样的或血统纯正、胸襟博大,或正气凛然、武功超群的盖世英雄。"大律师"也好,"八师兄"也好,即使作为"成长引路人",也根本无法与宋江、诸葛亮这样的传奇人物相比。所以,认为莫怀戚的"出走叙事"与新老传统"成长小说"有何瓜葛,实在难以找出可靠的线索来。

在时序上更接近的"现代"的"成长小说",亦即"新传统小说"。与之比较,莫怀戚小说的"现代性"就更为明显。比如,按照"新传统小说"模式的规训要求,《经典关系》中所有的人物以及人物关系非但不"经典",而且是完全不符合"出走"和"成长"的规划、路径和仪式等要求的。具体而言,将其与一些比较著名的"新传统小说"进行比较,就会发现莫怀戚"出走叙事"的若干特色或者说严重问题。首先,"出走人物"和他们的"引路人",其基本的"社会面貌"和基本的"社会身份"必须明确,而且必须按照传统文化意志的指令"各就各位",不得有"越位"的行为。如果依循这样的原则行事,《经典关系》中的一号人物茅草根可以对应的人物只能是"新传统小说"中的"诗人兼骑士"的余永泽;或者是具有"小资产阶级狂热性",后来"必然成为叛徒"的甫志高。茅草根不仅"社会面貌"模糊不清,只知道"为艺术而艺术","为性爱而性爱",而且其行为表现缺乏起码的"思想觉悟"和"斗争水平"。特别是其作为大学教师和知识分子这一基本身份,在"新传统小说"中,这种人无疑具有"动摇性"、"软弱性"或者"两面性"。再联系茅草根日常生活中的道德表现:如趣味低下,水性杨花,时时处处以勾引女性、玩弄女性为乐等等行径,这种人根本不能被选为"成长人物",而只能作为斗争的对象进入小说叙事,他们只配做

"成长人物"出走过程中的对立面。类似的角色还有莫怀戚笔下的那个杨维智，以及德华兄等。

再说说南月一。这个美丽单纯的女学生原本可以对应的角色，应该是林道静、孙明霞这样的经典"成长人物"。在经典"成长逻辑"的指引和"人生脚本编写者"的设置下，她们应该遇到像卢嘉川和许云峰那样的代表"历史必然性"的"出走引路人"；她们必须在他们的帮助和指引之下"出走"，去经风雨见世面，一步一步走向"新生"、走向"成熟"。但是，本来就缺乏崇高理想和政治意识，更谈不上"阶级觉悟"的这个南月一，居然遇到了茅草根这样的"小资分子"和"情欲主义者"，终日沉溺于物欲和肉欲享受之中而不能自拔——一个原本可以成长为林道静、孙明霞这样的"好苗子"就这样在他手里毁掉了。像南月一这样原本可以通过艰苦的磨砺，形塑为"一代新人"的美丽女性，在莫怀戚的小说中屡见不鲜。她们是东方红，是庄稼，是栀子，是泉华，是洪波，甚至是《白沙码头》中的"公主"和"白萝卜"等等。她们没有遇到卢嘉川和许云峰，而是不幸遇到了茅草根和杨维智，即使遇到了"大律师"，也根本无助于她们成长为符合传统"演出脚本"要求的"一代新人"。以传统"成长叙事"的眼光来看，这无疑是莫怀戚小说叙事最大的败笔和文化取向上的最大的失误！

三　"出走叙事"中两种角色的错位与互换

在此，还必须再说一说"出走引路人"的问题。"新传统小说"的叙事逻辑显示，"引路人"不仅是小说中"出走人物"的启蒙者、教导者，而且还是世界的拯救者和理想的化身。按照这种逻辑，《经典关系》里面的那个处长先生，就理所当然应该被指定为"出走引路人"。因为他不仅是组织的人，而且还是组织中的领导干部。依照传统的叙事路径，他是非常熟悉"成长脚本"题旨的人。如果说，南月一不幸碰上了茅草根，就像林道静误撞上了余永泽，给自己的人生染上了灰暗的色彩的话，那么，她后来与这位处长先生的结合，就应该喻示着找到了组织，从此走上了人生的光明大道。作为传统叙事中"出走引路人"与"被引者"这一对关系，南月一与处长先生在一起，就完全像林道静与卢嘉川生活战斗在一起——也就是说，从此以后，她就注定与正确的人生，与"历史发展的必然性"融为了一体。

相似的例子还有《花样年月》中的栀子与关西。他们两人的关系虽然是不能公开的情人关系，但是这在本质上与茅草根和南月一的偷情完全不同。为什么呢？道理很简单。因为关西也是组织的人，而且是从京城来的官

员。按照传统"成长叙事"的经典套路，这个风度翩翩的年轻官员，以
"传统"的级别划分惯例，他作为"出走引路人"的级别与其"历史确信程
度"应该是成正比例关系的。这就喻示着他远比《经典关系》中的处长先
生更加具有权威性和感召力。我们恐怕很难指出他们与过去时代的卢嘉川和
许云峰有什么重要的区别。在"经典叙事"中，由于斗争的需要，组织上
往往为了麻痹敌人，而为叙事中的"成长引路人"配备一个"成长人
物"——这两种"典型人物"的性别安排，一般是由"成长脚本"先期设
置指定好了的。通常，处于"高位"的引路角色多半为男性，而处于"低
位"的成长角色多半为女性。关西与栀子情人关系的隐秘性，就如同过去
秘密斗争时期的那种秘密的性爱关系。虽然，关西不是组织派遣，而是出于
真挚的个人情感的需要以及难以控制的朴素欲念。不过，按照莫怀戚在小说
叙事中的种种暗示，在客观上，关西不仅诱使了栀子"出走"，而且有力地
促进了栀子的"成长"和"成熟"；使她对生活，特别是对人生、对性爱的
美好有了多样性、丰富性和深刻性的全新理解和感受。这很难说就没有正面
的积极的社会意义和人生意义。

　　谁是"出走引路人"？谁又是"被引路人"？这些在经典"成长叙事"
里面早已不成问题，但是，在莫怀戚的"出走叙事"当中居然成了扑朔迷
离的问题。《逆反者德华兄》讲述到的那两个坠入师生恋旋流的"出走者"，
他们就一再为这两种角色的不明不白而苦恼不已。女一号慕容兄有一回抱
怨道：

　　　　我爱了老师七年，心儿很累了，老师不知道吧？长期以来，老师是
　　生活的主角，慕容只是老师生活的一个点缀，渐渐地就不服气了。随时
　　因赌气回了成都。交换一下位置，让老师也来点缀一下慕容吧！

　　慕容兄的意思非常明白：她一直是把德华兄当作亦师亦友亦情人的非凡
人物，内心深处给他的定位就是天然的"出走引路人"，而自己甘愿做他的
生活点缀。谁知在"出走"过程中，她"渐渐地就不服气了"，产生了与老
师"交换一下位置"的大胆想法。"让老师也来点缀一下慕容吧！"这是什
么意思？其实就是想和德华兄角色互换，让这个过去需要她仰视的男人换位
成为"被引路人"，让他也来点缀和仰望自己吧！虽然谈不上是对传统叙事
逻辑的颠覆，但至少也称得上是具有独立意志的角色挑战或者是隐含撒娇意
味的角色戏弄。

最荒诞最吊诡的是《陪都就事》中对这两种角色倒错的情形描述。按照传统叙事的"天然"逻辑，女领导姚云梅应该是当仁不让的"引路人"，而"后进青年"霍沧粟应该理所当然的是"被引路人"。姚云梅自己也一直这样认为。可是，在"身体暴力"疾风暴雨般突袭以后，"引路人"竟然一下子成了"被引路人"！相反，"被引路人"却一下子成了"引路人"！小说中有一段细节描述非常诡异。遭受暴力复仇之后，姚云梅"她一夜都在犹豫：该拿他怎么办？而有一点是肯定的：想见到他，先问个究竟"。此时此刻，一贯以"引路人"自居的女领导似乎一下子失去了"角色感"，仿佛成了一个急于问路的"被引路人"。及至见到了"他"，两个人的角色倒错一下成了定局。霍沧粟说："我是看了电影公司的资料片，关于沈崇强奸案的。"但是，姚云梅竟然对这个著名的历史事件一无所知。于是，历史知识的欠缺，使"引路"的主导权一下完全掌握在这个"后进青年"手中了。经过霍沧粟的一番启蒙，姚云梅的崇敬之情油然而生，于是心甘情愿当"被引路人"了。不仅如此，这个像外星人一样的怪异男人，还让她第一次知道了什么是"中国男人"的气魄和血性——

> 他沉默着，看得出在犹豫，半晌，说："我做了一夜的噩梦……我在梦中发誓，要像他们干我们中国妇女那样，干他们的妇女。我一定要干回来！"他突兀地吼了一声："我一定要干回来！不然我就不是一个中国人，一个男中国人，一个中国男人！"

突然间，她被他的民族主义复仇情怀感动得一塌糊涂。旋即，她竟然陷入了精神茫然的境地，她太需要霍沧粟给她引路了："'可是……我……'良久，她的思绪才回到现实，不由有些哽咽：'我该……我该怎么办呢？'"这段叙事使我们发现了一个问题。这个问题就是：在莫怀戚的"出走叙事"中，"引路人"这一重要角色，以及他们的身份和面目始终是模糊不清的。不仅如此，更深入地研究我们还会发现，小说叙事中，"引路人"与"被引路人"的角色定位也是游移不明，甚至常常呈现出"位移"或者"互换"的情状。这与"新传统小说"，特别是经典模式中角色身份的确认，以及"固化"的叙事陈规完全背离。也就是说，用"新传统小说"的伦理规范和叙事纪律去要求或者评判莫怀戚，是根本行不通的，甚而至于有一种"撞鬼"的感觉。依然以《经典关系》等莫氏"出走叙事"为例。倘若说处长先生是具有组织背景的"引路人"，但我们发现，在小说的叙事逻辑中，他与南月一的关系始终处于相互启蒙、彼此引导的游移互换的情状。处长先生虽然在文本中并没有被指定为"引路人"角色，但是在叙事中我们会感觉到，这个精于官场情场的非等闲之辈，他在潜意识里是将自己视为"引路人"角色的。给人的感觉，他仿佛是上帝安排到人世间专门给别人指路的角色，而他自己似乎也是这样给自己定位的，因此他的自我感觉始终良好。但事实并不是这样。由于他没有能够赶上经典叙事展开的那些好时光，所以他的悲剧是必然的。当然，他的这种悲剧不仅仅是属于他自己的。我们可以从他与南月一就离婚问题所展开的"论辩"中，看出他那种处乱不惊，胜券在握的优越感和自信心。还可以从他对由情人发展到老婆的小赖心理把控能力上得知——相比之下，《花样年月》中的关西就显得比较逊色了。尽管关西的行政级别远比处长先生要高许多，但其对栀子的把控能力就差多了——吊诡的是，这两个自视很高的仕途人物，却在暗中处处被他们自认为可以把控的女人所牢牢把控——谁是"引路人"？谁是"被引路人"？在莫怀戚的笔下实在难以分清。

严格意义上讲，这应该是传统叙事中"成长引路人"在"事变之亟"的当下必然和普遍遭遇到悲剧境地。我认为，这正是莫怀戚"出走叙事"的又一重要特点——他不仅揭示了传统叙事逻辑的呆板性和懒惰性，而且显示出了他所"创造"的这种全新的叙事逻辑的鲜活与真切。

四　"性能力"丧失隐喻精神掌控能力丧失

莫怀戚"出走叙事"中最诡异也最要命，同时最具有"重大意义"的贡献是：揭示了这些女性"成长人物"居然在暗中操控、戏弄、怜悯和拯救那些一贯以"人生引路人"自居的人物——仍然以《经典关系》中的处长先生为例。最终南月一通过对他的启蒙和帮助，使他的生理和心理都逐渐归于人性的"正常"范围，因而使其身心两方面都得到了"健康的成长"。小说叙事中，在双方商议决定离婚的当夜，处长先生提出两人联合"举行一场告别演出"，亦即两人以夫妻的名义最后一次做爱。处长先生倾情投入，两人正在云雨之中，南月一却突然发动"心理战术"一举废了他的"武功"。须知，此段描述，无论从审美经验，还是从文化认知，甚至从权力解构以及重新建构等等视角层面来看，其意义都非同凡响：

　　"你居然还有这份心思，"她笑着说，"心理素质不错嘛！""不管怎么说，我们现在还是夫妻嘛！"他一边说一边褪下她的裤头。她很反感，但没有反抗。他趴到她身上。她突然忍不下去了，觉得太他妈的受气，而且他好像肥了重了，但她不便把他推下去。不知怎的，她突然恶狠狠地高叫了一声："我跟你说啊，那里头还有别个男人的东西哦！"他硬梆梆的正要……这一声喊如同断了电，呜的一声蔫了下去。他愣了愣，说，"莫要开玩笑"，蠕动着身体，试图重振雄风，无奈每况愈下，极不情愿地撤退下来。她很得意，胜利的快感流遍全身，比性高潮有过之而无不及。但是她说："不要紧，休息一会儿再来吧"；他说，"我是想，你我夫妻一场，还是该最后纪念一下。"他一边喘着那劳而无功的气，一边喃喃地说。他调整了一夜也没能如愿。这中间他醒醒睡睡好几次，一醒来就翻身上去，像个紧急集合的新兵……一次比一次着急，然而一次比一次失败……

毫无疑问，这一段性爱叙事意义重大。处长先生何以"一次比一次着急，然而一次比一次失败"？原因就在于"他需要的已经不是性愉悦，而仅仅是自己性能力的证实"。显然，在这里"性能力"的丧失，对处长先生而言隐喻着某种权力控驭能力的疲软乃至丧失。更重要的是，这种原本以为与生俱来永远也不会丧失的能力，却一不留神居然就这样丧失了。"性能力"的丧失还意味着"人生引路人"资格和身份的丧失，甚至意味着整个世界和整个价值体系都陷入了颠倒和混乱的局面。处长先生的慌乱和焦虑，以及越来越显得力不从心，皆是因为这种心理的颓败而导致的连锁反应。此外，小说中，两个女人对处长先生的性功能障碍进行"会诊"一节，比前面一节更具有"现实生活"的人性质感和深隐的文化喻义。

南月一和小赖原本是情敌，但在处长先生被"废了武功"之后两人前嫌尽释，齐心协力，寻找良方妙药，以期恢复其"武功"，从而拯救其人生，恢复其尊严。"人生引路人"身份于是形成了互换的喜剧性局面。这意味着处长先生人生的暂时失败和命运的暂时坠落。就处长先生"性能力"丧失的不幸，两个女人进而扩大了思考的视野，进入了宏观的社会历史范畴。在我看来，她们的这番思考实际上深刻而且精准地揭示了传统叙事中的"法定引路人"悲剧般的历史蜕变。小说写道：南月一"慢慢地掉过头来，对小赖说，现在的男人不行了；他们比过去的男人好色，也容易得近女色，但是功夫大大不如他们的前辈了"。这句点评当中蕴含着何等深刻的快意恩仇般的文化感喟和历史遗憾啊！毫无疑问，叙述者的这番悲剧般的感喟当中埋藏着莫怀戚类似文化波普的叙事居心。"现在的男人"与"过去的男人"

的本质差异在哪里？其实就在于"过去的男人"是将人生当作宏伟大业在做，而"现在的男人"面子上在做"事业"，骨子里却用他们的世俗欲望在享受和消解人生。这样一来，难怪他们的"功夫大大不如他们的前辈了"。这里所说的"功夫"，即性能力，应该是指人的某种权力控驭能力；由于"人生的总发条松了"，因此就"功夫"而言，"现在的男人"与"过去的男人"相比，的确是心有余而力不足啊！具体到该如何通过行之有效的措施，使处长先生逐渐恢复"雄风"，这两个女人给出的方案极为大胆而且极富想象力和创意性；更重要的是，这个治疗方案同时隐含着解构和建构的双重文化内涵。南月一提出的治疗方案是找"小姐"。小赖起先有些不解："你清楚几代男人？"后来，两人很快达成共识。南月一坚持"实践论"的科学理念，她解释说："什么性心理医生，性保健医生，都不如小姐能解决问题。"并且大量的事实证明："许多老总都是在她们那里恢复了自信。"

　　尤其令人感到振奋的是，这些在社会生活中一度丧失"引路人"资格的男人，经过这种治疗竟然一下子获得了"原来我没有毛病"的强烈的自我感受与精神确信！值得注意的是，莫怀戚的这种文化心理透视功夫非同小可。其喻义是："原来我没有毛病"——往往是这类人物内心真实的自我感受。尽管这种感受具有某种类似心理幻觉的成分。他们与过去相比，尽管有过"性能力"衰退的一段令人沮丧的时光，但经过性工作者的"科学治疗"，这些官场中人确信自己的性能力已经完全恢复。由此证明，通过心理暗示所感受到的"真实"，可能比客观的"真实"更加具有力量——不过，这种力量毕竟不是过去的那种力量了。处长先生虽然雄风重振，势不可当，但从此以后，他在与老婆同房时必须将其假想为那个叫作"雪儿"的小姐，才能达到理想的效果。

　　在此不妨与张贤亮小说名篇《男人的一半是女人》作一个比较。通过小说人物社会能力与性能力彼此的对应消长关系，这样一种叙事效果的比较，从中可以发现莫怀戚与张贤亮叙事逻辑的关联和衍化关系。在张贤亮的小说中，男一号曾一度性能力严重丧失，是因为其被政治运动去势所致；其公民权利的丧失是通过性能力的丧失而得以凸显。因此，当他被宏大的"历史必然性"所裹挟而"重新获得"公民权利的接纳之后，其性能力迅即得到了恢复。但是，这样的叙事逻辑到了莫怀戚那里却发生了戏剧性的变异：《经典关系》中，处长先生性能力的丧失并不是因为政治去势所致，而是因为来自世俗人性的"弱点"和世俗心理的逻辑使然，因此，其试图恢复性能力就绝不可能再采取张贤亮那样的叙事逻辑了。"历史"与"文化"

本身的疲软使它无力再像过去那样大显神通。处长先生要恢复性能力，就只有依循世俗人性的逻辑和世俗心理的矫正方法。尽管性能力的恢复对处长先生来说意味着某种控驭能力的重新获得，然而，这已经完全不同于过去了：仅具有象征性意义而已。说到底，这就是社会能力和性能力关系的"辩证法"；这就是人心和人性的"蜕变"！如果说，张贤亮时期的这类叙事呈现的是"爱情加文化形态"模式的话，到了莫怀戚展开这类叙事时，"爱情"也好，"文化形态"也好，二者的面目都已经模糊不清，难分彼此了。此即为"蜕变"——包括"爱情"，也包括"文化形态"，甚至包括叙事逻辑等。

　　蜕变即回归，告别即成长——也许在这一点上，莫怀戚与传统"成长叙事"在认知上勉强达成了一致。但不同的是，他将传统"成长仪式"中那些具有庄严崇高的所在，比如硝烟弥漫的战场、血雨腥风的牢狱、出生入死的征程、改天换地的田野等等，统统转换为了充满物欲和肉欲气息的床笫。当然，在莫怀戚的叙事中，这种"成长仪式"举行的地方，有时是野合的郊野，偷情的农舍，以及硬邦邦的办公桌等。他甚至通过茅草根的口吻总结说："人类进步最快的领域是在床上。"而更要命的是，传统小说，特别是"新传统小说"叙事中的那种"引路人"不是尊长就是英豪的套路，完全被莫怀戚所颠覆了。面对此情此景，茅草根意味深长地说："应该承认年轻人才是老师！"而这种"成长"和"回归"心得，悲催的是这竟然是他"活了大半生"才恍然大悟的。

　　在莫怀戚的叙事逻辑中，在他的审美秩序和人道情怀中，不仅意味着荒诞和吊诡，而且还更加深刻地意味着：通过这种身份互换和角色移位，传统叙事中那种身份单一和等级森严的局面被完全打破，甚至完全消失了。把控者与被把控者的身份，启蒙者与被启蒙者的身份，以及象征着男权优越性的"性能力"的文化主导意义等等似乎全然消失了。而世俗的人性和人道主义在这些世俗女人的悲悯和拯救行动中放射出动人的性爱华光。另外，她们帮助处长先生恢复"性能力"，并不是意味着又要重新交换场地，或者意味着重新恢复其"人生引路人"的身份，以及"人生脚本"监理执行者的身份。莫怀戚提示我们：经过"科学"的治疗手段使这些曾经在身心两方面都有残缺的人恢复到正常的人的"水平"、呈现正常的人生状态。毫无疑问，在小说的叙事逻辑看来，这才是人性和人道意义上的告别与回归，才是人之所以能够成为人的沧桑正道。

"我的灵魂需要休息"

——追忆重庆人民永远的文学恋人和灵魂知音莫怀戚先生①

一   "想到死的同时就想到了爱"

我第一次与小说家莫怀戚"近距离接触"是在 24 年前，即 1990 年的夏天。当时，一个从北方风尘仆仆赶到重庆来的摄制组，要拍根据老莫的中篇小说《美人泉华》改编的同名电视连续剧。通过朋友的朋友的辗转介绍，剧组的哥们儿找到了我，希望我能给他们提供拍摄场地，顺便提供一些免费的群众演员。其时，我正在一所以培养党政干部为神圣职责的学校里当教官，虽然已读过莫怀戚的不少小说，并受其小说影响而想入非非、意乱情迷，但还没有与这个被当时的某些官员称为"别有用心地用小说把重庆人民思想和生活搞乱了"的莫老师谋过面。

一天上午，剧组正在校园里拍那个"被上苍居心叵测造出来的女人"的某段剧情时，一个骑着一辆旧自行车，穿戴举止酷似"棒棒军"的精壮汉子鬼撵似地来到拍摄场地。导演半信半疑地问："你就是重庆的小说家莫怀戚先生？你就是写《美人泉华》的莫老师？""怎么？不像吗？难道我长得不像重庆的小说家莫怀戚先生？长得不像写《美人泉华》的莫老师？"——这就是我与莫怀戚的第一次见面。几年后我调到重庆师范大学中文系成为老莫的同事和朋友，并且和老莫一道参与重师新闻系的创建工作。我和他分别被任命为新闻系的正副主任。在这以后，只要是我和他一道外出参加形形色色的活动，几乎每次他都会热情地向别人介绍道："这是张育仁先生，我的顶头上司，他给我指引人生的航向……"此语一出，活动现场

---

① 本文首次刊发在大型文学杂志《红岩》2014 年第 5 期。

气氛立马活跃，如坐春风。

1996 年春天，重庆师范大学文学与新闻学院委派我和莫怀戚到成都去找四川大学的邱沛煌教授讨教创办新闻专业的经验。在旅途中老莫从他那印着"红军不怕远征难"字样的古旧挎包中掏出一张纸来。他表情十分郑重地说："张主任，这是我迄今为止写得最好的一篇文章。我考虑再三决定把它送给你，以此纪念我们这次愉快的旅行。"我万分感激却又疑惑不解地接过来一看，原来，这是莫怀戚最得意的散文《家园落日》的复印件。巧合的是，此刻车窗外的夕阳正在缓缓坠落，老莫正深情而苍凉地瞩望着。这篇文章的第一句话是"很久以来，我都有种感觉：同是那个太阳，落日比朝阳更富爱心"，起句平实、深情而不凡，不动声色地就将人带入那种宽大深厚的人性与自然和谐的诗化哲学境界。

但是，接下来的第二句话却让人似乎一下子进入了宗教般的神圣和巨大的悲凉之中："说不清楚这是因为什么；当然也可能是：眼睁睁看它又带走一份岁月，英雄终将迟暮的惺惺惜惺惺，想到死的同时就想到了爱。"我当时就想，我眼前这个生机勃勃的老莫怎么这样的胡思乱想、悲情袭人。尤其是"想到死的同时就想到了爱"，无疑具有人性的哲学高度，但是，将死和爱置放到一起来进行审美品赏，多少还是让人感到有点伤感和恐怖。当然，我知道，老莫的人生哲学造诣和感悟都比我高。因此，这句话给我留下了深刻的印象。

从成都归返以后，我们学校的新闻专业轰轰烈烈、多姿多彩地开办了起来。老莫成了我最为得力的助手。我们以前都是写作教学部的教师，从那以后，摇身一变一下成了教授新闻学的专家；我们培养的学生也很快占领了重庆及西部的许多媒体。这由此成了我们最为骄傲的本钱。老莫说，新闻系的学生是他教书以来最为宠爱、最能体现其成就感的学生。我当然知道，骨子里他最为宠爱的是新闻系的女学生，特别是漂亮而且有灵性的女学生。后来，他把这种独特的人生经历和灵魂感受都写进了一系列的小说和散文里面，尤其是在小说《教案》当中，这些他最为宠爱的女学生个个都成了他爱得欲仙欲死的尤物。最具传奇色彩的是，连一篇学术论文都没有写过的老莫，硬是凭借他那出色的小说创作业绩晋升为教授。这不仅在重庆的高校里是一个特例，即使在全国的高校恐怕也难以找到相似的例子。由此可见，重师乃至我们重庆人民对这个特立独行、才华横溢的男人的理解和厚爱。

于是，我自然联想到了《家园落日》，联想到了"想到死的同时就想到了爱"的玄妙和深奥。我想，能进入这种境界享受这种人生的老莫该是何等的幸福啊！老莫不仅敢爱，爱得欲仙欲死、惊心动魄，而且他还敢恨，恨起来金刚怒目、誓死不饶。文新学院的前身是中文系。那时，系上有一个自命不凡、目中无人的家伙。这个老兄憋着一股子邪劲儿四处活动，想赶走人望不错的系主任，好让自己"登基"当中文系的老大。学校的组织部吃不准，于是派人到中文系找老师做"民意调查"。调查的结果是：断不敢提拔该人，否则会引发中文系老师的"起义"。事后，莫怀戚喜笑颜开地对我说："那天，组织部来的美女帅哥找我了解情况，问某某可不可以提拔当系主任？我直接给他们说，你们如果硬要那厮当系主任，我有点担心，中文系第一个和他'切磋武功'的可能就是我老莫！希望你们三思而行。"由此可见其爱憎分明、疾恶如仇之一斑。

老莫经常满怀深情地说："中文系这么好的人文氛围十分难得，绝不允许谁来破坏它！在重庆的高校里，能够容忍我、放纵我、爱护我、欣赏我莫怀戚的，我看只有重庆师范大学，只有重庆师范大学中文系！因此，我莫怀戚生是重师的人，死是重师的鬼！"这份真挚而深情的情愫一直流传在校园里，成为广大师生认识莫怀戚特异性格和脾气的佳话。1998年和1999年，我因为撰写文章抨击"中国第一文抄公"和批评余秋雨"'文革'写作"而激起文坛内外轩然大波。一时间，我的处境相当艰难。在这两次事件中，老莫都挺身而出，旗帜鲜明地撰写文章予以声援。他说："不是因为你是我的朋友和上司我才这样做，我是一个重庆爷们儿，我必须伸张正义！"

再后来，读到了他的小说《孪生中提琴》。那里面有一大段状写和赞美中提琴的句子，在我看来的的确确完完全全是莫怀戚的自我写照——"只有专业团体才用中提琴，而中提琴手，一般的说法是，由不称职的小提琴手改任。这其实是偏见，但由不得你解释。所以每一个中提琴手都只能坦然面对偏见。也因此产生了一种世界性的人文景观：中提琴手都是心胸宽广的人。"特别让人印象深刻的是："中提琴同人声最为接近……琴的声音相当漂亮——结实，饱满，浑厚，敏感……"天哪，这一切的一切不就是身为小说家和新闻学教师的莫怀戚的准确而生动的自况吗?!

他还写道，"在离开了专门生产音乐的乐团的时候，我才享受到了自己的音乐。对，自己的音乐。而且也才明白了音乐的真谛。音乐的真谛是什么？是好听。就这么简单。乐曲是否有名，是否复杂，作曲的是不是大师，一切的一切都并不要紧。你自己觉得好听了，音乐就来到了。别人也觉得好听了，音乐就成功了。"好家伙！即使是傻瓜也看得出来，他在这里所表达的不同时就是他作为小说家和一个人所渴望并且已经基本上抵达了的自由、洒脱、奔放的人生情状吗?!

然而,让人陡生不祥之感的是,在这篇小说当中,老莫写下了这样一些让人担心却又不得要领、不知所措的话,这似乎是谶语:"每次怅怅地回去,看着那'仅存'的大疤子,心情的复杂难以形容。以至于我一拿起它就只能拉《天鹅》。《天鹅》又叫《天鹅之死》,说的是天鹅在将死之时对飞翔的怀念。"事实上,早在这之前的小说《透支时代》中他就曾经吐露过与此类似的灵魂玄机——"法国人圣桑所作《天鹅》,一般人只知其优雅舒展,不知其忧郁沉重。那是自由而高贵的天鹅为自己已不能飞翔而唱的哀歌,所以该曲实为《天鹅之死》……就在这一瞬间我想起了:这是我那唯一的小说《无证据谋杀》中的情节。"如是种种,不能不让人浮想联翩,心生怯意……

因此,当 2014 年 7 月 27 日薄暮时分,也就是家园落日缓缓滑向渝西歌乐山后面的时候,噩耗突然传来——老莫去世了!在参加老莫追悼会时,作家漆园子告诉我,老莫对战胜病魔始终充满信心,他一直渴望在身体复原之后,能得以继续完成他的两部长篇小说的创作计划,继续去教授去宠爱他的新闻专业的女学生和男学生,继续去过他那多姿多彩的诗酒人生,一如"天鹅在将死之时对飞翔的怀念"……

二 让"个人经验"照亮自己的文学道路

我最早知道莫怀戚这个人是在 20 世纪的 70 年代末。具体来讲,是 1979 年。我当时在西南师范学院中文系读书。记得是秋天,一个偶然的机缘,从成都返校的一个同学那里,我见到了两本四川大学的学生文学刊物,名字叫作《锦江》。那时,正值"新时期"的发端,思想解放的时代大潮在大学校园里澎湃汹涌,甚至已经超出了当时校方所预期和可控的范围。《锦江》上面的文学作品之所以非常激动人心,就因为我们这些灵魂和肉体都不安分的大学生,从这本文学刊物中听见了这种灵魂躁动的声音。《锦江》文学社社长龚巧明的小说《思念你,桦林》和《长长的国境线》在我们的内心激起了极大的反响。因为那个时候,我们正在校方的围追堵截中艰难而痛苦地编着一本名叫《燧石》的学生文学刊物。当时,我们还得知,龚巧明因为《思念你,桦林》和《长长的国境线》而触犯了有关禁忌,特别是在中苏关系仍然紧张对立的时期,却在"大肆宣扬超越阶级、国家和民族立场的人性论",而使《锦江》陷入了危机。无独有偶,我们的学生刊物《燧石》也因为发表了与当时的政治时尚不合的小说《昨天,曾经爱过》而受到来自校方和"市里"的严厉警告和批评。

因此，当我们如饥似渴地争读着这两本来自四川大学的学生文学刊物时，就像突然见到初恋的情人和"文学战友"那样的激动。也就是在那上面，我第一次见到了"莫怀戚"这个多少有点怪异的名字，同时也第一次读到了他的小说《四幺幺集团》。坦白地讲，他的这篇小说在《锦江》中并不特别出彩和引人注目。但小说的叙述比较有意思、比较有生活的情趣。与许多人热衷于写"伤痕"，写"改革"等宏大题材、恢宏主题不同，莫怀戚敏锐地发现了这个时候，曾经僵硬而且阴冷的社会生活正在悄悄地发生着微妙的变化，各种人际关系正在悄悄地开始松动。具体来讲，国家开始主动地向全社会的成员发出柔软而亲和的各种信息。莫怀戚把这种微妙的变化叫作"暗送秋波"。

小说的最后一句非常有分量："政府把我们当人，我们也把政府当政府。"这句话放在那个时候不太引人注目，因为它太不"主旋律"了，但是在今天看来，却不能不佩服作为小说家的莫怀戚的历史敏感和"超前理性"了。若干年后，莫怀戚对我讲，那篇小说是1979年暑假，他驱车数百公里回到曾经插队的农村考察体验生活，百感交集而产生的。莫怀戚得意地说："小说发表后，社长龚巧明看出了我的小说潜力，说你来当小说组组长。可是小说组长早已是冯川当着，于是，龚巧明毅然决定设立第二小说组，硬将我推上了组长的位置。"

由此可见，莫怀戚在最初选择文学作为自己的重要生活方式和精神活动样式时，或多或少是以一种文学启蒙斗士的姿态，来进行着所谓的创作的。从历史的角度，特别是从"发生学"的角度来考察，莫怀戚的文学创作道路开始于"文革"时期的1970年代。他告诉我，在"文革"后期，处于文学试笔阶段的他，写过为数可观的川戏唱词、金钱板、荷叶以及小剧本、叙事散文和小小说等。这种"半地下"状态的写作，尽管融贯了他对"文革"时期重庆地域文化语境中社会人生的观察、描摹和思考。但总体而言，却由于深受当时单向性、刻板化、政治化文学思维定式的影响和支配，到"文革"结束时，他也没有能超逾那个荒诞历史时期"集体经验"的局限。而真正让"个人经验"照亮自己的文学道路，使自己的写作突破文学自发的状态，并产生质的飞跃，是在1980年代之初，他在《锦江》文学社的思考和磨炼。

莫怀戚告诉我，他虽然身为重庆土著，但身上还有蒙古族血统，因而同时具有草原游牧习性和码头文化个性；他说，他那浪漫无羁、自由洒脱的江湖秉性来自狂放粗豪的父亲，而其机智幽默、从容乐观的风格则主要来自优雅睿智的母亲。少年时代的莫怀戚，即以行侠仗义和擅长于"讲好听的故事"而驰名于重庆火药局街及渝中半岛。在"文革"乱象纷呈中，他逐渐学会了观察社会、思考人生，在"地下"状态阅读了大量的"禁书"，同时进行"半地下状态"的写作。青年时代的他，由红卫兵而知青，而空降兵战士；1971 年"9·13"事件后，异常诡秘地又由空降兵重新变为知青。"后来我才知道我当的是'黑兵'。是林彪背着毛主席搞的伞兵部队，准备政变时用的。幸好毛主席、周总理及时粉碎了林彪的阴谋，挽救了国家挽救了党，当然更重要的是挽救了我莫怀戚！"他不止一次语重心长地向我叙述这段诡异多端而又惊心动魄的历史。莫怀戚招工返城后先后当过电影公司送片员、放映员、乐团的小提琴手和剧团乐队演奏员、临时小生和帮腔。这一时期万花筒般诡异荒诞的社会生活，以及复杂多变的角色转换与人生经历，给他日后的文学创作积累了丰富的社会经验及人生感受，并提供了繁富的"故事"资源。

客观地讲，莫怀戚在文学创作道路的艰难探询中，由文学自发跃升到文学自觉，由权力美学规训的所谓"集体经验"的泥坑中艰难地脱身而出，并且慢慢地迈上"个人经验"的创作坦途，正是始于在四川大学中文系求学、思考和练笔的那个"新时期"。作为川大《锦江》文学社的成员和青年剧作家，他和文学社的中坚人物龚巧明等一道，将他们各个不同的文学创作个性和社会思考融入到波涛汹涌、悲情凝重的"新时期"文学潮流之中。莫怀戚承认：那时，社长龚巧明小说中的人性立场，特别是非正统叙事经验带给他的影响和启示，无疑是相当重要的。需要提及的是：龚巧明毕业后自愿报名远赴西藏，参与了《西藏文学》杂志的组建工作，并创作了大量的反映藏区生活的小说。1985 年 9 月，龚巧明在采访和体验生活的途中，突发意外而随车坠入尼洋河的急流中不幸牺牲，年仅 37 岁……莫怀戚每每谈到龚巧明，无不表达出深深的惋惜、遗恨和怀念之情。

但是值得注意的是，这一时期，他所创作的主要是一些民俗味十足的小剧本，明显与当时绝大多数"伤痕文学"写作者，特别是与《锦江》社中的"伤痕小说"写作者迥然相异。即使是在这种毫无宏大追求理想的小剧本中，也彻头彻尾充满着他那特有的——重庆式和知青式的诙谐机智、反讽自嘲，甚至黑色幽默的审美风格和世俗情调。莫怀戚这种乐观、通达、洒脱、豪放的风格化、个性化特点，得益于重庆地域文化和"广阔天地"乡野习俗、军营行伍性格的滋养。

在这一时期，他创作的四幕剧《山谷的回声》参加了 1981 年的全国大学生文艺调演；1982 年，老莫的独幕剧本集《闪光》由四川戏剧出版社出版，在这些剧作里面，其带个性化的艺术风格和审美趣味已展现得十分鲜明。当然，无须讳言，"文革"式的叙事模式和政治解读套路，特别是以"文革"式的文学战斗姿态批评"文革"的思维套路及表演风范也体现得十分明显。莫怀戚一开始本打算当一个剧作家，后来，竟鬼使神差地成了一个小说家。这是他始料未及的。

三　"人和小说究竟怎么个活法才更像人和小说？"

临近大学毕业的 1982 年夏天，他突然转型致力于短篇小说的创作。他初期的小说一方面承续了《锦江》时期反思批判"文革"的文学余绪，力图用叙事手段参与和深化由官方主导的"实践是检验真理的唯一标准"的社会大讨论，另一方面他对重庆地域文化的体验、认知和理解也得到了进一步深化，并在此基础上将自己的个性化、风格化展现得较为鲜明。也正是在这一时期他学会了以一种本朴的平民情怀和平民视角来审视生活和进行文学思考，尽管还带有当时"时政写作"的光荣痕迹，但多少与当时许多主流小说家的"个性"和"风格"不同，其叙事立场和个人情怀与"时政写作"还是有所区别。

1983 年到 1985 年，他连续在《红岩》和《山花》等知名文学期刊上发表了一系列颇具社会影响的短篇小说。这些作品好读而且耐读，集历史反思、现实诘问、青春浪漫、市井野性、语言自觉和文体觉醒为一体，因而得到了文学界的普遍关注和社会读者广泛的赞誉。这一时期，其小说的基本言说与政府所倡导的"拨乱反正"和"改革开放"的主导性话语的基调是同步合拍的。这些小说的叙事目的比较明确，主要还是立足于现实政治和社会道德批判的立场，为当时的主流文化逻辑提供文学论证和支持。无论是《天地之间》、《月下的小船》还是《黑猫》、《公平的惩罚》以及《猜谜的人们》等等，可以说，基本上都显示出了这样一种听从主流律令的文化特征。在这一阶段，莫怀戚试图将文学伦理与时政伦理和谐统一到小说叙事中。莫怀戚从事短篇小说创作，尤其是这一阶段的艺术探寻、思想磨炼和经验积累，无疑是得益于当时的中国文学，特别是中国小说创作主潮向现代转型这一历史性律动的强劲推助和巨大影响。这一影响，在其后创作的《胜利大逃亡》、《母亲的心思》、《莫名其妙》、《一次一次闭上口》、《夜歌》、《神枪手八岱》、《孟加拉食人虎》以及《南月一》、《金神》等一系列短篇佳作中，能十分明显地使人察觉和触摸到。

中国的改革开放使长期封闭的社会及文化大门豁然洞开。自 1978 年整个文学界进入"解冻"期以来，中国的小说创作终于结束了可怕的僵硬、孤独、徘徊局面，在文学现代化的转型中，不仅重新接续上了"五四"的新文学传统，而且更重要的是，大量的西方文学和文化信息通过各种各样的渠道涌流到国内，与中国文学和文化产生了频繁的交流和猛烈的碰撞。"这是一个激动人心的年代！"莫怀戚不止一次心怀感激地回忆说。那时，国外各种各样流派的政治学、文化学、社会学、文学、美学以及文艺批评模式等信息资源，对中国小说家赖以生存和获得创作灵感的现实生活进行了有力的冲击和瓦解，并促使他们形成了新的现实观和文学价值观。

毫无疑问，莫怀戚在"新时期"之初迈入文学创作道路时，就是裹挟在中国作家获得"第二次解放"的狂欢队伍中，通过其短篇小说开始深刻而广泛的民族文化自省，并很快将其体验和反思的视野越过"文革"，而扩展到民族、国家、人类，特别是历史和人性的广阔领域。在这个时期，"文学到底是什么？""生活的定义到底是什么？""人和文学究竟应该怎么个活法才有意义？"诸如此类的重大问题同时困扰和兴奋着中国的小说家们，莫怀戚也同样被困扰和兴奋着——他就正是身处在这个宏大的历史文化背景之下从事短篇小说的创作，并执着地将这些思考带入其中篇小说创作的激情期的。莫怀戚认为，认真思考"人和小说究竟应该怎么个活法才更像人和小说"、"小说在这个诡异而精彩的历史时期怎样才能够真正实现为人民服务的目的"似乎更有现实意义。

1985 年，莫怀戚的创作发生了重要的战略转型。他在继续从事短篇小说创作的同时，将更多的精力、才华和思考投入到中篇小说创作的尝试和探寻当中。显然，"人和小说究竟应该怎么个活法才更像人和小说"，是其进行"转型"的重要契机。这一年，他几乎同时推出了两部中篇力作——《都有一块绿茵》和《旋涡》，并很快得到文学批评界的肯定及社会读者的赞赏，一时间好评如潮。1985 年，是中国当代小说发展史上值得纪念的一年：中篇小说创作呈现群体性生命活跃和创作亢奋状态——这一年，许多小说家不约而同地怀抱一种群体性的主体自觉和强烈的创新变革意识，将他们的生活历练、文学思考和审美体验，通通集中到中篇小说的尝试和探寻中。与整个社会的创新变革思想文化浪潮激荡应和，文学转型的浪潮也急剧地冲击着旧有的小说观念。在中篇小说领域，这种冲击更显得突出而且动人心魄。

在莫怀戚看来，在旧有小说理念和叙事套路中，人物的设置、情节的安排、结构的营建和语言的模式是存在着严重的问题的。于是在他的笔下，小说旧有的审美特征和经验体系很快被瓦解，并呈现出"泛文化"和"世俗化"的趋势。与那一时期的小说家似乎不谋而合，在莫怀戚那里，小说的叙述策略和审美功能，被理解为是一种情绪、一种感觉、一种心态，更重要的是一种人生方式、一种意志、一种体验、一种存在。

1986年到1989年，莫怀戚的中篇小说创作，更进一步地强化和突显了这种诠释和理解。在他这一时期的中篇代表作《旋涡》、《天狼星下》、《诗礼人家》、《夏天的七巧板》、《枪口下盲目的亨德尔》、《美人泉华》、《认定同一》、《无主导驱动》以及《混沌婚事》、《子夜鞭影》、《寻找俱乐部主任》、《第四律师事务所》中，我们还可以发现，与国内其他中篇小说作家执着于写孤寂、写魔幻、写神秘、写意象不同，他从一开始就不是以反传统的叛逆意识来昭示其创新变革精神的。

如果说，在《都有一块绿茵》中，他针对小说中男女主人公的婚恋故事，发出"这算是一种幸运还是不幸运"的诘问，进而提出：一个俗人的价值到底是取决于宿命论意义的出身，或者表面的学历、政治光环和所谓的"社会地位"，还是取决于他作为一个"社会俗人"自身的创造潜能和自由心性等重大问题。显然，到了《天狼星下》、《诗礼人家》等篇章中，他已不再立足于简单肤浅的主流视角和社会道义批判立场，而是将"生活的定义到底是什么？"和"人和小说到底怎么个活法才真正像人和小说？"这样的困惑和思考，通过"重庆"这一特殊地域文化语境中的人物、情节、叙事风格和语言方略，深入到其对复杂诡异的社会、人生，特别是对人性的剖析和感悟当中。

后来，在谈到这一时期他的小说写作理念和审美意识的根本性转变时，他说道："我似乎已经完成了从'我有什么写什么'到'你读什么我写什么'的转变。"① 需要说明的是，他所谓的"你读什么我写什么"，并不意味着他就此放弃了作家的主体自觉意识和创新变革意志，恰恰相反，在这一时期的中篇小说当中，他基本上能够将自己的生活历练、人生感悟、文学思考和小说怎样才能成为人生的一种方式、一种意志乃至一种存在等等思考紧密地系结在一起，从而体现自己的主体立场和小说的风格化、主体性人格

---

① 莫怀戚：《纯小说的写作之美》，《中篇小说选刊》2000年第1期。

面貌。

四　他在社会化过程中重新获得生命的"弹性"

1990 年，以《六弦的大圣堂》为一个具有启示性和里程碑意义的良好发端，莫怀戚在他的小说创作之旅中，以连珠频发的写作热情，出手不凡，推出了大量的中篇杰作。这一时期，他的这些中篇小说较为集中地表现出对纠结于历史与现实困境中的知识分子群体间的人际关系、生存状态、心灵世界，特别是生活方式、思维质量和价值寻觅、人生注解等投以极大的兴趣。这一类被他界定为"严肃文学期刊上的品位较高"的中篇，除《六弦的大圣堂》外，还有《寻找俱乐部主任》、《混沌婚事》、《大陆轶事》、《高原轶事》、《陪都就事》、《山水回旋曲》、《银环蛇之谜》、《追求平衡》、《廿年天合》和《我们一起上着当》、《饮鸩情人节》、《被监听的女经理》，特别是在世纪末的 1999 年发表的《透支时代》等等。

这些小说杰作无不围绕当代知识分子在婚恋、性爱、职业身份、社会道德、审美期待和观念冲突等等复杂境域中的种种挣扎、裂变、痛苦展开其叙述与思考，试图获得"非法非情又非理"的观念解放和心性自由，以及对这种"痛并快乐着"的"痛快感"的叙述、阐释和欣赏。在这类作品中，他并不完全是站在"知识分子"的立场，呈现"知识分子写作"的那种自恋、自赏和自我满足的褊狭格局，而是以笔势的从容洒脱、语言的机智幽默、叙事的通俗流畅、比喻的绝妙传神等等方面，体现出他对重庆地域文化语境中人性的深刻体悟和精神个性的精细把握。尤其是对"知识分子"作为具有俗人性情的"社会人"，在这种地域文化和生存境域中的特殊境遇及个性特征的观察、体验、提炼和创造性把握中，或多或少体现了自己的主体立场和小说的风格化、主体性文学面貌。

他力图告诉人们："知识分子"在回归"社会俗人"的过程中的种种"乱象"和他们妄图重新建构其内心"秩序"的渴望，是可以抵达和谐统一的理想境界的。当然，这个试图重新建构内心"秩序"的过程是令人惊心动魄的。文学批评家们习惯地将莫怀戚的中篇小说划分为这样四类，即"纯小说"、"推理小说"、"侠义小说"和"言情小说"。事实上，纯与不纯在他的小说中都是相对的，雅俗共赏、以俗化雅和寓雅于俗，是莫怀戚最明显、最耐人寻味的一大风格特征。他的叙事风范和审美格调无不建立在作为"社会俗人"的"知识分子"的"乱象"与"秩序"重建的对立统一关系之上。

　　从本质上讲，恐怕只能归入到非知识分子立场的"知识分子"叙事一类。莫怀戚理解的"知识分子"既是宽泛意义上具有"平民化"特性的"社会俗人"，又是主动和被动意义上那种试图打碎心灵和肉体的种种枷锁得以重返社会，在完成自身社会化过程中重新获得生命"弹性"的"知识分子"。他们无一不是渴望获得"真实"生活和人性创造活力的、试图在现实中瓦解"意义"，又可笑地在现实中去寻找"意义"的"社会俗人"。关于这样的审美企图和叙事野心，我们可以从《六弦的大圣堂》、《大陆轶事》乃至《环十字交响曲》和《透支时代》中找到有力而且十分有趣的佐证。

　　21世纪到来的时候，厚积薄发的莫怀戚从中篇写作迈入了长篇写作的时期。他的长篇新作《经典关系》一经推出，立即引起文坛内外的轰动。这部长篇小说围绕舞蹈教师茅草根与其学生南月一的情爱纠葛，展开了"知识分子"作为"成长中的社会俗人"的新一轮的叙事方略和关于"主体自由"的理性探寻和情感追逐。《六弦的大圣堂》中的"知识分子"杨维智，此时已变身为"知识分子"茅草根。

　　如果说，在中篇小说中，杨维智曾努力以自己的行动完成了他对自己的注释，同时也完成了他对若干围绕着他的年轻女子的注释的话，那么，在长篇小说《经典关系》中，茅草根秉持"人的行动就是对人最好的注释"这一"存在主义"意味十足的理念，通过自己的行动完成了他对自己的注释，以及对南月一的注释等，无疑更具有文学和社会学乃至哲学的深意。但是，他却发现，人愈想用行动"注释"和"完成"自己，结果情况却愈发糟糕：你以为你已经注释、完成和创造了自己，一觉醒来却发现——"自己"在哪里？居然成了严重的问题。在《经典关系》中，他延续了自《诗礼人家》和《六弦的大圣堂》关于"本质"和"主题"的思考和探询，并执着地将其引向历史和现实的纵深。

　　莫怀戚对我们所处的这个时代，乃至我们这个国家、民族的历史有着清醒而深刻的洞察。他曾经在小说中高度概括道："只有当荒谬能投合需要时，荒谬就'不荒谬'了；当'不荒谬'能生下根，它就变成了'真理'；这时若要再怀疑它，反而不可能了。"后来，当我读到思想家福柯的相似见解时，惊异之余不禁发出敬佩的会心一笑。

　　五　"人的行动就是对人的绝佳注释"

　　从莫怀戚的短篇时期到中篇时期，一直到进入长篇时期，我们会发现，有一条寻索和追问的主线，一直清晰地贯穿着他的那种"不太像焦虑"的焦虑风格当中：在社会异化、"家风"和世风异化，特别是人的异化诸如此类的宏大背景之下，"知识分子"作为"成长中的社会俗人"的畸变和灵魂重构的生命历程，是如此的强悍而又充满悲喜剧意味。《经典关系》其实并没有贡献什么新的"本质"和"主题"。小说中人伦关系的"系列颠倒"使人物关系变得错综复杂也罢，人物命运因之变得"不可收拾"也罢，师生关系、家庭伦理关系、情人关系……所有"经典"的伦理关系都受到了严峻的挑战。究其实，又无一不是在深刻地揭示出，"知识分子"在试图重返社会、人生，确立"主体自由"时，握取自身的"本质"和获得"主题"时的种种微妙、奇异和吊诡。

在《经典关系》中，莫怀戚其实着重想告诉人们的是：人的行动就是对人的绝佳注释，就是对人自身的创造和完成——人终究是在自己创造自己。这种致力于描述和阐释"知识分子"在归化于社会的过程中，在重返人性及人性化的"主体自由"的场域中，最重要的是如何在行动中寻觅和握取自身的"本质"和"意义"。这样的"主题"，正是莫怀戚从短篇过渡到中篇，再过渡到长篇，一以贯之同时又得以深化的"行动"旨趣和审美特征。亦即，于"乱象"中追寻和试图重建"秩序"的社会化和风格化特征。

评论家白烨指出："这部小说最引人注目的：一是文野结合得相当出色；二是雅俗结合得相当老道；三是精粗结合得相当动人。它不是一般意义上的现实主义作品，小说写了商场、官场、情场，也写了反腐和经济政策，但它不是一般意义上的官场小说、言情小说和反腐小说，其内容深厚、信息量极大；它什么都是，又什么都不是……人生和人性的复杂性在其'不规整'——颇似'披头散发'的情节和结构中充分展示了出来"，而且是"将民俗风情、地域文化、现代精神、历史思考和文学追求有机融为一体的一部感人至深，发人深省的力作"。① 简言之，"乱象"和"秩序"，正是在文野结合、雅俗结合、精粗结合中"有机地融为了一体"。

2008年，莫怀戚又以其长篇新作《白沙码头》再次引起文坛内外的"轰动"。这是一部充分体现重庆地域文化性格和精神风范的力作。它的面世，集中显示出了作者深厚的创作实力，同时充分展示出了重庆地域文化性格撼人心魄的狂放和野性的精彩。表面上看，这部新作与他30年来的"本

---

① 《莫怀戚长篇小说〈经典关系〉研讨会综述》。

质"追寻和"主题"探究明显不同：白沙码头是一个奇特的存在。作者借它写某种特殊氛围下的重庆人的生存情状。

但究其实，我们依然会发现，这部小说的人文价值和现实意义在作者诡异而精彩的叙事策略中，依然是执着于对"人的行动就是对人的注释"这一"本质"和"主题"的寻觅。评论家雷达指出，"它是对于当今诗性的失落、人种的退化、物欲下精神的萎缩、实惠下的平安苟全以及无想象力，表现出了一种不甘平庸的挑战性反叛和抗争。作者似乎是在探索一种新的活法，一种不怕死、丢得下的潇洒，一种个性的绝对张扬，对自由的无畏追求。非常突出的是不怕死的观念，放毒才会赢的心理。这似乎被认为是重庆性格的核心，贯穿了全篇。书中人物不断说，无大悲就无大喜，平平淡淡没啥活头。于是它的主要人物含笑面对人生、博弈人生、力图表现出一种彻骨的达观。"①

在《白沙码头》中，似乎已不见了《六弦的大圣堂》中的"杨维智"，也不见了《经典关系》中的"茅草根"这样的"知识分子"对"主体自由"的寻究，但仔细研索后，我们还是不难从小说中的重要人物"八师兄"那里捕捉到"杨维智"和"茅草根"的"行动"轨迹，以及他们追寻"主体自由"的"历史"新动向。这部"新小说"，其实一点也不"新"，它"写了一个梦，一个反抗中庸、恢复血性的梦……作者欣赏八师兄倾注了全部的赞美与同情。每件事情，作者都迁就他，与他合谋，以至他求财得财、渔色得色，永远有惊无险地取胜，用以展现他的酷姿。"② 说到底，这个"八师兄"其实就是变身和混迹于"历史"和"江湖"中执着地追寻"主体自由"的"杨维智"和"茅草根"。

概而言之，《白沙码头》是一部作家直露内心世界、表现自我，包括性本能的小说。"它冲破了诸多外相和假象，也剥落了覆盖于世俗人烟的成规戒律，还将身与脑的写作抛在一边，而直入内心，让一颗心灵坦荡无欺，进行自由的言说。更为重要的是，这颗裸露的心灵不是低级趣味的，也非世俗的，而是没受到污染，饱含一种真诚、自然、自由、仁爱和暖意。"③ 这个评析是准确而精到的。

① 雷达：《重庆性格与风流蝴蝶梦》，《重庆师范大学学报》2008年第6期。
② 同上。
③ 王兆胜：《裸心、逸笔涂抹潇洒人生》，《重庆师范大学学报》2008年第6期。

六　莫怀戚是一个本质意义上的"人民作家"

在沉痛纪念和追忆莫怀戚30余年来的人生经历和小说创作历程的时候，我们会发现，他从短篇到中篇，再到长篇的所有那些营构和叙说，其实，这个文学世界完全可以视作莫怀戚本人的"精神自传"和"肉体自传"，都可以视作作家裸露内心世界、表现自我，"让一颗心灵坦荡无欺，进行自由的言说"的杰出文本——作为"社会俗人"的"知识分子"，怎样才能冲破外在世界，尤其是世俗世界的限制和束缚，以期获得超越性的意志，从而进入到一个自我、自在、自由的状态和一个更为博大而神秘的天地——这就是莫怀戚在迄今为止的整个创造道路中"上下求索"、"九死而犹未悔"的人生信念和文学追求的"主题"和"价值"所在。

原重庆作家协会主席黄济人在中国作家协会举办的"莫怀戚文学作品研讨会"上，充分肯定了莫怀戚的写作带给重庆人民的荣誉和特殊精神意义。他还特别强调了必须把莫怀戚这种"本土作家"推向全国的重要意义。他认为作为一个本质意义上的"人民作家"，莫怀戚有别于那些缺乏生活热情和独立艺术品格的"大众情人"。[①] 尽管莫怀戚在他的小说叙事中对"人民"这一文化修辞概念始终报以认真审视和探究的态度，然而，我们还是得承认，他的确是一个地道的"人民作家"——一个对"人民"一词内涵的丰富性、复杂性、幽默性以及不确定性始终抱以深切的理解、同情乃至冷峻反思的作家。严格意义上讲，真正的"人民作家"就应该像他那样，始终将"人民"和宏大的"历史进程"一道置于人类文明的解剖台上进行文化病理分析和描述。

莫怀戚还有一个别人不及的特点：他从不惧怕来自文学界以及社会各界对他的小说甚至对他"私人生活"的说三道四，狂轰滥炸。他在任何时候都笑脸相迎、心气平和，殊称怪异。2000年6月，重庆作家协会和重庆师范大学联合举办了"莫怀戚作品学术研讨会"。在这个会上，莫怀戚收获得最多的不是掌声和鲜花，而是尖锐的批评、凌厉的抨击甚至辛辣的嘲讽。但他自始至终耐心听取，将那些意见记下来认真思考。

我的评论文章《莫怀戚：一个成功者与失败者》也对其创作进行了坦直的批评。老莫幽默地说："我很高兴，因为在这里，我就是唐太宗李世

① 《西部文坛黑马，重庆实力派作家》，《文艺报》2000年8月1日。

民，我习惯于以海纳百川的肚量听取魏征们的宝贵意见。"2006 年 8 月，北京《文艺报》用一个整版刊登了对莫怀戚的批评文章。其中评论家唐云的《另一种声音：解决莫怀戚》，在对老莫的小说创作进行回顾和检视的同时，对其进行了严厉的批评和尖锐的讥刺。唐云是老莫的同事。事实上，重师文学院的同仁们经常性地直陈对老莫作品的意见已经成为了常态；而老莫经常性地听取和接纳这些意见也已经成为了常态。

2008 年 9 月，在由中国作家协会创研部、重庆作家协会、重庆师范大学和《红岩》杂志社共同举办的"长篇小说《白沙码头》学术研讨会"上，与会作家和评论家箭弩齐发、櫑石俱下的批评攻势，一时间令外地来的评论家们大惊失色。但随后见到整个会场机锋迭出，笑声不断，批评者和被批评者相互调侃，其乐融融，连称叹为观止。这种佳话，只有重庆文学界才有；这种情景，只有在莫怀戚研讨会上才能领略到……

老莫说，发自肺腑真诚而又中肯的文学批评是非常不容易的。一方面批评者往往碍于情面或者出于礼节不愿发表真实意见，另一方面被批评者虽然表示想听真实意见而内心却非常想得到恭维。所以他认为在中国能够听到真实的文学批评意见应该是一件难事，同时也是一件幸事。他告诉我，早年曾因为发表真诚的文学批评意见，而将自己弄得十分狼狈。那是在川大读书的时候。有个醉心于写小说的同窗，有天夜晚神秘兮兮地把他带到学生澡堂去看那老兄新创作的一篇小说，因为学生寝室已经熄灯，只有澡堂门口的灯彻夜长明。还没开读，那老兄就满脸诚恳一个劲嘱咐他一定要拿出真实的批评意见。辛辛苦苦读完之后，莫怀戚略加思索，便一口气提了 10 条批评意见。正当他为自己的真诚和负责而感觉良好之际，那同窗突然喝问道："就这十条？还有没有遗漏的？"他回答说："暂时没有，待想起来再提。"话音刚落，啪的一声，脸上挨了重重一记耳光。还没有回过神来，那同窗就恶狠狠地斥责他说："老子好心好意请你娃提意见，结果一条优点都没有！你这个人太阴险太恶毒了！"老莫说，"这件事告诉我，许多人找你提意见，实际上是想听你的夸奖。也怪我那时太单纯口无遮拦。但我至今依然认为，既然是批评就必须认真负责，不能昧着良心胡说八道，尽拣好听的说。"这个故事引人深思，对我触动很深。

莫怀戚的散文佳作《散步》和《家园落日》20 多年前即被分别选入中国大陆、中国香港和新加坡的国文课本中，在中学生和中学教师中产生的影响，可谓巨大而且经久不衰。可以预见，随着莫怀戚的去世，他的文学影响和个人魅力将日益扩展。他曾经被一些人误解为是一个以写作讨大众喜爱的浅俗作家，其"重庆特色"往往被人误解为鄙陋粗俗的"码头文化"特色。莫怀戚说，他并不在意这些误解，他破除误解的最简单的方式，就是让人们不太费力地从他的"重庆特色"的小说中读出他的"中国高度"，特别是真性情、真人生。自从 30 多年前他发表第一篇小说开始，到今天他发表了600 余万字的各类文学作品，其中的不少佳作，早已脍炙人口，成了重庆民众文学记忆和精神生活的重要部分。

记得好几年前，就长篇小说《白沙码头》的问世莫怀戚有一个答记者问。当记者问到：莫老师有没有准备写下一部小说呢？他回答说："作家最怕的就是还没有写的时候就把将要写的说出去。我还没有思考好，《白沙码头》刚刚才出来，我的灵魂还需要休息。"2013 年 5 月初，我和老莫应广西武鸣希望高中蔡昕博士的邀请去做文学演讲。期间，我好奇地问了与记者同样的话题，令我惊异的是老莫以同样的口吻回答我说："我已经跋涉好几十年了，我真的感到有些疲惫了，我的灵魂的确还需要休息……"感应如此迟钝的我万万没想到老莫的这句话在冥冥中竟然埋藏着令人伤感不已的玄机！

切不要说世上已无莫怀戚！事实上老莫和他的文学作品将永远在社会各界读者的追念和阅读中真实地活着；老莫所创造的那个多姿多彩、生动嚣张的文学世界，以及那个文学世界中他所创造的重庆女人和重庆男人，都将永远生龙活虎地存在着——没有莫怀戚和莫怀戚所创造的文学世界的重庆还叫重庆吗?!

切不要说世上已无莫怀戚。我想，只要有重庆人的地方就一定有老莫的音容笑貌伴随着他们的精神生活。事实上，老莫并没有离开我们。在我的感觉中他时时刻刻都乐观豪迈、幽默潇洒地生活在我们中间。无论是在白日还是在深宵，我分明都能清晰地看到他骑着他钟爱的那辆山地自行车神清气爽、生龙活虎地朝我们奔来；同时向我们奔来的还有他那高亢而悠扬的极具灵魂穿透力的"信天游"歌声，但更多的时候我分明听到的却是那民俗味十足且充满黑色幽默意蕴的"莫式"川剧高腔——那是老莫青年时代在川剧《伊里奇三打冬宫》里面最拿手的唱段啊——

    手捧大衣心欢喜，
    叫一声同志弗拉基米尔·伊里奇。
    打冬宫导师你千万别心急，
    在前线咱们有捷尔任斯基！
    打冬宫费心力弹火纷飞，

猛回身却看见娘子跟随；

叫一声斯卡娅我的贤妻，

朕正与约瑟夫商议大计。

每每听到这高亢悠扬极具灵魂穿透力的巴渝情韵，真可谓是悲欣交集，感慨万端，我的泪水止不住夺眶而出……

重庆人民永远的文学恋人和灵魂知音莫怀戚先生永垂不朽！

张育仁

2014 年 7 月 27—29 日

撰于重庆歌乐山麓清水溪

莫怀戚小说作品主要篇目一览

1. 《天地之间》,《攀枝花》1983 年第 12 期。

2. 《月下的小船》,《红岩》1984 年第 2 期。

3. 《黑猫》,《山花》1984 年第 10 期。

4. 《都有一块绿茵》,《红岩》1985 年第 5 期。

5. 《旋涡》,《山花》1985 年第 7 期。

6. 《公平的惩罚》,《现代作家》1985 年第 2 期。

7. 《猜谜的人们》,《现代作家》1985 年第 7 期。

8. 《天狼星下》,《清明》1986 年第 4 期。

9. 《"胜利大逃亡"》,《山花》1986 年第 1 期。

10. 《母亲的心思》,《山花》1986 年第 5 期。

11. 《诗礼人家》,《红岩》1987 年第 3 期。

12. 《夏天的七巧板》,《清明》1987 年第 4 期。

13. 《吹牛皮的二华》,《山花》1987 年第 5 期。

14. 《莫名其妙》,《当代》1987 年第 5 期。

15. 《一次一次闭上口》,《现代作家》1987 年第 8 期。

16. 《第四律师事务所》,《芙蓉》1988 年第 6 期。

17. 《新住宅区第一坍塌楼》,《现代作家》1988 第 2 期。

18. 《枪口下盲目的亨德尔》,《现代作家》1988 年第 10 期。

19. 《夜歌》,《山花》1988 年第 11 期。

20. 《美人泉华》,《当代》1989 年第 5 期。

21. 《子夜鞭影》,《芙蓉》1989 年第 5 期。

22. 《认定同一》,《红岩》1989 年第 6 期。

23. 《无主导驱动》,《现代作家》1989 年第 11 期。

24. 《神枪手八岱》,《清明》1989 年第 1 期。

25. 《六弦的大圣堂》，《当代》1990 年第 3 期，选入《中篇小说选刊》。

26. 《混沌婚事》，《现代作家》1990 年第 9 期，选入《中篇小说选刊》。

27. 《孟加拉食人虎》，《山花》1990 年第 3 期。

28. 《南月一》，《现代作家》1990 年第 9 期。

29. 《金神》，《现代作家》1990 年第 9 期。

30. 《大陆轶事》，《红岩》1991 年第 2 期。

31. 《高原轶事》，《山花》1992 年 1 期。

32. 《逆反者德华兄》，《清明》1992 年第 1 期。

33. 《国道供销店》，《青年作家》1992 年第 4 期。

34. 《寻找俱乐部主任》，《芙蓉》1992 年第 4 期。

35. 《南下奏鸣曲》，《四川文学》1992 年第 5 期，选入《中篇小说选刊》。

36. 《变通》，《分忧》1992 年第 1 期。

37. 《环十字交响组曲》，《清明》1993 年第 2 期。

38. 《电话有无录音装置》，《分忧》1993 年第 4—6 期。

39. 《银环蛇的性美学效应》，《分忧》1993 年第 7—9 期。

40. 《陪都就事》，《当代》1994 年第 6 期，选入《中篇小说选刊》。

41. 《浴盆中的睡美人》，《分忧》1994 年第 3—5 期。

42. 《被误伤的渡者》，《分忧》1994 年第 8 期。

43. 《"飞娥"》，《分忧》1994 年第 11 期—1995 年第 1 期。

44. 《叫化烤鸡图》，《分忧》1995 年第 11 期—1996 年第 1 期。

45. 《山水回旋曲》，《四川文学》1996 年第 3 期。

46. 《追求平衡》，《分忧》1996 年第 2—4 期。

47. 《帽上蓝鹰》，《分忧》1996 年第 5—8 期。

48. 《验明正身》，《分忧》1996 年第 9—11 期。

49. 《大动作的小动机》，《分忧》1996 年第 12 期—1997 年第 2 期。

50. 《廿年天合》，《分忧》1997 年第 7—8 期。

51. 《急刹之谜》，《分忧》1997 年第 10—12 期。

52. 《无冕之王》，《分忧》1998 年第 2 期。

53. 《豪华错觉》，《分忧》1998 年第 5 期。

54. 《透支时代》，《当代》1999 年第 5 期，选入《中篇小说选刊》。

55. 《我们一起上着当》，《分忧》2000 年第 1—2 期。

56. 《被监听的女经理》，《啄木鸟》2000 年第 4 期。

57. 《饮鸩情人节》，《啄木鸟》2000 年第 7 期，选入《中篇小说选刊》。

58.《假手神明》,《啄木鸟》2000 年第 10 期,选入《中篇小说选刊》。

59.《花样年月》,《当代》2000 年第 4 期,选入《中篇小说选刊》。

60.《双刃剑》,《传记文学选刊》2001 年第 1 期。

61.《经典关系》,《当代》2002 年第 2 期。

62.《隐身代理》,《啄木鸟》2002 年第 8 期,选入《中篇小说选刊》。

63.《谈嫁论娶》,《四川文学》2003 年第 9 期。

64.《教案》,《当代》2006 年第 3 期。

65.《车仗》,《四川文学》2006 年第 8 期。

66.《和平时代》,《红岩》2007 年第 4 期,选入《中篇小说选刊》。

67.《白沙码头》,《当代》2008 年第 2 期。

68.《皈依》,《四川文学》2008 年第 11 期。

69.《孪生中提琴》,《红岩》2010 年第 4 期,选入《小说选刊》。

70.《草地遗事》,《红岩》2012 年第 3 期。

71.《绝招》,《四川文学》2012 年第 12 期。

72.《国骑》,《红岩》2013 年第 4 期,选入《小说选刊》。

　　莫怀戚正式出版的长篇小说单行本和中篇小说选集等,主要有如下一些:

　　长篇小说:

1.《经典关系》,人民文学出版社 2002 年版。

2.《白沙码头》,人民文学出版社 2008 年版。

　　中篇小说集:

1.《诗礼人家》,重庆出版社 1987 年版。

2.《大律师现实录》,人民文学出版社 1992 版。

3.《银环蛇之谜》(中国智能情杀案丛书),四川文艺出版社 1995 年版。

4.《透支时代》(中国当代情爱伦理作品书系),南海出版公司 2001 年版。

5.《情人的结局》(东方福尔摩斯探案集),重庆出版社 2002 年版。

6.《睡美人之谜》(东方福尔摩斯探案集),重庆出版社 2002 年版。

7.《饮鸩情人节》(东方福尔摩斯探案集),重庆出版社 2002 年版。

8.《隐身代理》(新千年最佳侦探推理小说选),群众出版社 2003 年版。

9.《饮鸩情人节》(新千年最佳侦探推理小说选),群众出版社 2003 年版。

10.《电话有无录音装置》(新千年最佳侦探推理小说选),群众出版社 2003 年版。

11.《莫怀戚小说·散文》(名家精品阅读丛书),吉林文史出版社 2014 年版。

后记：我是怎样成为"莫怀戚研究专家"的

我的这本《莫怀戚小说文化论》是为了纪念亡友莫怀戚先生逝世一周年而撰写的学术专著，同时也是我为重庆师范大学文学院的学生们准备的课徒讲稿；当然也是为熟悉和热爱莫先生的读者提供的一部多视角、多层面读解和赏析其小说作品的研究文本。

莫怀戚先生在世时曾对我说：研究我莫怀戚，我认为你是最合适的人选。你完全可以成为"莫怀戚研究专家"。当时我认为他是在开玩笑，因此没怎么在意。后来，不断有学生告诉我说，莫老师曾多次在文学院的讲堂上对同学们说：以后，你们可以从张育仁老师的研究文章中更全面更深入地认识和了解我莫怀戚。我这才明白，他是当真的。所以当我从学生那里得到这样的信息时，不由沉浸在那种被人信赖的欣悦之中，同时又感到一种无形的压力。一转眼多年过去了，我却很少有所动作。那个时候，我虽然对莫怀戚的成长经历和创作道路十分熟悉，对他的小说和随笔文字等也相当了解，对其中的重要作品不仅反复把玩和品赏，而且还经常在写作课上作为案例分析和点评，但无论如何还谈不上是纯粹的研究。说来似乎非常奇怪，也就是在那个时候，我竟然在内心里升腾起了一种使命感，并且将这种出自友情的嘱托悄悄地担在了肩上。

事实上，从20世纪90年代初开始，我就对莫怀戚的小说产生了浓厚的兴趣，但具体的研究文章却写得非常的少。因为，我深知好的小说是读出来的，而不是研究出来的。说实话，对那些写出来专供理论家研究的小说，我是毫无兴趣的。莫怀戚小说的一大特点就是好读、耐读。好读是吸引读者的第一要素；耐读是指小说的语言耐人寻味，叙事引人入胜，精神内涵令人神往。坦白地说，我首先是作为一个阅读者而不是作为一个研究者而进入莫怀戚的小说世界的。由此可知，作为阅读者，我是老资格了；而作为研究者，我的资历当然要浅得多。

　　我研究莫怀戚小说的第一篇学术论文是写于 2000 年的《莫怀戚：一个成功者和失败者》。稍后，还为《文艺报》写过一篇述评文章叫《西部文坛黑马，重庆实力派作家》。中间又隔了几年，写了两篇论文，一篇叫作《谁低估了莫怀戚的价值》，另一篇叫作《重庆性格和码头文化精神的扛鼎之作》。当然，关于莫怀戚的随笔文字之类也发表过一些，比如，《〈散步〉的喜剧》、《渴望被盗版的莫怀戚》、《莫怀戚与潘金莲》、《莫怀戚与狗》等等，不过都谈不上是系统深入的研究。面对他的信任和期待，常常使我感到责任重大而又惴惴不安。对于这个为社会各界民众和评论界所熟悉的小说家、重庆的"文化地标"式人物而言，怎样才能拿出令人信服的研究成果？说实话，我最初并没有什么信心和把握，当然也缺乏研究的底气和功力，但我还是断断续续做了一些与研究相关的准备工作。我甚至多次请求莫怀戚能给我提供相关的研究资料，但每次都被他断然拒绝。他说：我没有这种习惯。我不会给任何一个研究者提供任何研究资料。你要研究我，你应该自己去搜寻。坦白地说，他的这种十分怪异的拒绝态度，虽然超出了我的经验，但冷静想来也符合他的性格。从此，我再也没有向他索取过任何资料。

　　不过，让我感到高兴的是，他并不拒绝我和他一道讨论与小说写作有关的各种各样的话题。其实，这种讨论对我来说，在最初并没有明确的研究目的。记得最早的一次讨论是新千年以前，地点在白市驿旧时国军飞机场附近的一家小酒馆里。那老板说，当年他爷爷在这里当老板时，第十四航空队的美国大兵经常来店里喝酒。因此，这是一个颇能诱发政治文化沧桑感怀的所在。那次的话题是由莫怀戚引发的，从与白市驿有关的民国掌故谈到《六弦的大圣堂》的写作缘起，以及杨维智这个人物和他自己的精神勾连等。印象中他对这个杨某的种种做派是非常欣赏的。但他又感叹说，他很羡慕小说中的这个杨某，认为自己远没有抵达杨某那种随心所欲的放达境界。后来，类似的讨论多了起来，粗略算来有 30 多次吧？我们讨论的地点遍布重庆城乡简陋的小茶肆和小酒馆。

　　莫怀戚和我讨论时一般不带女学生，但常常是招呼一些"棒棒军"或者附近的农民、下岗工人，甚至底层的稀奇古怪的人物，如算命先生、黄牛党、卖假文凭者等"社会闲杂人员"在一起吃喝闲聊。说是讨论其实并不准确，地道的说法应该是"摆龙门阵"或者"吹野牛"。由于他的穿着打扮、言谈举止就像一个地道的"无业人员"，因此，那些形形色色的底层民众常常把他视作"农民"或者"棒棒军"，而不会认为他是一个

"市民"。有一次在红旗河沟喝到深夜，他被一帮农民工兄弟灌醉了。那帮人架着他朝附近的小区走去，到了楼下才恍然大悟："龟儿子，原来以为你娃是个农民，搞个半天你娃还真的是个居民！"这件事，后来成为流传在重庆文学界的一个著名的笑谈。而另一个著名的笑谈发生在重庆作协的大院里。那是在20多年前。当时有一个精神病患者每天都在大院的黄桷树下引吭高歌"文革"歌曲。此人原本是红卫兵文艺宣传队骨干，主演洪常青之类的角色，后来受运动"刺激"成了"疯子"。作协院里的人都知道这是个类似于宋丹平、华子良的怪异人物。尽管该男子的美声唱法"左"得不是一般，但出于同情与理解，大家习以为常并不去打扰他。突然有一天，大院的人们感到十分诧异：怎么搞的？那"疯子"的男高音竟然变得如此正常了！众人推窗一看：原来是莫怀戚正在耐心给那"疯子"示范美声唱法。他的一曲"我爱五指山我爱万泉河"，直把那"疯子"调教得手舞足蹈，乐不可支。莫怀戚诸如此类的做派，使他在日常生活中往往很像小说里面的人物。正因为如此，他与人们习以为常的"现实"和一本正经的"成熟"拉开了相当的距离。

他就是如此这般地在重庆的江湖中游走。我和他共同探讨与文学有关和无关的种种话题，聆听他那自以为是的胡言乱语，观赏他那自由自在的江湖做派，以及他那宛如魏晋名士的种种醉态。我们在讨论时，他不允许我做记录。所以，每次我只能在他喝得醉醺醺时偷偷地把他的一些精彩的言论记录下来。不敢让他知道我是在为研究他做资料准备。这种情状有点像搞地下工作，其实效果非常好。正是在这种毫无戒备的情形下，他更能肆无忌惮地暴露出他的本相和本质，使我能够深入而且广泛地触摸到他的日常情状和隐秘的内心世界，进而能够细致入微地去理解和探寻这个小说家的世俗和超世俗的方方面面。

我作古正经的研究大约是在四年前。重庆师范大学文学院的周晓风教授主持了一个区域作家方面的研究课题，当时他点名由我承担课题中"莫怀戚小说研究"这一部分。因此，2012年的深秋，笼罩在渝西歌乐山阴郁冷湿的地域环境和一种莫名的悲凉心境中，我默默地投身于这项"小规模"的研究工作。开始执笔是在某天深夜，我既信心满满又感到有些茫然无措。白天，我和莫先生一道在重庆工商大学参加了一个青年作家的研讨会。和与会的大多数评论家不同，他直率甚至有些尖锐地提出了自己的批评意见，当然内中也含纳着对年轻写作者诚挚的期待。就在会议结束时，莫言获得诺贝尔文学奖的消息传来。因为姓莫的原因，他被大家乐滋滋地调侃了一通，同时又被恶狠狠地灌了一肚子的烧酒。大约花了半个月的工夫，我分别从"莫怀戚创作道路评析"、"莫怀戚代表作概述"以及他的文学成就及影响等几个方面进行了回顾和梳理。正是在这次认真的阅读和思考过程中，我对莫怀戚的小说有了不同于以往的全新的感受和理解。我深切地感到，仅仅从写作技巧或者小说审美的视角去描述和阐释莫怀戚是远远不够的。如果不从文化的视角、历史主义的视角，特别是小说伦理与政治伦理、文化伦理的关系等，诸如此类的视角去审查和读解，恐怕难以深入到莫怀戚小说的堂奥，难以对其内在肌理、精神器质和人文气象有准确而细致的把握。因为，和王小波、王朔等作家一样，莫怀戚几百万字的小说已经累积成了一座文化的富矿。只有进行深入的文化开掘，才有可能发现其小说文本中所隐含着的"现代精神"及其文化特质。我认为，把莫怀戚小说文本纳入文化的范畴进行研究，不仅不会与文学研究的视角发生冲突，恰恰相反，这样的研究只会给文学本位的研究提供更丰富更深厚的知识体系和观念方法；或许正是通过这样的历史和文化的阐释，我们才有可能在莫怀戚的小说文本里面，真正触摸到其隐秘复杂的内在品质。

2013年夏末，我不再延续以往的研究理路，而是从文化的广阔视角着手，进行较大规模的莫怀戚小说研究工作。我将莫怀戚30多年来创作的小说作品从头开始又认真读了一遍，并且分门别类认真地作了研读笔记。原来打算再邀请莫先生作几次关于小说问题的漫谈，地点也都"侦查"好了，或者在大学城"熙街"的茶楼，或者在虎溪老街的某个小酒馆——据说抗战时冯玉祥在那里喝过酒。谁想突然得到教学秘书的通知，说莫老师得了很重的病：他在讲台上坚持授课，直到嗓音嘶哑无法继续讲授下去。因此文学院安排由我来接替他的写作课。当天晚上我收到他发给我的短信。他感谢我的接替，表示对我是完全信任的。并且委托我向学生们表达他的歉意。最后还特别叮咛我：上课时一定要向同学们呼喊："莫老师永远爱着你们！"真可谓五味杂陈，百感交集，我的泪水一下夺眶而出。我原本以为他这一次生病就像十年前一样，几个月后就会好起来，我们仍然像以往那样到重庆周边的茶楼酒肆去纵谈文学、社会和人生。可是万万没有想到，这一次上帝把他带到真正的乌托邦世界去了。得到噩耗的那一刻，我耳边不禁回响着他生前说过的话："我不追求生命的长度，我乐于享受生命的广度和深度。"

莫怀戚的逝世，是惊动重庆的一件大事。说是大事，并不只是局限于文学圈，更主要是对重庆各界的民众而言。这么多年来，莫怀戚的小说、随笔

以及与他私人生活有关的那些传奇故事，成了他们精神文化生活的重要组成
部分。他去世的第二天，重庆的各大媒体都在显著位置刊登和播发了消息、
述评和纪念文章。举行追悼会的那一天，莫先生的同事、学生和朋友以及各
界读者自发地来到青木关追悼他缅怀他，场面非常感人。特别是那些他素昧
平生的读者谈到他的作品和他的人生细节时竟如数家珍，这让我惊诧不已、
感慨不已。我撰写的长篇悼念文章《"我的灵魂需要休息"》刊载后被社会
民众广为转发，并且在大型文学杂志《红岩》电子版上点击量快速飙升，
高居榜首。

送走莫先生之后，我暗暗下决心要以独立的学术立场和负责任的态度，
尽快完成他生前的嘱托。当然还有一个重要的任务就是：提供一部能够多视
角、多层面读解和赏析其小说作品的研究文本，以此回报读者对莫先生的喜
爱和怀念之情。2015年春天，重庆师范大学文学院研究决定成立"莫怀戚
文学研究基地"，同时组建专门机构着手搜集编纂和出版《莫怀戚文集》；
并且将莫怀戚作品纳入研究生的研究课题当中。

这部《莫怀戚小说文化论》的完成，使我真正成为了第一个比较系统
研究莫怀戚小说的"专家"。可以说，这是我始料未及的。但是，可以肯定
地说，我能够成为"莫怀戚研究专家"，是在莫先生本人的一再鼓励以及学
生们的殷切期待、社会各界读者朋友的精神文化需求种种合力推动之下
"形塑"而成的。这部书也权且当作献给"莫怀戚文学研究基地"的一块粗
朴的奠基石罢！唯一感到极大遗憾的是，莫怀戚先生本人已经看不到这部研
究他小说的学术著作了。

行文至此，不由想起莫先生去世的前一年的一件往事。记得是早春，我
和他结伴到磁器口江滩喝"坝坝茶"。脚下是粗粝的鹅卵石，清澈的江水从
茶座边缓缓流过。老莫索性脱了鞋趟进流水中，很是享受。这次，他叫我带
的是日本大导演黑泽明的剧本选集。因为他对黑泽明非常尊崇，认为写小说
不研究黑泽明是非常可惜的事情。在他看来，真正的小说精神与真正的电影
精神骨子里是相通的。那天，我们谈到了黑泽明著名的《七武士》、《罗生
门》、《姿三四郎》、《乱》、《影子武士》等作品。我们一边翻看剧本一边信
马由缰无拘无束地聊着。趟在流水中的老莫突然回过头对我说："老张，你
看我像不像那个影子武士？"因为问得很突然，我一下没回过神。但很快我
就发现，他的"扮相"，尤其是他的内在竟然与黑泽明电影中的那个影子武
士是那么的相似！此刻，站立在水流中的老莫，其形象与银幕上即将悲剧般
倒在江水中的影子武士仿佛重叠在了一起。于是我回答说："你就是影子武

士！你就是一个写小说的影子武士！"得到我的认可，老莫哈哈大笑，把双手探进水里去摸着什么。他边摸边对我说："你把最后哪一段大声念出来，你就知道我是不是影子武士了！"黑泽明剧本的最后一段描述了并不以为自己是替身的影子武士最后的执着与悲壮，可谓神异之笔，感人至深。于是我对着他大声念诵道：

孙武子之旗沉到河底；

一个人正在捞它。他就是替身将军；

他满身血污，伸手去捞那旗，他自己却沉进水里。

水底，孙武子旗上的金字闪闪发光；

替身将军的尸首投影于孙武子旗上；

他的尸体顺着河流缓缓地飘了下去……

影子武士出身卑微，由于生计所迫而沦为窃贼。他因相貌举止酷似遭冷枪袭击意外死去的将军武田信玄，于是被选做了将军的替身。从此，他竭心尽力，履行职责，其非凡的气度令武田家人及敌人都坚信他就是信玄本人。谁知，3 年过后意外发生，他的真实身份被暴露因而被武田家驱赶出门。但是，影子武士此时已经入戏很深，坚信自己就是能够挽狂澜于既倒的将军。故事最后，两军交战武田家败局已定，影子武士跳进河流中打捞那面将军的战旗，因而悲壮死去。影子武士的悲剧具有深刻的文化隐喻性。老莫认为其荒诞性简直可以说是惊心动魄：当一个人的身份与其内在的品质以及能力产生了严重的分离，文化的怪圈就形成了。具体到小说写作，他认为影子武士实际上代表了真正的小说精神，但他必须严密地隐藏自己真实的"卑微"身份，假借将军的身份得以展示自己的能力与才华，当真实的身份被暴露，其能力与才华就将断然被否定。莫怀戚对我说，想想当年外国的卡夫卡，中国的王小波等人的遭际，就会明白影子武士含纳着多么普遍而且丰厚的荒诞性意义。影子武士最后的执着，就是与这种文化傲慢与偏见在做坚决的抗争！所以他认为，只有影子武士才有资格代表真正的小说精神。

我永远都忘记不了老莫躬身在江流中，像影子武士那样专注地打捞他想象中的孙武子旗的怪异形象。莫怀戚到底在打捞什么呢？我认为，他其实就是顽强地在打捞小说精神，并不被外在的身份所阈限；小说和小说家的全部尊严，就在如老莫这样的顽强打捞当中万古流芳。某种意义上说，我的这部书就是对老莫"影子武士"真实身份的一种揭示,就是对他顽强地在打捞小说精神的一种真实描述。

张育仁

2015 年 10 月 8 日初稿于重庆师范大学弘德搂

2016 年 2 月 18 日定稿于重庆师范大学文学院